Sabine Kornbichler
Der
gestohlene
Engel

Sabine Kornbichler

Der gestohlene Engel

Roman

Knaur

Die Folie des Schutzumschlages sowie die Einschweißfolie
sind PE-Folien und biologisch abbaubar.
Dieses Buch wurde auf chlor- und säurefreiem Papier gedruckt.

Besuchen Sie uns im Internet:
www.knaur.de

Copyright © 2008 Knaur Verlag.
Ein Unternehmen der Droemerschen Verlagsanstalt
Th. Knaur Nachf. GmbH & Co. KG, München
Alle Rechte vorbehalten. Das Werk darf – auch teilweise –
nur mit Genehmigung des Verlages wiedergegeben werden.
Umschlaggestaltung: ZERO Werbeagentur, München
Umschlagabbildung: Hendel / VISUM / buchcover.com
Gestaltung und Herstellung: Josef Gall, Geretsried
Satz: Adobe InDesign im Verlag
Druck und Bindung: GGP Media GmbH, Pößneck
Printed in Germany
ISBN 978-3-426-66208-3

2 4 5 3

Für Sanne

1

Sie hatte mich gewarnt, aber ich hatte die Warnung nicht verstanden. So warf ich den Schneeball, der zur Lawine werden sollte, und setzte etwas in Bewegung, das von einem bestimmten Punkt an nicht mehr aufzuhalten war. Als ich schließlich von den Taten erfuhr, mit denen alles begonnen hatte, begriff ich, dass ein Ziel zu erreichen ein fragwürdiger Erfolg sein kann. Und ich verstand, dass man sich manchmal für das Unrecht entscheiden muss, um ein Leben zu retten. Vielleicht wäre vieles anders gekommen, hätte ich meinen ursprünglichen Plan nicht aus den Augen verloren. Aber wer weiß, vielleicht hätte dann auch nur eine andere den Schneeball geworfen.

Diese Gedanken ändern nichts, aber sie überfallen mich hin und wieder und lassen die Erinnerungen lebendig werden: an dieses ungewöhnlich milde Wochenende im Januar, das wir uns seit Wochen freigehalten hatten, um es gemeinsam im Taunus zu verbringen.

Ich hatte mich verspätet. Judith und Ariane erwarteten mich bereits im Frühstücksraum des Hotels in Falkenstein. Obwohl wir nicht weit voneinander entfernt wohnten – die beiden in Wiesbaden, ich in Frankfurt – und wir uns häufig trafen, suchten wir uns in regelmäßigen Abständen einen Ort, an dem wir uns fernab unseres Alltags entspannen und austauschen konnten.

»Sophie«, begrüßten mich beide gleichzeitig.

Judith – in Wickelrock und buntem Oberteil – stand auf, umarmte mich und drückte mir einen Kuss auf die Wange. »Schön, dass du da bist!« Sie schob sich eine Strähne ihrer blonden Haare aus dem Gesicht.

»Wir haben uns Sorgen um dich gemacht«, sagte Ariane, die ihre langen dunklen Haare mit einer Schildpattspange im Nacken zusammengefasst hatte und wie immer Schwarz trug. »Ist etwas passiert?«

Mit einem Seufzer setzte ich mich den beiden gegenüber. Ich freute mich so sehr, sie zu sehen. Die beiden waren wie Schwestern für mich, und es gab nur wenige Menschen, die mir so vertraut waren: Ariane war selbstbewusst, durchsetzungsstark und sehr direkt. Ich hatte noch nie erlebt, dass sie ein Blatt vor den Mund nahm. Wer sie nicht gut kannte, empfand sie als kühl. Und sie tat nichts, um diesen Eindruck zu mildern. Aber jeder, der ihr wirklich etwas bedeutete, bekam ihre Wärme zu spüren. Judith machte es ihren Mitmenschen leichter – sie hatte eine sanfte, fröhliche Ausstrahlung und ließ sich nur selten aus der Ruhe bringen, was ihr als Hebamme sehr zugute kam. Sobald sie einen Raum betrat, wurde sie wahrgenommen, und sie hatte eine unglaubliche Energie, wenn es darum ging, jemanden von etwas zu überzeugen, das ihr am Herzen lag.

»Tut mir leid, dass ich mich verspätet habe«, sagte ich, »aber ich musste schnell noch ein paar Sachen besorgen.« Am Montag würde ich eine längere Reise antreten; meine Koffer waren bereits gepackt. Ich suchte den Raum nach dem Frühstücksbüfett ab. »Bin gleich wieder da.« Nachdem ich mich mit Früchten, Joghurt, einem Brötchen und Honig eingedeckt und mir einen Kaffee bestellt hatte, kehrte ich zum Tisch zurück. »Ich kann euch gar nicht sagen, wie sehr ich mich auf dieses Wochenende gefreut habe. Ich konnte es kaum erwarten.«

Judith warf mir einen verständnisvollen Blick zu. Sie wusste, wie es um mich bestellt war.

Ariane schien in Gedanken zu sein. Sie formte aus dem Inneren eines Brötchens kleine Kugeln und ließ sie achtlos auf den Teller fallen.

Erst jetzt nahm ich wahr, dass ihre Haut blass war und einen gräulichen Schimmer hatte. Unter ihren Augen hatten sich dunkle Schatten gebildet. Im Gegensatz zu Judith, die rosig aussah, wirkte Ariane angeschlagen. In meinem Inneren ertönte ganz schwach eine Alarmglocke. »Ariane, was ist los? Ich habe dir ein paarmal auf deinen Anrufbeantworter gesprochen und versucht, dich auf dem Handy zu erreichen. Warum hast du nicht zurückgerufen?«, fragte ich.

»Erst erzählt ihr«, entgegnete sie.

Judith schüttelte den Kopf und deutete auf mich. »Fang du an, Sophie, bei mir gibt es nichts Besonderes.«

Wie sollte ich Ariane die vergangenen drei Wochen zusammenfassen? Sie hatten alles ins Wanken gebracht. Judith wusste davon, wir hatten häufig telefoniert. »Ich werde verreisen«, begann ich, »drei Monate lang. Zuerst werde ich vier Wochen in einem Kloster an der Mosel verbringen. Anschließend mache ich die Weltreise, von der ich schon so lange träume. Am Montag geht es los.«

Ariane sah mich an, als wolle ich ihr einen Bären aufbinden. »Du Arbeitstier klinkst dich drei Monate lang aus? Das glaube ich nicht. Sonst hast du doch schon bei einem zweiwöchigen Urlaub ein Problem damit, deinen Schreibtisch zurückzulassen. Und was ist mit Peer? Ihn hast du mit keinem Wort erwähnt. Kommt dein Mann nicht mit?«

»Ich habe mich von ihm getrennt.«

Zwischen ihren Augenbrauen bildete sich eine tiefe Falte. Sie sammelte die Kugeln auf ihrem Teller zusammen und formte eine einzige daraus. »Hat er eine andere?« Ihrem Tonfall nach schien sie auf ein Nein zu hoffen.

Ich sah zu Judith. »Hast du es ihr erzählt?«

Sie schüttelte den Kopf. »Nein, das wollte ich dir überlassen.«

»Judith hat nichts erzählt«, sagte Ariane. »Aber ich weiß, was dein Mann dir bedeutet. Es muss schon etwas Gravierendes vorgefallen sein, wenn du ihn verlässt.«

Um nicht sofort in Tränen auszubrechen, versuchte ich, möglichst sachlich zu bleiben. »Der Grund für unsere Trennung heißt Sonja. Sie ist eine ehemalige Studienkollegin von Peer. Er hat sie an einem Wochenende letzten November wiedergetroffen. Beim Kanufahren. Seitdem hat er eine Affäre mit ihr.«

Ariane griff über den Tisch nach meiner Hand und hielt sie fest. »So ein Mist!« Einen Moment lang sah sie mich nur an. »Ich weiß, wie weh das tut. Wie hast du es herausgefunden?«

»Er hat es mir gesagt. Und ich bin aus allen Wolken gefallen. Peer war in den vergangenen Wochen wie immer, vielleicht ein bisschen abwesender, in sich gekehrt. Ich habe angenommen, das hinge mit seiner Arbeit zusammen. Eine Zeitlang war seine Auftragslage schwach, dann musste einer seiner direkten Wettbewerber Insolvenz anmelden. Einem freischaffenden Marketingberater rennen die Kunden momentan nicht gerade die Tür ein. Ich habe die Signale einfach falsch gedeutet. Vielleicht habe ich sie auch zu wenig wahrgenommen, ich hatte in der Kanzlei zu viel um die Ohren.«

»Aber ein Verhältnis muss nicht gleich das Ende einer Ehe bedeuten«, meinte Ariane.

»Bei dir und Lucas hat sein Verhältnis auch das Ende eurer Ehe eingeläutet.«

Sie strich über meine Hand. »Im Moment bist du verletzt, und das verstehe ich auch. Trotzdem solltest du nicht so schnell alles über Bord werfen. Warum kämpfst du nicht um ihn?«

»Du hast um deinen Mann gekämpft. Und was hat es dir gebracht? Eine fürchterliche Zeit, die dir dermaßen an die Substanz gegangen ist, dass du nur noch ein Schatten deiner selbst warst. Und letzten Endes hast du ihn doch verloren. Das will ich mir ersparen, Ariane. Außerdem hat er mir damit so wehgetan ...«

»Jemanden loszulassen, den man liebt, ist nicht einfach«, sagte sie leise. »Gibt es einen Grund, warum sie in eure Ehe einbrechen konnte?«

»Sie hat es getan, und er hat es zugelassen oder herausgefordert.«

»Habt ihr darüber geredet?«

»Darüber gibt es nichts zu reden. Oder hätte ich ihn etwa fragen sollen, was sie hat, was ich nicht habe? So eine Frage finde ich ...« Ich suchte nach dem richtigen Wort. »... erniedrigend.«

»Möglicherweise hätte er dir aber eine Antwort gegeben. Ich wünschte, ich hätte Lucas damals gefragt, vielleicht wäre dann nicht alles zerbrochen.«

Ich wischte mir die Tränen aus den Augen. »Wahrscheinlich läuft es einfach nur auf das übliche Klischee hinaus – bessere Figur, aufregenderer Sex. Und so eine Antwort erspare ich mir lieber.«

Judith räusperte sich. »Sophie, so redest du nur, weil du

verletzt bist. Klar gibt es jede Menge Männer, die nur deshalb fremdgehen, weil sie mal Abwechslung im Bett haben wollen. Aber Peer zählt nicht zu diesen Männern, und das weißt du auch.«

»Das entschuldigt ihn nicht.«

»Aber das könnte der Punkt sein, an dem du ansetzen solltest. In eine intakte Ehe kann man nämlich nicht so ohne weiteres einbrechen.«

»In dieser Hinsicht hast du ja Erfahrung.« Ich hatte es kaum ausgesprochen, als es mir auch schon leidtat. »Entschuldige, Judith, das wollte ich nicht.«

»Und selbst wenn«, sagte sie ungerührt, »ich bin in diese Ehen nicht eingebrochen.« Sie dachte über ihre Worte nach und musste lachen. »Es klingt, als hätte ich massenweise Verhältnisse mit verheirateten Männern gehabt. Dabei waren es nur zwei.«

»Die Männer waren werdende Väter, die Frauen waren in deinen Geburtsvorbereitungskursen. Hast du dich diesen Frauen gegenüber nie mies gefühlt?«

»Hin und wieder schon.«

»Hin und wieder, das ist alles?«

»Sophie, pack deine Moralkeule wieder ein. Es ist nicht meine Aufgabe, die Probleme dieser Menschen zu lösen, das müssen sie schon selbst tun.«

»Du bist das Problem dieser Menschen«, hielt ich ihr aufgebracht entgegen. »Wieso willst du das nicht sehen?«

»Weil es nicht so ist. Ich bin der Katalysator.«

»Ich habe Krebs«, sagte Ariane.

Von einer Sekunde auf die andere war es still am Tisch. Ariane saß reglos da, nur ihre Hände bewegten sich und kneteten wieder die Kugel. In ihren Augen war Angst zu lesen.

Ich wollte aufschreien, nein sagen, aber meine Stimme versagte. Wie vom Donner gerührt starrte ich sie an. »Sag bitte, dass das nicht stimmt«, brachte ich schließlich heraus.

»Das ist nicht wahr, oder?«, fragte Judith, in deren Gesicht ich meine eigene Erschütterung gespiegelt sah.

Arianes Blick war Antwort genug. Ihre Blässe und die Ringe unter den Augen bekamen plötzlich ein anderes Gewicht. Sie presste ihre zuckenden Lippen aufeinander.

Judith nahm Arianes Hand in ihre. »Nein«, sagte sie leise, während Tränen über ihr Gesicht liefen. »Das darf nicht sein!«

Einen Moment lang war ich wie erstarrt, dann griff ich nach Arianes anderer Hand. Sie war eiskalt. Ich rieb sie, als könne ich sie damit wärmen. »Und da reden wir die ganze Zeit von mir, dabei …« Ich schluckte. »Warum hast du nicht viel eher etwas gesagt?« Ich streichelte ihre Hand, die kaum merklich zitterte.

»Ich habe Bauchspeicheldrüsenkrebs. Vor zwei Tagen habe ich das endgültige Ergebnis der Untersuchungen bekommen. Für eine Operation ist es zu spät, der Tumor ist bereits zu weit fortgeschritten.« Ariane gab sich Mühe, ihre Stimme fest klingen zu lassen. Trotzdem klang Verzweiflung durch. Sie war gerade mal siebenunddreißig und hatte eine achtjährige Tochter.

»Was ist mit Chemotherapie?«, fragte Judith.

»Damit beginne ich kommende Woche.«

»Wer sagt, dass es für eine Operation zu spät ist?«, fragte ich in der Hoffnung auf eine rettende Hintertür. Ich schluckte gegen ein Schluchzen an, das an die Oberfläche drängte.

»Mein Onkologe.«

»Hast du eine zweite Meinung eingeholt?« Ich stellte die Frage, obwohl ich wusste, dass sie überflüssig war. Ariane war nicht der Typ, der sich mit einer Meinung zufriedengab.

»Ich war bei drei Fachärzten. In meinem Fall gibt es keine zwei Meinungen, alle sind sich einig. Ich bin zu spät zum Arzt gegangen, da ich keine wirklichen Beschwerden hatte, nur Zipperlein, aber die habe ich nicht ernst genommen. Sie können nicht mehr allzu viel für mich tun, wie sie sagen.« Es schien sie ungeheure Kraft zu kosten, einigermaßen ruhig darüber zu reden. Sie schlang die Arme um den Oberkörper und schloss für einen Moment die Augen. »Ich möchte etwas mit euch besprechen: Für den Fall, dass ich das nicht überlebe, muss für Svenja gesorgt sein ...« Sie wandte sich an Judith. »Du bist ihre Patentante. Ich weiß, dass ich damit viel von dir verlange, aber ich möchte, dass meine Tochter in dem Fall bei dir aufwächst. Du kennst sie von Anfang an und hast eine ganz besondere Verbindung zu ihr. Es gibt keine idealere Ersatzmutter als dich.«

Judith wischte sich die Tränen fort. Schweigend sah sie Ariane an.

»Was ist mit Lucas?«, fragte ich. »Hast du schon mit ihm gesprochen?«

»Damit will ich mir noch Zeit lassen. Er wird es früh genug erfahren. Ich habe seit der Scheidung das alleinige Sorgerecht für Svenja, wie du weißt. Wenn ich sterbe, kann er sie weiter jedes zweite Wochenende und an einem Nachmittag in der Woche sehen, mehr nicht. Dafür musst du sorgen, Sophie. Du bist Anwältin. Ich möchte, dass du eine Verfügung aufsetzt: Svenja soll nach meinem Tod bei Judith leben.«

Vor drei Jahren hatten Ariane und Lucas sich scheiden lassen. Seitdem erstickte Ariane jeden seiner Versuche, Svenja häufiger zu sehen, im Keim. Sie konnte ihm nicht verzeihen, dass er sie wegen einer anderen Frau, mit der er inzwischen verheiratet war, verlassen hatte. Wann immer wir über das Scheitern ihrer Ehe gesprochen hatten, war mein Beitrag der einer Blinden über die Farbe gewesen. Inzwischen wusste ich, wie ihr Schmerz sich anfühlte. Das, was ich ihr zu sagen hatte, fiel mir deshalb nicht leicht.

»Ariane, so einfach, wie du dir das vorstellst, ist eine solche Verfügung nicht. Eigentlich ist sie nach geltendem Recht sogar unmöglich. Svenja würde in jedem Fall ihrem Vater zugesprochen. Außer es sprächen wirklich triftige Gründe dagegen. Aber deine Tochter hat eine intensive und tragfähige Beziehung zu Lucas. Er ist nicht gerade die Idealbesetzung als Ehemann, aber er ist ein guter Vater.«

»Trotzdem möchte ich, dass sie bei Judith lebt«, sagte sie in einem vorwurfsvollen Ton.

»Ich bin deine Freundin, Ariane, nicht diejenige, die diese Gesetze gemacht hat.«

»Aber du findest sie richtig.«

»Ich finde es richtig, dass die Eltern immer den Vorzug haben, vorausgesetzt, sie misshandeln ihre Kinder nicht.«

»Und vorausgesetzt, sie sind tatsächlich die Eltern. Ich hoffe, ihr verzeiht mir, dass ich es bisher nie erzählt habe, ich hatte meine Gründe ...« Sie sah erst zu Judith, dann zu mir. »Lucas ist nicht Svenjas Vater. Und jetzt tu mir bitte den Gefallen, Sophie, und setze diese Verfügung auf.«

Ich hatte Verständnis dafür, dass sie es auf diese Weise versuchte, dennoch musste ich ihr klarmachen, dass sie damit nicht weit kommen würde. »Ariane, ich kann aufschreiben, was du willst, entscheidend ist jedoch, wie das

Familiengericht entscheidet. Ich kann in eine solche Verfügung nicht einfach hineinschreiben, Lucas sei nicht der Vater deiner Tochter. Dein Wort genügt da nicht. Sobald Lucas einen Vaterschaftstest durchsetzt, ist die Verfügung hinfällig. So schwer es dir auch fällt, mach dich mit dem Gedanken vertraut, dass Svenja ...«

»Damit diese Frau, die schon meinen Mann hat, auch noch meine Tochter bekommt? Wie es im Moment aussieht, muss ich Svenja in nicht allzu ferner Zukunft loslassen. Und wenn ich mir vorstelle ...« Sie schüttelte den Kopf, um die beängstigenden Bilder abzuwehren.

Ich sah zu Judith, von der ich mir Unterstützung erhoffte, aber sie wich meinem Blick aus. »Ich verstehe, was du fühlst, Ariane. Inzwischen verstehe ich es sogar sehr gut. Aber Svenja hängt sehr an ihrem Vater. Wenn du einmal alles andere beiseitelässt und versuchst, allein im Sinne deiner Tochter zu entscheiden, meinst du nicht, dass es besser wäre, ...?«

»Svenja hängt an Lucas, ihren biologischen Vater kennt sie nicht.«

Ich konnte es ihr immer noch nicht glauben. »Damit kommst du nicht durch. Diese Behauptung lässt sich schnell widerlegen.«

»Es ist die Wahrheit, Sophie. Ich habe Lucas damals belogen. Sobald er einen DNA-Test durchführen lässt, bekommt er es schwarz auf weiß, dass ich ihn getäuscht habe.«

»So weit darfst du es nicht kommen lassen!« Judith beugte sich vor und sah Ariane eindringlich an. »Denk bitte in Ruhe nach, und mach dir die Konsequenzen klar. Wenn du einen Dominostein erst einmal anschubst, entsteht eine Kettenreaktion, die du nicht mehr in der Hand hast. Es bricht alles zusammen.«

»Judith hat recht«, sagte ich. »Niemand drängt dich, lass es dir noch einmal durch den Kopf gehen.«

»Ich hatte Zeit genug zum Nachdenken, nächtelang. Aber vielleicht bleibt mir nicht mehr viel Zeit. Ich werde alles tun, was möglich ist. Ich werde für jeden einzelnen Tag kämpfen. Und ich möchte, dass ihr beide mir helft, für mein Kind zu kämpfen. Ihr seid meine besten Freundinnen.«

Und dennoch hatte sie uns nichts von Svenjas wirklichem Vater erzählt. So ganz konnte ich es immer noch nicht glauben. Vielleicht rührte meine Skepsis aber auch daher, dass ich enttäuscht war. Acht Jahre lang hatte sie geschwiegen und ihr Geheimnis für sich behalten. Ich hatte nicht einmal etwas geahnt. »Lucas ist weder krank noch Alkoholiker«, sagte ich. »Nach dem Gesetz könnte er sich also problemlos um seine Tochter kümmern. Wenn es dir jedoch so ernst damit ist, könnte ich mich mit meinen Kolleginnen in der Kanzlei beraten, vielleicht kennt eine von ihnen einen Weg, wie Svenja dennoch bei Judith aufwachsen könnte. Nur ...« Ich zögerte. »Meinst du nicht, dass es für Svenja besser wäre, zu ihrem Vater zu kommen?«

»Ich will nicht, dass sie zu Lucas kommt!«

»Aber begreif doch: Er wird es nicht ohne Widerstand hinnehmen und um Svenja kämpfen. Das Gericht hat bei allen Entscheidungen immer das Kindeswohl im Auge. Und dem Kindeswohl entspricht es, bei den Eltern oder zumindest einem Elternteil aufzuwachsen. Die Eltern werden Dritten immer vorgezogen, selbst wenn andere Personen vielleicht für die Kindererziehung geeigneter wären.« Es fiel mir schwer, in dieser Richtung fortzufahren, aber ich kannte Ariane, sie würde nicht lockerlassen. »Hast du denn noch Kontakt zu Svenjas biologischem Vater?«

Sie schüttelte den Kopf.

»Weiß er überhaupt, dass er eine Tochter hat?«

»Nein.«

»Dann setz dich mit ihm in Verbindung und sag es ihm. Sollte ihm im Fall des Falles das Sorgerecht zugesprochen werden, kann er sich vielleicht später mit Judith absprechen.« Insgeheim fragte ich mich allerdings, wie die Chancen standen, dass er sich überhaupt um das Sorgerecht bemühen würde.

»Ich kann mich nicht mit ihm in Verbindung setzen.«

»Ist er verheiratet?«

»Ich weiß es nicht, Sophie. Ich weiß überhaupt nichts über ihn.«

»Was heißt das, du weißt nichts über ihn?«

Sie wich meinem Blick aus.

»Bist du vergewaltigt worden?«, fragte ich leise.

»Nein, um Gottes willen, nein! Es ist ganz simpel: Ich habe damals ein Wochenende auf Sylt verbracht, bin mit flüchtigen Bekannten zu einer Party gegangen und ihm dort begegnet. Es gab jede Menge Alkohol, ich hatte gerade eine schwierige Phase mit Lucas ... so kam eines zum anderen. Irgendwann landeten wir am Strand, na ja ... und so weiter.« Sie schien nicht gerne darüber zu reden.

»Weißt du wenigstens seinen Namen?«

»Weißt du von allen Männern, mit denen du jemals Sex hattest, den Namen?«

»Ja. Ich weiß sogar den Namen der Frau, mit der mein Mann Sex hat.« Ich schob den Gedanken an Peer beiseite und riss mich zusammen.

»Sein Vorname ist Andreas, mehr weiß ich nicht«, sagte Ariane.

Ich hatte keinen Blick für die schöne Ausstattung meines Zimmers. Stattdessen starrte ich durchs Fenster auf die Skyline von Frankfurt. Irgendwo dort unten traf mein Mann sich mit dieser Frau. Als er mir von ihr erzählte, hatte ich geweint wie schon lange nicht mehr. Dann hatte ich ihn aufgefordert, sich so schnell wie möglich eine neue Bleibe zu suchen. Um Abstand zu gewinnen, hatte ich beschlossen, für eine Weile zu verreisen.

Es war erst eine Woche her. Eine Woche voller Hektik und zahlreicher Gespräche in der Kanzlei. Mein Chef hatte mir die Risiken eines dreimonatigen Ausstiegs aufgezeigt. Er hatte versucht, mich umzustimmen. Zwecklos. Ich musste fort. Ich konnte nicht einfach so weitermachen, ohne Peer.

Aber jetzt? Drei Monate? *Für eine Operation ist es zu spät, der Tumor ist bereits zu weit fortgeschritten*, hörte ich Ariane sagen. Es war, als breiteten diese Worte eine eiskalte Decke über alles andere, als drängten sie jeden anderen Gedanken in den Hintergrund. *Zu spät ... zu weit ...* Ariane und Judith waren seit Kindertagen meine engsten Freundinnen. Die Vorstellung, eine von ihnen zu verlieren, tat unsagbar weh. Ich konnte Ariane nicht im Stich lassen. *Ich möchte, dass ihr beide mir helft, für mein Kind zu kämpfen*, hatte sie gesagt.

Ich dachte nach: Svenjas biologischer Vater hieß Andreas. Das war nicht viel für den Anfang. Mehr würden vielleicht die damaligen Gastgeber wissen. Ich nahm mir vor, Ariane später nach deren Namen zu fragen. Aber war es richtig, was wir da taten? Was bedeutete es für Svenja? Sie würde möglicherweise ihre Mutter verlieren und in dieser schweren Zeit auch noch mit einem neuen Vater konfrontiert werden. Wie sollte sie das verkraften? Andererseits: Hatte ein Kind nicht ein Recht darauf, über seine Wurzeln Bescheid zu wissen, seinen wirklichen Vater kennenzulernen?

Auf ein Klopfen hin öffnete ich meine Zimmertür. Judith und Ariane standen im Flur.

»Na los«, sagte Judith, »hol deinen Mantel, wir machen einen Waldspaziergang.«

»Kommt rein und wartet bitte zwei Minuten, ich ziehe mir nur schnell eine Jeans an.« Ich zog die Hose und einen warmen Pullover aus meiner Reisetasche und verschwand damit im Bad.

Während ich mich umzog, hörte ich die beiden im Zimmer reden. Erst war es nur ein leises Murmeln, dann wurde Arianes Stimme lauter.

»Du hast es mir versprochen«, sagte sie, als ich gerade die Tür öffnete. Sie starrte auf etwas, das Judith in der Hand hielt.

»Worum geht es?«, fragte ich neugierig.

»Ach nichts«, antwortete Ariane und warf Judith einen warnenden Blick zu.

»Für *nichts* hast du aber ziemlich erbost geklungen.«

Als Judith das, was sie in der Hand hielt, in die Manteltasche stecken wollte, fiel es zu Boden. Ich bückte mich, um es aufzuheben. Judith war jedoch schneller und griff danach.

»Was ist denn das Geheimnisvolles?«, fragte ich.

Widerstrebend öffnete sie die Hand. Darin lag ein kleiner goldener Engel. In seine ausgebreiteten Flügel waren glitzernde, bunte Steine gearbeitet.

»Ist der schön«, sagte ich und strich mit dem Finger darüber. »Sieht aus wie ein kleiner Schutzengel. Woher hast du ihn?«

»Von mir!« Ariane nahm ihn und steckte ihn in die Hosentasche. Ihre Stimme klang nur vordergründig verärgert. Dahinter lag eine Verstörtheit, die ich mir nicht erklären konnte. »Und jetzt lasst uns endlich gehen, sonst ist es dunkel, bevor wir im Wald sind.« Sie ging voraus und war bereits am Aufzug, als ich noch die Zimmertür hinter mir schloss.

Die frische Luft, die uns draußen empfing, war fast schon ein Vorbote des Frühlings. Ich sog sie ein und füllte meine Lungen damit. Doch das befreiende Gefühl, das sich sonst einstellte, blieb aus. Zu wissen, dass Ariane so schwer erkrankt war, hatte Judith und mich tief erschüttert. Wir verständigten uns mit Blicken darüber, sie das Tempo bestimmen zu lassen, um ihr jede unnötige Anstrengung zu ersparen.

Nachdem wir minutenlang unseren Gedanken nachgehangen hatten, brach es aus mir heraus: »Ariane, du kannst das nicht einfach hinnehmen!« Ich hatte den Satz kaum ausgesprochen, als mir bewusst wurde, dass eigentlich ich diejenige war, die es nicht hinnehmen konnte. In diesem Moment hätte ich alles dafür gegeben, meinen Mund gehalten zu haben.

»Mir bleibt nichts anderes übrig, als es hinzunehmen.« Mit einer fahrigen Bewegung wischte sie sich die Tränen aus dem Gesicht.

Mit zwei Schritten war ich bei ihr, legte die Arme um sie und hielt sie fest. »Entschuldige, bitte entschuldige, ich bin ein Tölpel. Es ist nur so schwer zu akzeptieren.«

Ariane legte den Kopf auf meine Schulter. »Ich dachte immer, ich hätte alles im Griff, es gäbe für alles eine Lösung«, flüsterte sie. »Wäre ich gläubig, könnte ich auf den Gedanken kommen, dass wer immer dort oben die Fäden zieht, mir eine Lektion erteilen will.«

Judith strich ihr mit der Hand über den Rücken. »Scht, Unsinn, niemand will dir eine Lektion erteilen. Krankheiten machen keinen Unterschied zwischen Guten oder Bösen. Wenn du Pech hast, erwischen sie dich.«

»Vielleicht ist mein Glückskonto voll, vielleicht habe ich es überstrapaziert. Vielleicht geht es jetzt ans Bezahlen.«

»Das ist Blödsinn!«, sagte ich. »Bei Krebs entarten Zellen, da ist kein Schuldeneintreiber am Werk. Lass solche Gedanken gar nicht erst zu, sie schaden dir nur.«

Ariane löste sich aus meinen Armen. »Das sagt sich alles so einfach. Aber es gibt inzwischen eine Menge Momente, da habe ich meine Gedanken nicht mehr im Griff. Da verselbständigen sie sich und bekommen eine Färbung, die mir bisher fremd war.«

»Du hast Angst«, sagte ich leise und nahm ihre Hand.

»Wie noch nie in meinem Leben.«

2

Der Hauptgang unseres Abendessens war längst kalt geworden. Keine von uns hatte ihn anrühren können, unsere Mägen waren wie zugeschnürt. Wieder und wieder hatten wir Arianes Situation besprochen. Um wenigstens für den Moment auf andere Gedanken zu kommen, nahm ich den Faden vom Nachmittag wieder auf: »Von wem hast du diesen Engel?«, fragte ich.

Ariane zuckte die Schultern und tat so, als sei er nicht wichtig. Aber das nahm ich ihr nicht ab.

Meine romantische Ader ging mit mir durch, und ich stellte mir vor, sie habe sich verliebt ... trotz alledem. »Ist er ein Geschenk, das dich in dieser Zeit jetzt beschützen soll?«

»Nein.« Dabei sah sie jedoch nicht mich an, sondern Judith, die sich mit einem Mal intensiv für ihr Essen zu interessieren begann.

»Wenn es einen neuen Mann in deinem Leben gibt, kannst du es ruhig sagen. Auch wenn meine Ehe gerade in die Brüche gegangen ist, heißt das noch lange nicht, dass ich mich nicht für dich freuen würde. Ich würde mich sogar sehr freuen. Und das weißt du auch. Also heraus damit! Wer ist es?«

»Es gibt keinen neuen Mann, der Engel ist von einem früheren Liebhaber. Du kennst ihn nicht.«

Ohne die Vorgeschichte mit Svenjas Vater wäre ich darüber hinweggegangen. So aber wurde ich hellhörig und hakte nach. »Ist er von diesem Andreas?«

Widerstrebend nickte sie und schien mit sich zu ringen. Es dauerte einen Moment, bis sie antwortete. »Als ich damals nach dieser Nacht auf Sylt am Strand aufgewacht bin, war er bereits gegangen. Neben mir im Sand fand ich nur den Engel. Ich habe angenommen, dass er ihm beim An- oder Ausziehen aus der Tasche gefallen ist. Also habe ich ihn eingesteckt. Es war mehr ein Reflex als der Wunsch, eine Erinnerung an ihn zu behalten.«

»Und du hast diesen Mann nie wieder gesehen?«

»Es war eine One-Night-Affair, mehr nicht. Ich hatte gar nicht das Bedürfnis, ihn wiederzusehen.«

Ich ließ mir ihre Worte durch den Kopf gehen. »Was für ein Typ war er?«

»Worauf willst du hinaus?«

»Ich frage mich, welcher Typ Mann so einen Engel in der Hosentasche trägt. Solch ein Talisman passt viel eher zu einer Frau.«

»Vielleicht hat er ihn von einer Frau geschenkt bekommen«, meinte sie mit einem Schulterzucken.

Ich sah zwischen Ariane und Judith hin und her. »Heute Nachmittag, als ich gerade im Bad war, um mich umzuziehen, habt ihr euch wegen dieses Engels gestritten. Wusstest du von diesem Mann, Judith?«

Judith setzte gerade zu einer Antwort an, als Ariane ihr zuvorkam: »Nein, sie wusste genauso wenig von ihm wie du. Erinnerst du dich daran, als Lucas sich vor knapp neun Jahren zum ersten Mal von mir getrennt hat?«

Ich nickte.

»Dann weißt du auch noch, wie unglücklich ich damals war. Kurz darauf bin ich übers Wochenende nach Sylt gefahren, um auf andere Gedanken zu kommen. Ein paar Wochen danach stellte ich fest, dass ich schwanger war. Ich hatte gerade den neuen Job in London angeboten bekommen und nahm ihn an. Ich hatte eine kleine Wohnung in einer miesen Gegend von London, wo ständig eingebrochen wurde ...«

»Ich erinnere mich«, sagte ich. »Du hast damals davon geschrieben. Du hast so viel geschrieben, nur kein Wort darüber, dass du schwanger warst.«

»Ich wollte es nicht wahrhaben, Sophie. Lucas und ich hatten uns so sehr ein Kind gewünscht, wir hatten alles Mögliche versucht, und es hatte nicht geklappt. Unsere Beziehung ist damals daran zerbrochen. Und kaum verbringe ich eine Nacht mit einem anderen Mann, werde ich schwanger. Damit bin ich nicht fertig geworden. Ist doch auch perfide, findest du nicht?« In Erinnerung daran schüttelte sie den Kopf. »Der Engel war das Einzige, was ich von diesem Mann hatte. Er war das Einzige, was Svenja jemals von ihrem Vater haben würde. Also habe ich ihn in einem dick verklebten Umschlag an Judith geschickt und sie gebeten, das kleine Päckchen für mich aufzubewahren, es jedoch nicht zu öffnen. Ich wollte nicht, dass sie mir Fragen stellt. Ich wollte erst einmal selbst mit all dem fertig werden.« Sie schwieg. »Na ja, und später habe ich den Engel völlig vergessen. Bis Judith heute damit ankam.«

Judith räusperte sich. »Mir ist es wie Ariane gegangen, ich habe auch überhaupt nicht mehr an das Päckchen gedacht. Es fiel mir in die Hände, als ich letztes Wochenende ein paar Schubladen aufgeräumt habe. Im ersten Moment wusste ich nicht mehr, um was es sich handelte, deshalb habe ich es aufgerissen und den Engel darin gefunden.

Dann fiel mir ein, dass Ariane mir das Päckchen gegeben hatte. Also habe ich ihr den Engel heute mitgebracht.«

Ich sah zu Ariane. »Und du warst verärgert, weil sie das Päckchen geöffnet hat?«

»Ich hatte sie gebeten, es nicht zu tun. Sie hatte es versprochen.«

»Aber das ist doch inzwischen egal, Judith weiß von Andreas, ich weiß von ihm, und wenn du deinen Plan wahr machst, wird möglicherweise auch Lucas irgendwann von Svenjas Vater erfahren. Wobei ich hoffe, dass das nicht passiert.«

»Mach dir keine Sorgen um ihn. Er ist nicht allein, seine Frau wird ihn schon trösten.«

»Ich mache mir keine Sorgen um Lucas. Ich meinte damit eigentlich nur, dass ich hoffe, dass deine Krankheit einen anderen Verlauf nimmt.«

Als ich am nächsten Morgen aufwachte, hatte ich das Gefühl, kaum ein Auge zugetan zu haben. Wahrscheinlich trog es, und ich hatte nur sehr unruhig und mit vielen Unterbrechungen geschlafen. Wann immer ich aus dem Schlaf hochgeschreckt war, hatte ich Ariane vor Augen, hörte ihre Stimme, wie sie sagte: *Ich habe Krebs*. Allein die Vorstellung, sie könnte sterben, tat unfassbar weh. Wie würde es erst sein, wenn …?

Ich nahm mir vor, im Internet zu recherchieren, sobald ich wieder zu Hause war. Ich würde noch den kleinsten Hinweis verfolgen. Vielleicht hatte Ariane etwas übersehen, irgendetwas. Vielleicht gab es alternative Therapien, Studien für neue Medikamente.

»Glaubst du, das hat sie nicht längst selbst recherchiert?«, fragte mich Judith am Frühstückstisch, während wir auf Ariane warteten. »Ariane und du – so unterschiedlich ihr sonst seid –, in dieser Hinsicht gebt ihr euch nichts. Ihr seid Perfektionistinnen, die nichts dem Zufall überlassen. Ich bin mir sicher, sie weiß inzwischen mehr über diese Krankheit als ihre behandelnden Ärzte.«

»Ich verstehe diese Ärzte nicht. Wie können die so brutal sein und ihr die Hoffnung nehmen? Jeder Körper ist anders, jeder reagiert anders. Wie können die ihr so schonungslos sagen, dass sie sterben muss?«

»Wenn es die Wahrheit ist, ist es nur fair, es ihr zu sagen, damit sie ihre Vorkehrungen treffen kann.«

»Was ist fair daran, einer Siebenunddreißigjährigen mit einer achtjährigen Tochter ihr Todesurteil mitzuteilen?«

»Was sollen sie deiner Meinung nach tun? Sie in dem Glauben lassen, alles würde gut? Sie hat eine Verantwortung für Svenja, und sie hat ein Recht darauf, zu wissen, was vielleicht mit ihr geschieht.«

»Wozu? Damit sie sich von jetzt an in jeder Sekunde ihres Lebens fürchtet?«

Judith atmete tief durch. »Damit sie kämpfen kann, solange es Sinn macht, und sich irgendwann würdig verabschieden kann.«

Ich sah sie an, und es kam mir vor, als sehe ich sie zum ersten Mal. »Wie kannst du das nur so distanziert sehen? *Würdig verabschieden* – wir reden hier über Ariane.«

»Ich wünsche mir genau wie du nichts sehnlicher, als dass Ariane das überlebt, dass sie noch viele Jahre Zeit hat, um Svenja weiter aufwachsen zu sehen. Aber wenn es nicht so sein soll, wenn sie es nicht schaffen kann, wünsche ich ihr, dass sie Zeit für ihren Abschied hat.«

»Du bist Hebamme, Judith ...«

»Eben deshalb. Für mich ist die Begrüßung auf dieser

Welt genauso wichtig wie der Abschied von ihr. Ich mache nicht zuletzt deshalb Hausgeburten, damit die Kinder es schön haben, wenn sie die Augen aufschlagen, mit sanftem Licht, leiser Musik und …«

»Und so stellst du es dir auch für Ariane vor?«

»So wünsche ich es mir für uns alle, wenn wir gehen müssen«, sagte sie in einem liebevollen Tonfall.

Ich schüttelte den Kopf. »Irgendetwas muss ich tun, ich kann nicht untätig herumsitzen und abwarten, was passiert.«

»Geh auf deine Reise, in drei Monaten …«

»Wird die Welt anders aussehen? Das glaubst du doch selbst nicht. Ich werde nicht fahren, jedenfalls nicht gleich am Montag.«

»Ich werde dir mailen, du kannst die Reise jederzeit abbrechen, sollte sich ihr Zustand verschlechtern.«

»Wenn sie mit der Chemo anfängt, wird es ihr schlecht gehen, sie wird Hilfe brauchen.«

»Mach dir keine Sorgen, ich kann mich um Svenja kümmern, wenn es Ariane zu viel wird.«

»Aber du kannst dich nicht um Svenja *und* Ariane kümmern. Ich würde ohnehin keine Ruhe finden, wenn ich jetzt führe. Ich wäre mit meinen Gedanken ständig hier.«

Judith sah mich lange an, ohne ein Wort zu sagen. »Und was ist mit Peer? Wolltest du nicht weit weg sein, wenn er auszieht?«

»Jetzt muss ich es eben schaffen, dabei zuzusehen.« Meine Stimme klang überzeugter, als ich mich fühlte.

»Wird er zu ihr ziehen?«

»Nein. Jedenfalls sagt er das. Er hat sich eine kleine Wohnung gemietet und meinte, das sei sein Weg, um sein Leben neu zu ordnen und Ruhe zu finden.«

»Gib euch beiden dafür die Zeit, wer weiß, vielleicht ...«
»Nein, Judith, für mich gibt es kein Zurück.«
»Es gibt immer ein Zurück, außer du hast so etwas Grässliches wie unheilbaren Krebs«, sagte Ariane und setzte sich zu uns.

Während des Frühstücks und später auf unserem Spaziergang durch den Wald bestand Ariane darauf, ihre Krankheit bei unseren Gesprächen an diesem Vormittag auszusparen. Sie wollte auf andere Gedanken kommen, etwas Heiteres hören. So erzählte Judith voller Humor und Hingabe von ihrer letzten Hausgeburt.
»Wenn man dir zuhört, dürfte eigentlich keine Frau mehr im Krankenhaus entbinden«, sagte Ariane mit einem kleinen Lächeln.
»Darum beneide ich dich«, meinte ich zu ihr. »Immerhin hast du mal die Erfahrung gemacht, bei Judith zu entbinden.«
»Du bist jederzeit herzlich eingeladen, diese Erfahrung auch zu machen, Sophie«, feixte Judith. »Und wenn du nicht so ein Workaholic wärst, hättest du sie längst machen können.«
Sie hatte recht. Wegen meines Jobs hatte ich die Entscheidung, schwanger zu werden, immer wieder hinausgeschoben, und jetzt war es zu spät. »Ich bin froh, dass wir keine Kinder haben. Sonst wäre unsere derzeitige Situation noch schwieriger.« Ich konnte nicht darüber nachdenken, ohne dass mir die Tränen kamen. Mit der Trennung von Peer musste ich mich auch von dem Gedanken an ein Kind verabschieden.
»Du kannst immer noch zurück«, sagte Ariane und strich mir über den Arm.

Stumm schüttelte ich den Kopf.

»Und wenn du mich um die Hausgeburt bei Judith beneidest, dann erinnere dich bitte daran, dass Svenja als Sturzgeburt in Judiths Wohnzimmer auf die Welt gekommen ist.« Ariane gab sich alle Mühe, mich aufzuheitern.

Ich ging darauf ein. »Du warst wegen eines Termins aus London gekommen, und wir waren verabredet. Eigentlich hatte ich schon abends kommen wollen, was aber wegen einer Eilsache in der Kanzlei nicht klappte. Als ich am nächsten Morgen kam, lagst du in Judiths Bett, und auf deinem Bauch lag Svenja. Du warst fürchterlich aufgeregt. Und Svenja war so winzig. Ich habe mich gar nicht getraut, sie anzufassen.« Obwohl acht Jahre seitdem vergangen waren, hatte ich diese Szene noch lebendig vor Augen. »Soll ich versuchen, etwas über Svenjas Vater herauszufinden?«

»Das wird dir nicht gelingen, Sophie. Ich kenne nur seinen Vornamen.«

»Wie alt war er?«

»Etwa in meinem Alter, vielleicht ein wenig älter. Aber spar dir die Mühe Es wird massenhaft Männer geben, die Andreas heißen und Ende dreißig sind.«

»War er ein Einheimischer?«

»Nein, er war genau wie ich nur übers Wochenende dort.«

»Und er hat nicht zufällig erzählt, aus welcher Stadt er kommt?«

Geduldig schüttelte sie den Kopf.

»Erinnerst du dich noch, wie die Gastgeber dieser Party auf Sylt hießen?«

»Nein.«

»Und was ist mit diesen flüchtigen Bekannten, die dich mit zu der Party genommen haben?«

»Ich erinnere mich nicht einmal mehr an ihre Vornamen.«

»Falls du weißt, wo das Haus stand, könnte ich ...«

»Vergiss es. Das könnte überall gestanden haben, ich habe keinen blassen Schimmer. Als wir dort ankamen, hatte ich schon jede Menge getrunken.«

Ich dachte nach »Diese kleine Engelsfigur ist ganz sicher keine Massenware. Wenn du magst, gib sie mir. Ich könnte damit ein paar Juweliere in Frankfurt abklappern und fragen, wo man so etwas bekommt.«

Ariane machte keine Anstalten, mir den Engel zu geben.

»Keine Sorge, ich werde gut auf ihn aufpassen.«

Nachdem sie ein paar Sekunden lang nachgedacht hatte, zog sie den Engel aus der Hosentasche und reichte ihn mir.

»Das ist Zeitverschwendung, Sophie«, mischte Judith sich ein. »Überleg mal: Da verliert jemand auf Sylt einen Gegenstand, und du glaubst, in Frankfurt etwas darüber erfahren zu können. Das ist doch völlig aussichtslos! Fahr lieber in dein Kloster und ...«

»Vielleicht finde ich einen klitzekleinen Anhaltspunkt, wer weiß.«

Judith blieb stehen und stöhnte genervt. »Sophie ... du musst nicht immer gleich eingreifen und handeln, du kannst den Dingen auch einfach mal ihren Lauf lassen.«

»Nein, das kann ich in diesem Fall nicht. Ariane möchte ...«

»Du hast gehört, was sie möchte. Sie möchte, dass Svenja im Fall des Falles bei mir aufwächst. Dieser Andreas – solltest du ihn tatsächlich ausfindig machen – ist nichts weiter als ein Fremder für Svenja. Habt ihr beide euch mal überlegt, was das für das Kind bedeuten würde?« Ihr Blick war beredt genug: Erst würde Svenja ihre Mutter verlieren, nur um zu einem Vater zu kommen, den sie nicht kannte und der sie vielleicht noch nicht einmal haben wollte.

Genau dieser Gedanke war mir auch schon gekommen. Ich hielt Ariane den Engel hin. »Es stimmt, was Judith sagt. Es war eine blödsinnige Idee.«

Ariane vergrub die Hände in den Manteltaschen und schüttelte den Kopf. »Nein, behalte ihn. Vielleicht ist die Idee gar nicht so blödsinnig. Vielleicht findest du tatsächlich einen Anhaltspunkt.«

»Ariane, was soll das?«, fragte Judith. »Denk bitte mal nach!«

»Das habe ich gerade getan«, antwortete sie. »Sollte Sophie etwas über Andreas herausfinden, zwingt mich das nicht, mit dieser Information etwas anzufangen. Aber ich hätte sie immerhin ... für den Notfall.«

»Wozu? Das verstehe ich nicht«, insistierte Judith.

»Auch dir könnte etwas passieren. Oder du findest einen Partner und gründest eine Familie mit ihm. Es ist nicht gesagt, dass er von Svenja genauso begeistert wäre wie du.«

»In dem Fall wäre immer noch Lucas für sie da. Ich kann mich nur dem anschließen, was Sophie gestern gesagt hat: Er war ein schlechter Ehemann, aber er ist ein guter Vater.«

»Und was ist, wenn Svenja mal eine Niere von einem nahen Verwandten bräuchte?«, fragte Ariane.

Entgeistert starrten wir sie an. Katastrophenszenarien hatten ihr bisher völlig ferngelegen. Sie hatte sich eher darüber lustig gemacht. Aber das, so wurde mir schlagartig bewusst, war zu einer Zeit gewesen, als sie glaubte, ihr

Schicksal in der Hand zu haben. Es tat mir weh, zu sehen, was diese Krankheit anrichtete. Sie raubte jegliche Sicherheit und Zuversicht. Ich steckte den Engel wieder ein.

»Also gut«, entschied ich, »ich versuche es bei den Juwelieren. Mal sehen, wie weit ich damit komme.«

»Eine Bitte habe ich«, sagte Ariane. »Solltest du tatsächlich etwas herausfinden, dann sag es mir, und tritt bitte nicht mit dem Betreffenden in Kontakt. Du könntest damit etwas anrichten, was im Moment gar nicht abzusehen ist.«

»Wie meinst du das?«, fragte ich. »Ist er doch verheiratet?«

»Ich habe dir gesagt, dass ich außer seinem Namen nichts über ihn weiß. Aber der Engel hat im Sand gelegen. Ich bin damals davon ausgegangen, dass er Andreas aus der Tasche gefallen ist. Was aber, wenn ich mich irre und jemand anders hat ihn verloren? Stell dir vor, du gehst zu demjenigen hin, sagst ihm, er habe damals am Strand eine Tochter gezeugt, und er ist es gar nicht. Und selbst wenn der Engel ihm tatsächlich gehört – nicht jeder Mann ist erbaut, wenn er erfährt, dass er ein Kind hat.«

»Ich mag ja manchmal übers Ziel hinausschießen, aber so weit würde ich nicht gehen.«

»Versprochen?«, fragten Ariane und Judith gleichzeitig.

Ich musste lachen. »Wenn es euch dann besser geht: Ja, versprochen!«

Als ich am späten Nachmittag nach Frankfurt zurückfuhr, spürte ich meine Erschöpfung. Es war mir schwergefallen, mich von Ariane zu verabschieden. Seitdem ich wusste, wie krank sie war, kam sie mir zerbrechlich vor. Am Montag würde sie mit der Chemotherapie beginnen.

In unserer Wohnung brannte Licht, also war Peer zu Hause. Ich hatte gehofft, ihm nicht über den Weg zu laufen, nicht in der Verfassung, in der ich war. Als ich die Tür öffnete, hörte ich ihn telefonieren. Ich schlich in mein Arbeitszimmer, ließ mich in den Sessel fallen und starrte auf die gepackten Koffer.

»Nein!«, rief ich, als Peer an die Tür klopfte.

Er kam trotzdem herein und lehnte sich gegen die Fensterbank. »Wie war euer Treffen?«, fragte er.

»Wie immer.«

Er schaute mich lange an. »Irgendetwas ist passiert, Sophie. Was ist es?«

»Nichts, was dich etwas anginge.«

»Du gehst mich etwas an. Immer noch und trotz alledem.«

»Lass mich bitte in Ruhe!«

»Ich würde gerne heute Abend mit dir essen gehen. Immerhin fährst du morgen für drei Monate weg. Wenn du wiederkommst, werde ich ausgezogen sein, deshalb dachte ich …«

»Ich fahre nicht, jedenfalls nicht morgen.«

»Was ist passiert?«, wiederholte er seine Frage, leiser dieses Mal.

Da ich ihn nicht ansehen konnte, ohne dass es mir einen Stich versetzte, sah ich auf meine Finger. »Ariane ist krank, sie hat Krebs. Es sieht nicht gut aus, wie sie sagt.«

»Oh, mein Gott …« Er machte ein Geräusch, als würde er nach Luft schnappen. »Und jetzt?«, fragte er. »Was wird sie tun?«

»Versuchen, so lange wie möglich durchzuhalten. Sie hat einen inoperablen Tumor an der Bauchspeicheldrüse. Morgen beginnt sie mit der Chemo.«

»Sie ist so jung ...« Er kam zu mir und kniete sich vor mich.

»Sie hat es Lucas noch nicht erzählt. Also bitte ... bitte halte deinen Mund. Sie will selbst mit ihm reden.«

»Ich werde nichts sagen, du kannst dich darauf verlassen.«

Ich sprach mir selbst Zuversicht zu. »Ariane ist eine Kämpfernatur, sie wird alles versuchen, was möglich ist. Außerdem wird unablässig geforscht. Vielleicht gibt es schon im nächsten Jahr einen Durchbruch. Ich meine, es steht doch ständig in der Zeitung, dass wieder etwas über ein Gen oder einen Eiweißstoff herausgefunden wurde, der bei der Entstehung von Krebs eine Rolle spielt.«

Er griff nach meinen Händen, aber ich entzog sie ihm. »Kann ich irgendetwas für dich tun?«, fragte er.

»Du hättest die Finger von dieser Frau lassen können.«

»Sophie, ich habe mich von ihr getrennt. Um dir das zu sagen, wollte ich mit dir essen gehen.«

»Für mich ändert sich dadurch nichts. Es ist zu spät.« Ich zog die Beine an und umschlang sie mit den Armen. »Wann ziehst du aus?«

Er zuckte zurück, als hätte ich ihn geschlagen. »Ich habe die Wohnung ab nächsten Samstag. So lange wirst du es hier mit mir noch aushalten müssen.«

3

Am nächsten Morgen wartete ich, bis Peer ins Büro gegangen war. Erst dann stand ich auf und machte mir Frühstück. Während ich ein Müsli aß, besah ich mir den Engel von allen Seiten. Er war so gearbeitet, dass er sich ohne Ecken und Kanten in die Hand schmiegte. Die Steine, die die Flügel schmückten, waren winzig, hatten aber trotzdem Feuer. Es war eine wunderschöne Arbeit. Jedoch konnte ich mich immer noch nicht mit der Vorstellung anfreunden, es sei der Talisman eines Mannes. Wenn der Engel gar nicht diesem Andreas gehörte und jemand anders ihn im Sand verloren hatte, würde meine Suche von Anfang an zum Scheitern verurteilt sein.

Aber ich musste es wenigstens versuchen. So fuhr ich in die Innenstadt und klapperte die Frankfurter Juweliere ab. Wie sich schnell zeigte, war es ein mühsames Unterfangen, das mir noch nicht einmal den kleinsten Anhaltspunkt bescherte. In den meisten Fällen erntete ich nach einem kurzen Blick auf den Engel ein Schulterzucken und ein bedauerndes Kopfschütteln. Die wenigen, die sich den Engel genauer ansahen, bestätigten nur meine Vermutung: Das Gold und die Steine waren echt, die Arbeit professionell ausgeführt. Weiterhelfen konnten sie mir jedoch nicht.

Nach acht Juwelieren gab ich auf und fuhr nach Hause. Dort setzte ich mich an den PC und begann, das Internet nach Schutzengeln zu durchforsten. Es gab unzählige Einträge, unter denen Schutzengel als Schmuck zu finden waren, meist als Geschenk zur Geburt oder Taufe. Wie naiv, zu glauben, ich könnte den Hersteller des kleinen Engels finden, indem ich mit ein paar Juwelieren sprach. Und noch etwas wurde mir bewusst, als ich die Fotos all dieser Engel betrachtete: Arianes Engel musste älteren Datums sein. Die angebotenen Schmuckstücke im Internet sahen durchweg moderner aus.

Bevor ich den PC ausschaltete, gab ich über Google das Stichwort *Bauchspeicheldrüsenkrebs* ein und bekam eine Fülle von Ergebnissen. Zweieinhalb Stunden las ich nichts anderes und machte dabei Höhen und Tiefen durch. Mal glaubte ich, die Aussagen so zu verstehen, als könne Ariane diesen Tumor gar nicht überleben, dann wieder schöpfte ich Hoffnung: Ein neues Medikament wurde gerade im Rahmen einer Studie getestet. Ich wählte Arianes Handy-Nummer, erreichte jedoch nur die Mailbox. Bei dem Onkologen, der ihr die Chemo verabreichte, hatte sie es vermutlich ausgeschaltet.

Ich ging hinaus, um frische Luft zu schnappen. Während ich ziellos durch die Straßen von Sachsenhausen lief, versuchte ich, das beklemmende Gefühl loszuwerden, das mich bei der Beschäftigung mit Arianes Krankheit beschlichen hatte. In manchen Momenten kam mir diese Krankheit unwirklich vor, wie etwas Fernes, Diffuses. Dann wieder wurde mir die reale Bedrohung bewusst. Verglichen damit war eine gescheiterte Ehe nur etwas, das weh tat. Es würde mich nicht umbringen. Ich musste lediglich meine Vorstellung von einem Glück zu zweit begraben. Aber auch das war nicht einfach, wie ich mir eingestand.

In Gedanken war ich vor einer kleinen Goldschmiedewerkstatt stehen geblieben. Ich betrachtete die eigenwilligen Schmuckstücke und betrat den Laden. Eine junge Frau sah von ihrer Arbeit auf. Ich zeigte ihr den Engel und fragte sie, ob sie ein ähnliches Stück schon einmal gesehen habe. Sie schüttelte bedauernd den Kopf. Ich hatte die Hand bereits an der Klinke, als sie mir empfahl, im Nachbarladen, einem Antiquitätengeschäft, nachzufragen. Die Besitzerin habe Ahnung von altem Schmuck.

Als ich vor ihrem Geschäft stand, drehte sie von innen gerade den Schlüssel um. Mit Gesten bat ich sie, mich schnell noch hineinzulassen. Ich hatte Glück: Sie öffnete die Tür.

»Kommen Sie herein!«, bat mich die Frau, die mit Sicherheit auf die siebzig zuging. »Schauen Sie sich nur um, auf die paar Minuten kommt es auch nicht mehr an.« Sie ging mir voraus und zeigte links und rechts auf die Auslagen und die Möbelstücke. Sie wirkte eher wie eine biedere Hausfrau als wie eine Antiquitätenhändlerin. »Falls Sie etwas Bestimmtes suchen, kann ich Ihnen vielleicht helfen.«

»Entschuldigen Sie, dass ich Sie so spät noch belästige, aber ich suche eigentlich nur eine Information. Ich habe ein kleines Schmuckstück, das ich gerne zu seinem Hersteller zurückverfolgen würde.«

»Warum?«

»Nicht, was Sie denken«, winkte ich ab. »Es handelt sich nicht um eine Reklamation. Es ist etwas Persönliches.«

»Das will ich hoffen«, sagte sie ohne die leiseste Andeutung eines Lächelns. »Alle alten Dinge haben ihre Geschichte, und die ist immer irgendwie persönlich.«

»Haben Sie sich deshalb mit Antiquitäten umgeben – wegen der Geschichten?«

»Mögen Sie einen Tee?«

Erst wollte ich sagen, ich hätte es eilig, überlegte es mir dann jedoch anders. »Gerne.«

Sie ging zur Ladentür, schloss sie ab und dirigierte mich zu einem Stuhl, dessen Lehne aus geschnitzten Blumen bestand, die sich mir beim Anlehnen in den Rücken bohrten. Während die Frau den Tee holte, sah ich mich in dem dämmrigen Laden um. Er beherbergte ein Sammelsurium der unterschiedlichsten Epochen. Bei einigen Sachen fragte ich mich, ob sie nicht eher unter Krimskrams fielen als unter Antiquitäten. Was ich trotz des schwachen Lichts erkannte, war die völlige Abwesenheit von Staub in diesem Laden. Alles glänzte, als würde es täglich abgewischt.

»So, da bin ich wieder.« Sie stellte das Tablett auf den kleinen Tisch zwischen uns und schenkte Tee in Tassen, die kitschig, aber schön waren. »Ich mische immer Rotbusch mit schwarzem Tee. Ich hoffe, Sie mögen das.«

»Trinken Sie mit all Ihren Kunden Tee?«

»Die meisten haben es eilig. Das verstehe ich gut, früher ging es mir ähnlich.«

»Wie alt sind Sie?«

»Dreiundsiebzig. Und jetzt sagen Sie bloß nicht, ich sei noch ganz schön fit für mein Alter. Ich bin nur im Kopf fit, in meinem Körper knarrt es gewaltig. Aber ich versuche, das zu ignorieren. Solange ich noch jeden Morgen aufstehen kann, werde ich auch den Laden öffnen. Sie sind jung, Sie wissen das noch nicht, aber wenn Sie älter werden, ist eine Aufgabe das A und O.«

»Wer rastet, der rostet?«

»Klingt, als könne man den Rost aufhalten. Aber glauben Sie mir: Auch wenn Sie nicht rasten, rosten Sie, das ist der natürliche Lauf der Dinge, gar nicht aufzuhalten. Die

Mittelchen, die das angeblich verhindern sollen, füllen nur die Säckel der Hersteller. Das werden Sie beizeiten feststellen. Wie alt sind Sie?«

»Siebenunddreißig.«

»Verheiratet?«

»Ja ... nein. Nicht mehr lange.«

»Überlegen Sie sich das gut! Zu zweit ist es weitaus schöner als allein. Mein Mann ist vor sechs Jahren gestorben, ich weiß, wovon ich rede. Wir hatten nicht immer eine gute Ehe, aber ich vermisse ihn trotzdem. Es gibt Dinge, die haben nur mit ihm Spaß gemacht. Und damit meine ich nicht den Sex.« Sie sprach das Wort aus, als habe sie es ein paarmal üben müssen, bevor es ihr einigermaßen locker über die Lippen kam.

Ich sah sie fragend an. »Was hat nur mit ihm Spaß gemacht?«

»Kleine Wochenendausflüge zum Beispiel, da waren wir wirklich ein gutes Team. Oder morgens früh aufstehen und zusammen Zeitung lesen. Er hat mir immer aus dem Sportteil vorgelesen, ich ihm die Todesanzeigen. Lesen Sie auch manchmal Todesanzeigen?«

Ich schüttelte den Kopf.

»Ist nicht jedermanns Sache, ich weiß. Aber ich stelle mir aus dem, was da geschrieben steht, die Geschichte dieser Menschen vor. Aus so einer Anzeige können Sie eine Menge herauslesen. Mein Mann mochte diese Geschichten. Und er mochte mein Essen. Für sich allein zu kochen macht keine Freude. Haben Sie Kinder?«

»Nein. Und Sie?«

»Einen Sohn und eine Tochter. Sind beide älter als Sie. Gute Kinder. Nur leider wohnen sie viel zu weit entfernt. Ich sehe sie nicht oft. Deshalb bin ich froh, dass ich den

Laden habe. Eigentlich ist es der Laden meines Mannes. Ich habe ihn nach seinem Tod einfach weitergeführt.«

»Die Goldschmiedin nebenan sagte mir, dass Sie Ahnung von altem Schmuck haben.«

»Zeigen Sie her!«

Ich legte den Engel neben ihre Teetasse.

Sie griff danach, hielt ihn nah vor ihre Augen und besah ihn sich von allen Seiten. »Gute Arbeit«, sagte sie schließlich, und stand auf. »Ich hole mir nur rasch eine Lupe.« Kaum war sie zurück, betrachtete sie den Gegenstand durch das Vergrößerungsglas. »Der alte Schanz hat diesen Engel gemacht.«

»Sie kennen tatsächlich den Hersteller?«

»Ungewöhnlich«, sagte sie, als habe sie mich gar nicht gehört. »Normalerweise hat er sehr viel schlichter gearbeitet. Ich meine damit nicht die Qualität, sondern die Ausführung. Es ist das erste Mal, dass ich etwas aus seiner Hand sehe, das mit Edelsteinen besetzt ist. Das passt eigentlich nicht zu ihm.«

Wieder etwas, das nicht passte. Ich fand, der Engel passte nicht zu einem Mann, mein Gegenüber fand, er passe nicht zu seinem Schöpfer.

»Die Person, die Ihnen den Engel geschenkt hat, muss große Überzeugungskraft besitzen. Wie ich gehört habe, hat der alte Schanz stets seinen Kopf durchgesetzt. Er ist nicht gerade das, was man heute als kundenorientiert bezeichnet. Eher ein Dickschädel.«

»Kennen Sie ihn?«

»Ich bin ihm nie persönlich begegnet, aber ich habe über die Jahre hin und wieder Arbeiten von ihm gesehen. Er hat ausschließlich Schutzheilige, Madonnenfiguren und Schutzengel gemacht.«

»Hat? Lebt er nicht mehr?«

»Ich wollte damit sagen, dass er längst nicht mehr arbeitet. Ob er noch lebt, kann ich Ihnen nicht sagen. Er müsste inzwischen über achtzig sein. Aber warten Sie – ich zeige Ihnen mal, was ich mit Schlichtheit meine.« Wieder stand sie auf und verschwand für einen Moment, um mir kurz darauf eine kleine silberne Madonnenfigur hinzuhalten.

Alles an ihr war nur angedeutet. Sie hatte eine feste Form und ließ doch eine Menge Raum für Phantasie. Nichts an dieser Figur erinnerte mich an Arianes Engel. Für mein Auge war keine gemeinsame Handschrift erkennbar.

»Schön, nicht?«, fragte sie.

Ich nickte. »Aber wie können Sie sich so sicher sein, dass dieser Herr Schanz auch den Engel gemacht hat? Ich kann zwischen beiden Figuren überhaupt keine Gemeinsamkeiten entdecken.«

Sie deutete auf die Rückseite des Engels und reichte ihn mir zusammen mit der Lupe. »Schauen Sie sich den Stempel an und vergleichen Sie ihn mit dem der Madonna.«

Ich tat, wie mir geheißen. »Stimmt«, sagte ich schließlich und konnte mein Glück kaum fassen. Sollte es so einfach sein, diesem Andreas auf die Spur zu kommen? Wenn die Ausführung des Engels tatsächlich so ungewöhnlich für seinen Schöpfer war, würde er sich möglicherweise an den Käufer erinnern. Nach den ergebnislosen Besuchen bei den Juwelieren hatte ich die Hoffnung schon fast begraben. »Wissen Sie zufällig, wie dieser Herr Schanz mit Vornamen heißt?«, fragte ich.

»Mit einem Zufall hat das wenig zu tun, eher mit meinem guten Gedächtnis. Er heißt Bernhard, Bernhard Schanz. Seine Werkstatt hatte er in Schlangenbad. Und ich meine, dort hat er auch gewohnt.«

Ich trank den Tee aus und stellte die Tasse ab. »Danke, Sie haben mir wirklich sehr geholfen.«

Noch einmal nahm sie den Engel in die Hand und betrachtete ihn. »Ich habe meinen Kindern immer erzählt, sie hätten einen Schutzengel. Bis meine Tochter einmal bei Rot über die Straße lief. Als ich mit ihr schimpfte, sagte sie, ihr Schutzengel habe bestimmt auf sie aufgepasst, es sei schließlich nichts passiert. Da ist mir bewusst geworden, in welche Gefahr ich sie damit gebracht habe.«

»Trotzdem ist es eine schöne Vorstellung, von einem Schutzengel begleitet zu werden.«

»Wer hat Ihnen diesen geschenkt?«, fragte sie.

»Er gehört einer Freundin, sie hat ihn vor vielen Jahren gefunden. Und jetzt möchte sie wissen, wem er gehörte.«

»Wem schenkt man so ein Schmuckstück?« Die alte Frau legte ihre Stirn in Falten. »Seiner Geliebten? Seiner Ehefrau?« Sie redete mehr zu sich selbst, als wolle sie eine Denksportaufgabe lösen.

»Oder seinem Ehemann?«

»Nein, nein«, wehrte sie ab, »das ist kein Geschenk für einen Mann.«

»Warum sind Sie sich so sicher?«

»Wegen der Steine, sie geben dem Engel eine sehr weibliche Note.«

»Aber vielleicht war gerade das beabsichtigt.«

»Können Sie sich einen Mann vorstellen, der diesen Engel in seiner Hemd- oder Hosentasche mit sich herumträgt? Ich nicht.«

Ich auch nicht, aber ich würde ihn hoffentlich finden.

»Ich kann mir allerdings die Person vorstellen, die dieses Geschenk gemacht hat.« Sekundenlang schloss sie die Augen. »Sie hat einen starken Hang zu Geld und Wohlstand, deshalb muss der Engel etwas hermachen. Aber sie hat auch eine ideelle, eine weiche Seite. Sie will jemanden beschützen.«

»Vielleicht ist es aber auch ein ganz konventionelles Geschenk, über das sich überhaupt niemand so viele Gedanken gemacht hat.«

»Das glaube ich nicht. In dem Fall hätte es auch ein konventionelles Stück getan, eines, das nicht extra angefertigt werden musste. Vergessen Sie nicht, was ich Ihnen über den alten Schanz gesagt habe: Diese Arbeit hat er nicht freiwillig gemacht.«

Ich lachte. »Es wird ihn wohl kaum jemand dazu gezwungen haben.«

»Aber es wird jemand große Überredungskunst aufgebracht haben.« Sie beugte sich vor. »Werden Sie es mir verraten, wenn Sie es herausgefunden haben? Ich bin sehr neugierig, wer von uns beiden recht hat.«

»Vielleicht ist alles ganz anders, und keine von uns hat recht.«

»Möglich.«

Ich steckte den Engel wieder ein und stand auf. »Danke für den Tee und für die Auskunft. Und natürlich werde ich es Ihnen verraten. Ohne Sie wäre ich noch keinen Schritt weiter.«

Sie streckte ihre Hand aus. »Ich heiße Elfriede Günther.«

»Sophie Harloff.« Ich drückte ihre Hand.

Sie hielt sie fest und sah mich eindringlich an. »Und das mit Ihrem Mann ... überlegen Sie es sich noch einmal. Geben Sie nicht zu schnell auf, manchmal lohnt es sich zu kämpfen.«

»Nein«, sagte ich, »in dem Fall lohnt es sich nicht.«

Die Gewichtungen hatten sich verschoben. Den ganzen Tag über hatte ich kein einziges Mal an mein Büro gedacht. Das, was sonst über viele Stunden hinweg meine Gedanken ausfüllte, war seit dem Wochenende in den Hintergrund getreten. Arianes existenzielle Bedrohung überdeckte alles.

Als ich dieses Mal versuchte, sie zu erreichen, gelang es mir. Sie meldete sich mit leiser Stimme.

»Ich habe sehr an dich gedacht«, begann ich. »Wie war deine erste Chemo?«

»Ich habe mir die ganze Zeit über vorgestellt, wie sich dieses Gift über die Tumorzellen hermacht.« Sie klang erschöpft. »Im Moment ist mir übel, und ich würde am liebsten die ganze Zeit schlafen.«

»Ich habe heute von einem neuen Medikament gelesen, das im Rahmen einer Studie getestet wird. Kannst du nicht ...?«

»Ich habe auch von der Studie gelesen. Mein Arzt will versuchen, mich noch darin unterzubringen.«

Einen Augenblick schwiegen wir beide. »Was kann ich für dich tun, Ariane?«

»Da sein, mit mir reden, das ist eine ganze Menge. Manchmal habe ich so große Angst, dass ich völlig erstarrt bin. Es ist, als ob ich falle und falle und noch nicht einmal meine Arme ausbreiten kann, um mich irgendwo festzuhalten. Wenn ich nachts aufwache, ist es am schlimmsten.«

»Soll ich zu dir kommen und bei dir übernachten?«

»Das ist lieb von dir. Aber das brauchst du nicht, jetzt noch nicht, vielleicht irgendwann. Ich möchte nicht im Krankenhaus sterben.«

Ich schluckte. »Das verstehe ich, aber du darfst nicht ...«

»Lass uns offen darüber reden«, unterbrach sie mich.

»Zu sterben ist gegenwärtig die wahrscheinlichste Aussicht für mich. Ich wollte mir noch nie etwas vormachen und will es auch jetzt nicht. Allein schon wegen Svenja muss ich mich der Realität stellen. Und Tatsache ist, dass dieses große Ding in meinem Bauch wächst. Ich habe mich immer für stark gehalten und mir viel auf meinen Willen eingebildet. Aber weder das eine noch das andere hat eine Chance gegen so ein paar verdammte entartete Zellen. Zum ersten Mal in meinem Leben kann ich nichts tun.«

»Aber du tust etwas. Du informierst dich, du lässt dich behandeln, du verdrängst deine Krankheit nicht. Du kämpfst. Wer will dir mit Gewissheit sagen, dass das alles nichts nützt?«

»Die Statistik, die Erfahrung der Ärzte.«

»Es gibt immer wieder Ausnahmen, Ariane. Warum solltest du nicht deine ganz eigene Perspektive haben – fernab jeder Statistik und Erfahrung?«

»Das ist, als würde ich fragen: *Warum ich?* Dabei sollte ich eher fragen: *Warum ich nicht?* Niemand ist gefeit dagegen, wie Judith gesagt hat: Wenn du Pech hast, erwischt es dich. Und dieses Mal habe ich Pech.« Sie putzte sich die Nase. »Erzähl mir etwas Schönes, irgendetwas.«

»Ich habe heute mit einer Frau gesprochen, die mir sagen konnte, wer deinen Engel gemacht hat. Es war ein Goldschmied aus Schlangenbad. Morgen werde ich versuchen, ihn ausfindig zu machen.« Schlagartig wurde mir bewusst, dass es sich dabei überhaupt nicht um etwas Schönes handelte. Immerhin wollte ich Svenjas Vater finden für den Fall, dass Ariane starb. »Entschuldige«, sagte ich, »ich habe geredet, bevor ich nachgedacht habe.«

»Sophie …« Sie stockte. »Ich möchte, dass du deine Reise machst.«

»Es ist kein Problem, sie zu verschieben, dazu habe ich immer noch Zeit.«

»Das weißt du nicht. Ich habe auch immer geglaubt, ich hätte für alles noch Zeit, aber das war ein Trugschluss. Mit einem Mal ist meine Zukunft kein leeres Blatt mehr, sondern da steht etwas geschrieben, etwas, das mir widerfahren wird. Und dieses Etwas lässt mich vieles nicht mehr tun. Mach die Reise jetzt.«

»Ich kann nicht, Ariane.«

»Ich werde noch hier sein, wenn du wiederkommst.«

»Aber es ist, als würde ich dich im Stich lassen.«

»Ich fühle mich nicht von dir im Stich gelassen. Ich werde dich irgendwann vielleicht sehr brauchen, dich und Judith. Aber so weit ist es noch nicht. Jetzt komme ich noch ganz gut klar. Jetzt kannst du die Reise machen. Du träumst schon so lange davon.«

»Ich hatte sie mir unter anderen Umständen erträumt.«

»Mit Peer, ich weiß. Nun machst du sie eben ohne ihn. Hauptsache ist, du fährst überhaupt.«

»Ich werde darüber nachdenken.« Vor ein paar Tagen war alles noch so klar gewesen. Jetzt war es, als wäre diese Klarheit in einzelne Teile zerfallen. »Gib Svenja einen Kuss von mir.«

In dieser Nacht kam Peer nicht nach Hause. Ich lag lange wach und horchte auf die Wohnungstür, aber nichts rührte sich. Warum hatte er mir gesagt, er habe sich von dieser Frau getrennt, wenn er die Nacht bei ihr verbrachte? Nur um mir wieder aufs neue wehzutun? Es tat weh. Ganz besonders, wenn ich mir die beiden miteinander vorstellte. Seitdem ich einmal so lange auf Peer eingeredet hatte, bis er mir ein Foto von ihr gezeigt hatte, konnte ich mir ein ungefähres Bild von ihr machen. Sie war ein sportlich-femininer Typ mit einem übermütigen Lachen, das mir einen Stich versetzte, als ich es betrachtete. Peer hatte ihr Lachen mit der Kamera eingefangen. Dieser Moment hatte nur den beiden gehört. War er danach zu mir zurückgekommen und hatte mir von einem anstrengenden Tag erzählt? Von zusätzlicher Arbeit im Büro?

Ich hielt es nicht aus und rief Judith an. Meist ging sie erst sehr spät schlafen. Es war halb eins, wenn ich Glück hatte, war sie noch wach.

»Aster«, meldete sie sich nach dem ersten Klingeln.

»Wartest du auf den Anruf einer Schwangeren?«, fragte ich.

Sie erkannte meine Stimme. »Nicht nur, es könnte auch etwas mit Ariane sein. Ihr war heute Abend sehr übel von der Chemo.«

»Ich habe Angst um sie.«

»Ich auch«, sagte Judith. »Wenn es schon diese Krankheit sein musste, warum nicht Hautkrebs? Den hätte sie wenigstens rechtzeitig erkennen können. Aber ausgerechnet die Bauchspeicheldrüse ...«

»Es gibt ein neues Medikament, das gerade getestet wird.«

»Ja, davon hat sie mir erzählt. Ich bete, dass sie an dieser Studie teilnehmen kann. Das wäre ein wirklicher Hoffnungsschimmer. Ich darf gar nicht daran denken, was wäre, wenn ...« Sie schwieg. »Svenja ist noch so jung.«

»Ariane auch«, sagte ich mit einem Kloß im Hals. »Mit siebenunddreißig solltest du dich nicht mit dem Tod auseinandersetzen müssen. Bislang habe ich mir nie vorgestellt, eine von uns könnte mal nicht mehr da sein. Ich bin ganz selbstverständlich davon ausgegangen, dass wir drei noch mit achtzig ...« Ich schluckte die Tränen hinunter.

»Ariane hat vorhin gesagt, ihre Zukunft sei mit einem Mal kein leeres Blatt mehr, da stehe jetzt etwas geschrieben, das ihr widerfahren wird. Die haben ihr jede Hoffnung genommen, Judith.«

»Ariane ist eine Kämpfernatur. So schnell gibt sie nicht auf. Sie wird allein schon für Svenja alles Erdenkliche tun.«

Ich holte tief Luft. »Und ich werde sehen, was ich über Svenjas Vater herausfinden kann. Einen kleinen Schritt habe ich geschafft. Immerhin weiß ich jetzt, wie der Goldschmied heißt, der den Engel gemacht hat.«

Anstatt sich mit mir zu freuen, wurde Judith ungehalten. »Sophie, warum lässt du nicht die Finger davon? Das bringt nichts.«

»Natürlich bringt es etwas«, begehrte ich auf. »Hast du mir nicht zugehört? Der Goldschmied ...«

»Was soll Gutes daraus entstehen, wenn du herausfindest, wem der Engel einmal gehört hat? Svenja liebt Lucas, er ist ihr Vater. Warum willst du Unruhe da hineinbringen?« Judith ereiferte sich in einer für sie vollkommen untypischen Weise.

»Ariane hat uns um Hilfe gebeten. Du warst dabei. Sie will auf keinen Fall, dass Svenja zu Lucas kommt. Ich finde es auch nicht richtig, aber ...«

»Hast du mal darüber nachgedacht, was du ... nein, was wir alle Lucas damit antun? Er glaubt, Svenja sei seine Tochter.«

»Darüber habe ich genau wie du nachgedacht. Ich habe mich auch gefragt, was all das für Svenja bedeutet. Aber ich möchte Ariane helfen. Natürlich ist mir bewusst, dass es Lucas tief verletzen würde, sollte er erfahren, dass er nicht Svenjas Vater ist. Aber glaubst du allen Ernstes, er würde sein Kind deshalb weniger lieben?«

»Nein, aber er wird vielleicht gar nicht mehr die Gelegenheit haben, ihr diese Liebe zu zeigen, weil Svenja ihm entzogen wird. Keine von uns kann abschätzen, was dieser Andreas tut, wenn er erfährt, dass er vor acht Jahren Vater geworden ist. Am besten wäre es, wir würden einen Weg finden, dass Svenja im Fall des Falles zu mir käme. Ariane wäre beruhigt, und Svenja könnte weiter Lucas sehen. Gibt es denn keinen juristischen Weg, um das zu erreichen?«

»Solange Svenja einen Vater hat, der sich liebevoll um sie kümmert, wird er immer das Vorrecht haben.« Und das war gut so. Trotzdem würde ich mich – Ariane zuliebe – weiter auf die Suche nach diesem Andreas machen.

4

Der alte, umgebaute Bauernhof lag am Ortsrand von Schlangenbad. Die Adresse hatte ich von der Auskunft erfahren. Nachdem ich am Vormittag mehrmals versucht hatte, telefonisch jemanden zu erreichen, stand ich jetzt vor der Tür und klingelte. Es dauerte, bis neben der Tür ein Fenster geöffnet wurde. Eine alte Frau musterte mich in aller Seelenruhe.

»Ja, bitte?«, fragte sie.

»Guten Tag, mein Name ist Sophie Harloff. Ich bin auf der Suche nach Bernhard Schanz.«

»So schnell haben mein Mann und ich gar nicht mit Ihnen gerechnet, Moment bitte, ich öffne Ihnen gleich.« Sie schloss das Fenster und tauchte kurz darauf an der Tür auf. »Kommen Sie bitte herein.«

Verwundert folgte ich ihr über den Steinboden durch einen dämmrigen Flur. Warum hatte sie mit meinem Besuch gerechnet? Hatte etwa die Antiquitätenhändlerin hier angerufen und mich angekündigt?

In dem kleinen Wohnzimmer, das wir betraten, saß ein alter Mann in einem Rollstuhl, den Rücken uns halb zugewandt. Es war nicht zu erkennen, ob er schlief oder aus dem Fenster schaute.

Sie ging zu ihm, legte die Hand auf seine Schulter und bedeutete mir, näher zu kommen. Damit er in den Raum sehen konnte, drehte sie den Rollstuhl herum. Bernhard

Schanz war sehr dünn, fast knochig und wirkte verloren in seinem Stuhl. »Bernhard, das hier ist Schwester Sophie, sie kommt vom Pflegedienst«, sagte sie in einer beachtlichen Lautstärke. Allem Anschein nach war ihr Mann schwerhörig. Und nicht nur das: Eine Gesichtshälfte sah aus, als habe sie alle Kraft verloren, sie hing herunter.

»Oh, nein, das ist ein Missverständnis«, beeilte ich mich zu sagen. Ich konnte meinen Blick nur schwer vom Gesicht des alten Goldschmieds lösen. »Ich komme nicht vom Pflegedienst.«

»Nicht?« Frau Schanz sah mich verwundert an. »Aber sagten Sie nicht …?«

»Ja, ich sagte, dass ich Bernhard Schanz suche, aber …« Ich holte den Engel aus meiner Tasche hervor. »Hier, sehen Sie, diesen Engel hat Ihr Mann einmal gemacht. Und ich würde gerne wissen, für wen.« Ich hielt ihn so, dass auch er einen Blick darauf werfen konnte.

Sie kam mit ausgebreiteten Armen auf mich zu, als wolle sie mich einfangen und aus dem Raum scheuchen. »Damit können Sie ihn jetzt wirklich nicht behelligen. Mein Mann ist krank. Er hatte einen Schlaganfall und muss sich erholen. Er ist frühestens in ein paar Monaten so weit, dass …«

»Aber vielleicht kann er sich den Engel nur einmal kurz ansehen. Wie mir eine Antiquitätenhändlerin in Frankfurt versicherte, wird er sich bestimmt an diese Arbeit erinnern, da sie so ungewöhnlich für ihn ist.«

Als hätte er meine Worte gehört, beugte sich der alte Mann in seinem Rollstuhl vor und streckte eine Hand aus, während die andere bewegungslos in seinem Schoß liegen blieb.

Seine Frau, der sein Interesse entgangen war, sagte: »Bitte, gönnen Sie meinem Mann Ruhe, er …«

»Kommen Sie näher«, unterbrach er seine Frau. Seine Sprache war undeutlich und verzögert. »Was haben Sie da?«

Mit einem entschuldigenden Blick an seine Frau ging ich zu ihm und hielt ihm den Engel hin. Ich sprach so laut wie seine Frau. »Ich möchte Sie nicht lange belästigen, Herr Schanz, ich wüsste nur gern, für wen Sie diesen Engel gearbeitet haben. Er ist doch von Ihnen, oder?« Ich legte ihm den Engel in die geöffnete Hand.

Ohne ein Zeichen des Erkennens blickte er auf den Gegenstand in seiner Hand. Als ich schon glaubte, ich sei umsonst gekommen, begann er zu sprechen: »Zwanzig Jahre ist das her... ungefähr.« Hilfesuchend sah er zu seiner Frau. »Das Jahr, als Manuel den Unfall hatte.«

»Manuel ist unser Sohn«, sagte seine Frau zu mir gewandt. »Der Unfall ist vierundzwanzig Jahre her. Schlimm war das. Er war lange in der Reha. Damals konnten wir uns nicht vorstellen, dass es jemals wieder gut würde, er hatte sich fast jeden Knochen im Leib gebrochen. Aber es ist wieder gut geworden. Zum Glück.« Sie strich ihrem Mann über die Schulter. Es war eine wortlose Botschaft: *Das haben wir auch durchgestanden.*

Mir war es unangenehm, diese beiden Menschen noch länger zu belästigen. Deshalb versuchte ich, es kurz zu machen. »Den Engel habe ich gefunden, und ich würde ihn sehr gerne seinem Besitzer zurückgeben. Können Sie mir vielleicht helfen, ihn ausfindig zu machen? Wer immer ihn verloren hat, wird sicher unglücklich darüber sein und sich freuen, ihn wiederzubekommen.«

Der Talisman ruhte immer noch in der Hand des alten Goldschmieds. Er besah ihn sich genau.

»Elfriede Günther, eine Antiquitätenhändlerin aus Frankfurt, sagte mir, dass Sie Ihre Arbeiten eigentlich viel schlichter gehalten haben. Vielleicht können Sie sich deshalb an diesen Engel erinnern.«

Er bewegte den Kopf langsam auf und ab. »Ich erinnere mich an jede meiner Arbeiten ... jede einzelne. Diese hier war teuer. Aber die Dame wollte es so.«

»Sie muss ein noch größerer Dickschädel gewesen sein als mein Mann«, sagte Frau Schanz. »Sonst hätte sie ihn nie erweichen können. Mein Mann arbeitete nicht gerne mit Steinen, er fand sie zu ...«

»Kalt«, unterbrach er seine Frau. »Steine sind kalt.« Ein dünnes Rinnsal Speichel lief ihm aus dem gelähmten Mundwinkel. Seine Frau zückte sofort ein Taschentuch und wischte es weg. »Konnte sie nicht davon überzeugen. Sie wollte die Steine um jeden Preis.«

»Sie? Die Käuferin war eine Frau?«

»Eine Dame, sehr couragiert«, antwortete er. Nicht nur das Sprechen schien ihn anzustrengen. Die Hand, in der er den Engel hielt, sackte in seinen Schoß, und er hatte Mühe, die Augen offen zu halten.

Das zumutbare Maß war ausgereizt. »Ich glaube, ich komme ein anderes Mal wieder«, sagte ich in einem entschuldigenden Tonfall.

Ich hatte den Satz noch nicht zu Ende gesprochen, als Bernhard Schanz' Augen bereits zugefallen waren. Behutsam löste seine Frau den Engel aus seiner Hand und gab mir ein Zeichen, ihr zu folgen. Als würde er trotz seiner Schwerhörigkeit von Geräuschen gestört, schloss sie leise die Tür und sprach auch im Flur nur mit gedämpfter Stimme. »Vielleicht kann ich Ihnen helfen, den Besitzer des Engels zu finden. Mein Mann hat ausschließlich Auftragsarbeiten gefertigt.«

»Was jede seiner Arbeiten zu einem Unikat macht.«

»Richtig. Und ich habe stets seine Buchhaltung gemacht. Damit wollte er sich nicht belasten.«

»Aber es ist vierundzwanzig Jahre her.« Sie musste die Unterlagen nur zehn Jahre lang aufbewahren.

»Ich werfe nichts fort«, sagte sie in einem Ton, als wären die Finanzbehörden nicht ganz gescheit, eine nur zehnjährige Aufbewahrungsfrist zu fordern. »Wenn Sie mir ein paar Tage Zeit geben und mir Ihre Telefonnummer hinterlassen, suche ich Ihnen die Rechnung heraus.«

»Das würden Sie tun?«, fragte ich.

Sie nickte. »Normalerweise würde ich keinen Namen herausgeben. Unsere Kunden haben sich immer auf unsere Diskretion verlassen können. Aber in diesem Fall werde ich eine Ausnahme machen. Wenn Sie schon eine ehrliche Finderin sind, will ich auch meinen Teil dazu beitragen, dass der Engel wieder zu seinem Schützling kommt.«

Schützling hatte sie gesagt. Als solchen stellte ich mir diesen Andreas überhaupt nicht vor, überlegte ich auf der Rückfahrt. Andererseits: Warum sollte ein erwachsener Mann nicht beschützt werden wollen oder sollen? Wenn er ihn vor vierundzwanzig Jahren geschenkt bekommen hatte und er etwa in Arianes Alter oder ein wenig älter war, musste er damals mitten in der Pubertät gewesen sein. Wer aber schenkte einem halbwüchsigen Jungen einen Schutzengel, der mit Edelsteinen besetzt war? Bernhard Schanz hatte von einer Dame gesprochen. Entweder hatte sich die Käuferin ausschließlich von ihrem eigenen extravaganten Geschmack leiten lassen, oder der Engel gehörte gar nicht Arianes Andreas – was mir in diesem Moment als die wahrscheinlichere Variante erschien. In dem Fall würde ich vielleicht den Besitzer des Engels ausfindig machen, aber nicht Svenjas Vater.

Auf halber Strecke entschloss ich mich, nicht gleich nach Frankfurt zurückzufahren, sondern Ariane zu besuchen. Ich kaufte einen bunten Strauß Tulpen und für Svenja eine Fee für ihre Sammlung. Ariane wohnte im dritten Stock eines Altbaus, in dem es keinen Aufzug gab. Während ich die Treppen hinaufstieg, wurde mir bewusst, welche Mühe sie Ariane in der nächsten Zeit bereiten würden.

Eingewickelt in eine Decke begrüßte sie mich an der Wohnungstür. Sie sah durchscheinend und blass aus. »Komm rein.« Die Blumen brachten sie zum Lächeln. »Sind die schön! Du musst sie in die Vase stellen, mir geht es heute nicht so gut, ich lege mich wieder aufs Sofa.«

»Soll ich dir auch gleich einen Tee machen? Vielleicht Kamille?«

»Fenchel wäre gut, der beruhigt meinen Magen.«

»Okay. Ist Svenja zu Hause? Ich habe ihr eine Fee mitgebracht.«

»Wie lieb von dir. Am besten legst du ihr dein Geschenk in ihr Zimmer, dann findet sie es heute Abend. Sie verbringt den Nachmittag bei einer Freundin. Ich hätte heute gar nicht die Kraft, mich um sie zu kümmern.«

»Leg dich wieder hin, Ariane, ich mache schnell den Tee.« Als ich kurz darauf mit einem Tablett ins Wohnzimmer kam, hatte sie die Augen geschlossen. Leise setzte ich das Tablett ab, stellte die Vase mit den Tulpen auf eine Kommode und ließ mich in den Sessel ihr gegenüber sinken. Es war still im Zimmer. Das Rauschen des Verkehrs war in weiter Ferne zu hören..

»Es ist, als ob du von einem Tag auf den anderen eine neue Welt betrittst«, sagte Ariane. »Es ist eine Welt mit ganz eigenen Gesetzen, eine Welt, in der der Kranke der Normalbürger ist. All die anderen Patienten, denen ich bei meinem Arzt begegne, sind auch schwer krank. Da geht es nur um das Stadium deiner Krankheit, um alternative Heilmethoden, um Metastasierung, um die Nebenwirkungen der Chemo oder der Bestrahlung. Es ist eine Welt, in der du die Angst riechen kannst. Aber seltsamerweise spürst du auch Hoffnung. Sie ist wie ein Unkraut, das sich überall hindurchgräbt. Ist das nicht perfide? Da sagt dir einer, dass du vielleicht bald sterben musst, und du hast Hoffnung. Als würdest du von einem Hochhaus fallen und, während du stürzt, die Hoffnung entwickeln, dass sich die Erde dort unten auftut oder dass sie weich federt, wenn du aufschlägst. Dass du überlebst, was du eigentlich gar nicht überleben kannst.« Ariane hielt ihre Augen weiter geschlossen. Aus ihren Augenwinkeln tropften Tränen. »Die Erde muss sich auftun, Svenja ist noch viel zu jung. Sie soll nicht so früh ihre Mutter verlieren. Das wäre ein zu brutaler Einschnitt in ihrem Leben.«

»Weiß Svenja inzwischen, dass du krank bist?«

»Eigentlich wollte ich es ihr so lange wie möglich verheimlichen. Aber Judith hat mich davon überzeugt, dass es besser ist, ihr die Wahrheit zu sagen. Svenja spürt wohl ohnehin, dass etwas Bedrohliches mit mir geschieht. Und ich will nicht, dass sie es von anderen erfährt. Außerdem soll sie mich immer fragen können, wenn sie sich Sorgen macht.« Sie setzte sich auf und nahm vorsichtig einen Schluck Tee. »Am liebsten würde ich so viel Zeit wie möglich mit ihr verbringen und sie mit Liebe vollstopfen, aber im Augenblick fehlt mir die Kraft.«

»Wenn ein Kind geliebt wird, dann Svenja. Schau sie dir an, wie selbständig und selbstbewusst sie ist. Das ist dein Werk.« *Und das von Lucas*, fügte ich im Stillen hinzu.

»Wenn du irgendwann doch ein Kind bekommen solltest, Sophie, höre nicht auf die vermeintlich klugen Leute, die dir weismachen wollen, man müsse ein Kind auch mal schreien lassen. Tu das nie! Wie soll es sich denn sein Urvertrauen bewahren, wenn du es im Stich lässt? Ich habe Svenja nicht einen Moment lang alleine gelassen, wenn sie geweint hat. Sie wusste immer, dass jemand kommt, wenn sie schreit.«

Ich fand schön, was Ariane sagte, war mir aber sicher, dass ich es bei einem eigenen Kind nie würde umsetzen können. Wie auch? Ich war siebenunddreißig und im Begriff, mich scheiden zu lassen.

Als hätte sie meine Gedanken gelesen, sagte sie: »Wenn es sein muss, kannst du auch noch mit Anfang vierzig ein Kind bekommen.«

Ich lächelte bei ihren Worten. Sie erinnerten mich an unzählige Gespräche mit Ariane weit vor Svenjas Geburt. »Bei dir war immer alles ganz klar. Deine Sehnsucht nach einem Kind war so ausgeprägt …«

»Damals konnte ich mir ein Leben ohne Kind nicht vorstellen. Und heute kann ich es noch viel weniger.« Sie nahm ein Foto von Svenja vom Tisch, lehnte es gegen ihre Knie und betrachtete es.

»Am liebsten hättest du drei gehabt.«

»Das sollte nicht sein«, sagte sie ohne Traurigkeit in der Stimme. »Svenja war und ist ein großes Geschenk.«

»Ich erinnere mich noch an dein seliges Gesicht, als du deine Tochter im Arm hieltst. Du sahst aus, als wärst du an einem Ort angekommen, nach dem du immer gesucht hattest. Aber auch, als könntest du dein Glück noch gar nicht richtig fassen.«

»Das konnte ich auch nicht. Es war fast unwirklich. Ich habe lange geglaubt, Svenja würde mir wieder genommen. Und jetzt werde ich ihr vielleicht genommen.« Sie schluckte. »Es ist der Lauf der Dinge, dass die Eltern vor den Kindern gehen. Aber so früh? Diese Vorstellung kann ich nicht ertragen, Sophie. Sie tut entsetzlich weh.«

Ich setzte mich zu ihr aufs Sofa, nahm sie in den Arm und hielt sie fest. Sie zitterte.

»Ich habe Angst, die ganze Zeit nur Angst«, wimmerte sie.

»Ich weiß.« Ich strich ihr über den Rücken.

»Die Angst um dein Leben lässt sich mit keiner anderen vergleichen. Du fällst und fällst, und nichts hält dich. In diesen Momenten bist du entsetzlich allein. An diese Orte, die so schlimm sind, kann dir niemand folgen, der sie nicht aus eigener Erfahrung kennt.« Sie schluchzte. »Glaubst du, dass ich das überleben kann, Sophie?«

»Ich hoffe es so sehr. Wenn es jemandem gelingen kann, dann dir. Du hast so viel Kampfgeist.«

»Aber ich habe keine Kraft mehr.«

»Ich habe noch von keinem Menschen gehört, der sich während einer Chemotherapie kräftig gefühlt hat. Danach geht es dir bestimmt besser.«

»Meinst du?« Sie lehnte sich zurück und forschte in meinem Gesicht nach dem leisesten Zweifel.

»Ja«, antwortete ich ruhig.

Sekundenlang schloss sie die Augen. »Warum suchst du dann nach Svenjas Vater?«

»Weil du mich darum gebeten hast. Und für den Fall,

dass du Svenja eines Tages sagen möchtest, wer ihr biologischer Vater ist.«

Aus dem Flur hörte ich ein Rumpeln, gefolgt von Peers Stimme. Er fluchte. Ich lief hinaus und spürte beim Anblick der Umzugskartons einen Stich. Ein Teil der Kartons war auf dem Boden gelandet. Peer war gerade dabei, sie aufzuheben und gegen die Wand zu lehnen. Einem Impuls folgend wollte ich ihm dabei helfen, bremste mich jedoch.

»Hallo«, sagte er.

Ich lehnte im Rahmen der Küchentür und sah ihn abweisend an.

»Hast du dir schon Gedanken gemacht, ob du in dieser Wohnung bleiben willst?«, fragte er.

Ich schüttelte den Kopf. Das hatte ich bisher weit von mir geschoben. Aber er hatte natürlich recht: Ich musste mir allmählich Gedanken darüber machen. Allein auf mich gestellt, würde ich die Miete nicht lange zahlen können.

Er ließ sich auf die gefalteten Kartons sinken. »Weißt du noch, wie wir für diese Wohnung gekämpft haben?«

»Ja.« Damals dachten wir, wir hätten als unverheiratetes Paar bei dem eher konservativen Vermieter nie eine Chance. Es gab so viele »etablierte« Mitbewerber. Doch aus unerfindlichen Gründen hatte er sich für uns entschieden.

»Wir waren glücklich, als wir einzogen. Ich meine, wir waren ein glückliches Paar.«

»Wir haben geglaubt, dass uns nichts etwas anhaben könnte. Das war naiv.«

»Aber es war ein schönes Gefühl.« Er dachte nach. »Ich frage mich die ganze Zeit, was passiert ist.«

»Das fragst du dich?« Ich sah ihn entgeistert an. »Es war wohl kaum dein Geist, der mich betrogen hat.«

Traurig schüttelte er den Kopf. »Nein, das war kein Geist. Aber es war auch keine Absicht, es …«

»Jetzt sag bloß nicht, es sei einfach passiert. Eine One-Night-Affair *passiert* vielleicht – obwohl sich auch darüber streiten lässt. Wochenlanges Fremdgehen und Lügen geschieht jedenfalls nicht ohne dein Zutun.«

»Nein, sicher nicht.«

In mir stieg eine Wut hoch, die mir die Hitze ins Gesicht trieb. »Soll ich es dir vielleicht erklären? Du verbringst ein Wochenende mit deinem Kanu und triffst dabei auf eine attraktive Frau – auch in einem Kanu. Sie ist sportlicher als deine eigene Frau. Und sie hat Zeit für dich. Sie verbringt nicht das Wochenende mit ihren Freundinnen, wie deine Frau. Vielleicht arbeitet sie auch nicht so viel wie deine Frau. Vielleicht hat sie überhaupt mehr Zeit. Vielleicht schaut sie zu dir auf, anstatt dir auf Augenhöhe zu begegnen.«

Mit kleinen Bewegungen schüttelte er den Kopf. »Ich wollte immer nur eine Frau, die mir auf Augenhöhe begegnet, und das weißt du. Ich bin keiner dieser Machos, die Bewunderung brauchen.« Er verfiel in Schweigen.

»Wenn du das, was du brauchst, hattest, warum hast du es zerstört?«

Er fuhr sich mit beiden Händen übers Gesicht. »Ich habe mich von Sonja getrennt.«

»Und hast trotzdem die vergangene Nacht mit ihr verbracht.«

»Nein, das habe ich nicht, ich hatte einen Geschäftstermin in Bremen.«

»Was erwartest du von mir? Soll ich dich jetzt bedauern?«

»Ich erwarte gar nichts von dir, Sophie. Ich wünsche mir nur, dass wir weiter miteinander reden. Wir hatten es einmal schön miteinander, und ...«

»Und irgendwann hast du genau das zerstört.«

»Ich habe es irgendwann nicht mehr gespürt. Dieses Gefühl war weg. Und das hat mich erschreckt. Im Nachhinein bedaure ich, dass ich nicht mit dir darüber geredet habe. Aber ich hatte Angst, ich würde dich damit aus allen Wolken stürzen.«

»Was du dann ja auch getan hast«, sagte ich in einem sarkastischen Tonfall. »Den Aufprall spüre ich jetzt noch.«

»Ich habe mich von ihr getrennt.«

»Das, was einmal war, bekommen wir dadurch nicht mehr zurück. Die Basis ist zerstört.«

»Warum versuchen wir nicht, eine neue zu bauen?«

Ungläubig starrte ich ihn an. »Was bist du – ein Kind, das den einen Turm umwirft, nur um gleich darauf einen neuen zu bauen? Wach auf, Peer, so funktioniert das nicht. Wenn du einen neuen Turm bauen willst, baue ihn mit einer anderen. Ich will nichts, was aus Trümmern gebaut ist. Ich möchte etwas Stabiles, etwas ohne Risse.«

»Und du hältst mir vor, wie ein Kind zu denken? Es gibt nichts ohne Risse, Sophie. Dort, wo Menschen sich zusammenfinden, wird es immer Risse geben. Aber kein Gebäude stürzt ein, nur weil es ein paar Risse hat.«

»Versuchst du gerade, mir weiszumachen, dein Verhalten sei nur mit ein paar kleinen Rissen in der Fassade zu vergleichen, nichts Ernstes, nichts, was es rechtfertigen würde, dich vor die Tür zu setzen?« Ich hatte Mühe, meine Wut zu zügeln. »Du machst es klein, so, als habe es kaum Bedeutung. Als könnten wir mit ein wenig gutem Willen dort weitermachen, wo wir vor ein paar Wochen aufgehört haben.«

Allmählich schien er ebenso wütend zu werden wie ich. Er presste die Lippen zusammen und mahlte mit dem Kiefer. Als er zu sprechen ansetzte, war ihm anzusehen, wie viel Mühe es ihn kostete, ruhig zu bleiben. »Ich bin mir bewusst, wie sehr ich dir wehgetan habe. Und ich möchte nichts kleinmachen, wie du es nennst. Ich versuche lediglich, die Dimensionen in ein Verhältnis zu setzen. Wir hatten einmal sehr viel. Könnte es nicht sein, dass davon etwas übrig ist, etwas, das lohnt, um darauf aufzubauen und es noch einmal miteinander zu versuchen?«

»Nein!«

5

Am Morgen fühlte ich mich, als hätte ich einen Kater, dabei hatte ich keinen einzigen Tropfen Alkohol getrunken. Aber ich hatte sehr schlecht geschlafen. Nachdem Peer gegangen war, machte ich mir einen starken Kaffee und setzte mich damit auf die Fensterbank in der Küche. Es war ungewohnt für mich, an einem Wochentag zu Hause zu sein. Bisher hatten Peer und ich stets jeden Urlaubstag genutzt, um auf Reisen zu gehen. Peer und ich ... Seit ein paar Wochen hatte sich so vieles geändert. Und doch war es immer noch meine vertraute Welt, in der ich lebte. Ariane hingegen war von einer Sekunde auf die andere in eine fremde Welt gestoßen worden.

Ich rappelte mich auf und stellte den Kaffeebecher in die Spüle. Das Herumsitzen bekam mir nicht, ich musste etwas tun. Nachdem ich geduscht und mich angezogen hatte, ging ich ins Wohnzimmer, um die Frau des Goldschmieds anzurufen. Auf dem Weg zum Telefon kam ich an den Bücherkisten vorbei, die Peer am Abend gepackt hatte. Die Lücken, die dadurch im Regal entstanden waren, empfand ich wie offene Wunden. Mein Blick konnte sich nicht davon lösen, deshalb ging ich zum Regal und schob die Bücher zusammen. Die dadurch entstehenden großen Lücken füllte ich hier und da mit Dekorationsgegenständen. Wenn Peer an diesem Abend nach Hause kam, sollte er sehen, dass nicht nur er Zeichen setzte.

Ich griff zum Telefon und wählte die Nummer des Goldschmieds. Da ich nun über die Lebensumstände der Familie Schanz Bescheid wusste, ließ ich es sehr lange durchklingeln. Und siehe da: Gerade als ich aufgeben wollte, meldete sich die alte Frau.

»Guten Tag, Frau Schanz, hier spricht Sophie Harloff. Ich hoffe, ich störe Sie nicht. Ich wollte mich noch einmal wegen des Engels melden.«

»Schwester Sophie«, sagte sie mit einem Lachen.

»Ja, Schwester Sophie«, stimmte ich ein.

»Ich wollte Sie anrufen, habe aber leider Ihre Nummer verlegt. So etwas passiert mir häufiger in letzter Zeit. Schrecklich ist das. Sie sind noch jung, Sie können sich das nicht vorstellen, aber in meinem Alter verbringt man viel Zeit mit Suchen. Da …«

»Warum wollten Sie mich anrufen?«, unterbrach ich vorsichtig ihren Redefluss.

»Wegen des Engels. Ich habe die Unterlagen des entsprechenden Jahres durchgesehen. Und ich bin tatsächlich fündig geworden. Es geht nichts über ein gutes Ablagesystem, das predige ich meiner Schwiegertochter ständig. Sie macht nämlich für meinen Sohn die Buchhaltung. Unser Sohn Manuel ist Statiker. Aber um das zu erfahren, rufen Sie ja gar nicht an«, fing sie sich selbst ein. »Nun, also: Die Rechnung, um die es geht, wurde damals auf eine Frau Doktor Leonore Larssen ausgestellt.«

»Könnten Sie mir auch die Rechnungsanschrift geben?« Insgeheim betete ich, dass Gerwine Schanz sich weiterhin als so auskunftswillig erwies.

»Die Rechnungsanschrift … natürlich, wie kann man nur so dämlich sein. Die hätte ich mir auch gleich notieren können. Wenn Sie einen Augenblick am Telefon bleiben, laufe ich rasch hinüber in die Werkstatt und hole den Ordner.«

Ich versprach ihr, mich zu gedulden, und begleitete sie in Gedanken auf ihrem Weg. Sie war schneller zurück als gedacht.

»So, hier habe ich es«, sagte sie zufrieden und leicht außer Atem. »Frau Doktor Larssen wohnte zumindest damals in Frankfurt.«

Frankfurt, dachte ich. Konnte das sein? Sollte dieser Andreas tatsächlich in meiner Stadt wohnen? Aber ich bremste mich: Es gab so viele Möglichkeiten, wer diese Doktor Larssen sein und in welchem Verhältnis sie zu Arianes Andreas stehen konnte. Vor allem gab es die Möglichkeit, dass sie in gar keinem Verhältnis zu ihm stand, dass die beiden nichts miteinander zu tun hatten. »Und die Straße?«, fragte ich.

Sie nannte sie mir. »Die Frau wird sich bestimmt freuen, ihren Engel zurückzubekommen. Ich finde es ganz wunderbar, Frau Harloff, dass Sie sich solche Mühe geben. Manch einer würde den Engel einfach einstecken und keinen Gedanken an denjenigen verschwenden, der ihn verloren hat.«

Ich dachte viel an denjenigen, der ihn verloren hatte. Aber aus anderen Gründen, als Gerwine Schanz vermutete. Ich bedankte mich bei ihr, wünschte ihrem Mann weiterhin gute Besserung und legte auf.

Die Straße, die sie mir genannt hatte, kannte ich. Sie lag im Frankfurter Westend. Die Frage war nur, ob diese Leonore Larssen dort immer noch wohnte. Vierundzwanzig Jahre waren eine lange Zeit. Im Telefonbuch fand ich ihren Namen nicht. Dafür war der Anruf bei der Auskunft ergiebiger. Dort erfuhr ich, dass es in derselben Straße, nur unter einer anderen Hausnummer, eine Vermögensverwaltung gab, die unter dem Namen Reinhardt & Larssen firmierte. Das konnte kein Zufall sein.

Auf dem Weg dorthin machte ich mir Gedanken über Leonore Larssen. In welchem Verhältnis mochte sie zu Andreas stehen? War sie seine Mutter, seine Schwester oder eine Tante? Ich hatte Ariane versprochen, sie den Kontakt aufnehmen zu lassen. Schließlich konnte ich nicht bei dieser Frau hereinschneien und ihr erzählen, dass meine Freundin vor knapp neun Jahren eine Liebesnacht mit dem Andreas verbracht hatte, dem sie vor vierundzwanzig Jahren einen mit Edelsteinen besetzten Schutzengel geschenkt hatte. Zumal es noch ein weiteres Problem gab: Was, wenn sie den Engel gar nicht Andreas, sondern einer anderen Person geschenkt hatte? Und diese ihn dann weitergegeben hatte? In dem Fall war es möglich, dass sie nichts davon wusste.

Keine fünf Minuten später parkte ich schräg gegenüber einer gediegenen alten Villa. Auf den ersten Blick wirkte das Haus wie ein Privathaus. Nichts deutete darauf hin, dass es sich um einen Firmensitz handelte. Da es begonnen hatte zu regnen, spannte ich den Regenschirm auf. Ich ging über die Straße auf das Haus zu, das von einem schmiedeeisernen Zaun gesäumt war. Vor dem geschlossenen Eingangstor blieb ich stehen. Links daneben prangte ein schlichtes Messingschild, auf dem nichts weiter stand als der Firmenname: Reinhardt & Larssen. Damit war klar, dass hier nur erwartet wurde, wer einen Termin hatte und ohnehin im Haus bekannt war. Mit diesem Schild gingen die Firmeneigner eindeutig nicht auf Kundenfang.

Einer Eingebung folgend ging ich ein paar Häuser weiter zu der Hausnummer, die Gerwine Schanz mir genannt hatte. Es handelte sich ebenfalls um eine Altbauvilla. Ich ließ den Blick über die drei Klingelschilder wandern. Zwei Namen waren ausgeschrieben, auf einem Schild standen lediglich die Initialen: *L.L.* Ich nahm an, dass sich dahinter Leonore Larssen verbarg. Es musste einen Weg geben, herauszufinden, ob diese Frau tatsächlich etwas mit Andreas zu tun hatte. Ariane lediglich den Namen zu geben, ohne Näheres über die Frau zu wissen, ergab keinen Sinn.

Auf dem Rückweg beschloss ich, bei Judith vorbeizufahren. Möglicherweise hatte sie eine Idee. Ihre Hebammenpraxis war nur zwei Straßen von Ariane entfernt in einem Teil ihrer Wohnung untergebracht. Als sie mir öffnete, bat sie mich, ein paar Minuten im Wohnzimmer auf sie zu warten, da ihr Geburtsvorbereitungskurs noch nicht beendet sei.

Es dauerte nicht lange, bis im Flur Stimmen zu hören waren und Judith gleich darauf ins Zimmer kam. »Uff«, sagte sie mit einem Seufzer und ließ sich auf ein großes Sitzkissen sinken. »Das ist so ziemlich die anstrengendste Gruppe, die ich habe. Fast nur Spätgebärende und darunter auch noch drei mit künstlicher Befruchtung. Das sind die Schwierigsten, die sind voller Angst, dass ihrem Kind etwas passiert. Irgendwie verständlich – wenn ich solche Anstrengungen unternommen hätte, um schwanger zu werden, hätte ich diese Angst wahrscheinlich auch.« Sie goss Mineralwasser in Gläser und reichte mir eines. »Warst du schon bei Ariane?«

Ich schüttelte den Kopf. »Nein, ich will gleich bei ihr vorbeifahren. Erst ...«

»Kann ich dir ein paar Sachen für sie mitgeben?«, unterbrach sie mich. »Sie hat mich gebeten, für sie einzukaufen.«

»Wenn ich auch noch etwas tun kann, sag es bitte. Untätig herumzusitzen und nichts tun zu können fällt mir einfach schwer.«

»Manchmal kann man nur dasitzen und abwarten. Und manchmal ist auch genau das besser als jede unüberlegte Aktion.«

»Was meinst du damit?«

»Ich meine damit, dass Ariane sich auch erst einmal in dieser neuen Situation, die so viele Fragen aufwirft, einrichten muss. Heute denkt sie über ein und dieselbe Sache so, morgen aber vielleicht schon ganz anders. Du solltest ihr ein wenig Zeit geben, einen Standpunkt zu finden.«

Ich sah sie entgeistert an. »Judith, worum geht es? Hat Ariane sich über irgendetwas beschwert?« Obwohl ihr das nicht ähnlich sah, sie wählte eigentlich nie den Umweg über Dritte, sondern sprach die Dinge selbst an.

»Ich rede von dem Engel. Gib ihr erst einmal Zeit, näher über diese Sache nachzudenken, anstatt gleich in blinden Aktionismus zu verfallen.«

»Was bitte meinst du mit blindem Aktionismus?«

»Diese Suche nach dem Goldschmied. Was willst du tun, wenn du ihn gefunden hast?«

»Ich habe ihn gefunden. Und nicht nur das: Ich habe sogar den Namen seiner Auftraggeberin herausgefunden. Deshalb bin ich hier. Ich würde gerne mit dir darüber sprechen.«

Judith setzte sich kerzengerade auf. »Du weißt, wer den Engel gekauft hat?«

»Ja, eine Leonore Larssen aus Frankfurt. Sie hat vor

vierundzwanzig Jahren den Engel von Bernhard Schanz anfertigen lassen.«

Sekundenlang war es still, Judith runzelte die Stirn. »Und der Mann will sich nach so langer Zeit an den Namen einer Käuferin erinnern? Das kann ich mir nicht vorstellen.«

»Der Name steht in den Buchhaltungsunterlagen. Die Frau des Goldschmieds ist so eine Hundertzehnprozentige. Sie hat alles aufgehoben.«

»Der Mann wird sicher nicht nur ein Schmuckstück gefertigt haben. Wieso sollte er sich ausgerechnet an dieses erinnern?«

»Weil Arianes Engel eine Ausnahme ist. Der Mann hat stets sehr schlichte Arbeiten gemacht. Aber diese Leonore Larssen hat darauf bestanden, dass er die Flügel mit Edelsteinen verziert.«

»Wirkliche Künstler lassen sich zu so etwas nicht überreden. Die bleiben ihren Vorstellungen treu.«

»Willst du dem alten Mann Vorhaltungen machen, dass er einmal von seiner Linie abgewichen ist? Vielleicht brauchte er damals das Geld. Vielleicht hat diese Leonore Larssen besonders gut gezahlt. Fakt ist doch, dass wir jetzt einen Namen haben.«

»*Wir* haben gar nichts«, entgegnete sie feindselig. »*Du* hast einen Namen, und ich hoffe, damit gibst du dich endlich zufrieden.«

»Judith, was ist los?«, fragte ich sie irritiert. »Du tust gerade so, als hätte ich dich angegriffen, dabei habe ich lediglich ...«

»Das Schlimme ist, dass du gar nicht weißt, was du hast. Du greifst in Arianes Leben ein, ohne dir die Konsequenzen klarzumachen. Lass die Finger davon!«

»Judith …?« Es kam mir vor, als befände ich mich im falschen Film.

»Mein Gott, Sophie, dieser Andreas ist für Ariane einfach nur ein fremder Mann, mit dem sie eine einzige Nacht ihres Lebens verbindet. Und jetzt kommst du und …«

»Die beiden verbindet nicht nur eine einzige Nacht, sondern Svenja.« Allmählich wurde ich ärgerlich. Ich fühlte mich gemaßregelt und wusste nicht einmal wofür. »Und davon abgesehen, dass ich ihn auf Arianes Wunsch hin suche – hast du mal darüber nachgedacht, dass vielleicht auch dieser Andreas ein Recht darauf hat zu wissen, dass er Vater ist? Ganz zu schweigen von Svenja, der man ihre Wurzeln nicht ein Leben lang verschweigen darf.«

Judith sprang auf und ballte die Hände zu Fäusten. »Deine verdammte Rechtsgläubigkeit geht mir dermaßen auf die Nerven«, schrie sie. »Kannst du nicht einfach nur mal Mensch sein, ohne immer gleich juristisch oder politisch so fürchterlich korrekt zu sein? Ja, mein Gott, dann erfährt dieser Andreas eben nicht, dass er Vater ist. Na und? Davon geht die Welt nicht unter. Und Svenja hat einen Vater, nämlich Lucas. Vielleicht wäre sie gar nicht glücklich darüber, etwas über ihre Wurzeln zu erfahren. Hast du dir das mal überlegt? Du handelst einfach und weißt gar nicht, was du damit anrichten kannst, wie viele Menschen du vielleicht unglücklich machst.«

Unfähig, ein Wort herauszubringen, starrte ich sie an. Es war, als hätte ich irgendetwas Entscheidendes verpasst. Ich verstand nicht, warum sie sich so sehr aufregte und auf mich losging. Eigentlich war Judith die Sanftmütigste von uns dreien. So wie jetzt hatte ich sie noch nie erlebt. »Ist es wegen Ariane?«, fragte ich. »Ist es, weil du dir so große

Sorgen um sie machst? Die mache ich mir auch, Judith, trotzdem gehe ich nicht auf dich los.«

Sie sah mich an, als würde sie aus einem Traum erwachen und Zeit brauchen, um zu sich zu kommen. »Entschuldige, dass ich laut geworden bin. Ich wollte dich nicht verletzen. Es ist nur so ... also ich möchte, dass du die Sache mit dem Engel erst einmal ruhen lässt, bis klarer ist, wie sich Arianes Krankheit entwickeln wird. Sollte ihre Zeit tatsächlich so ... so stark begrenzt sein, kannst du dich immer noch auf die Suche machen. Obwohl ich meine, dass Svenja auch ganz gut bei mir aufgehoben wäre.«

»Geht es dir um Svenja?«, fragte ich behutsam. »Erträgst du die Vorstellung nicht, sie könnte zu einem ihr fremden Menschen kommen?«

Judith setzte sich wieder und sah vor sich auf den Boden. »Sollte sie ihre Mutter verlieren, geht es darum, sie in einem vertrauten Kreis aufzufangen und ihr nicht einen Vater zu präsentieren, den sie nicht kennt und womöglich gar nicht will. Svenja ist noch so jung. Sie braucht unsere Hilfe, Sophie, auch deine.« Sie sah auf und hielt meinen Blick fest. »Versprich mir, dass du die Finger von der Sache mit dem Engel lässt. Ja?«

»Du machst dir viel zu viele Sorgen, Judith. Vielleicht machen wir beide uns zu viele Sorgen. Seitdem Ariane krank ist, scheint alles durcheinanderzugeraten. Wir geraten aneinander ...«

»Fahr ins Kloster, wie du es vorhattest.«

Befremdet schüttelte ich den Kopf. »Nein, ich kann nicht fahren, nicht ausgerechnet jetzt.«

Während ich die Treppe zu Arianes Wohnung hinaufstieg, ging mir die Auseinandersetzung mit Judith noch einmal durch den Kopf. Was war nur in sie gefahren? Ihre Reaktion war so ungewöhnlich gewesen, dass ich auf ganz absonderliche Gedanken kam. Wollte sie Svenja möglicherweise für sich haben, falls Ariane starb? Sollte nicht neben Lucas auch noch der biologische Vater auftauchen, der seine Arme nach dem Kind ausstrecken konnte? Aber das ergab keinen Sinn. Judith hatte gar keine Chance, Svenja bei sich aufwachsen zu lassen – außer Lucas stimmte dem ausdrücklich zu. Und das würde er nicht tun, so wie ich ihn einschätzte. Er liebte seine Tochter und kämpfte um jeden Tag, den er sie öfter sehen konnte. So jemand gab sein Kind nicht zur Freundin der Mutter. Letztendlich passte eine solche Intention aber auch nicht zu Judith, zumal sie keinen ausgeprägten Kinderwunsch hatte. Zumindest hatte sie bisher stets behauptet, keine eigenen Kinder haben zu wollen, ihr reichten die Babys ihrer Wöchnerinnen.

Judiths Ausbruch hatte ein ungutes Gefühl bei mir hinterlassen. Zum ersten Mal gab es etwas, das unter der Oberfläche schwelte, etwas, das ich nicht fassen konnte. Vielleicht rührte daher mein ungutes Gefühl. Ich spürte, dass sie nicht ehrlich gewesen war. Aber ich konnte nicht den Finger darauf legen und sagen: *Hier, genau an dieser Stelle!*

Als ich wenig später Ariane gegenüberstand, versuchte ich, diese Gedanken abzuschütteln. Normalerweise hätte ich sie mit ihr geteilt, aber es war nicht die Zeit. Ich war hier, um sie aufzubauen, nicht um meine Probleme mit ihr zu besprechen.

»Dich schickt der Himmel«, sagte sie mit einem erleichterten Seufzer. »Svenja kommt gleich aus der Schule, und ich habe noch nichts für sie gekocht. Letzte Woche hatte ich einen Abgabetermin und bin immer noch nicht fertig mit der Kollektion.«

»Du arbeitest an einer neuen Stoffkollektion?«, fragte ich. »Jetzt?«

»Wenn ich nicht arbeite, verdiene ich kein Geld. Das ist das Los der Freiberufler.«

»Aber dein Kunde hätte doch bestimmt Verständnis, wenn du im Augenblick nicht ...«

»Kunden haben nie Verständnis, Sophie. Es muss weitergehen, irgendwie.«

»Geht das denn überhaupt?«

»Langsamer und mit vielen Pausen, aber ich schaffe es. Wenn du mir nur Svenjas Essen abnimmst. Ich würde mich gerne so lange hinlegen. Wir essen dann später gemeinsam, ja?«

Auf dem Weg in die Küche rief ich: »Isst sie immer noch so gerne Nudeln?«

»Ja«, hörte ich sie aus dem Wohnzimmer rufen.

Nachdem ich das Wasser aufgesetzt hatte, leistete ich Ariane Gesellschaft.

»Wie geht es dir heute?«, fragte ich sie.

»Geht so, ziemlich bescheiden, aber ich weigere mich, mich davon unterkriegen zu lassen. Erzähle mir etwas Schönes«, bat sie.

Mit dieser Bitte war ich für den Moment überfordert. Was sollte ich ihr erzählen? Dass Peer am Samstag auszog? Dass ich mich mit Judith gestritten hatte?

»Wohin geht deine Reise?«, half sie mir auf die Sprünge.

»Zuerst nach Bhutan. In meiner Vorstellung ist es immer noch das schönste Land überhaupt, wahrscheinlich bin ich enttäuscht, wenn ich dort bin ...«

»Ich wünschte, ich könnte dich begleiten. Ich habe mir

immer gewünscht, mit Svenja viel zu reisen, wenn sie ein bisschen größer ist. Ich wollte mit ihr nach Paris, ihr meine Lieblingsmuseen zeigen, ich wollte, ich wollte ...« Sie schlug mit der Faust auf das Sofakissen und wischte sich hektisch die Tränen aus dem Gesicht, als sie hörte, dass sich die Wohnungstür öffnete und kurz darauf Svenjas Schulranzen im Flur auf dem Boden landete.

»Hallo, Sophie«, begrüßte Svenja mich mit von der kalten Luft geröteten Wangen. »Danke für die Fee!« Sie ging zu ihrer Mutter und drückte ihr einen Kuss auf die Wange.

»Wie war's, mein Schatz?«, fragte Ariane, deren durchscheinende Blässe neben dem blühenden Aussehen ihrer Tochter noch auffälliger war.

»Okay.« Svenja zog ihre Stiefel aus und kickte sie in die nächste Ecke. Es folgte der dick gefütterte Anorak. Was ihren schlanken Körperbau betraf, war Svenja die kleinere Ausgabe ihrer Mutter. Auch die dicken, festen Haare teilten die beiden – nur waren Svenjas dunkelblond.

»Sophie kocht heute für uns.«

Svenja sah erst mich an, dann ihre Mutter. »Kann ich noch ein bisschen spielen?«

»Klar, wir rufen dich, wenn das Essen fertig ist.«

Ich ging in die Küche, schüttete die Nudeln in das kochende Wasser und stellte die Uhr ein. Auf dem Weg ins Wohnzimmer warf ich einen Blick in Svenjas Zimmer. Sie hörte mich nicht, da sie Stöpsel in den Ohren hatte und bereits in ihr Spiel vertieft war. »Musst du ihr viel bei den Hausaufgaben helfen?«, fragte ich Ariane, als ich mich wieder zu ihr setzte.

Sie schüttelte den Kopf. »Zum Glück kommt sie ganz gut allein zurecht. Sie fragt mich nur hin und wieder, wenn sie nicht weiterkommt.«

Auch ich hatte Fragen, bei denen ich nicht weiterkam. Ich war schon so weit gediehen bei der Suche nach Svenjas Vater, ich hatte einen Namen, was ich anfangs fast nicht für möglich gehalten hatte. Aber wie sollte ich an Leonore Larssen herankommen, ohne etwas zu verraten? »Ariane, wegen der Sache mit dem Engel ...«

»Ja?«

»Hat dieser Andreas dir nicht vielleicht doch irgendetwas erzählt? Denk bitte mal nach. Irgendetwas über seine Familie?«

»Nein, nichts. Und ich will auch gar nichts mehr über ihn wissen. Ich habe es mir noch einmal überlegt, Sophie. Wenn es ganz dumm kommt, bleibt mir nicht mehr viel Zeit. Wozu soll ich sie mit einem Menschen verschwenden, der mir nichts bedeutet? Es ist ohnehin so, als hätte es ihn nie gegeben.«

»Aber es gibt Svenja.«

»Svenja hat einen Vater«, sagte sie bitter und presste die Lippen zusammen.

»Hast du mit Lucas gesprochen? Weiß er, dass du krank bist?«

»Da ich es Svenja gesagt habe, musste ich auch mit ihm sprechen.«

»Wie hat er reagiert?«

»Betroffen. Aber ich bin mir sicher, er malt sich bereits aus, wie es wäre, Svenja immer bei sich zu haben. Dann wäre sein Glück vollkommen.« In ihrem Tonfall schwang etwas mit, das mir sehr vertraut vorkam.

Es war das Unversöhnliche, und es war, als hielte sie mir einen Spiegel vor. Innerlich wendete ich den Blick ab. Ich hatte meine Gründe, unversöhnlich zu sein. Es waren gute Gründe.

»Vor ein paar Jahren ist eine Kollegin von mir gestorben«, sagte sie und schien in sich zusammenzusacken. »Sie war noch sehr jung und hatte zwei kleine Kinder. Ein Jahr nach ihrem Tod habe ich ihren Mann mit einer neuen Partnerin in einem Cabrio durch die Stadt fahren sehen. Die beiden Kinder saßen auf den Rücksitzen. Alle vier sahen so fröhlich und unbeschwert aus. Damals habe ich mich seltsamerweise gefreut, das zu sehen. Aber jetzt, in der Rückschau, kommt es mir so vor, als habe es diese Kollegin von mir nie gegeben. Als sei die Lücke, die sie hinterließ, sofort gefüllt worden. Die Vorstellung tut weh, Sophie.«

Ich sah sie fest an. »Du bist Svenjas Mutter. Und das wirst du immer sein. Diesen Platz kann keine andere Frau einnehmen. Du bist nicht austauschbar. Das, was du deiner Tochter gibst, die Liebe, die du in sie steckst, wird immer da sein. Davon geht nichts verloren.«

»Meinst du, sie wird sich später an mich erinnern? Sie ist noch so jung.«

Aus der Küche hörte ich das Signal der Uhr. Die Nudeln mussten warten. »Sie wird sich an dich erinnern, sie ist alt genug. Außerdem gibt es Menschen, die die Erinnerung an dich immer wachhalten werden, wenn es überhaupt so weit kommen sollte, Ariane. Was wir hier besprechen, ist rein hypothetisch.«

»Aber ich muss mich damit auseinandersetzen«, entgegnete sie leise. »Rein hypothetisch.«

6

Zum ersten Mal seit langem hatte ich Zeit, viel Zeit. Die Kanzlei war gedanklich in weite Ferne gerückt. Es gab keine Termine, die eingehalten werden mussten, und keine Aktenberge. Es gab keinen Peer, keine gemeinsamen Unternehmungen und keine Gespräche. Es gab nur Ariane, die ich einmal am Tag besuchte. Und es gab diesen Engel. Die offenen Fragen, die sich um ihn rankten, ließen mir keine Ruhe. Er war wie ein Sandkorn, das an der Haut scheuerte.

Dass Ariane ihre wertvolle Zeit nicht damit verschwenden wollte, verstand ich nur zu gut. Aber für mich war er wie eine Akte, die ich nicht zu einem befriedigenden Abschluss gebracht hatte. Ich konnte sie nicht schließen, jedenfalls nicht, solange ich nicht wusste, ob der Engel überhaupt diesem Andreas gehört hatte. Vielleicht war er tatsächlich jemand anderem aus der Tasche gefallen, in dem Fall würde die Spur bei Leonore Larssen enden. Oder bei demjenigen, dem sie den Engel vor vierundzwanzig Jahren geschenkt hatte. Ich konnte nicht aufhören, nicht an diesem Punkt. Ich beschloss, weder Judith noch Ariane etwas davon zu erzählen.

Im Internet fand ich ausschließlich Berufliches über Leonore Larssen. Gemeinsam mit einem Doktor Hubert Reinhardt betrieb sie seit knapp fünfundzwanzig Jahren die Vermögensverwaltung Reinhardt & Larssen. Vermögen, die von diesem Unternehmen betreut wurden, mussten mindestens eine Million Euro umfassen. Mit meinem Sparbuch konnte ich dort also nicht aufkreuzen, überlegte ich mit einem Schmunzeln. Aber ich konnte vorgeben, für einen Mandanten eine Vermögensverwaltung zu suchen.

Ich fasste mir ein Herz, rief bei Reinhardt & Larssen an und ließ mich mit der Sekretärin von Leonore Larssen verbinden. Die Frau am anderen Ende der Leitung war eine Fortsetzung des äußerst zurückhaltenden Internetauftritts der Firma. Gleichzeitig schien sie ihre Chefin wie ein Zerberus zu beschützen.

»Frau Doktor Larssen ist nicht zu sprechen«, sagte sie, »aber wenn Sie mir sagen, worum es geht, kann ich möglicherweise einen Telefontermin für Sie vereinbaren.«

»Mein Anliegen würde ich schon gerne mit Frau Doktor Larssen persönlich besprechen. Ein Telefontermin kommt dafür allerdings nicht in Frage.«

»Auf wessen Empfehlung hin wenden Sie sich an uns?«, fragte sie.

»Ein Mandant hat mir Frau Doktor Larssen empfohlen.«

»Darf ich seinen Namen erfahren?«

»Ich denke, Sie würden auch ungern die Namen Ihrer Mandantschaft preisgeben, nicht wahr?«

Sie räusperte sich. Allem Anschein nach schien sie sich unwohl in ihrer Haut zu fühlen. »Der Kreis unserer Mandanten ist sehr exklusiv …«

»Und diese Exklusivität gilt es zu wahren«, unterbrach ich sie. »Das verstehe ich vollkommen.« Das war jedoch gelogen. In meinen Augen waren Vermögensverwalter Dienstleister. Und was diese Sekretärin betrieb, gehörte in die Kategorie der Kundenabschreckung.

»Frau Doktor Larssen ist sehr eingespannt, ich könnte Ihnen frühestens in der dritten Februarwoche einen Termin anbieten.«

Drei Wochen, überschlug ich im Geiste. »Ich habe eher an die kommende Woche gedacht«, sagte ich in einem Ton, als wäre es das Selbstverständlichste von der Welt, in diesem Zeitrahmen einen Termin zu bekommen.

»Das Einzige, was ich Ihnen anbieten kann, ist ein halbstündiges Sondierungsgespräch, und zwar morgen Vormittag um zehn Uhr. Sie müssten sich allerdings darauf einstellen, dass dieses Gespräch tatsächlich nur eine halbe Stunde dauern wird. Frau Doktor Larssen hat ein sehr enges Zeitfenster.

»Eine halbe Stunde genügt mir völlig, ich nehme den Termin sehr gerne.« Nachdem ich aufgelegt hatte, klatschte ich in die Hände. Ein Sondierungsgespräch – treffender hätte sie mein Anliegen nicht beschreiben können. Jetzt stellte sich nur noch die Frage, wie ich es am besten begann: unter einem Vorwand oder mit einem Teil der Wahrheit?

Um fünf vor zehn am kommenden Tag betrat ich die Räume der Vermögensverwaltung Reinhardt & Larssen. Ich hatte etwas Hochherrschaftliches, vielleicht sogar leicht Antiquiertes erwartet, wurde aber eines Besseren belehrt. Wer hier die Millionen der Kunden gewinnbringend verwaltete, war zumindest nicht vordergründig in Traditionen verhaftet. Der Empfangsraum war modern, funktional und mit einem Blick fürs Detail eingerichtet. Auf dem Empfangstisch stand ein großer Strauß lachsfarbener Tulpen. Dahinter saß eine junge Frau, die mich mit einem professionellen Lächeln bat, einen Augenblick zu warten. Ich würde abgeholt.

Eine Minute vor zehn begrüßte mich Leonore Larssens Sekretärin, eine sportliche Mittvierzigerin, mit festem Händedruck. Sie lotste mich zwei Gänge entlang zum Büro meiner Gesprächspartnerin, klopfte und entließ mich, ohne eine Reaktion abzuwarten, ins Zimmer ihrer Chefin.

Leonore Larssen kam mit einem angedeuteten Lächeln hinter ihrem Schreibtisch hervor, geleitete mich zu einer Sitzgruppe und bat mich, Platz zu nehmen. Während sie sich mir gegenüber setzte, hatte ich Gelegenheit, sie zu betrachten. Aus dem Internet wusste ich, dass sie siebenundfünfzig Jahre alt war. Ihr molliger Körper steckte in einem figurbetonten anthrazitfarbenen Hosenanzug, der ihre feminine Ausstrahlung betonte. Ihre brünetten Haare waren kinnlang. Beeindruckend fand ich ihre grünen Augen. Sie blickte mich damit auf eine sehr wache und aufmerksame Weise an.

»Sie haben ein bewundernswertes Zeitmanagement«, sagte ich anerkennend. »Wie schaffen Sie das?«

»Mit einer Sekretärin, die auf jedem Kasernenhof Eindruck schinden würde.« Ihr Schmunzeln strömte Wärme aus. Sie sah auf die Uhr. »Also nutzen wir die Zeit. Was führt Sie zu mir, Frau Harloff?«

Auf dem Weg hierher hatte ich beschlossen, es mit einem Teil der Wahrheit zu versuchen. Ich öffnete meine Tasche, holte den Engel hervor und legte ihn auf den Tisch zwischen uns. Damit ging ich ein großes Risiko ein. Was, wenn sie ihn als ihren Engel erkannte und zurückforderte? Wie sollte ich das Ariane erklären? Doch für Skrupel war es jetzt zu spät. »Dieser Engel hat mich zu Ihnen geführt.«

Während sie ihn in Augenschein nahm, fiel mir auf, dass sie keinerlei Schmuck trug. Ungewöhnlich für eine Frau, die so viel Wert darauf gelegt hatte, in die Flügel des Engels Edelsteine arbeiten zu lassen. Ich hatte angenommen, sie habe eine besondere Vorliebe für Schmuck.

Ihr Blick klebte an dem Engel, als sie sagte: »Ich verstehe Ihr Anliegen nicht.« Sie klang erstaunt.

»Erkennen Sie ihn nicht?«

Sie hob die Brauen. »Sollte ich?«

»Es ist lange her, vierundzwanzig Jahre«, half ich ihr auf die Sprünge.

Sie lehnte sich in ihrem Sessel zurück und schlug die Beine übereinander. »Ich glaube, hier handelt es sich um ein Missverständnis. Ich beschäftige mich mit Vermögensanlagen und nicht mit Schmuck.«

Hatte sie tatsächlich vergessen, dass sie Bernhard Schanz einmal so zugesetzt hatte, damit er von seiner üblichen Arbeitsweise abwich? Der Engel war wertvoll, und er war nicht irgendein Geschenk. »Nein, es ist kein Missverständnis. Vor vierundzwanzig Jahren haben Sie diesen Engel anfertigen lassen.«

Sie beugte sich vor, nahm ihn in die Hand und besah ihn sich von allen Seiten. »Es ist ein schönes Stück, aber ich muss Sie enttäuschen: Ich sehe es heute zum ersten Mal.« Wieder warf sie einen Blick auf die Uhr. »Wenn das alles war, würde ich gerne …«

»Nur einen Moment noch bitte. Ich möchte Ihnen gerne erklären, worum es geht. Ich habe diesen Engel gefunden, jemand muss ihn verloren haben.«

»Jemand soll ausgerechnet seinen Schutzengel verloren haben? Wie traurig. Wo haben Sie ihn gefunden?«

»Im Grüneburgpark.«

»Und nur weil der Park nicht weit von hier entfernt ist, bringen Sie dieses Schmuckstück mit mir in Verbindung?

Klappern Sie denn alle Häuser ab?« Einen Moment lang musterte sie mich wie etwas, das eigentlich lange ausgestorben sein müsste. »Das finde ich ganz reizend von Ihnen, aber warum behalten Sie den Engel nicht einfach? Oder noch besser: Bringen Sie ihn in ein Fundbüro.«

»Ich habe herausgefunden, wer den Engel gemacht hat. Er stammt aus einer Goldschmiedewerkstatt in Schlangenbad. Dort sagte man mir, er sei vor vierundzwanzig Jahren für Sie angefertigt worden.«

Sie lächelte, als wäre ich einer guten Geschichte aufgesessen. »Tut mir leid, Frau Harloff – besonders wegen Ihres außergewöhnlichen Engagements –, aber es muss sich bei dieser Auskunft um einen Irrtum handeln. Ich kenne keinen Goldschmied in Schlangenbad. Aber das heißt natürlich nicht, dass mein Name dort nicht bekannt ist. Sie glauben gar nicht, wo Firmenadressen überall gespeichert werden. Es gibt einen regelrechten Handel damit. Wahrscheinlich ist mein Name dort irgendwie hineingerutscht. Das sollten Sie nicht überschätzen.« Sie stand auf und gab mir zu verstehen, dass das Gespräch für sie beendet war.

Ich erhob mich ebenfalls und nahm den Engel vom Tisch. »Bei diesem Stück handelt es sich um ein Unikat.«

»Das mag sein«, entgegnete Leonore Larssen. »Es ist außergewöhnlich schön gearbeitet.«

»Wie man mir sagte, standen Ihr Name und Ihre Privatadresse auf der Rechnung. Sie wohnen doch ein paar Häuser weiter, nicht wahr?«

Voller Ungeduld schüttelte sie den Kopf. »Ich kann Ihnen leider nicht weiterhelfen, Frau Harloff. Wie gesagt: Es kann sich nur um einen Irrtum handeln.«

Ich konnte meine Enttäuschung nicht verbergen.

»Bringen Sie das Schmuckstück in ein Fundbüro. Ich

denke, dort hat es die beste Chance, zu seinem Besitzer zurückzufinden«, sagte sie in einem Tonfall, der mich trösten sollte.

In diesem Moment klopfte es an der Tür. Herein kam ein circa einen Meter siebzig großer, drahtiger Mann in einer hellgrauen Chauffeursuniform. Zwischen ihm und Doktor Larssen gab es einen kurzen Blickwechsel, gefolgt von einer knappen Handbewegung meiner Gesprächspartnerin, mit der sie in Richtung ihres Schreibtischs deutete. Der Mann ging um den Schreibtisch herum, kam mit zwei schweren Aktenkoffern zurück und wartete an der Tür auf Leonore Larssen.

Sie streckte die Hand aus. »Frau Harloff, es hat mich gefreut, Sie kennenzulernen. Ich muss Sie jetzt leider verlassen. Meine Sekretärin wird Sie hinausbegleiten.«

Als hätte sie an der Tür gestanden und auf ihr Stichwort gewartet, erschien in diesem Augenblick die Sekretärin.

»Ich brauche Herrn Maletzki den ganzen Tag«, sagte Leonore Larssen zu der Frau, die auf jedem Kasernenhof Eindruck schinden würde. »Wir sind gegen siebzehn Uhr zurück.« Sie nickte mir zu, gab ihrem Chauffeur ein Zeichen und war aus der Tür, bevor ich noch etwas sagen konnte.

Ich spürte meine Enttäuschung fast körperlich. Noch am Morgen war ich fest davon überzeugt gewesen, mit dem Besuch bei Leonore Larssen einen Schritt weiterzukommen. Nun sah es so aus, als würde die Spur zu Arianes Andreas hier enden. »Wenn Sie mir bitte folgen würden«, holte mich die Sekretärin aus meinen Gedanken.

»Ja, natürlich.« Ich verstaute den Engel wieder in meiner Tasche.

Auf halbem Weg zum Empfang kam uns eine junge Frau

mit einer Unterschriftenmappe entgegen. Sie sprach leise mit meiner Begleiterin, während sie die Mappe öffnete, um ihr etwas zu zeigen.

»Einen Augenblick bitte«, sagte die Sekretärin über die Schulter in meine Richtung.

Während ich wartete, kam aus dem Büro zu meiner Rechten ein Mann um die sechzig. Er hatte ausgeprägte Geheimratsecken und Gesichtszüge, die wie gemeißelt wirkten. Mit einem Seitenblick auf mich verschwand er in dem gegenüberliegenden Zimmer. Seine Tür ließ er offen stehen, so dass ich hineinsehen konnte. Mein Blick wanderte über die englischen Stilmöbel zu einem Ölgemälde an der Wand hinter seinem Schreibtisch. Es zeigte zwei Mädchen – die eine vielleicht dreizehn oder vierzehn, die andere fünf oder sechs. Ich wollte mich schon abwenden, doch irgendetwas an diesem Bild zog mich magisch an. Ich sah genauer hin und hatte sekundenlang den Eindruck, als würde mir Svenja aus dem Gesicht des jüngeren Kindes entgegensehen – ein wenig verschwommen, mit einer entfernten Ähnlichkeit. In diesem Moment kam der Mann zurück, ging in sein Zimmer und schloss die Tür.

Ich musste wie gebannt auf diese Tür gestarrt haben, denn als die Sekretärin mich ansprach, klang es, als wolle sie mich aus meinen Träumen zurückholen.

»Wer war das?«, fragte ich.

»Doktor Reinhardt, der Partner von Doktor Larssen.« Sie wies mit einer Handbewegung den Flur entlang. »Kommen Sie bitte.«

Zögernd folgte ich ihr. »Als die Tür eben offen stand, konnte ich einen Blick in das Büro werfen. Dort hängt ein Gemälde, das zwei Mädchen zeigt.«

»Das sind die Töchter von Doktor Reinhardt.«

»Können Sie mir sagen, wer das Bild gemalt hat?«, fragte ich, einer spontanen Eingebung folgend. »Es ist sehr schön, und ich überlege, selbst so eines in Auftrag zu geben.«

»Frau Reinhardt hat es gemalt, aber es ist mir nicht bekannt, dass sie Auftragsarbeiten annimmt.« Ihrem Tonfall nach zu urteilen, schien das weit unter ihrer Würde zu sein.

»Schade, sie hat großes Talent.« Ich dachte nach. »Wenn Sie mir Frau Reinhardts Telefonnummer geben, könnte ich sie fragen.«

Sie sah mich an, als hätte ich ein Sakrileg begangen. »Selbstverständlich geben wir keine Privatnummern heraus. Wenn Sie mit Frau Reinhardt in Verbindung treten möchten, wenden Sie sich bitte an ihren Mann. Allerdings ist Doktor Reinhardt beruflich sehr eingespannt.« Übersetzt hieß das, er habe weder die Zeit noch sei er willens, sich mit einem so nichtigen Anliegen wie dem meinen zu befassen.

In der Eingangshalle verabschiedete sie sich von mir. Geistesabwesend nickte ich ihr zu. Ich war immer noch gefangen genommen von dem Anblick des Ölgemäldes. Hatte mir meine Einbildungskraft einen Streich gespielt? Wollte ich eine Ähnlichkeit mit Svenja konstruieren, nur um mit aller Macht eine Verbindung herzustellen? Damit die Spur hier nicht endete? Ich hätte es nicht sagen können.

An diesem Nachmittag war Ariane in einem schlechten Zustand. Sie erwartete mich im Bademantel an der Tür und ging gleich wieder ins Bett.

»Was ist los?«, fragte ich sie alarmiert.

»Mir geht es heute nicht gut.«

»Soll ich deinen Arzt anrufen?«
»Nein.«
»Hast du mit ihm gesprochen?«
»Er kann mir nicht helfen.«
»Was ist los?«, wiederholte ich meine Frage.

Sie vergrub den Kopf in den Händen. Ich ahnte mehr, dass sie weinte, als dass ich es hörte. Ich setzte mich auf die Bettkante und strich ihr über den Rücken. Sie musste abgenommen haben, denn ihre Knochen standen stärker hervor. Ich spürte ein Schluchzen wie eine harte Welle durch ihren Körper gehen. Sie lehnte sich an mich.

Hatte sie an diesem Tag einen Untersuchungstermin gehabt? Gab es neue Ergebnisse, die sie so umgehauen hatten? Bitte nicht, flehte ich im Stillen.

»Dieser verdammte Krebs ist eine Strafe«, schluchzte sie. »Jetzt bekomme ich die Rechnung dafür, dass ich immer meinen Kopf durchgesetzt habe. Ich habe zu viel gewollt. Das wird jetzt bestraft. Wer auch immer da oben waltet und lenkt, weist mich in meine Schranken.«

»Viel zu wollen ist kein Verbrechen.« Ich schob sie ein Stück von mir und sah sie eindringlich an. »Kann es sein, dass dich gerade die alten Rollenklischees einholen? Nach dem Motto, ein Mädchen hat sich zu bescheiden, es darf nicht nach den Sternen greifen? Es darf sich keine Ziele setzen und sie dann auch noch durchsetzen? Ariane, keine Frau bekommt Krebs, weil sie *unbescheiden* ist. Das ist blanker Unsinn, und das weißt du auch.«

Meine Worte schienen sie nicht zu erreichen. Sie sah durch mich hindurch, als wäre sie ganz woanders. »Ich hätte nicht Schicksal spielen dürfen. Aber damals schien alles so einfach. Alles schien klar auf der Hand zu liegen. Diese Chance konnte ich mir nicht entgehen lassen.«

Allmählich wurde mir klar, worum es ihr ging: um die vorgetäuschte Vaterschaft, um den Betrug an Lucas. »Es war nicht richtig, was du damals getan hast, da gebe ich dir recht. Es wäre besser gewesen, du hättest Lucas reinen Wein eingeschenkt.«

Sie sah mich mit einer Intensität an, die mich fast erschreckte. »Du hättest das getan, nicht wahr? Du hättest ihm die Wahrheit gesagt. Ich glaube, du hast dein Rechtsempfinden schon mit der Muttermilch aufgesogen. Du gehst ja nicht einmal bei Rot über eine Ampel.« Sie sagte es nicht verletzend, sondern so, als erstaune es sie immer wieder aufs neue. »Du warst stets die Aufrechteste von uns dreien. Du wusstest immer zwischen Recht und Unrecht zu unterscheiden. Für dich verläuft die Linie zwischen beidem ganz klar. Ich beneide dich darum, Sophie.« Sie legte ihren Kopf an meine Schulter und schwieg.

Es war still im Zimmer, lediglich das leise Ticken einer Uhr war zu hören. Ich wiegte Ariane wie ein Kind und hoffte, sie würde sich ein wenig beruhigen.

Ihr Lachen klang trocken. »Ist es nicht seltsam? Irgendwie gibt es immer einen Ausgleich auf der Welt. Als strebe doch alles einem Gleichgewicht zu. Ich habe Lucas betrogen, und er hat mich betrogen.«

»Das mit dem Gleichgewicht ist eine Illusion«, sagte ich. »Ich habe Peer nicht betrogen.«

»Manchmal betrügt man einen anderen Menschen *um* etwas. Um etwas, das er bei einem selbst nicht findet.« Sie sprach sehr sanft, so, als wolle sie mich nicht verschrecken.

Ich rückte ein Stück von ihr ab. »Willst du damit andeuten, ich sei schuld, dass er mich betrogen hat?«

»Mir geht es nicht um Schuld, sondern darum, warum einer den anderen hintergeht. In den letzten Tagen habe ich viel darüber nachgedacht.« Sie sah mich traurig an. »Bei Lucas und mir ist es von Anfang an nach meinem Kopf gegangen. Immer habe ich bestimmt, wo es langging. Ich habe ihm wenig Raum gegeben. Genau das hat er immer wieder gesagt, aber ich habe nicht richtig hingehört. Mir war damals nicht bewusst, wie grundsätzlich seine Signale waren. Als ich herausfand, dass er mich betrog, wollte ich nicht wahrhaben, dass all dem einiges an Warnschüssen vorausgegangen war.«

Ich war völlig perplex. »Willst du Lucas etwa entschuldigen? Bisher hatte ich den Eindruck, als wärst du im Kriegszustand mit ihm. Du verwehrst ihm jeden zusätzlichen Tag mit Svenja, du wirfst ihm Knüppel in den Weg, wo du nur kannst. Und jetzt diese Einsicht? Warum?«

»Ich werde ihm auch weiterhin Knüppel zwischen die Beine werfen. Ich bin kein Übermensch. Ich ertrage sein Glück nicht. Ich gönne ihm nicht, Svenja aufwachsen zu sehen. Sieh mich nicht so entsetzt an, Sophie. Ja ... wahrscheinlich bin ich ein durch und durch missgünstiger Mensch. Es gelingt mir einfach nicht, über meinen Schatten zu springen.«

»Du beneidest ihn«, sagte ich leise.

»Um seine Zukunft ... ja.« Sie atmete schwer. »Ich beneide ihn um seine Zukunft mit Svenja.«

7

In meinem Traum sah ich den Engel in Lebensgröße. Er breitete seine glitzernden Flügel aus, als wolle er dahinter etwas verbergen. Ich versuchte, um ihn herumzugehen, aber er drehte sich und ließ mich nicht hinter die Flügel sehen. Sie warfen einen gewaltigen Schatten, dessen Konturen sich verwischten. Langsam wandte er mir sein Gesicht zu. Voller Schrecken bemerkte ich, dass seine Lippen zugenäht waren. Ich machte einen Schritt auf ihn zu, wollte ihm helfen. Er aber schlug mit den Flügeln und drängte mich zurück. Mit dem Rücken prallte ich gegen eine Wand, die ich nicht gesehen hatte. Als mich ein Poltern aus diesem Traum holte, war ich einen Moment lang orientierungslos. Ich setzte mich im Bett auf und fuhr mir durchs Gesicht, als könne ich damit die verwirrenden Traumbilder abstreifen.

Als ich wieder ein Poltern aus dem Flur hörte, war mir klar, was dort draußen vor sich ging. Es war Samstag – Peer zog aus unserer gemeinsamen Wohnung aus. Ich ließ mich ins Kissen zurücksinken und hielt mir die Ohren zu. Wäre ich nur weggefahren, dann hätte ich diesen Auszug nicht miterleben müssen. Aber an den Lücken, die Peer hinterließ, konnte auch eine Reise nichts ändern. Irgendwann würde ich mich mit ihnen auseinandersetzen müssen.

Ich schälte mich aus der Decke und ging hinaus. Die Wohnungstür stand offen, Peer war nirgends zu sehen.

Vom Küchenfenster aus sah ich ihn Kisten in einen Transporter laden. Mit einem Kloß im Hals wandte ich mich ab und nahm mir einen Kaffee.

»Guten Morgen«, sagte Peer verhalten, als er ein paar Minuten später zurückkam, um die nächste Ladung zu holen.

»Hallo.« Es tat mir weh, ihn anzusehen.

»Ich habe Brötchen geholt.«

»Als Henkersmahlzeit?«, fragte ich bitter.

»Damit du deinen Kaffee nicht auf nüchternen Magen trinkst.« Er bestrich ein Brötchen mit Butter und Marmelade, legte beide Hälften auf einen Teller und stellte ihn vor mich.

»Kommt sie auch in den Genuss deiner unvergleichlichen Fürsorge?«

»Ich habe mich von Sonja getrennt. Warum glaubst du mir nicht?«

»Warum ich dir nicht glaube?«, explodierte ich. »Überleg mal! Vielleicht kommst du von selbst darauf.«

Er sah mich lange an. »Meinst du, es wird irgendwann möglich sein, dass wir in Ruhe darüber reden? Es gäbe noch eine Menge zu sagen.«

»Unsere Ehe ist gescheitert, was gibt es da noch groß zu sagen?«

»Für mich ist sie nicht gescheitert, sondern steckt in einer schweren Krise.«

»Und deshalb ziehst du aus.«

»Ich ziehe aus, weil du es so willst. Und weil ich zur Ruhe kommen und meine Gedanken sortieren möchte.«

»Bei deinem Auszug gibt es keine Rückfahrkarte, Peer. Ich werde mir so schnell wie möglich eine eigene Wohnung suchen und diese aufgeben. Außerdem werde ich die

Scheidung einreichen. Du hast die Weichen gestellt, als du dich mit dieser Frau eingelassen hast.«

Er schüttelte den Kopf und verschränkte die Arme vor der Brust. »Musst du immer so schrecklich selbstgerecht sein? Wäre es nicht auch denkbar, dass wir gemeinsam die Weichen gestellt haben?«

»Nach dem Motto: Es gehören immer zwei dazu? Meinst du, ich hätte dich ihr in die Arme getrieben?« Mein Lachen verunglückte. »Anscheinend stimmt irgendetwas mit meiner Wahrnehmung nicht. Ich kann mich beim besten Willen nicht daran erinnern.«

Er holte einen Zettel aus dem Küchenschrank und schrieb etwas auf. »Hier, das ist meine neue Adresse. Ich würde mich freuen, wenn du mich dort mal besuchst.«

»Darauf kannst du lange warten.« Ich schnippte den Zettel mit dem Zeigefinger vom Tisch.

»Wenn es sein muss, warte ich auch lange, Sophie. So lange, bis du bereit bist, dich mit mir auseinanderzusetzen.«

Ich sah ihn feindselig an. »Lass deinen Schlüssel hier, bevor du gehst!«

Blicklos lief ich durch die Straßen. Ich hatte in Windeseile geduscht und mich angezogen und war aus der Wohnung geflüchtet. Ich wollte nur fort von Peer. Ihm bei seinem Auszug zuzusehen, hätte ich keine Sekunde länger ertragen. Deshalb hatte ich mich davongemacht, nicht ohne die Wohnungstür laut hinter mir zuzuschlagen. Zwei Stunden würde er wohl noch benötigen, um alles einzupacken. Bevor ich den Zettel mit seiner neuen Adresse auf den Boden geschnippt hatte, hatte ich einen schnellen Blick darauf geworfen. Peers Wohnung lag nur drei Straßen entfernt.

Wenn ich eine neue suchte, würde ich darauf achten, so viel Abstand wie möglich zwischen uns zu legen.

»Guten Morgen, Frau …«, hörte ich hinter mir eine Stimme. »Ach, zu dumm, jetzt habe ich Ihren Namen vergessen.«

Ich drehte mich um. »Frau Günther, hallo!« Ich gab der Antiquitätenhändlerin die Hand. Wir standen unmittelbar vor ihrem Geschäft. »Sophie Harloff.«

»Frau Harloff, natürlich. Wie konnte ich das nur vergessen? So häufig ist Ihr Name schließlich auch nicht.«

»Das macht nichts. Und bevor Sie es auf Ihr Alter schieben: Ich vergesse auch hin und wieder einen Namen.«

»Es ist nett, dass Sie das sagen.« Sie lächelte. »Was tun Sie gerade?«

»Ehrlich gesagt laufe ich nur ziellos durch die Straßen.«

»Machen Sie mir die Freude und trinken Sie einen Tee mit mir, ja? Ich habe auch zwei Brötchen dabei, wir können sie uns teilen.«

Sie blickte mich so sehnsüchtig an, dass es schwerfiel, nein zu sagen. »Einverstanden«, sagte ich und sah dabei zu, wie sie ihren Laden aufschloss.

»Kommen Sie, kommen Sie. Ich drehe rasch die Heizung höher und setze das Teewasser auf. Sie kennen sich ja hier inzwischen aus, machen Sie es sich bequem.«

Anstatt mich zu setzen, folgte ich ihr in die kleine Küche im hinteren Teil des Ladens. Sie wirkte ebenso sauber und gepflegt wie die Antiquitäten. »Wie viel Zeit verbringen Sie mit Putzen?«, fragte ich.

Sie zuckte die Achseln. »Wenn Sie jeden Tag ein bisschen machen, lässt sich alles gut sauber halten. Mir macht es Spaß. Es ist schön, die Dinge zu pflegen. Das hat auch viel mit Erinnerungen zu tun.« Sie goss heißes Wasser in die Teekanne, teilte die Brötchen in Hälften und stellte ein Glas Honig und einen Teller mit Butter auf das Tablett. »Das gönne ich mir an jedem Wochenende – ein Butterbrötchen mit Honig. Kommen Sie, wir suchen uns einen schönen Platz im Laden.« Sie ging voraus und ließ ihren Blick über die verschiedenen Sitzgelegenheiten schweifen. »Wo möchten Sie am liebsten sitzen?«

Ich wies nach links zur Wand, wo ein Biedermeiersofa stand. »Dort.«

Sie zog einen kleinen Tisch heran, setzte das Tablett ab und goss Tee in Porzellantassen. »Haben Sie den alten Schanz erreicht?«, fragte sie, als sie sich zu mir setzte.

»Ja, habe ich. Leider hat er kürzlich einen Schlaganfall erlitten. Er ist halbseitig gelähmt und konnte nicht viel sprechen. Aber seine Frau hat mir weitergeholfen.«

»Das heißt, Sie haben …?«

»Nein. Zuerst dachte ich auch, ich hätte den Besitzer des Engels gefunden, aber Frau Schanz hat sich allem Anschein nach geirrt.« Ich erzählte ihr von dem Gespräch mit Leonore Larssen.

»Ach, wie schade. Sagten Sie nicht, eine Freundin von Ihnen hätte den Engel gefunden?«

Ich nickte und biss gleichzeitig ein Stück Brötchen ab.

»Also haben Sie alles getan, was Sie tun konnten. Warum behält Ihre Freundin den Engel nicht?«

»Weil sie den Menschen, der ihn verloren hat, gerne wiederfinden würde.«

»Ah«, sagte sie, »verstehe. Das klingt nach einer Liebesgeschichte.«

Ich ließ sie in dem Glauben.

»Was ist mit Ihrer eigenen?«

Ich schüttelte den Kopf zum Zeichen, dass ich nicht

darüber reden wollte. »Wissen Sie, was ich mich frage: Könnte man vergessen, einen solchen Engel in Auftrag gegeben zu haben? Vierundzwanzig Jahre sind eine lange Zeit. Ich weiß auch längst nicht mehr alles, was ich mit fünfzehn einmal erworben habe. Und das, obwohl ich nicht gerade viel Taschengeld bekommen habe.«

Sie ließ sich diesen Gedanken durch den Kopf gehen. »Dieses Schmuckstück ist wertvoll, das vergisst man nicht.«

»Unserer Ansicht nach ist es wertvoll. Für einen anderen könnte die Sache ganz anders aussehen. Für jemanden, der sehr wohlhabend ist und für den Geld keine Rolle spielt.«

»Aber solch ein Engel hat auch einen ideellen Wert«, gab Elfriede Günther zu bedenken. »Er ist ein Schutzengel. Es hat etwas zu bedeuten, wenn man so ein Stück verschenkt.«

»Es gibt aber sicher auch Menschen, die sich darüber keine Gedanken machen. Die einen Schutzengel verschenken, weil sie es gerade schick finden oder ihnen nichts anderes einfällt.«

»Das passt nicht«, entgegnete sie entschieden. »Nicht zu jemandem, der Bernhard Schanz weichklopft. Wem das gelungen ist, der hat eine feste Überzeugung. Wem es um Chic geht oder wer einfallslos ist, der geht zum nächstbesten Juwelier um die Ecke. Diese Frau, die den Engel angeblich in Auftrag gegeben hat, wie schätzen Sie die ein?«

Ich holte sie vor mein inneres Auge. »Sie wirkt selbstbewusst, hat einen wachen Geist, und sie ist …« Ich suchte nach dem passenden Wort.

»Sie ist Ihnen sympathisch«, brachte sie es auf den Punkt.

»Wie kommen Sie darauf?«

»Ihre Stimme hat einen warmen Tonfall angenommen, als Sie über sie gesprochen haben.«

Ich lächelte. »Gut beobachtet. Ja, sie war mir tatsächlich sympathisch.«

»Und Sie meinen, diese Frau könnte dem Mann aus der *Liebesgeschichte* Ihrer Freundin den Engel geschenkt haben?«

»Ich hatte es gehofft. Aber jetzt muss ich noch einmal mit Frau Schanz reden. Möglicherweise hat sie sich bei den Rechnungen vertan.« Ich trank meine Tasse leer und dachte dabei an das Ölgemälde mit den beiden Mädchen. Vielleicht hatte Gerwine Schanz sich aber auch nicht geirrt. In dem Fall hätte Leonore Larssen mich belogen. »Danke für den Tee und das Brötchen«, sagte ich.

»Jetzt haben Sie wenigstens wieder etwas Farbe im Gesicht. Vorhin sahen Sie arg blass aus. Allerdings ist Ihre Traurigkeit noch da.«

»Die ist zäh«, sagte ich mit einem schiefen Lächeln.

»Ich wünsche Ihnen, dass Sie einen Weg für sich finden. Kommen Sie vorbei, wenn Sie mögen. Ich freue mich immer über Besuch. Und ich freue mich über Geschichten. Wenn Sie also noch etwas herausfinden ...«

»Dann erzähle ich es Ihnen!«

Zu Hause empfingen mich die Schlüssel und die Lücken, die Peer hinterlassen hatte. Sie waren schlimmer als eine völlige Leere. Während ich Möbel und Gegenstände verrückte, liefen mir Tränen übers Gesicht. Schon nach kurzer Zeit fehlte mir die Kraft, weiterzumachen. Ich rollte mich auf dem Sofa zusammen.

Als es klingelte, schrak ich hoch. Einen sehnsüchtigen

Moment lang hoffte ich, Peer habe etwas vergessen und sei zurückgekommen. Ich rannte zur Tür. Aber es war Judith.

»Was machst du hier?«, fragte ich überrascht.

»Peer hat mich vorhin angerufen und gebeten, nach dir zu sehen. Er macht sich Sorgen um dich.«

»Komm rein.« Ich nahm ihr die dicke Jacke ab und ging voraus in mein Zimmer. Wenigstens dort war alles unverändert. »Magst du etwas trinken?«

Sie schüttelte den Kopf. »Ich kann nicht lange bleiben, ich muss heute noch fünf Wöchnerinnen besuchen.« Sie betrachtete mich mit gerunzelten Brauen. »Es war schlimm, nicht wahr?«

»Ziemlich«, gab ich zu. »Schlimmer, als ich es mir vorgestellt habe. Ich habe es ja selbst so gewollt, aber als es so weit war, hätte ich ...«

»Da hättest du am liebsten alles ungeschehen gemacht.« Sie streifte die Schuhe von den Füßen, zog die Knie an und umfing sie mit den Armen. »Warum redest du nicht mit Peer? Vielleicht ...«

»Er ...«

Sie ließ sich nicht unterbrechen. »Vielleicht könntet ihr dadurch wieder auf einen gemeinsamen Weg finden. Sophie ... eine Affäre ist keine Bagatelle, das ist mir bewusst, aber sie ist auch kein Weltuntergang.«

»Es hat keinen Sinn, Judith, ich könnte es ihm nie verzeihen, und vergessen könnte ich es schon gar nicht.«

»Und wenn du mal versuchst, ein bisschen weniger absolut an die Sache heranzugehen, und in Betracht ziehst, dass Menschen Fehler begehen?«

»Ich lebe nicht auf dem Mond! Und ich habe auch nie von Peer erwartet, unfehlbar zu sein. Ich erwarte nur, dass er die Konsequenzen für sein Handeln trägt.«

»Das tut er ja nun«, sagte sie in einem Ton, als wäre sie mehr auf seiner als auf meiner Seite. »Hat dich die Juristerei deshalb so angezogen – weil dort die Guten von den Bösen klar zu trennen sind, weil jeder Verfehlung eine Strafe folgt?«

Es tat weh, in ein solches Raster zu fallen. Fast unmerklich zuckte ich zusammen. »Das ist ein Klischee. Genauso könnte ich dir einen latent vorhandenen, aber nicht ausgelebten Kinderwunsch zuschreiben und dir unterstellen, dass du deshalb so vielen Kindern auf die Welt hilfst.« Ich schluckte gegen meinen Ärger an. »Du hast eine ziemlich naive Vorstellung von meinem Beruf, es ist längst nicht immer alles so klar. Viele kommen ungeschoren davon, manchen geschieht Unrecht, und ich weiß längst nicht immer, was richtig und was falsch ist.«

»Aber die Sache mit Peer, die ist für dich klar.«

»Warum verteidigst du ihn auf einmal, Judith?«

»Weil ich denke, dass ihr vielleicht noch eine Chance habt.«

»Was hat er dir gesagt?«

»Dass du dich weigerst, dich mit ihm auseinanderzusetzen.«

Ich sah sie abweisend an. »Für mich war es in dem Moment vorbei, als ich von dieser Sonja erfahren habe. Und das hätte ihn nicht überraschen dürfen. Ich habe nie einen Hehl daraus gemacht, was passieren würde, wenn er mich betrügt.«

Ihr tiefes Einatmen klang genervt. »Sophie, du kannst dich doch nicht im Alter von zwanzig Jahren hinsetzen und sagen: Wer mich betrügt, wird aussortiert, und fortan dein ganzes Leben daran festhalten, ohne diese Haltung jemals in Frage zu stellen. Du bist siebenunddreißig und alles andere als weltfremd. Diese Dinge geschehen.«

»Ja, sie geschehen«, sagte ich, »und ich ziehe meine Konsequenzen daraus.«

Mit einem missbilligenden Gesichtsausdruck schüttelte sie den Kopf. »Du bist und bleibst stur. Damit schadest du dir nur selbst.«

»Was hätte ich von einem Mann, dem ich nicht mehr vertrauen kann? Soll ich mich bei jedem Abendessen, das er angeblich mit einem Kunden hat, fragen, ob er mich anlügt? Soll ich jedes Mal, wenn er auf einer Geschäftsreise ist, hoffen, dass er allein im Hotelzimmer ist?«

»Vertrauen lässt sich nicht nur zerstören, Sophie, es lässt sich auch wieder aufbauen.«

Ich schüttelte den Kopf. »Das kann ich nicht. Ich kann es nicht vergessen.«

Nachdem Judith gegangen war, fühlte ich mich einsam und verloren. Ich hielt es nicht aus in der Wohnung, die nicht mehr unsere gemeinsame war. Früher als verabredet fuhr ich zu Ariane. Da sie sich immer noch elend fühlte, verbannte ich sie ins Bett. Um ihre Tochter musste sie sich nicht kümmern, die verbrachte das Wochenende bei ihrem Vater. Und ihren Haushalt übernahm vorübergehend ich. Ich putzte die Wohnung, kochte Kartoffelbrei und ließ zwei Maschinen mit Wäsche laufen. Zwischendurch schaute ich immer wieder nach Ariane, die die Bettdecke bis zum Kinn gezogen hatte und vor sich hin döste. Als ich gegen Abend ging, schlief sie. Ich weckte sie nicht.

Auf dem Rückweg nach Frankfurt graute mir vor der leeren Wohnung. Ich hatte Arianes Angebot, bei ihr zu übernachten, widerstanden. Irgendwann würde es diese erste Nacht ohne Peer geben. Je länger ich sie hinauszögerte, desto bedrohlicher würde sie.

Als ich zu Hause ankam, schaltete ich als Erstes den CD-Player ein, drehte die Lautstärke hoch und zündete in jedem Zimmer Kerzen an, um es so heimelig wie möglich zu machen. Schließlich verzog ich mich in mein Zimmer und versuchte zu lesen. Als mir das nicht gelingen wollte, begann ich, meine Koffer auszupacken. Ich würde meine Reise nicht antreten. Nicht solange Ariane in diesem Zustand war. In der kommenden Woche würde ich mit meinem Chef sprechen und mit ihm eine Regelung aushandeln, die es mir erlaubte, meinen Lebensunterhalt zu verdienen und gleichzeitig Ariane weiter zu unterstützen. Vielleicht konnte ich vorübergehend eine Zweidrittelstelle bekommen.

Wider Erwarten schlief ich durch in dieser Nacht. Am Morgen wachte ich mit Kopfschmerzen und einem Gefühl innerer Leere auf. Ich suchte eine Beschäftigung. Untätig herumzusitzen ließ nur all die Gedanken auferstehen, denen ich zu entfliehen versuchte. Wie getrieben durchquerte ich einen Raum nach dem anderen und versuchte, das Bild von Peers fehlender Zahnbürste im Bad zu verscheuchen. Es war völlig hirnrissig: Es fehlte so vieles, er fehlte, aber diese Zahnbürste hatte mir den Rest gegeben. Peer konnte auf alles Mögliche verzichten, aber nicht auf seine Zahnbürste. Er pflegte seine Zähne mit einer Akribie, als müssten sie zweihundert Jahre halten. Ich hatte mich oft darüber lustig gemacht.

Ich lief in mein Zimmer, holte den Engel aus meiner Tasche und starrte ihn an. »Kannst du mir nicht helfen, deinen Besitzer zu finden?« Ich dachte an Hubert Reinhardt, den Partner von Leonore Larssen. Und ich dachte an das Gemälde in seinem Büro. War mein Wunsch, diesen Andreas zu finden, so stark, dass ich mir eine Ähnlichkeit zwischen einem dieser Kinder und Svenja nur einbildete? Aber was, wenn ich sie mir nicht einbildete? Die kurz aufblitzende Idee, dieser Hubert Reinhardt könne Svenjas Vater sein, verwarf ich sofort als unsinnig. Der Mann war fast zwanzig Jahre älter als Arianes Andreas, der, als sie ihm auf Sylt begegnete, Anfang dreißig gewesen war. Außerdem hieß er Hubert mit Vornamen. Warum hätte er sich Ariane gegenüber als Andreas ausgeben sollen?

Ich ließ das Gemälde vor meinem inneren Auge wieder auferstehen und versuchte, mir das Gesicht des kleinen Mädchens genau vorzustellen. Ich war mir sicher, es gab diese Ähnlichkeit, auch wenn sie nur schwach war. Und wenn Hubert Reinhardt einen Sohn hatte, der Andreas hieß und Svenjas Vater war? Wer sagte denn, dass die gesamte Familie auf dem Gemälde abgebildet war? Ich schaltete meinen PC ein und suchte über Google alles, was ich über ihn finden konnte. Er war neunundfünfzig Jahre alt, verheiratet und hatte zwei Töchter. Also keinen Sohn. Aber was war mit einem Neffen? Oder mit einem um einiges jüngeren Bruder? Auch darüber hätte diese Ähnlichkeit zustande kommen können.

Ich ließ meinen Gedanken freien Lauf, um keine Möglichkeit außer Acht zu lassen. Was wäre, überlegte ich, wenn Leonore Larssen und Hubert Reinhardt, die beiden Partner der Vermögensverwaltung, alte Freunde waren und in ihrer Jugendzeit ein gemeinsames Kind in die Welt gesetzt hatten, eben besagten Andreas? Möglicherweise handelte es sich um eines dieser gut gehüteten Familiengeheimnisse. Das würde auch erklären, warum Leonore

Larssen sich nicht daran erinnerte, diesen Engel schon einmal gesehen zu haben.

Aber ... es gab immer ein Aber. Sollte Leonore Larssen diesem Andreas – möglicherweise ihrem Sohn – den Engel geschenkt haben, bestünde gar kein Grund, dies zu verheimlichen. Die Verbindung zu Hubert Reinhardt würde dadurch nicht unweigerlich herauskommen. Nach längerem Nachdenken verwarf ich auch diese Idee. Fazit war: Entweder gab es eine verwandtschaftliche Beziehung zwischen Arianes Andreas und Hubert Reinhardt, oder die Frau des Goldschmieds hatte die Rechnungen verwechselt, und ihr Mann hatte den Engel damals für jemand anderen gefertigt. Möglich war außerdem, dass Bernhard Schanz sich nicht nur einmal zu einem für ihn so ungewöhnlichen Engel hatte überreden lassen. Ich würde Gerwine Schanz danach fragen.

Sollte jedoch tatsächlich ein Verwandtschaftsverhältnis zwischen Svenjas Vater und Hubert Reinhardt bestehen, hatte Leonore Larssen mich belogen. Ich hielt den Engel in meiner Hand und betrachtete ihn. Selbst wenn sie ihn tatsächlich vergessen haben sollte, hätte sie ihn wiedererkennen müssen, auch nach so langer Zeit.

8

Das Gespräch mit meinem Chef war schwierig, aber erfolgreich. Bis Aschermittwoch würde ich noch Urlaub machen und von da an jeweils bis fünfzehn Uhr arbeiten. Diese Regelung ließ mir ausreichend Zeit, mich um Ariane zu kümmern, jedenfalls solange sie so sehr unter der Chemotherapie litt. Sobald es ihr besser ginge, würde ich wieder Vollzeit arbeiten.

Auf dem Rückweg holte ich mir einen Döner und lief schnell durch den Nieselregen nach Hause. Ich hatte vergessen, einen Schirm mitzunehmen, deshalb schlug ich den Mantelkragen hoch und zog den Kopf ein. Im Treppenhaus schüttelte ich mir den Regen aus den Haaren. Als ich die Post aus dem Briefkasten nahm, wurde mir bewusst, dass Peer noch keinen Nachsendeantrag gestellt hatte. Ich war unschlüssig, was ich mit seinen Briefen machen sollte. Sie mit dem Vermerk *unbekannt verzogen* in den Postkasten werfen? Sie ihm sang- und klanglos an seine neue Adresse zu schicken brachte ich nicht über mich. So einfach wollte ich es ihm nicht machen. Also legte ich sie auf den Briefkasten und verschob die Entscheidung.

Der Döner war nur noch lauwarm, als ich endlich vor der Wohnungstür stand und den Schlüssel aus der Manteltasche zog. Meine Gedanken waren noch bei Peers Post gewesen, so dass mir erst jetzt auffiel, dass die Wohnungstür nur angelehnt war. Peer hatte mir seinen Schlüssel ausgehändigt, er konnte nicht mehr in die Wohnung hinein. Mit einem mulmigen Gefühl stieß ich die Tür auf und rief: *Hallo?* Als sich nichts rührte, ging ich zögernd hinein. Die Schlafzimmertür stand offen, ich sah, dass meine Pullover und das Bettzeug über den Boden verstreut lagen. Fassungslos sah ich mich um. Es war, als habe jemand das Unterste zu oberst gekehrt. Alle Schranktüren standen offen, die Schubladen waren herausgezogen. Als ich begriff, dass hier Einbrecher am Werk gewesen sein mussten, machte ich auf dem Absatz kehrt und sah in die anderen Zimmer. Überall bot sich mir ein ähnliches Bild.

Nachdem ich die Polizei angerufen hatte, ging ich zurück ins Schlafzimmer und suchte nach dem kleinen Holzkästchen, in dem ich neben meinem Ehering den Schmuck aufbewahrte, den ich von meiner Mutter geerbt hatte. Ich fand es unter Pullovern und Unterwäsche auf dem Boden. Es war leer. Obwohl ich wusste, dass es sinnlos war, suchte ich den Boden ab. In einer Mischung aus hilfloser Wut und Traurigkeit ließ ich mich auf den Boden sinken und weinte. Die mussten alles angefasst haben, das Bettzeug, sogar meine Unterwäsche. Bei dieser Vorstellung ekelte es mich.

Als es klingelte, ging ich mit bleischweren Beinen zur Tür und drückte den Türöffner für die Haustür. Kurz darauf waren die Beamten vom Einbruchdezernat oben. Sie besahen sich die Wohnungstür und zeigten mir die Stellen, wo die Einbrecher mit einem Schraubendreher angesetzt hatten. Gemeinsam gingen wir durch die Wohnung. Es tat mir weh, meine persönlichen Dinge in dieser Weise achtlos verstreut zu sehen. Ich lief auf Zehenspitzen hindurch, als könne ich dadurch noch verhindern, die Sachen zu verschmutzen, oder sie schonen. Wer hier am Werk gewesen war, dem war es völlig gleichgültig gewesen, in welchem Zustand die Dinge auf dem Boden landeten.

Die Beamten fragten mich, ob ich schon abschätzen könne, was fehlte, und ich erzählte ihnen von dem Schmuck. Geld hatte ich keines zu Hause aufbewahrt, auch keine Kreditkarten. Einer der Beamten sagte mir, dass gleich ein Kollege zur Spurensicherung käme.

»Fassen Sie diese Typen?«, fragte ich.

»Die wenigsten, leider«, antwortete er ehrlich. »Wissen Sie zufällig, welche Ihrer Nachbarn zu Hause sind? Ich würde gerne schon einmal mit den Befragungen beginnen. Vielleicht hat jemand etwas gesehen oder gehört.«

Ich schüttelte den Kopf. »Sie werden niemanden antreffen, da alle berufstätig sind.«

Er runzelte die Stirn. »Dann gibt es womöglich weitere Einbrüche. Ich werde mal nachsehen.«

Auf Zehenspitzen ging ich noch einmal durch jeden Raum. Nachdem der erste Schrecken vorbei war, packte mich Zorn. Reichte es nicht, dass die Wohnung durch Peers Auszug beschädigt worden war? Musste jetzt auch noch jemand kommen und dem Ganzen die Krone aufsetzen, indem er alles zerstörte?

In meinem Arbeitszimmer lag alles drunter und drüber. Was hatten die in meinen Büchern und Ordnern gesucht? Glaubten die allen Ernstes, ich würde darin Geld verstecken? Von meinem Schreibtisch war alles hinuntergefegt worden. Sogar der Laptop. Ich hoffte, dass er den Sturz heil überstanden hatte.

In der Küche standen Kühlschrank, Tiefkühltruhe und Küchenschränke offen. Der Inhalt etlicher Gläser, in denen ich Gewürze und getrocknete Kräuter aufbewahrt hatte, lag über den Boden verstreut. Es war ein Anblick, der weh tat. Ich schlang die Arme um den Oberkörper, drehte mich um mich selbst und versuchte, mir die Typen vorzustellen, die so etwas anrichteten. Hatten sie Freude daran gehabt? War es Zerstörungswut gewesen? Ich fühlte mich hilflos, und mir wurde bewusst, wie verletzbar ich war.

Der Beamte, der nach den Wohnungen der Nachbarn hatte sehen wollen, kam zurück. »Es ist tatsächlich niemand im Haus.«

»Wurde in eine der anderen Wohnungen auch eingebrochen?«

»Nein.« Er besah sich die Sauerei auf dem Küchenfußboden. »Wie haben Sie die Haustür vorgefunden, als Sie nach Hause kamen?«

Ich versuchte, mich zu erinnern. »Verschlossen ... das heißt, sie war ins Schloss gefallen.«

»Sie ist nicht aufgebrochen worden. Haben Sie eine Ahnung, wie der oder die Einbrecher ins Haus gelangt sein können?«

»Manchmal fällt die Tür nicht richtig ins Schloss. Wir haben das schon häufig beim Hausbesitzer beanstandet. Die Tür hätte längst überholt werden sollen. Falls sie also heute Vormittag nur angelehnt war, müsste es ein Leichtes gewesen sein, ins Haus zu gelangen.«

»Leben Sie allein hier?«

»Ja.«

»Haben Sie jemanden, bei dem Sie heute Nacht unterkommen können, bis Ihre Wohnungstür gerichtet ist?«

»Das ist kein Problem.«

Als im Flur Stimmen zu hören waren, ging er hinaus. Kurz darauf kam er zurück und erklärte mir, dass sein Kollege jetzt die Spurensicherung vornehmen werde. Möglicherweise ließen sich an dem Kästchen, in dem ich den Schmuck aufbewahrte, Fingerspuren finden. Um meine auszuschließen, nahmen sie die entsprechenden Abdrücke.

Ich verzog mich ins Arbeitszimmer und dachte über den Schmuck meiner Mutter nach. Es war nur schwer zu ertragen, die wenigen Stücke, die sie mir hinterlassen hatte, nun in fremden Händen zu wissen. In Händen, die nichts mit ihr verbanden. Der Beamte hatte mir wenig Hoffnung gemacht, dass ich den Schmuck jemals wiedersehen würde. Oft würden die Stücke sofort versetzt. Um mir Trost zu holen, rief ich Judith an. Ihre sanfte Stimme reichte aus, um mich in Tränen ausbrechen zu lassen und ihr schluchzend zu erzählen, was geschehen war. Ich war gerade beim Schmuck meiner Mutter angelangt, als mir das Stichwort *Schmuck* einen kleinen Schlag versetzte. Hektisch suchte ich den kleinen Tisch neben dem Sessel sowie den Boden darunter ab. »Judith«, sagte ich, »der Engel ist auch fort. Sie haben den Engel gestohlen.«

Sie versuchte, mich zu beruhigen. »Nimm es als ein Zeichen, dass deine Suche damit beendet ist. Vermutlich hat er sogar nie diesem Andreas gehört, und du bist einer Scheinspur hinterhergejagt.«

»Viel schlimmer finde ich, dass der Engel aus meiner Obhut verschwunden ist. Ariane hat ihn mir anvertraut. Weißt du nicht mehr, was sie gesagt hat? Der Engel sei das Einzige, was sie von diesem Andreas hatte, das Einzige, was Svenja jemals von ihrem Vater haben würde. Und jetzt ist er fort. Ich weiß überhaupt nicht, wie ich Ariane das beibringen soll.«

»Ich glaube, du machst dir zu viele Sorgen, Sophie. Sie wird den Verlust verschmerzen. Sie hat den Engel all die Jahre nicht vermisst.«

»Sie hat ihn extra von dir aufbewahren lassen.«

»Das solltest du nicht überbewerten. Viel schlimmer finde ich, dass der Schmuck deiner Mutter und dein Ehering gestohlen wurden.«

»An den Sachen meiner Mutter habe ich sehr gehangen, den Verlust meines Eheringes kann ich verschmerzen. Ich hätte ihn ohnehin nie wieder an den Finger gesteckt.«

Einen Moment lang war es still in der Leitung. Schließlich fragte Judith: »Magst du heute Nacht bei mir schlafen? In deiner Wohnung kannst du schließlich nicht bleiben.«

»Gerne«, antwortete ich spontan. »Vorher muss ich mich allerdings darum kümmern, dass die Wohnungstür so schnell wie möglich repariert wird. Könntest du mich heute Nachmittag bei Ariane vertreten? Ich muss hier noch aufräumen, und das wird sicher einige Zeit in Anspruch nehmen.«

»Einverstanden«, sagte sie. »Und, Sophie ... tu dir selbst einen Gefallen, vergiss den Engel und schau nach vorn.«

Ich ließ mir ihre Worte noch einmal durch den Kopf gehen, nachdem wir das Telefonat beendet hatten. *Schau nach vorn*, hatte sie gesagt. Eine solche Plattitüde passte nicht zu ihr. Sie war genauso wie die Aufforderung *Kopf hoch!* ausschließlich dazu angetan, sich nicht weiter mit einem Thema befassen zu müssen. Hatte ich Judith in der letzten Zeit überstrapaziert? Sie zu viel mit meinen Problemen belästigt? Ich würde sie am Abend danach fragen.

Während ich aufräumte, ließ ich mehrere Male die Waschmaschine laufen. Ich würde jedes meiner Kleidungsstücke, das diese Kerle in der Hand gehabt hatten, waschen. Zwischendurch kam mein Vermieter mit einem Schreiner. Die beiden begutachteten die Tür und kamen zu dem Schluss, dass sie sich problemlos reparieren ließ. Der

Schreiner erklärte sich sogar bereit, die notwendigen Arbeiten noch bis zum Abend auszuführen, damit ich in meinen eigenen vier Wänden schlafen konnte. Ich rief Judith noch einmal an, um ihr abzusagen. Ihr Angebot, bei mir zu übernachten, lehnte ich ab. Es war besser, sie blieb in Arianes Nähe.

Beim Aufräumen trieb mich immer noch die Hoffnung, den Engel zu finden. Ich tastete alles mehrmals ab, um zu prüfen, ob er nicht vielleicht irgendwo dazwischengerutscht war. Aber ich hatte kein Glück. Obwohl ich nichts dafür konnte, dass er gestohlen worden war, hatte ich Ariane gegenüber ein schlechtes Gewissen.

Als ich anfing, die Wohnung zu schrubben, war die Tür längst repariert und wieder eingesetzt. Aber auch nachdem ich sie von innen verriegelt hatte, fühlte ich mich nicht geborgen in meinen vier Wänden. Es war, als hätten die Diebe eine Schutzwand eingerissen, die sich nicht einfach wieder aufbauen ließ. Ich konnte die Wohnungstür verschließen, aber ich konnte nicht die Vorstellung ausradieren, dass fremde Menschen meine persönlichsten Dinge berührt hatten. Dass sie in meinem Schlafzimmer gewesen waren und sich durch meine Wäsche gewühlt hatten.

Beim Klingeln an der Wohnungstür schrak ich zusammen. »Hallo?«, fragte ich durch den Hörer der Gegensprechanlage.

»Hier ist Peer. Judith hat mir erzählt, was passiert ist. Ich habe dir etwas zu essen mitgebracht.«

»Ich habe keinen Hunger.«

»Mach bitte auf, Sophie!«

Widerwillig drückte ich auf den Knopf und wartete an der Tür, bis Peer oben angekommen war.

»Sushi«, sagte er und hielt mir eine Tüte entgegen.

Wortlos brachte ich sie in die Küche, stellte sie auf den Tisch und blieb verloren stehen. Peer trat hinter mich und umfing mich mit den Armen. Er hielt mich fest.

»Du kannst dir nicht vorstellen, wie es hier ausgesehen hat«, sagte ich. »Die haben das Unterste zuoberst gekehrt, haben alles aus den Schränken gerissen und auf den Boden geworfen.«

»Warum hast du mich nicht angerufen? Ich hätte dir helfen können aufzuräumen.«

Ich schüttelte den Kopf.

»Ich hätte dir gerne geholfen«, sagte er bedrückt.

»Sie haben den Schmuck meiner Mutter gestohlen. Und Arianes Engel.«

»Welchen Engel?«

Bei seiner Frage wurde mir bewusst, dass ich mich verplappert hatte. Immerhin war Peer mit Lucas, Arianes Exmann, befreundet. Ich machte eine wegwerfende Handbewegung. »Ein kleiner Talisman, den sie neulich bei mir vergessen hat.«

Er drehte mich zu sich um und hielt mich fest umschlungen. »Es tut mir so leid, Sophie.«

Peer roch vertraut. Ich atmete seinen Geruch tief ein und beruhigte mich dabei. Ich lehnte meine Wange gegen seine. Die Vertrautheit war so groß, dass sie mir ins Herz schnitt. Vehement löste ich mich aus seinen Armen und trat einen Schritt zurück. »Meinen Ehering haben sie auch gestohlen, aber ich hätte ihn ohnehin nie wieder getragen.«

Ihm schien ein Kommentar auf der Zunge zu liegen, doch er entschied sich dagegen. »Das Sushi wird warm«, sagte er schließlich.

Ich holte Teller aus dem Schrank und stellte sie auf den

Tisch. »Du kannst gerne zum Essen bleiben, aber nur unter der Bedingung, dass wir nicht über unsere Ehe reden.«
»Irgendwann werden wir darüber reden müssen.«
»Irgendwann ... vielleicht. Aber nicht heute.«

Als ich am Morgen aufwachte, war Peer fort. Bei Tageslicht betrachtet, schämte ich mich dafür, dass ich ihn gebeten hatte zu bleiben. Ich war mir selbst untreu geworden. Aber am späten Abend war mein Unbehagen, die Nacht allein in der Wohnung zu verbringen, stetig größer geworden. Die Tür hinter ihm zu schließen und allein in meinem Bett zu liegen war mir als unüberwindliche Hürde erschienen. So hatte ich ihn gebeten, sich einfach nur neben mich zu legen, mich nicht anzurühren und vor allem meine Bitte nicht falsch zu verstehen. Er hatte sich daran gehalten.

Jetzt hielt ich das Kopfkissen fest, auf dem er gelegen hatte, und schalt mich eine dumme, unverbesserliche Gans. Er hatte mich betrogen, und ich sehnte mich nach seinem Geruch. Mit Wucht schleuderte ich das Kopfkissen von mir und stand auf. Bei einem Becher Kaffee schaute ich aus dem Fenster auf die Straße. Noch immer goss es in Strömen. Dabei sehnte ich mich nach Sonne und Wärme. Am siebzehnten Februar hatte ich meine Reise nach Bhutan antreten wollen. Dort hätte ich beides gefunden – und noch viel mehr. Ich musste die Reise stornieren, und zwar so schnell wie möglich.

Nachdem das erledigt war, machte ich mich auf den Weg nach Schlangenbad, um dem Ehepaar Schanz einen weiteren Besuch abzustatten. Wieder dauerte es lange, bis Gerwine Schanz auf mein Klingeln reagierte.

Als sie das Fenster öffnete und mich erkannte, lächelte sie. »Schwester Sophie, wie schön! Warten Sie, ich bin gleich an der Tür.« Ein paar Sekunden später stand sie mir gegenüber.

»Hallo, Frau Schanz, darf ich hereinkommen? Ich habe noch zwei Fragen.«

»Natürlich, kommen Sie. Ich hoffe, ich kann Ihnen helfen, mein Mann hat nebenan gerade Physiotherapie. Lassen Sie uns in die Küche gehen, damit ich ein Auge auf meine Töpfe haben kann, während wir reden.«

Ich folgte ihr in eine gemütliche Küche, in der aus drei Töpfen Dampf aufstieg.

»Wenn mein Mann fertig ist, muss es gleich Essen geben. Er wartet nicht gern darauf.« Sie bat mich, am Tisch Platz zu nehmen und stellte sich an den Herd. »So, was gibt es denn nun für Fragen?«

»Frau Schanz, könnte es sein, dass Ihr Mann damals mehr als nur einen dieser Engel mit den Edelsteinen gemacht hat?«

Mit Nachdruck schüttelte sie den Kopf. »Nein, keinesfalls. Ich habe Ihnen doch gesagt, er arbeitete überhaupt nicht gerne mit Steinen. Es ist ihm wirklich gegen den Strich gegangen. Aber unser Junge hatte damals diesen Unfall, und mein Mann war völlig durch den Wind. In dieser Zeit hatte er anderen nicht viel entgegenzusetzen. Davor und danach hätte ihn niemand dazu überreden können. Er war alles andere als stolz auf diese Arbeit. Für ihn war es ein Stilbruch, seiner Meinung nach gehören auf einen Schutzengel keine Glitzersteine. Und wenn Sie mich fragen, hat er recht.«

Ich ließ mir das durch den Kopf gehen. Wenn es keinen zweiten Engel gab, hatte Leonore Larssen gelogen oder Gerwine Schanz musste sich bei der Rechnung getäuscht haben.

»Wie kommen Sie eigentlich darauf, er könnte einen zweiten Engel gemacht haben?«, fragte sie interessiert.

»Diese Frau aus Frankfurt – Leonore Larssen –, sie sagt, es müsse sich um einen Irrtum handeln. Sie habe den Engel noch nie gesehen, geschweige denn bei Ihrem Mann bestellt. Deshalb wollte ich Sie fragen, ob Sie sich möglicherweise vertan haben bei den Rechnungen.«

»Möglich ist alles«, sagte sie mit gerunzelter Stirn. Ihr Blick wanderte von dem Kochlöffel in ihrer Hand zu mir. »Aber ich meine, ich hätte mir die Rechnung genau angesehen. Es war ein hoher Betrag. Der Engel war natürlich viel teurer als die anderen.«

»Könnten Sie vielleicht noch einmal nachschauen?«

»Natürlich. Wenn Sie hier einen Moment lang aufpassen, hole ich den Ordner.«

Ich nahm ihren Platz am Herd ein und lüftete einen Deckel nach dem anderen. Bei den Düften von Rinderbraten und Rotkraut lief mir das Wasser im Mund zusammen.

»Hier habe ich ihn«, sagte sie nur wenig später und bedeutete mir, sich zu ihr an den Küchentisch zu setzen. Sie schlug den Ordner auf und begann zu suchen. »Sie haben wirklich Glück, dass ich diesen Ordner hier im Haus hatte. Stellen Sie sich vor: Am Samstag hatten wir ein Feuer in der Werkstatt. Der Schreck sitzt mir immer noch in den Gliedern.«

»Ist viel passiert?«

Sie nickte. »Alle Papiere sind in Flammen aufgegangen.« Sie fasste sich an die Brust und holte tief Luft. »Sie können sich gar nicht vorstellen, was das für eine Aufregung war. Nachbarn haben den Rauch gesehen und gleich die Feuerwehr alarmiert. Mein Mann hat zum Glück tief und fest geschlafen. Er hat nichts davon mitbekommen. Manchmal kann so eine Schwerhörigkeit auch ein Segen sein. Er hätte sich viel zu sehr aufgeregt.«

»Und Sie?«, fragte ich. »Für Sie war es sicher sehr schlimm, oder?«

Wieder atmete sie tief ein. »Das kann ich Ihnen sagen. Mit achtundsiebzig bleibt Ihnen das in den Kleidern hängen. Aber ich musste mich zusammenreißen, damit Bernhard nichts merkt. Wenn er wüsste, wie es in seiner Werkstatt aussieht, würde ihn gleich noch einmal der Schlag treffen.«

»Wie ist es denn zu dem Brand gekommen?«

»Die Männer von der Feuerwehr haben gesagt, der Heizlüfter sei schuld. Die Werkstatt ist nicht an die Zentralheizung angeschlossen. Es gibt nur einen Ofen. Den hat mein Mann immer befeuert, als er dort noch arbeitete. Aber mir ist das mit dem Ofen zu mühsam. Deshalb habe ich hin und wieder den Heizlüfter laufen lassen, damit es in der Werkstatt nicht so feucht wird. Ich muss vergessen haben, ihn auszuschalten«, sagte sie unglücklich. »Das ist das Dumme am Alter, man wird so vergesslich. Ich kann mich noch nicht einmal daran erinnern, dass ich ihn an diesem Tag überhaupt eingeschaltet habe. Aber die Feuerwehrleute meinten, dass man sich manchmal nicht an die Dinge erinnert, die man routinemäßig macht.« Sie schüttelte den Kopf. »Der halbe Raum ist schwarz. Ich hoffe nur, dass mein Mann nicht irgendwann sentimental wird und einen Blick in die Werkstatt werfen will. Na ja«, sagte sie mehr zu sich selbst, »in dem Fall muss ich mir eben etwas einfallen lassen.« Sie ging kurz hinüber zu den Töpfen und schaute nach dem Rechten. »Aber eines weiß ich: So einen Heizlüfter benutze ich nie wieder. Teufelsdinger sind das. Die Feuerwehrleute haben gesagt, er sei überhitzt gewesen und dadurch in Brand geraten. Der andere, den ich bei uns im Schlafzimmer habe, ist gleich auf dem Müll gelandet.« Sie kam zurück zum Tisch. »So, jetzt aber genug davon. Ich will gar nicht mehr daran denken, sonst rege ich mich nur auf. Lassen Sie uns die Rechnung ansehen.« Sie setzte ihre zuvor begonnene Suche fort. »Da haben wir sie.« Sie klopfte mit dem Zeigefinger darauf und schob den Ordner zu mir.

Dort stand es schwarz auf weiß: Doktor Leonore Larssen aus dem Frankfurter Westend hatte den Engel damals erworben. Ich sah sie vor mir: Sie war überzeugend gewesen. Dennoch musste sie gelogen haben. Außer … »Hat diese Leonore Larssen öfter bei Ihrem Mann etwas arbeiten lassen?«

Sie dachte nach. »Nein, soweit ich weiß, hat sie meinen Mann nur mit diesem Engel beauftragt. Hätte mein Mann danach noch einmal etwas für sie gearbeitet, hätte er mir das bestimmt erzählt.«

»Könnte es sein, Frau Schanz, dass die damalige Kundin Ihres Mannes nicht diese Leonore Larssen war, sondern nur deren Namen benutzt hat?«

»Wie schon gesagt, möglich ist alles. Man sieht den Leuten nicht hinter die Stirn. Ein Kunde kann Ihnen alles erzählen. Schließlich hat mein Mann nie die Ausweise seiner Kunden verlangt«, sagte sie mit großem Ernst. »Wozu hätte er das auch tun sollen? Er hat Schmuck gefertigt und keine Waffen.«

Sollte sich eine andere für Leonore Larssen ausgegeben haben, würde sich nie herausfinden lassen, wer es gewesen war. Die Spur zu Svenjas Vater würde hier enden. Ich hatte nichts herausgefunden und mir zu allem Übel auch noch den Engel stehlen lassen. »Frau Schanz, ich weiß, dass Ihr

Mann krank ist, aber wäre es denkbar, dass er in nächster Zukunft noch einmal so einen Engel fertigt? Ich meine genau so einen wie den von Leonore Larssen?«

Sie sah mich entgeistert an. »Abgesehen davon, dass ihn bestimmt keine zehn Pferde mehr dazu bekämen, solch ein Stück anzufertigen – wie stellen Sie sich das vor bei seiner halbseitigen Lähmung? Mein Mann könnte gar nicht mehr arbeiten, selbst wenn er es wollte.« Wieder huschte sie zu ihren Töpfen und hob einen Deckel nach dem anderen. »Aber wozu brauchen Sie überhaupt einen zweiten Engel?«, fragte sie.

»Für mich«, antwortete ich. »Ich hätte gerne auch so einen.«

»Sie finden das schön mit den Steinen?«

»Ja.«

Ihr Blick drückte einen Hauch von Missbilligung aus. Ihre pragmatische Ader gewann allerdings die Oberhand. »Sie haben doch jetzt einen Engel – einen herrenlosen. Sie werden ja wohl nicht auf die Idee kommen, ihn ins Fundbüro zu bringen. Nehmen Sie es als ein Zeichen, dass er bei Ihnen bleiben soll.«

9

Seitdem ich Ariane an den Nachmittagen besuchte, verlor die Zeit für mich an Bedeutung. An manchen Tagen war es, als existiere sie nicht. Mein Terminkalender, der mich sonst antrieb, spielte in ihrer Nähe keine Rolle. Es herrschte eine seltsame Ruhe. Ariane hingegen focht ihren Kampf gegen die Zeit aus. Die Zeit war – wie ihre Krankheit – ihr größter Gegner.

An diesem Tag war sie sehr schlecht beieinander. Sie schien von Mal zu Mal weniger und durchscheinender zu werden. Ich bemühte mich, sie den Schrecken, der mich bei ihrem Anblick erfasste, nicht spüren zu lassen. Eine Weile konzentrierte ich mich auf Svenja, die gerade im Begriff war, zu einer Freundin aufzubrechen. Ich unterhielt mich mit ihr über ihre letzte Klassenarbeit und die *coole* Jeans, die sie trug.

Kaum war Svenja fort, sackte Ariane in sich zusammen. Sie verzog sich unter eine Decke aufs Sofa. »Mir ist den ganzen Tag schon entsetzlich kalt«, sagte sie.

»Magst du einen heißen Tee oder eine Brühe?«

»Gerne einen Tee.« Sie klang so schwach, dass es mir ins Herz schnitt.

Als ich fünf Minuten später mit dem Tee zurückkam, sah sie mich wie ein waidwundes Reh an. »Die Chemo schlägt nicht schnell genug an, Sophie. Der Tumor ist weiter gewachsen.«

Jetzt wurde auch mir kalt. »Was ist mit der Studie, in der dieses neue Medikament getestet wird?«

»Ich habe eine Absage bekommen. Sie können mich nicht aufnehmen.« Sie sprach, als kämpfe sie gegen eine Betäubung an. »Und das Medikament, das vor ein paar Wochen zugelassen wurde, wirkt bei mir auch nicht, sagte mir heute mein Onkologe. Es hilft nur Patienten mit Metastasen. Und die habe ich noch nicht. Hätte nie gedacht, dass ich mir solche Scheißdinger mal wünschen würde. Jetzt kann ich nur hoffen, dass die Chemo doch noch greift.«

Einen Augenblick lang wusste ich nicht, was ich sagen sollte, ich fühlte mich hilflos. Jedes Wort schien falsch zu sein.

»Ich habe eine Verfügung aufgesetzt, damit ich nicht im Krankenhaus sterben muss. Ich möchte hier sein, wenn es so weit ist.« Sie sah mich beschwörend an. »Sophie … Judith und du, ihr müsst mir das versprechen.«

Mir war, als drücke eine zentnerschwere Last meinen Brustkorb zusammen.

»Versprich mir das!«, insistierte sie.

»Versprochen.«

Tränen rannen ihr übers Gesicht. »Seitdem Svenja weiß, wie krank ich bin, kuschelt sie noch mehr mit mir. Und ich muss mich abends zu ihr legen, damit sie einschlafen kann. Es ist, als würde sie sich einen Vorrat an Liebe aufbauen.« Sekundenlang schloss Ariane die Augen. »Glaubst du, es gibt so etwas wie einen Vorrat an Liebe?«, fragte sie leise.

»Ja, das glaube ich.«

Sie ließ meine Antwort auf sich wirken. »Erinnerst du dich noch an die Stimme deiner Mutter?«

Ich schüttelte den Kopf. »Leider nicht. Ein paar Jahre

lang hatte ich sie noch im Ohr, aber mit der Zeit hat sich die Erinnerung verloren. Ich weiß, dass sie ein helles Lachen hatte, aber ich höre es nicht mehr.«

»War das schlimm für dich?«

»Es war traurig, aber ich habe viele Fotos von ihr. Die helfen mir.«

Ariane sah mich aufmerksam an.

»Warum sprichst du Svenja nicht etwas auf Band?«, schlug ich vor. »Du könntest ihr eine Geschichte vorlesen ...«

»... oder ihr erzählen, wie viel sie mir bedeutet. Was für ein unbeschreibliches Gefühl das war, als ich sie zum ersten Mal im Arm hielt. Wie sie mich in dem Moment angesehen hat.« Ariane setzte sich auf. »Könntest du mir ein Aufnahmegerät und Kassetten besorgen?«

»Natürlich, kein Problem.«

Meine Antwort schien sie zu beruhigen.

»Ariane«, begann ich, »ich muss dir noch etwas sagen. Es geht um den Engel.« Ich holte tief Luft. »Bei mir ist gestern eingebrochen worden. Der Engel wurde gestohlen. Es tut mir entsetzlich leid. Ich weiß gar nicht, wie ...«

»Nur der Engel wurde gestohlen?«

»Nein, auch der Schmuck meiner Mutter.«

»Das ist schlimm«, sagte sie traurig. »Du hast diesen Schmuck immer so gehütet.«

»Ich hätte ihn in einem Schließfach deponieren sollen.«

»Um jedes Mal einen Bankangestellten zu bitten, dir aufzuschließen, wenn du ihn dir ansehen möchtest? Unsinn!«

»Hätte ich den Engel bei dir gelassen, hätte er nicht gestohlen werden können.«

»Mach dir keine Sorgen, Sophie. Ich brauche ihn nicht

mehr. So, wie es ist, ist es gut. Dieser Engel ist unwichtig. Er hat keine Bedeutung mehr.«

»Und Andreas, Svenjas Vater?«

»Andreas spielt keine Rolle. Er hat nie eine gespielt. Ihn zu suchen ist sinnlos, Sophie. Wenn ich nicht will, dass Svenja nach meinem Tod zu Lucas kommt, geht es dabei nur um mich. Es ist so schwer, sich vorzustellen, nicht mehr da zu sein und dass alles so weitergeht wie bisher, nur eben ohne dich. Es ist schwer zu ertragen.« Sie schluckte. »Ich kann Lucas dieses Glück nicht gönnen.«

»Aber du kannst es Svenja gönnen.«

»Ja«, sagte sie, »meiner Tochter kann ich es gönnen.«

Seit dem Einbruch fühlte ich mich in meiner Wohnung nicht mehr wohl. Ein paarmal am Abend vergewisserte ich mich, dass die Wohnungstür fest verschlossen war. Mir wurde bewusst, dass die Einbrecher nicht nur die Tür aufgebrochen, sondern auch mein Sicherheitsgefühl erheblich beeinträchtigt hatten. Bei jedem Knacken schreckte ich auf und horchte. Irgendwann war ich so sehr auf jedes Geräusch fixiert, dass ich laut Musik einschaltete, um mich davon zu lösen. Und ich machte in jedem Raum Licht an. Die Wahrscheinlichkeit, dass gleich wieder jemand einbrechen würde, war zwar mehr als gering – dennoch brauchte ich diese Hilfsmittel, damit mein Gefühl von Sicherheit zumindest ansatzweise zurückkehrte.

Zum Lesen war ich zu unruhig. Der Besuch bei Ariane hatte mich mehr mitgenommen, als ich mir zunächst eingestehen wollte. Es war unendlich traurig, zu sehen, wie sie körperlich abbaute. Und es war schwer zu akzeptieren, dass dieser Prozess vielleicht nicht aufzuhalten war.

Ariane hatte den Verlust des Engels leichter verschmerzt als ich. Ich nahm an, es lag daran, dass für sie besonders Dinge allmählich an Bedeutung verloren. Im Gegensatz zu ihr konnte ich diesen Gegenstand und das, was er symbolisierte, jedoch nicht so leicht loslassen. Für mich war er wie eine Aufgabe, die ich nicht zu Ende gebracht hatte und die in mir rumorte. Etwas, das ich für Ariane hatte tun wollen und das mir nicht gelungen war.

Ich fragte mich, ob es auch ohne den Engel einen Weg zu Andreas gab. Als ich mir noch einmal alles vergegenwärtigte, was ich wusste, musste ich mir eingestehen, dass es denkbar wenig war: Ich hatte eine Spur, die zu Leonore Larssen führte, und im Büro ihres Partners gab es das Bild eines Mädchens, das eine entfernte Ähnlichkeit mit Svenja aufwies. Wenn ich die Suche nicht aufgeben wollte, musste ich ein zweites Mal mit Leonore Larssen sprechen.

Sie noch einmal zu erreichen war jedoch nicht so einfach, wie ich es mir vorgestellt hatte. Als ich am nächsten Tag versuchte, mich mit ihr verbinden zu lassen, machte mir ihre Sekretärin wenig Hoffnung. Frau Doktor Larssen sei in den kommenden Wochen vollständig ausgebucht. Selbst ein Telefontermin sei nicht möglich. Als ich sie bat, ihre Chefin zu fragen, ob sie nicht wenigstens fünf Minuten für mich erübrigen könne, teilte sie mir mit, dass sie das bereits getan habe. Frau Doktor Larssen habe leider, leider keine Zeit.

Ich war mir sicher, sie versuchte, mich abzuwimmeln. Und das zweifellos nicht ohne Weisung ihrer Chefin. Bedeutete das, dass Leonore Larssen mich angelogen hatte, was den Engel betraf? Ließ sie es deshalb erst gar nicht zu einem weiteren Treffen kommen?

Ich beschloss, genau das herauszufinden, und fuhr zu ihrem Büro. Von der Empfangsdame wurde ich noch sehr freundlich und entgegenkommend behandelt, was man von Leonore Larssens Sekretärin nicht behaupten konnte.

»Habe ich mich unklar ausgedrückt?«, fragte sie mich anstelle einer Begrüßung. »Frau Doktor Larssen hat keine Zeit.«

»Ich denke, dass jeder Mensch fünf Minuten seiner Zeit erübrigen kann. Ich habe nur noch eine Frage an Ihre Chefin. Könnten Sie ihr das bitte ausrichten?«

Sie schüttelte den Kopf und wies mit der Hand zum Ausgang. »Ich darf Sie bitten zu gehen.«

In diesem Augenblick betrat ein älterer, distinguierter Herr die Eingangshalle. Beide Frauen schienen ihn zu kennen und begrüßten ihn mit Namen. Wie ich heraushörte, hatte er einen Termin mit Hubert Reinhardt und war etwas zu früh gekommen. Die Empfangsdame bat ihn, einen Moment zu warten. Dieser Mann war meine Chance. In seiner Gegenwart würde Leonore Larssens Sekretärin sich nicht auf einen Disput mit mir einlassen. Ich steuerte die Sitzgruppe an, wo der Mann Platz genommen hatte, und wandte mich an die Sekretärin.

»Ich warte gerne einen Moment auf Frau Doktor Larssen«, sagte ich zuckersüß. »Ich setze mich derweil zu dem Herrn hier.«

Ihre Professionalität siegte sehr schnell, und sie zog sich zurück, um kaum eine Minute später wieder aufzutauchen.

»Frau Harloff, wenn ich Sie bitten darf? Frau Doktor Larssen erwartet Sie.«

Ich sprang auf und folgte ihr im Stechschritt den Flur entlang ins Büro ihrer Chefin.

»Frau Harloff, guten Tag.« Leonore Larssen kam vom Fenster aus auf mich zu. »Was gibt es denn noch so Wichtiges, dass Sie meine Sekretärin derart in Aufregung versetzen?«

»Darf ich Platz nehmen?«, fragte ich.

Ein wenig widerwillig nickte sie und setzte sich mir gegenüber. »Meine Zeit ist sehr knapp bemessen, worum geht es also?«

»Als ich vergangenen Freitag bei Ihnen war, habe ich Ihnen nicht die Wahrheit gesagt«, begann ich.

Sie hob die Augenbrauen und nestelte dabei an ihrem Rocksaum herum.

»Es geht noch einmal um diesen Engel. Ich habe Ihnen gesagt, ich hätte ihn gefunden. Das stimmt jedoch nicht. Eine meiner Mandantinnen ist die Finderin. Sie hat mich beauftragt, den Besitzer des Engels ausfindig zu machen.«

»Ich habe Ihnen bereits gesagt, dass ich diesen Engel noch nie zuvor gesehen, geschweige denn erworben habe.« Ihre Stimme klang leicht verärgert.

»Entschuldigen Sie bitte, wenn ich Ihre Zeit beanspruche, aber meiner Mandantin ist die Sache sehr wichtig.«

»Trotzdem kann ich Ihnen nicht helfen.« Sie breitete die Hände aus, als wolle sie sich ergeben. »Dieser Goldschmied muss sich geirrt haben. Ich habe dort noch nie etwas bestellt.« Ein Gedanke schien sie zu beschäftigen. »Zeigen Sie mir den Engel bitte noch einmal.«

»Das kann ich leider nicht, er wurde mir am Montag gestohlen. In meine Wohnung wurde eingebrochen.«

»Das tut mir leid für Sie«, meinte sie teilnahmsvoll. »Allerdings verstehe ich Ihr Anliegen dann umso weniger. Warum wollen Sie den Besitzer eines Engels ausfindig machen, der Ihnen gestohlen wurde? Das erscheint mir doch etwas seltsam.«

»Das kann ich verstehen«, sagte ich, ohne näher darauf einzugehen. »Können Sie sich vorstellen, dass eine Frau aus Ihrem Umfeld vor vierundzwanzig Jahren unter Ihrem Namen den Engel in Auftrag gegeben hat?«

»Nein«, antwortete sie spontan. »Das kann ich mir nicht vorstellen. Wozu auch?« Sie stand auf, ging zum Fenster und lehnte sich mit dem Rücken dagegen. »Frau Harloff, nehmen Sie es mir nicht übel, aber ich verstehe die ganze Geschichte nicht. Außerdem habe ich das Gefühl, dass Sie sich in etwas verrennen. Sie kommen zu mir, zeigen mir ein Schmuckstück, das Sie angeblich gefunden haben und an seinen Besitzer zurückgeben wollen. Dieses Schmuckstück soll ich gekauft haben. Ich versichere Ihnen, dass ich es nicht kenne, geschweige denn, dass ich es habe anfertigen lassen. Trotzdem kommen Sie ein paar Tage später wieder und …«

»Ich weiß, dass das alles seltsam für Sie klingen muss.«

»Seltsam ist noch untertrieben. Würden Sie nicht einen so klaren Eindruck vermitteln, könnte man meinen, Sie seien von irgendeinem Wahn besessen. Überlegen Sie einmal: Warum sollte jemand unter meinem Namen ein Schmuckstück erwerben? Das ergibt für mich keinen Sinn.«

»Ich kann mir selbst keinen Grund vorstellen, aus dem jemand das tun sollte. Aber ich habe die Rechnung für den

Engel gesehen. Darauf stehen Ihr Name und Ihre Anschrift.«

»Haben Sie die Rechnung da?«

»Nein, aber die Frau des Goldschmieds hat mir die Rechnung gezeigt, als ich im Schlangenbad war.«

»Und ich kann Ihnen nur immer wieder sagen: Es muss sich dabei um eine Verwechslung handeln.«

»Aber wie soll es zu einer Verwechslung gekommen sein, wenn Sie sagen, dass Sie dort nie Kundin waren? Irgendwie muss Ihr Name auf der Rechnung gelandet sein.«

Sie wirkte genervt. »Frau Harloff, ich bitte Sie, Sie verschwenden unser beider Zeit. Das Ganze ist vierundzwanzig Jahre her, wie Sie sagen. Und verzeihen Sie mir, wenn ich so offen bin, aber lassen Sie bitte die Kirche im Dorf. Worüber reden wir hier? Über ein Fundstück, das eigentlich seinem Besitzer zurückgegeben werden sollte, inzwischen aber gestohlen wurde. Was wollen Sie noch zurückgeben?« Sie setzte sich wieder mir gegenüber. »Für mich klingt Ihre Geschichte unglaubwürdig. Ich rechne durchaus mit dem Guten im Menschen. Aber dass jemand eine Anwältin beauftragt, um eine Fundsache an seinen Besitzer zurückzugeben, erscheint mir mehr als unwahrscheinlich. Also entweder sagen Sie mir jetzt, worum es dabei wirklich geht, oder dieses Gespräch ist hiermit beendet.« Sie sah mich abwartend an.

Blitzschnell überlegte ich, wie viel ich preisgeben konnte, ohne zu viel von Ariane zu verraten. »Meine Mandantin hat den Engel tatsächlich gefunden. Es ist allerdings schon ein paar Jahre her. Es war auf Sylt, wo sie eine kurze Affäre mit einem gewissen Andreas hatte. Er hat den Engel vermutlich verloren.«

»Und jetzt möchte sie mit dem Mann wieder in Kontakt

treten, nachdem sie ihn jahrelang aus den Augen verloren hat?«

»Ich denke, es ist Sentimentalität, die sie dazu treibt. Er spukt in letzter Zeit viel in ihrem Kopf herum.«

Leonore Larssen lehnte sich in ihrem Sessel zurück und sah mich an, als verstünde sie die Welt nicht mehr. »Wissen Sie, was ich glaube, Frau Harloff? Manche Menschen haben einfach zu viel Zeit. Und zu viel Geld.« Sie lächelte über ihre eigenen Worte. »Aber davon leben wir beide, habe ich recht?« Ohne meine Antwort abzuwarten, fuhr sie fort: »Sie sagten, dieser Mann habe den Engel *vermutlich* verloren. Was meinten Sie damit?«

»Die beiden haben sich am Strand zum letzten Mal gesehen. Als dieser Andreas fort war, fand meine Mandantin den Engel im Sand.«

»Aber in dem Fall könnte das schöne Stück, das Sie mir gezeigt haben, jedem gehört haben.«

»Das ist richtig«, stimmte ich ihr zu. »Es besteht jedoch auch die Chance, dass es tatsächlich diesem Andreas gehört hat.«

Sie nahm mich mit einer Intensität in Augenschein, als sähe sie mich zum ersten Mal. »Könnte es sein, dass Sie eine Romantikerin sind? Stürzen Sie sich deshalb mit so viel Herzblut in diese Geschichte? Oder gibt es diese Mandantin gar nicht, und Sie sind selbst vor ein paar Jahren auf Sylt gewesen?«

Ich ließ die Frage einen Moment im Raum stehen, um sie schließlich kommentarlos zu übergehen. »Gibt es in Ihrem Umfeld jemanden mit Namen Andreas?«

»Nein.« In diesem Nein schwang etwas mit, das wie Erleichterung klang. Erleichterung, mich nun endlich loszuwerden?

»Sind Sie ganz sicher, Frau Doktor Larssen?«

Jetzt lachte sie. »Ich werde mich doch wohl noch an die Namen aus meinem Umfeld erinnern.«

»Ich weiß, dass ich Ihre Zeit und Ihre Geduld schon über Gebühr strapaziert habe, aber ich habe noch eine letzte Frage. Gibt es möglicherweise im Umfeld Ihres Partners jemanden mit Namen Andreas?«

»Sie meinen Herrn Doktor Reinhardt?«

Ich nickte.

»Nein, es gibt niemanden in seiner Familie oder unter seinen Freunden, der so heißt. Und glauben Sie mir, ich weiß, wovon ich rede, denn die Familien Larssen und Reinhardt sind familiär eng miteinander verbunden. Kommen Sie deshalb bitte nicht auf die Idee, jetzt auch noch meinen Partner mit dieser Geschichte zu behelligen. Nehmen Sie es, wie es ist: Ein Goldschmied hat sich geirrt. Und Ihre Mandantin wird sich mit ihren Erinnerungen begnügen müssen. Wenn Sie mich fragen, ist das manchmal die bessere Option.« Sie stand auf und gab mir zu verstehen, dass unser Gespräch damit beendet war.

»Danke, dass Sie sich die Zeit genommen haben.« Ich lächelte sie an. »Und ich verspreche, Herrn Doktor Reinhardt nicht zu behelligen. Eines würde mich aber dennoch interessieren. Als ich beim letzten Mal Ihr Büro verließ, bin ich an dem Zimmer Ihres Partners vorbeigekommen. Die Tür stand offen, und ich konnte einen Blick hineinwerfen. Hinter seinem Schreibtisch hängt ein Ölgemälde, das ich wunderschön fand. Es zeigt ...« In der Hoffnung, sie würde meinen Satz vollenden, ließ ich ein paar Sekunden verstreichen, aber sie schwieg. »Es zeigt zwei Mädchen ...«

»Ja, und?«, fragte sie abwartend.

»Ich meine, dass ich eines der Mädchen schon einmal irgendwo gesehen habe.«

Sie zuckte die Schultern, als handle es sich um eine Belanglosigkeit. »Ich denke, da täuschen Sie sich. Soweit ich weiß, hat Doktor Reinhardt das Bild von einem Straßenkünstler in Paris gekauft.«

10

Warum hatte sie mir nicht gesagt, dass Hubert Reinhardts Frau das Bild gemalt hatte? Und dass es sich bei den beiden Mädchen um seine Töchter handelte? Immerhin hing das Bild in seinem Büro, für jedermann sichtbar. Es ging also nicht darum, die Kinder zu schützen. Worum aber dann? Leonore Larssens Lüge bewirkte genau das Gegenteil dessen, was sie vermutlich bezweckte: Sie bremste mich nicht aus, sondern regte meine Phantasie an. Inzwischen war ich überzeugt, dass sie mich mit aller Macht von ihrer Familie fernzuhalten versuchte. Irgendwo in ihrer Nähe musste es diesen Andreas geben. Ich hätte einiges dafür getan, die Wahrheit zu erfahren. Aber mir war bewusst, dass ich diesen Wunsch begraben musste. Leonore Larssen würde nicht ehrlich zu mir sein. Und ihren Partner oder dessen Frau zu kontaktieren würde einen Schritt zu weit gehen.

Meine Suche hatte endgültig ein Ende gefunden. Ich versuchte, die Gedanken an den Engel abzuschütteln und mich abzulenken. Deshalb machte ich mich auf, um Ariane das versprochene Aufnahmegerät und die Kassetten zu kaufen. Als das erledigt war, blieb ich vor Elfriede Günthers Antiquitätenladen stehen. Durchs Fenster warf ich einen Blick in den Laden und entdeckte sie in einem der Sessel. Sie schien über ihrer Zeitung eingeschlafen zu sein. Spontan kaufte ich zwei Häuser weiter Kuchen und betrat kurz darauf das Geschäft. Als die Türklingel ertönte, schrak die alte Frau auf.

Verschlafen blinzelte sie mich an. »Da bin ich doch tatsächlich eingenickt«, meinte sie mit einem Lächeln, das mich willkommen hieß.

Ich hielt ihr das Kuchenpaket entgegen. »Das hier weckt vielleicht Ihre Lebensgeister.«

»Mögen Sie einen Tee dazu?«, fragte sie.

»Gerne!«

Sie stand auf und drückte sich die Fäuste in den Rücken. »Ach, diese alten Knochen.« Sie beugte den Oberkörper erst zur einen, dann zur anderen Seite. »Decken Sie mal den Tisch, ich mache derweil den Tee.«

Ich folgte ihr in die Küche, nahm den Kuchen und das Geschirr und stellte beides auf den Tisch vor dem Biedermeiersofa. Während ich auf Elfriede Günther wartete, dachte ich an Peer, der ein neues Leben ohne mich begonnen hatte. Nicht ohne Grund dachte ich gerade jetzt an ihn. Ich hatte noch Elfriede Günthers Worte vom zu schnellen Aufgeben im Ohr. Hatte ich zu schnell aufgegeben? Ich versuchte, diesen Gedanken abzuschütteln, aber er war zäh. Wenn ich ehrlich war, hatte ich sofort aufgegeben. Genau in dem Moment, als Peer mir von seinem Verhältnis erzählt hatte. Aber worum hätte ich auch kämpfen sollen? Um einen Mann, dem ich nicht mehr vertrauen konnte? Er hatte unserer Ehe die Basis entzogen. Einen Teil ihrer Basis, korrigierte ich mich selbst, aber einen ganz entscheidenden.

»Sorgen?«, fragte Elfriede Günther, während sie Tee einschenkte.

»Was hätten Sie gemacht, wenn Ihr Mann Sie betrogen hätte?«

Sie ließ sich mit einem Seufzer aufs Sofa sinken und wandte sich mir zu. »Oh, das ist eine schwierige Frage.«

»Das heißt, er hat Sie nie betrogen.«

»Das heißt, ich glaube, er hat es nicht getan. Aber ganz sicher bin ich mir nicht.«

»Wären Sie gegangen, wenn Sie es herausgefunden hätten?«

»Mit zwei Kindern und ohne eigenes Einkommen? Ich habe erst wieder gearbeitet, als die Kinder größer waren.« Sie sah sich im Raum um, als wäre sie auf der Suche nach etwas. »Ich glaube, wenn ich es herausgefunden hätte, als ich noch jünger war, wäre eine Welt für mich zusammengebrochen. Später gab es so viel anderes Gemeinsames, so viele gemeinsame Erinnerungen, die gar nicht von ihm zu trennen waren – ich weiß nicht, ob ich es geschafft hätte zu gehen. Und ich weiß auch nicht, ob es richtig gewesen wäre.« Während sie darüber nachdachte, kam Bewegung in ihre Gesichtszüge. Sie schien innerlich etwas auszufechten. »Ich habe mich selbst einmal verliebt während meiner Ehe«, fuhr sie schließlich fort. »Damals hatte ich das Gefühl, dieser andere Mann würde mir sehr viel gerechter als mein eigener, würde mich besser verstehen und mehr auf meine Bedürfnisse eingehen. Eine Zeitlang war ich überzeugt, ich müsste meinem Mann untreu werden, um mir selbst treu bleiben zu können.«

»Aber Sie sind bei ihm geblieben.«

»Ich hatte ein gutes Verhältnis zu meinem Vater. Mit ihm konnte ich darüber reden. Er meinte, mein Mann und ich hätten uns verschieden schnell entwickelt, und ich solle ihm die Chance geben nachzuziehen. Solche Phasen gebe es immer wieder in einer Ehe, und nicht nur dort, sondern auch in jeder neuen Beziehung. Also habe ich eine ganze Weile die Zähne zusammengebissen.«

»Haben Sie es bereut?«

Sie neigte den Kopf zur Seite. »Ich war sehr verliebt damals. Und letztlich habe ich nur die Vernunft walten lassen. Es ist mir sehr schwergefallen, einfach so weiterzumachen, als wäre nichts gewesen. Die Geschichte mit diesem anderen Mann ... sie ist offengeblieben, sie hat keinen Abschluss gefunden. Ich habe mich oft gefragt, wie mein Leben mit ihm verlaufen wäre.« Sie las in meinem Gesicht. »Nein, nein«, sagte sie, »ich habe es trotzdem nicht bereut, bei meinem Mann geblieben zu sein. Wir haben viel miteinander durchgestanden, und wir sind aneinander gewachsen.«

»Das klingt alles so abgeklärt, so ...«

»Unromantisch?«

»Es klingt so wenig nach Liebe.«

»Liebe ist wichtig«, sagte sie, »trotzdem meine ich, dass manches, das ebenso wichtig ist, häufig in ihrem Schatten verblasst.«

»Was zum Beispiel?«

»Zum Beispiel das, was ich eben gesagt habe: die Möglichkeit, aneinander zu wachsen. Alleine zu wachsen ist sehr viel schwerer. Mit Freunden ist es schwierig, weil die Situationen, an denen Sie wachsen könnten, viel seltener sind. Ihr Mann ist es, der Sie bis aufs Messer reizen kann, der Sie zwingt, sich mit sich selbst auseinanderzusetzen. Ihre Freundin ist es weit seltener.«

Mir schossen Tränen in die Augen, und ich wandte mich ab. Als ich mich wieder gefangen hatte, fragte ich: »Worin besteht das Wachstum, wenn man betrogen wird? Darin, dass man härter wird, misstrauischer?«

»Darin, dass Sie sich damit auseinandersetzen, dass Sie ein kleines Stück erwachsener werden und unrealistische Träume über Bord werfen.«

Ich wollte aufbegehren, aber sie bat mich, sie ausreden zu lassen.

»Ein Mensch hat viele Facetten, er ist nicht nur der Fremdgänger oder der Betrogene. In dem Moment, in dem in einer Ehe so etwas geschieht, scheint es aber nur noch diese beiden gegensätzlichen Pole zu geben, nichts anderes. Von einer Sekunde auf die andere sind alle gemeinsamen Ziele in Frage gestellt, und die Erinnerungen zählen nicht mehr, weil sie beschmutzt erscheinen. Eine Ehe kann eine ganze Menge aushalten, auch Untreue. Treue ist nur ein Teil des Fundaments.«

»Für mich ist sie der wichtigste«, sagte ich leise.

Sie nickte und sah mich lange an. »Sie sind eine sehr sympathische junge Frau. Und ich nehme mal an, dass Sie einen netten Mann haben.«

»Das habe ich auch mal angenommen.«

»Wollen Sie sich nicht wenigstens die Chance geben, die Sache weniger absolut zu sehen? Ein netter Mensch, der einen Fehler begeht, bleibt immer noch dieser nette Mensch.«

Zu Hause überschwemmte mich eine Welle von Selbstmitleid. Mein Leben schien aus den Fugen geraten zu sein. Die Trennung von Peer hatte mir schon genügend zugesetzt. Dazu die Sorge um Ariane, die zeitweise alles andere in den Hintergrund treten ließ. Schließlich der Einbruch … der Schmuck meiner Mutter. Es war, als wäre bei mir eine Zeit des Verlusts angebrochen.

Ich rief bei der Polizei an und fragte, ob sich etwas ergeben hätte. Wider jede Vernunft hoffte ich immer noch, dass der Schmuck gefunden würde. Und der Engel. Aber der Beamte am Telefon machte mir keine Hoffnung. In meiner Wohnung seien ein oder mehrere Profis am Werk gewesen. Der Schmuck sei längst versetzt. Meine Nachbarn hätten mehr Glück gehabt als ich. Vermutlich seien die Einbrecher durch mein Nachhausekommen gestört worden. Das erkläre auch, warum im Haus nicht noch weitere Wohnungen aufgebrochen worden seien.

Hatten sich die Täter eine Treppe höher geflüchtet, als ich nach Hause gekommen war? Hatten sie dort gelauert, als ich durch die Wohnung ging und das Chaos begutachtete? Der Gedanke erschreckte mich. Obwohl die Polizeibeamten mir versichert hatten, dass ein zweiter Einbruch in ein- und dieselbe Wohnung unwahrscheinlich sei, war mein Sicherheitsgefühl noch nicht zurückgekehrt. Ich verdammte diese Leute, die mir das angetan hatten. Und wofür? Für Schmuck, dessen größter Wert in den Erinnerungen an meine Mutter lag.

Ich schnappte mir die Tüte mit dem Aufnahmegerät und den Kassetten und machte mich auf den Weg zu Ariane. Zumindest versuchte ich es. Als ich den Motor meines Wagens anlassen wollte, war nur ein Würgen zu hören. Ich versuchte es mehrmals, aber er sprang nicht an.

»Mist«, fluchte ich laut, als mein Blick auf den Lichtschalter fiel. Nach meinem Besuch bei Leonore Larssen hatte ich das Licht brennen lassen. Die Batterie war leer.

Ich stieg aus und hielt in der Hoffnung auf ein Überleitkabel nach einem Taxi Ausschau. Aber ich hatte Pech: Am Taxistand am Ende der Straße war kein Wagen zu sehen. Ich klingelte bei allen meinen Nachbarn, aber wie immer war niemand zu Hause. Also ging ich die Reihe der parkenden Autos ab. Um die Ecke lag die Praxis eines Orthopäden. Oft parkten in unserer Straße Leute, die auf ihre gehbehinderten Angehörigen warteten. Vielleicht konnte mir einer von ihnen Starthilfe geben.

Ich musste nicht lange suchen und klopfte an die Fensterscheibe eines Golfs, in dem ein Mann saß. Er schien mich nicht zu hören, denn er sah weiter auf die gegenüberliegende Straßenseite. So ging ich um das Auto herum und klopfte an die Fahrerscheibe. Er ließ sie hinunterfahren.

»Ja?«

»Meine Batterie hat den Geist aufgegeben. Haben Sie zufällig ein Startkabel?«

»Nein.«

Stirnrunzelnd sah ich ihn an. »Kennen wir uns nicht?«

»Nicht dass ich wüsste.«

Ich war mir sicher, dass ich ihn schon einmal gesehen hatte.

»War's das?«, fragte er und legte den Finger auf den elektrischen Knopf für die Fensterscheibe. »Mir wird kalt.«

»Ja, natürlich, entschuldigen Sie!« Genervt wandte ich mich ab und suchte weiter.

Inzwischen standen zwei Taxis am Stand. Erleichtert atmete ich auf und lief dorthin. Im Gegensatz zu Herrn *War's das?* war Hilfsbereitschaft für die beiden Taxifahrer etwas Selbstverständliches. Innerhalb kürzester Zeit brachten sie meine Batterie wieder in Gang. Dazu bekam ich ein paar gute Ratschläge, die ich beherzigen sollte, wenn ich nicht gleich wieder liegenbleiben wollte. Ich bedankte mich und machte mich auf den Weg nach Wiesbaden.

Unterwegs fiel mir ein, dass ich vergessen hatte, ein Comic-Heft für Svenja zu besorgen. Ariane hatte mich darum gebeten. Ich fuhr zu der Tankstelle am Rande der Autobahn. Mit ein wenig Glück würde ich dort solch ein Heft finden und konnte es mir ersparen, in Wiesbaden nach einem Zeitungskiosk zu suchen. Das Problem war allerdings mein Auto. Ich war mir nicht sicher, ob die Batterie sich in der Zwischenzeit so weit aufgeladen hatte, dass das Auto wieder ansprang. Am besten ließ ich den Motor laufen, überlegte ich und sah mich nach jemandem um, der ein Auge auf mein Auto haben konnte, während ich in die Tankstelle sprang. Aber alle neben mir parkenden Wagen waren verwaist. Während ich wartete, dass jemand von der Toilette zurückkam, wanderte mein Blick umher und blieb an einem Golf hängen, der am Rande der Zapfsäulen stand. Der Fahrer saß im Auto. Als ich genauer hinsah, meinte ich den Mann zu erkennen, den ich Herrn *War's das?* getauft hatte.

Ein seltsames Gefühl beschlich mich. Nicht ohne mich immer wieder nach meinem Auto umzusehen, ging ich zur Fahrerseite des Golfs und starrte den Mann so lange an, bis er das Fenster hinunterließ.

»Verfolgen Sie mich?«, fragte ich.

Er machte ein Gesicht, als wolle er jeden Moment vor mir ausspucken. »Lassen Sie sich mal untersuchen.«

»Mit meiner Wahrnehmung ist alles in Ordnung. Oder wollen Sie abstreiten, dass Sie das vorhin in meiner Straße waren?«

»Schon mal was vom Zufall gehört?«

»Ich werde mir jetzt Ihr Autokennzeichen notieren, und sollte ich Sie noch einmal in meiner Nähe entdecken, gehe ich zur Polizei.«

Er fasste sich an die Stirn und zeigte mir einen Vogel. »Sie sind ja völlig durchgeknallt!«

»War's das?«, fragte ich mit gespielter Gelassenheit.

Er ließ die Scheibe wieder hoch und startete den Motor. Während er losfuhr, merkte ich mir sein Kennzeichen. Ich wartete, bis er sich in den fließenden Verkehr auf der Autobahn eingefädelt hatte, lief zu meinem Auto und notierte die Nummer auf einem Zettel. Eine Frau, die neben mir gerade in ihr Auto steigen wollte, bat ich, kurz bei meinem Wagen zu warten. Ich sprintete in die Tankstelle, kaufte dort ein Comic-Heft und rannte zurück.

Als ich schließlich bei Ariane eintraf, hatte sich meine Hektik etwas gelegt. Svenja öffnete mir die Tür, da ihre Mutter sich hingelegt hatte und schlief. Ich gab ihr das Heft und begleitete sie in ihr Zimmer. Wir ließen uns auf ihrem Teppich nieder, der ein Labyrinth darstellte, und Svenja zeigte mir eine Fee, die sie von Judith geschenkt bekommen hatte.

»Was hast du denn an deiner Wange gemacht?«, fragte ich und deutete auf den Kratzer.

»Hab mich geprügelt.«

»Mit wem?«

»Mit einer alten *Ätzkuh*«, sagte Ariane von der Tür her.

Wir hatten sie nicht kommen hören.

»Sie ist wirkliche eine, Mama«, sagte Svenja, ohne aufzusehen.

»Und deshalb hast du sie verprügelt?«, fragte ich.

»Würdest du auch, wenn sie zu dir sagen würde, du wärst 'ne fette Kuh.«

»Hat die *Ätzkuh* auch einen Kratzer abbekommen?«

Svenja nickte eher zufrieden als schuldbewusst, während Ariane sagte: »Die Lehrerin hat mich nach dem Unterricht deshalb in die Schule zitiert.«

»Und du bist tatsächlich hingegangen?«

Ariane kniete sich hinter ihre Tochter und umarmte sie. »Was blieb mir anderes übrig? Ich musste Svenja schließlich da raushauen.« Sie küsste sie auf den Scheitel. »So, meine Süße, jetzt entführe ich dir Sophie.« Sie gab mir ein Zeichen, mitzukommen. Im Wohnzimmer ließ sie sich mit einem Seufzer aufs Sofa sinken und zog eine Wolldecke bis zum Kinn.

Ich holte das Aufnahmegerät und die Bänder aus der Tüte und legte beides auf den Tisch.

»Danke«, sagte sie leise und lächelte ihr durchscheinendes Lächeln. »Du bist eine gute Freundin, Sophie.«

Schon zum zweiten Mal an diesem Tag schossen mir Tränen in die Augen. »Entschuldige«, sagte ich und wischte sie fort.

Einen Moment lang sahen wir uns nur an, es war ein stummes Zwiegespräch. »Wie geht es dir ohne Peer?«

»Mit ihm ging es mir besser, jedenfalls bis er etwas mit dieser Frau angefangen hat. Es ist nicht mehr schön in der Wohnung. Die Lücken, die er hinterlassen hat, sind wie Mahnmale. Ich muss mir so schnell wie möglich eine neue Wohnung suchen.«

»Hörst du von ihm? Weißt du, wie es ihm geht?«

»Nach dem Einbruch war er bei mir.« Ich vergrub mich tiefer in den Sessel. »Einen formalen Schlussstrich zu ziehen ist viel einfacher, als dieses Gefühl von Vertrautheit loszuwerden. Daran hat sich überhaupt nichts geändert. Ich weiß noch ganz genau, wie gut es sich anfühlt, wenn er die Arme um mich legt. Ich weiß, wie er riecht, wie er sich anfühlt. Und all das vermisse ich.«

»So, wie ich dich verstanden habe, hat er das Verhältnis mit dieser Frau beendet. Warum versucht ihr es nicht noch einmal miteinander?«

Ich schüttelte langsam den Kopf. »Es geht nicht, Ariane. Ich könnte nicht vergessen, dass er mit dieser Frau zusammen war.«

»Er war auch schon vor dir mit anderen Frauen zusammen.«

»Aber nicht während unserer Zeit. In dem Moment hat er sich für eine andere entschieden.«

»Das sehe ich nicht so. Wäre eine Entscheidung gefallen, hätte er sich sofort von dir getrennt.«

»Dann war er eben unentschieden, das ist genauso schlimm.« Ich malte Muster auf die Armstütze des Sessels. »Es tut verdammt weh, Ariane.« Ich sah auf. »Das müsstest du doch wissen, dir ist mit Lucas schließlich das Gleiche passiert.«

»Lucas hat diese Frau geheiratet. Dein Mann hängt immer noch an dir.« Sie verzog das Gesicht, als habe sie Schmerzen, und legte sich auf die Seite.

»Ich habe immer geglaubt, mir würde das nicht passieren, ich würde nicht betrogen, zumindest habe ich das gehofft.«

»Warum glauben wir nur alle, uns würde es nicht treffen? Dabei passiert es: Mich erwischt der Krebs, und du wirst betrogen. Ist es nicht eine Art von Hochmut, zu glauben, nur die anderen kämen dran, wir aber seien unantastbar? Wir sind keine heiligen Kühe, Sophie. Wir sind verwundbar.«

»Aber es gibt welche, die haben Glück, denen geschieht nichts«, sagte ich mit einem Anflug von Neid auf diese Menschen.

Einen Moment lang schloss Ariane die Augen.

»Hast du Schmerzen?«, fragte ich.

Sie schüttelte den Kopf, aber es wirkte weniger wie ein

Nein denn wie der Versuch, die Schmerzen zu ignorieren.
»Ich glaube, letztlich kommt keiner ungeschoren davon, irgendwann erwischt es jeden, auf die eine oder andere Art. Wenn es nicht Krebs ist oder Ehebruch, ist es ein krankes Kind oder eine nervenaufreibende Familienfehde. Oder Arbeitslosigkeit oder, oder, oder. Seitdem ich bei meinem Onkologen ein und aus gehe, höre ich so viele Lebensgeschichten. Es gibt überall Leid. Aber es gibt auch viel Glück.« Sie stützte den Kopf in die Hand. In ihren Augen war ein Leuchten. »Svenja ist mein Glück. Für sie hat sich alles gelohnt.« Von einer Sekunde auf die andere war es, als fiele ein Schatten über ihr Gesicht.

»Was ist?«, fragte ich alarmiert.

»Irgendwann nicht mehr auf sie aufpassen zu können ist das Schlimmste, sie loszulassen ... ich kann dir dieses Gefühl nicht beschreiben, Sophie. Es zerreißt mich. Vielleicht ist das der Preis für das Glück, das ich mit ihr habe.«

Da war sie wieder, diese Wolke. Seitdem Ariane krank war, schien sie immer in der Nähe zu sein. Es war eine Art fatale Schicksalsgläubigkeit, die nicht zu Ariane zu passen schien. Sie war eine Frau, die ihr Schicksal in die Hand nahm. Jetzt fühlte sie sich ihm ausgeliefert. »Seit wann glaubst du, dass das Schicksal dich bestraft?«, fragte ich.

»Seitdem ich krank bin.«

»Aber das passt nicht zu dem, was du eben über die heiligen Kühe gesagt hast und darüber, dass es jeden treffen kann.«

Sie ließ den Kopf wieder aufs Kissen sinken. »Ich weiß«, sagte sie gequält. »Vom Kopf her weiß ich das alles, aber manchmal überfallen mich diese Gedanken, und ich frage mich, ob nicht doch alles ganz anders ist.«

Ich sah sie eindringlich an. »Du wirst nicht bestraft,

Ariane. Strafe ist etwas, das von Menschen gemacht ist, nicht von einer höheren Macht. Und wofür solltest du überhaupt bestraft werden? Dafür, dass du Lucas ein Kind untergeschoben hast? Weißt du, wie oft das tagtäglich geschieht? Ungestraft? Ohne jegliche Konsequenzen?«

Sie sah mich an, aber ich konnte ihren Blick nicht ergründen. In ihrem Gesicht ging etwas vor sich, das ich nicht verstand. »Ich habe immer geglaubt, Svenja sei ein Geschenk. Aber vielleicht habe ich mich geirrt, vielleicht...«

Ich sprang auf und setzte mich zu ihr. »Ariane, deine Tochter ist ein Geschenk. Das schönste, das du jemals bekommen hast!«

11

Als ich gerade bei Ariane aufbrechen wollte, kam Judith vorbei, und wir beschlossen, gemeinsam zu essen. Für Ariane gab es eine leichte Brühe, für uns holten wir Pizza. Es war ein fröhliches, fast ausgelassenes Abendessen. Svenja erzählte Witze und brachte uns alle zum Lachen. Mir kam es so vor, als wären wir drei ihr nur zu dankbar dafür, dass sie diese Leichtigkeit verbreitete. Als Judith und ich schließlich gingen, schlief sie tief und fest in Arianes Armen.

Vor dem Haus erinnerte ich mich an den Golffahrer und suchte mit Blicken die Autoreihen ab.

»Was machst du?«, fragte Judith amüsiert. »Suchst du dein Auto?«

»Nein, ich bin nur wachsam. Als ich heute aus dem Haus ging, parkte vor meinem Haus ein Golf mit einem Mann darin. Und als ich auf dem Weg zu Ariane an der Autobahntankstelle gehalten habe, habe ich diesen Mann wieder in seinem Auto gesehen.«

»Zufall?«, fragte sie.

»Das meinte er auch. Möglich ist es. Ich war mir aber sicher, dass ich ihn vor kurzem schon einmal irgendwo gesehen habe. Nur leider komme ich nicht drauf.«

»Du meinst, er hat dich verfolgt?«

»Ich hatte einfach ein komisches Gefühl.«

»Meinst du nicht, dass du übersensibel reagierst, seitdem in deine Wohnung eingebrochen wurde? Warum sollte dich jemand verfolgen?«

»Ich weiß, es klingt seltsam, aber der Mann war zweimal kurz hintereinander ganz in meiner Nähe.«

»Dafür kann es etliche Gründe geben. Außerdem gibt es solche Zufälle tatsächlich.«

»Trotzdem würde ich gerne wissen, wo ich ihn schon einmal gesehen habe.«

»Du kannst ihn wahrscheinlich nur deshalb nicht zuordnen, weil du ihm außerhalb seiner normalen Umgebung begegnet bist. Wahrscheinlich arbeitet er in der Pizzeria bei dir um die Ecke.«

»Nein«, entgegnete ich entschieden. »Aber es wird mir sicher wieder einfallen. Soll ich dich nach Hause fahren?«

»Danke, aber die paar Schritte tun mir ganz gut.« Sie runzelte die Stirn. »Ist dir auch aufgefallen, dass es Ariane heute schlechter ging?«

»Ja«, antwortete ich mit einem Kloß im Hals. »Sie hatte Schmerzen.«

»Ich habe kein gutes Gefühl.« Judith schlang die Arme um den Körper und trat fröstelnd von einem Bein aufs andere.

»Ich auch nicht. Trotzdem hoffe ich, dass unser Gefühl uns täuscht.«

Judith kam auf mich zu und legte die Arme um mich. »Ihr darf nichts passieren«, flüsterte sie, drückte mir einen Kuss auf die Wange und lief davon.

Ich war mir sicher, dass sie weinte. Und ich wäre gerne bei ihr gewesen, um sie zu trösten. Aber ich wusste keinen Trost. Es war ein sinnloses Leiden, das eine viel zu junge Frau mitten im Leben erwischt hatte.

Nachdem der Motor meines Wagens glücklicherweise

angesprungen war, fuhr ich langsam Arianes Straße entlang. Während der Fahrt dachte ich darüber nach, was ihr Tod bedeuten würde. Für sie selbst, die so gerne lebte. Und für Svenja, ihre erst achtjährige Tochter. Mir fiel dieser fürchterliche Spruch ein: *Wen die Götter lieben, den nehmen sie früh zu sich.* Ich fand diese Worte nur zynisch. Wahrscheinlich waren sie das Ergebnis einer immerwährenden Sinnsuche. Aber musste denn immer in allem ein Sinn liegen? Ich kam weit besser damit zurecht, Arianes Krankheit und ihren drohenden Tod als sinnlos anzusehen.

Zu Hause schaltete ich gerade überall in der Wohnung das Licht an, als das Telefon klingelte. Ich sah auf die Uhr, es war nach elf. So spät rief eigentlich nur Judith noch an. Ich griff nach dem Hörer, kam jedoch gar nicht dazu, mich zu melden.

»Entschuldige, dass ich noch mal anrufe«, sprudelte Judith los.

»Ist etwas mit Ariane?«

»Nein, nein«, beruhigte sie mich. »Ich habe nur noch einmal über diesen Mann nachgedacht, der dich verfolgt hat.«

»Wahrscheinlich hat er mich gar nicht verfolgt, ich hatte nur ein seltsames Gefühl. Es ist bestimmt so, wie du gesagt hast: Ich bin durch den Wohnungseinbruch sensibilisiert. Mach dir keine Sorgen, Judith.«

»Das sagt sich so leicht«, meinte sie mit einem Anflug von Aggressivität in ihrem Ton.

»Was ist los? Habe ich dir irgendetwas getan? Ich hatte vor ein paar Tagen schon das Gefühl, dass ...«

»Du hast mir nichts getan«, wehrte sie ab.

»Aber vielleicht habe ich deine Geduld überstrapaziert.

Sätze wie *schau nach vorn* hast du bisher noch nie zu mir gesagt.«

»Jetzt legst du aber wirklich alles auf die Goldwaage, Sophie. Außerdem hast du es aus dem Zusammenhang gerissen. Es ging dabei nicht um dich, sondern um diesen verdammten Engel. Ich habe gesagt: *Vergiss den Engel und schau nach vorn*. Und da wir gerade beim Thema sind. Könnte es vielleicht sein, dass du bei deiner *Engel-Recherche* irgendjemandem auf die Füße getreten bist?«

»Was?«, fragte ich wie vom Donner gerührt. »Was soll denn das jetzt?«

»Könnte es nicht sein, dass du – unwissentlich natürlich – an irgendetwas gerührt hast und sich deswegen jemand an deine Fersen geheftet hat?«

»Judith, sei mir nicht böse, aber ich glaube, du spinnst. Ich habe nichts anderes getan, als der Frau des alten Goldschmieds ein paar Fragen zu stellen. Sie hat mir den Namen einer anderen Frau in Frankfurt genannt. Mit dieser Frau habe ich gesprochen und …«

»Du hast mit ihr gesprochen?«, fragte sie in einem Ton, als hätte ich ein Sakrileg begangen. »Du hast gesagt, dass du die Suche einstellst. Und du hast Ariane versprochen, dass du lediglich den Namen recherchierst, nichts weiter.« Sie hatte sich in Rage geredet.

»Ich habe dieser Frau mit keiner Silbe verraten, worum es geht«, verteidigte ich mich. »Ich habe behauptet, den Engel gefunden zu haben.«

»Und was ist bei diesem Gespräch herausgekommen?«

Ich fühlte mich wie in einem Verhör. »Herausgekommen ist, dass die Frau lügt. Sie sagt, sie habe den Engel noch nie gesehen, geschweige denn gekauft. Aber …« Ich zögerte. »In dem Büro, in dem sie arbeitet, gibt es einen

Partner. Ich konnte beim Hinausgehen kurz in sein Zimmer sehen. An der Wand hängt das Bild von zwei Mädchen – ein Ölgemälde. Eines dieser Mädchen hat ganz entfernt Ähnlichkeit mit Svenja. Deshalb nehme ich an, dass dieser Andreas zu dieser Familie gehört.«

Judith klang, als wäre sie kurz davor zu explodieren. »Sophie, damit gehst du zu weit! Ich kann verstehen, dass du gerne für Ariane diesen Andreas ausfindig machen willst, aber in deinem Wunsch, ihr zu helfen, schießt du über das Ziel hinaus. Du kannst nicht durch fremde Büros laufen, Bilder ansehen und dir Ähnlichkeiten mit Svenja einbilden. Damit überschreitest du eine Grenze.«

»Ich glaube nicht, dass ich mir diese Ähnlichkeit nur eingebildet habe.«

»Das mag ja alles sein. Aber weißt du, mit wie vielen Kindern Svenja Ähnlichkeiten haben würde, wenn man sie denn suchte?«

»Nein, das weiß ich nicht«, entgegnete ich verärgert. »Jedenfalls ist mir das bisher noch nie passiert.«

»Bisher hast du auch nicht danach gesucht.«

»Du selbst warst noch vor fünf Minuten davon überzeugt, ich hätte bei meinen Recherchen an irgendetwas gerührt, das diesen Mann dazu bewegt, mich zu verfolgen.«

»Ich habe darüber nachgedacht, aber nicht so, wie du es verstanden hast. Du könntest an etwas gerührt haben, das gar nichts mit dem Engel oder diesem Andreas zu tun hat.«

»Jetzt geht deine Phantasie aber mit dir durch. Gleich behauptest du noch, dass wegen meiner Recherchen bei mir eingebrochen wurde.« Ich senkte die Stimme und legte einen gruseligen Tonfall hinein. »Vielleicht gehört dieser Andreas ja der Mafia an und hat den Engel bei mir stehlen lassen.«

Diese paar Worte reichten aus, um Judith wieder friedlich zu stimmen. »Entschuldige, Sophie, das war dumm von mir. Wahrscheinlich liegt das an meinen Nerven, mit denen steht es derzeit nicht zum Besten.«

»Das kann ich verstehen«, meinte ich versöhnlich. »Mir geht es ähnlich.«

»Ich möchte mich nicht mit dir streiten.«

»Ich auch nicht.«

»Pass trotzdem auf dich auf, ja? Und ruf mich an, sollte dieser Mann tatsächlich noch mal in deiner Nähe auftauchen.«

»In dem Fall rufe ich die Polizei an. Immerhin habe ich sein Autokennzeichen.«

Peer hatte mir eine Nachricht auf dem Anrufbeantworter hinterlassen. Er lud mich ein, ihn in seiner neuen Wohnung zu besuchen. »Darauf kannst du lange warten«, murmelte ich vor mich hin, löschte alle Lichter und ging ins Bett. An Schlafen war allerdings nicht zu denken – die Ereignisse und Begegnungen des Tages waren zu aufreibend gewesen. Ich lag in der Dunkelheit und ließ die Stille auf mich wirken. Nachdem ich an diesem Tag so vieles gehört und so viel geredet hatte, war sie wie Balsam. Aber der Balsam reichte nicht aus, um mich über die leere Bettseite neben mir hinwegzutrösten. Wie lange würde es dauern, bis ich mich daran gewöhnt hatte, dass Peer nicht mehr neben mir schlief? Ich war wütend auf ihn und verletzt, und ich sehnte mich nach ihm. Aus Enttäuschung über mich selbst schlug ich mit der Faust auf die Matratze. Wie konnte ich mich nach einem Mann sehnen, der mich betrogen hatte?

Um nicht weiter über Peer nachzudenken, ließ ich noch einmal den vergangenen Tag Revue passieren. Leonore Larssen hatte mich angelogen, was das Bild betraf. Und ich hatte es ihr noch nicht einmal angemerkt. Hätte ich nicht von der Sekretärin erfahren, dass Hubert Reinhardts Frau das Bild gemalt hatte, hätte ich ihr die Geschichte von dem Pariser Straßenmaler abgenommen. Wenn sie in diesem Punkt so gekonnt gelogen hatte, warum dann nicht auch in puncto Engel? Wort für Wort ging ich noch einmal beide Unterhaltungen mit ihr durch. Und plötzlich sah ich ihn vor mir – den Mann in dem Golf. Oder eben nicht in dem Golf, sondern in Leonore Larssens Büro. Jetzt wusste ich, wo ich ihn schon einmal gesehen hatte. Ich setzte mich auf und schaltete die Nachttischlampe ein.

Der Mann im Golf war Leonore Larssens Chauffeur. Ohne seine Uniform hatte ich ihn nicht zuordnen können. Aber ich war mir ganz sicher, dass er es war. Wie hatte sie ihn genannt? Maschewski? Malewski? Es war etwas mit einem M am Anfang und einem i oder y am Ende gewesen. Egal, das würde ich herausfinden. Ich glaubte nicht, dass es ein Zufall war, dass ich diesem Mann innerhalb von ein paar Tagen dreimal begegnete, an völlig unterschiedlichen Orten. Es gab einen Grund dafür. Und auch den würde ich versuchen herauszufinden.

Judiths Worte gingen mir nicht aus dem Kopf: *Du könntest an etwas gerührt haben, das gar nichts mit dem Engel oder diesem Andreas zu tun hat.* Und wenn ich an etwas gerührt hatte, das gerade mit dem Engel und Andreas zu tun hatte? Was, wenn Leonore Larssen genau wusste, wer Andreas war? Vielleicht war er glücklich verheiratet und hatte drei Kinder. Vielleicht wollte sie diese intakte Familie vor den Folgen seines Ehebruchs schützen.

Nein! So konnte es nicht sein. Von Arianes kurzer Affäre mit ihm hatte ich ihr erst in unserem zweiten Gespräch erzählt. Im ersten hatte ich lediglich behauptet, den Engel gefunden zu haben.

Ich musste bei meinen Überlegungen noch einmal ganz von vorne beginnen. Was wusste ich? Es gab diese Rechnung mit Leonore Larssens Namen darauf. Es gab ihre Behauptung, den Engel noch nie gesehen zu haben. Und es gab ihre Lüge, was das Gemälde mit den beiden Mädchen betraf. Außerdem war da noch ihr Chauffeur, der sich zweimal kurz hintereinander in meiner Nähe aufgehalten hatte.

Was für einen Grund konnte es geben, mich zu beobachten? Was konnte der Mann herausfinden, wenn er mich verfolgte? Mit wem ich mich traf, gab ich mir selbst die Antwort. Aber wozu? Was brachte ihm oder seiner Chefin diese Information? Ich konnte nicht mehr klar denken. Meine Gedanken wurden immer diffuser. Völlig übermüdet löschte ich das Licht.

Im Traum begegnete mir der Chauffeur. Wir fuhren gemeinsam in meinem Auto. Ich saß am Steuer, und er wies mir den Weg. Ich wollte in die Innenstadt zu Leonore Larssen fahren. Er aber dirigierte mich über die Autobahn nach Wiesbaden. Ich sagte ihm, das sei der falsche Weg, aber er ließ sich nicht beirren. Um mich zu überzeugen, deutete er auf ein kleines Navigationsgerät, das er in der einen Hand hielt. Dort war die Route rot eingezeichnet. Ein X bezeichnete den Zielpunkt. Ich sah genauer hin und erkannte, dass das X in Judiths Straße lag. Mit diesem Bild vor Augen wachte ich auf. Es lag mir auf der Zunge zu sagen: *Das ist falsch!* Ich wollte nicht zu Judith, ich wollte zu Leonore Larssen. Ich wollte sie fragen, ob sie mir ihren Chauffeur hinterhergeschickt hatte. Und genau das würde ich tun.

Nachdem ich in Ruhe gefrühstückt hatte, duschte ich abwechselnd heiß und kalt und machte mich anschließend auf den Weg. Bevor ich in meinen Wagen stieg, sah ich mich suchend nach dem Golf um, aber er war nirgends zu entdecken.

Kurze Zeit später betrat ich zum dritten Mal innerhalb weniger Tage die Empfangshalle der Vermögensverwaltung Reinhardt & Larssen. Die junge Frau am Empfang erkannte mich sofort wieder und lächelte mich freundlich an.

»Was kann ich für Sie tun?«, fragte sie. »Haben Sie einen Termin bei Frau Doktor Larssen?«

Ich schüttelte den Kopf. Da ich mir sicher war, dass Leonore Larssen mir noch nicht einmal fünf Minuten ihrer Zeit widmen würde, versuchte ich auf einem anderen Weg, an ein Gespräch mit ihr zu kommen. »Als ich vergangene Woche einen Termin hier hatte, habe ich den Chauffeur von Frau Doktor Larssen kennengelernt. Er heißt ... warten Sie ... es ist etwas mit einem M ...«

»Maletzki«, half sie mir auf die Sprünge. »Götz Maletzki.«

»Ja, genau, so heißt er. Ihn würde ich gerne sprechen. Ist er im Hause?«

Sie wirkte überrascht. Wahrscheinlich hatte in diesen heiligen Hallen noch nie jemand nach dem Chauffeur gefragt. »Vorhin habe ich ihn gesehen, ob er allerdings noch da ist, kann ich nicht sagen. Die Chefs sind zwar beide im Haus, aber häufig macht er auch Erledigungen.« Sie nahm den Telefonhörer, drückte zwei Nummern und erklärte der Person am anderen Ende der Leitung mein Anliegen. Kaum hatte sie aufgelegt, sagte sie: »Bitte warten Sie einen Augenblick, Frau Harloff, es wird gleich jemand kommen und sich um Sie kümmern.«

Ich bedankte mich und ging in der Halle auf und ab. Es dauerte keine zwei Minuten, bis ich hinter mir eine Stimme hörte. Und dieses Mal gehörte sie nicht der Sekretärin, sondern Leonore Larssen selbst.

»Frau Harloff, guten Tag.« Sie hielt mir ihre Hand entgegen. »Kommen Sie doch bitte einen Moment in mein Büro.« Sie drückte meine Hand so fest, als wolle sie mich in die Knie zwingen. Kaum hatte sie die Tür hinter mir geschlossen, drehte sie sich zu mir um und fragte: »Was kann ich für Sie tun? Eigentlich hatte ich angenommen, wir hätten all Ihre Fragen geklärt.«

»Da muss ein Missverständnis vorliegen, Frau Doktor Larssen«, entgegnete ich entschuldigend. »Ich hatte nach Ihrem Chauffeur gefragt, Herrn Maletzki.«

Sie hob die Augenbrauen. »Das hat man mir gesagt, aber ich kann mir beim besten Willen nicht vorstellen, was Sie mit ihm verbindet.«

»Genau das wollte ich ihn fragen. Das Seltsame ist nämlich, dass er gestern zweimal in meiner Nähe aufgetaucht ist.«

»Was soll daran seltsam sein? Solche Zufälle gibt es.«

»Das glaube ich sogar, trotzdem finde ich es merkwürdig. Er hat im Auto vor meiner Wohnung gewartet, ebenso an der Autobahntankstelle, an der ich kurz gehalten habe.«

Sie wies mit der Hand zu einem Sessel und forderte mich auf, mich zu setzen. »Frau Harloff, ein Chauffeur verbringt einen großen Teil seiner Zeit damit, in einem Auto zu sitzen und irgendwo zu warten, das ist sein Beruf.«

»Er saß aber nicht in einem Wagen, in dem man üblicherweise jemanden herumkutschiert, sondern in einem Golf. Wahrscheinlich ist es sein Privatwagen. Ich habe mir das Kennzeichen gemerkt.«

»Wozu?«

»Um es der Polizei zu nennen, sollte er noch einmal in meiner Nähe auftauchen.«

Sie sah mich stirnrunzelnd an und schüttelte dabei leicht den Kopf. »Frau Harloff, wenn Sie mich fragen, klingt das ein wenig nach einer Räuberpistole. Glauben Sie allen Ernstes, er sei – bei dem kurzen Blick, den er letzte Woche hier in meinem Büro auf Sie werfen konnte – in heißer Liebe zu Ihnen entbrannt und verfolge Sie nun?« Wieder schüttelte sie den Kopf. »Ich kenne Herrn Maletzki, das passt nicht zu ihm. Aber wenn es Sie beruhigt, werde ich mit ihm reden.«

In diesem Moment klopfte es an der Tür, gleich darauf erschien Hubert Reinhardt im Türrahmen. Er nickte mir kurz zu und wandte sich an seine Partnerin. »Leonore, können wir einen Augenblick sprechen?« Sein Ton war befehlsgewohnt, seine Haltung die eines Mannes, der davon ausgeht, dass seine Befehle umgehend befolgt werden.

»Ich brauche hier nicht mehr lange, ich komme gleich zu dir hinüber«, entgegnete Leonore Larssen scheinbar unbeeindruckt von seiner Aufforderung.

»Es muss jetzt sein, ich bin gleich außer Haus.« Er machte keinerlei Anstalten, sich bei mir für seine Störung zu entschuldigen. Immerhin hätte ich eine Kundin des Hauses sein können. Vielleicht verriet ihm aber auch seine Menschenkenntnis, dass ich kein größeres Vermögen besaß und nicht auf die Unterstützung einer Vermögensverwaltung aus war.

Leonore Larssen stand auf. »Entschuldigen Sie mich bitte einen Augenblick.« Sie folgte Hubert Reinhardt in den Flur und ließ die Tür angelehnt.

Kaum war sie draußen, stand ich auf und ging zum Fenster. Von dort aus warf ich einen Blick auf Leonore Larssens Schreibtisch. Ich suchte nach irgendwelchen Anhaltspunkten, nach Fotos, nach einem Mosaiksteinchen, das mir weiterhalf. Aber auf ihrem Tisch war nichts Privates zu entdecken. Nicht einmal eine Muschel oder ein Stein als Erinnerung an einen Urlaub. Ich war noch ganz in den Anblick dieses funktionalen Stilllebens vertieft, als meine Gesprächspartnerin zurückkehrte.

»So, Frau Harloff, jetzt konnte ich auch schnell noch mit Herrn Maletzki reden. Er ...«

»Oh«, unterbrach ich Sie, »eigentlich hatte ich Sie bitten wollen, mich mit ihm reden zu lassen.«

»Das ist in unserem Hause nicht üblich.«

»Es ist sicher auch nicht üblich, dass ein Gespräch wie das zwischen uns beiden stattfindet. Oder kommt es häufiger vor, dass Ihr Chauffeur Gesprächspartnerinnen von Ihnen verfolgt?«

Ihr Gesichtsausdruck wirkte eine Spur ärgerlich, während ihrem Tonfall nichts anzumerken war. »Frau Harloff, von einer Verfolgung kann tatsächlich nicht die Rede sein. Ich habe mit Herrn Maletzki gesprochen. Er hat sich sogar an Sie erinnert, jedoch nicht an die Begegnung hier bei mir im Büro, sondern an Ihr zufälliges Zusammentreffen an der Tankstelle. Er fand Sie ein wenig ...« Sie suchte nach dem richtigen Wort.

»Paranoid?«, fragte ich süffisant.

Sie lächelte. »Ich würde es eher als überspannt bezeichnen.«

»Mich würde interessieren, wie er es genannt hat.«

»Herr Maletzki umschreibt die Dinge eher. Er ist sehr zurückhaltend, das bringt schon seine Aufgabe hier im Hause mit sich.«

»Er mag zurückhaltend sein, wenn er seine Uniform anzieht, aus seinem Privatwagen heraus wirkte er eher aggressiv und unhöflich.«

Sie nahm sich Zeit, um mich genauer ins Auge zu nehmen. »Frau Harloff, könnte es sein, dass Sie sich zurzeit in einer etwas angespannten Lebenssituation befinden und Sie deshalb manches fehlinterpretieren?«

»Hat Ihr Chauffeur Ihnen gesagt, warum er an dieser Tankstelle gehalten hat?«

Sie nickte bedächtig. »Er hatte kurz vorher einen Anruf bekommen, der ihn sehr beschäftigt hat. Deshalb hat er die Autobahn verlassen, um in Ruhe darüber nachdenken zu können.«

»Und warum ist er überhaupt auf dieser Autobahn gefahren?«

»Ich meine zwar, dass Sie das nichts angeht, aber damit Sie beruhigt sind: Maletzkis Mutter wohnt in Wiesbaden, er befand sich auf dem Weg zu ihr.« Sie rieb ihre Hände aneinander. »Sie werden mir sicher zustimmen, dass wir unser Gespräch hiermit abschließen sollten.«

»Eine Frage habe ich noch: Was hat er in meiner Straße getan? Wohnt dort vielleicht seine Tante?«

»Finden Sie nicht, dass Sie meine Geduld inzwischen über Gebühr strapaziert haben?«, fragte sie sichtlich verärgert. »Ich möchte mich gar nicht erst irgendwelchen Spekulationen hingeben, was in Ihnen vorgeht. Ich möchte Sie nur bitten, mich in Zukunft nicht weiter zu behelligen.« Sie schwieg einen Moment, als wolle sie den Worten, die folgten, eine besondere Betonung geben. »Manchmal hilft es, sich in schwierigen Zeiten Freunden anzuvertrauen – oder sogar Fachleuten.«

Ich lächelte. »Sehen Sie, Frau Doktor Larssen, mir hilft es schon sehr, dass ich mir das Autokennzeichen von Herrn Maletzki notiert habe. Wenn ich bei meiner Arbeit eines gelernt habe, dann das: Es gibt Geschichten, die klingen sehr unwahrscheinlich, und wenig Phantasiebegabte mögen sie als Hirngespinste abtun. Aber die Erfahrung zeigt, dass eine geringe Wahrscheinlichkeit nicht immer für den Zufall spricht.«

»Was wollen Sie mir damit sagen?«

»Dass ich meine Augen offen halten werde.«

12

Obwohl der Februar angebrochen war, wollte sich immer noch kein richtiger Winter einstellen. Die Medien waren voll von Berichten über die Klimakatastrophe, aber ich hatte nur einen Blick für die Katastrophen in meiner kleinen Welt. Nachdem ich den Nachmittag mit Ariane und Svenja verbracht hatte, wollte ich einen Abend lang allem entfliehen, alles ausblenden, wollte niemandem begegnen, den ich kannte. Ich fuhr in die Innenstadt und ging japanisch essen. In dem Restaurant setzte sich eine Frau zu mir, die ebenfalls allein unterwegs war. Wir unterhielten uns über Gott und die Welt, nur nicht über Krankheit, Tod, fremdgehende Männer oder verloren gegangene Schutzengel. Es tat mir gut, für zwei Stunden in unbelastete Themen einzutauchen.

Auf dem Heimweg blieb ich an der Kreuzung stehen. Anstatt in meine Straße einzubiegen, ging ich zwei Straßen weiter und bog erst dann ab. Das Haus war das fünfte auf der rechten Seite. An der Fassade des Altbaus sah ich hoch. In allen Wohnungen brannte Licht. Ich wusste nicht, in welcher Peer wohnte, aber er musste zu Hause sein. Nachdem ich einmal am Haus vorbeigegangen war, drehte ich um und ging zurück. Bevor ich es mir wieder anders überlegte, drückte ich auf die Klingel.

»Komm hoch«, hörte ich ihn nur Sekunden später sagen. Mich würde er zuallerletzt erwarten. Ob er eine Verabredung mit dieser Frau hatte? Ich wollte schon wieder gehen, als ich mir dachte: Jetzt gerade! Ich stieg die Stufen bis in den zweiten Stock hinauf. Dort war die Tür nur angelehnt. Bevor ich sie aufdrückte, vergewisserte ich mich allerdings, dass tatsächlich Peers Name am Klingelschild stand.

»Ich bin in der Küche«, hörte ich ihn rufen.

Ich lief den Flur entlang und blieb im Türrahmen zur Küche stehen. Peer war gerade dabei, eine Prosecco-Flasche zu öffnen.

»Hallo«, sagte ich verhalten.

Nachdem er den Korken mit einem Plopp gelöst hatte, sah er mich an. »Schön, dass du vorbeigekommen bist.« Er kam auf mich zu und gab mir einen Kuss auf die Wange.

»Störe ich?«

»Würde ich dann die Flasche öffnen?«

»Die öffnest du bestimmt nicht meinetwegen, du hast jemand anderen erwartet.« Eine andere.

»Ich habe dich vom Fenster aus beobachtet, und ich habe gehofft, dass du dich dazu durchringen kannst zu klingeln.«

Er hatte mich ertappt, und ich wurde tatsächlich rot. »Ich war neugierig, ich wollte sehen, wie du wohnst.«

»Kleiner und einsamer.« Er füllte die Sektgläser und hielt mir eines hin. »Lass uns anstoßen.«

»Worauf?«

»Auf einen neuen Anfang. Darauf, dass alles gut wird.«

»Ich soll dir wünschen, dass alles gut wird?«, fragte ich bitter. »Ich bin nicht Mutter Teresa.«

»Lass uns darauf anstoßen, dass für uns alles gut wird. Für jeden Einzelnen von uns und für uns gemeinsam.«

»Wir haben nichts Gemeinsames mehr, Peer.«

»Doch, das haben wir, wir haben eine gemeinsame Geschichte, viele gemeinsame Erinnerungen. Und wir haben gemeinsam ein Problem.«

Gemeinsame Erinnerungen, davon hatte die alte Antiquitätenhändlerin auch gesprochen. Ich zuckte die Schultern. »Wir haben keine gemeinsame Zukunft. Und unser Problem hat sich ja nun gelöst.«

Er setzte sich auf die Kante des Küchentischs und stellte das Glas neben sich. »Weißt du, warum ich diese Affäre mit Sonja angefangen habe?«

»Interessiert mich nicht.« Ich verschränkte die Arme vor der Brust und sah ostentativ an ihm vorbei. Am liebsten wäre ich davongelaufen. Ich wollte das nicht hören.

»Ich hatte inzwischen genug Zeit, darüber nachzudenken. Du bist unglaublich strikt und konsequent, viele Dinge sind für dich ganz klar. Wenn A geschieht, muss unweigerlich B die Konsequenz sein. Aber …«

»Ich kann sehr wohl die Zwischentöne wahrnehmen – falls du mir hier gerade unterstellen willst, ich könne nur zwischen Schwarz und Weiß unterscheiden.«

Er stellte die Sektgläser auf dem Tisch ab und ließ sich mit einem Seufzer auf einen Stuhl fallen. In aller Seelenruhe sah er mich an. Nicht, als würde er mich zum ersten Mal sehen, sondern wie jemand, der Vertrautes in einem entdeckt. »Du hast sogar ganz feine Antennen für die Zwischentöne, darum beneide ich dich auch. Du bekommst häufig viel mehr zwischen den Zeilen mit als ich. Aber bei manchen Themen ist es, als hättest du ein Skript. Wenn du in die entsprechende Situation kommst, handelst du genau nach diesem Skript, ohne es auch nur einmal zu hinterfragen.«

»Das klingt, als wäre ich eine Maschine.« Ich lehnte mich gegen die Wand und presste die Lippen zusammen, um nicht zu weinen.

Er sah, was in mir vorging, aber er hörte nicht auf. »Als ich dir von Sonja erzählt habe, da gab es für dich nur eine einzige Konsequenz: die Trennung.«

Ich gab einen abfälligen Laut von mir. »Hättest du gerne so weitergemacht, als wäre es eine Bagatelle gewesen? Nach dem Motto: Entschuldige, Sophie, mir ist ein kleines Missgeschick passiert. Wird so schnell nicht wieder vorkommen. Schwamm drüber. Hast du es dir so vorgestellt? Ich habe nie einen Hehl daraus gemacht, was ich tun würde, wenn du mich betrügst. Ich kann eine ganze Menge aushalten, aber das nicht! Verstehst du? Damit hast du alles in Frage gestellt.«

Er schluckte. »Ja, das habe ich, das ist richtig. Und vielleicht wollte ich das unbewusst sogar. Ich kann noch nicht einmal sagen, dass ich wünschte, es wäre nie passiert. Manchmal muss man etwas in Frage stellen, um es zu ändern, Sophie. Ich habe oft versucht, mit dir darüber zu reden. Wahrscheinlich habe ich es nicht richtig angestellt oder mich falsch ausgedrückt, in jedem Fall ist bei dir nicht angekommen, worum es mir ging.«

»Also hast du es mit der Holzhammermethode versucht. Die ist bei mir allerdings angekommen. Aber damit hast du auch alles zerschlagen. Und, Peer, hör auf damit, mir die Verantwortung zuzuschieben, ich bin nicht fremdgegangen. Du warst es!«

»Ich wäre sonst erstickt«, sagte er.

Jetzt liefen mir doch Tränen übers Gesicht. »Du hast alles kaputt gemacht.«

»Ich wollte erzwingen, dass sich etwas ändert.«

»Aber was?«, fragte ich ihn schluchzend. »Wie hast du dir das vorgestellt? Dachtest du, ich könnte von heute auf morgen eine andere sein?« Mit einer fahrigen Bewegung wischte ich mir übers Gesicht. »Was macht sie so anders?«

»Sie lässt auch mal fünfe gerade sein.«

»Fünfe gerade«, wiederholte ich völlig entgeistert.

»Sie hat überhaupt kein Problem damit, auch mal bei Rot über eine Fußgängerampel zu gehen.«

»Und das hast du festgestellt, als du sie im November beim Kanufahren getroffen hast.«

»Es ist nur ein Beispiel«, entgegnete er genervt. »Sie ist einfach alles andere als perfekt.«

»Und das hat dich magisch angezogen?«

»Am Anfang schon.« Er legte den Kopf zurück, schloss die Augen und fuhr sich durch die Haare. »Inzwischen glaube ich, dass ich nur ein wenig Abstand brauchte, eine andere Perspektive, um zu sehen, womit ich zwischen uns beiden nicht zurechtkam. Sonja ist nicht die Frau, mit der ich zusammenleben möchte.«

»Also sitzt da jetzt noch eine herum und heult. Glückwunsch!«

Er ließ sich durch meinen Spott nicht beirren. »Sophie, was ich getan habe, bedaure ich zutiefst ...«

»Eben hast du noch gesagt, du wünschst noch nicht einmal, es sei nie passiert.«

»Es tut mir sehr leid, was ich dir damit angetan habe. Dir gegenüber wünschte ich, ich könnte es ungeschehen machen. Für mich ist jetzt vieles klarer.« Er schwieg einen Moment. »Ich vermisse dich.«

Ich vermisste ihn so sehr, dass es weh tat. Aber der Schmerz, den er mir zugefügt hatte, war wie ein Wall, den ich nicht überwinden konnte. Ich schwieg mit zusammengepressten Lippen.

»Ich weiß: Es gibt sicher einfachere und weniger schmerzhafte Wege, um herauszufinden, mit wem man zusammenleben möchte.«

»Es gibt vor allem zukunftsträchtigere«, sagte ich niedergeschlagen. »Ich kann mich nicht ändern, Peer. Ich will keinen Mann, der mich nur liebt, wenn ich Gesetze breche.«

»Sophie, ich rede davon, über eine rote Ampel zu gehen, wenn weit und breit kein Auto zu sehen ist, ich rede nicht davon, Gesetze zu brechen.«

»Aber ich bin überzeugt davon, dass es richtig ist, stehen zu bleiben. Erwartest du, dass ich dir zuliebe meine Überzeugungen in den Wind schlage?«

Langsam und mit Nachdruck schüttelte er den Kopf. »Ich möchte nur, dass du deine Überzeugungen auch hin und wieder mal in Frage stellst.«

»Ich werde nicht zu dir zurückkommen, Peer!«

»Aber vielleicht kann ich irgendwann zu dir zurückkommen.«

Ich ging mit dem Gefühl, dass ich nur mit den Fingern hätte schnippen müssen und Peer wäre mit mir nach Hause zurückgekehrt. Gab es so ein Fingerschnippen für die Gedanken? Für die Erinnerungen?

An der nächsten roten Fußgängerampel blieb ich stehen, sah nach links und rechts und überquerte die Straße. Es war ein Leichtes, das zu tun, aber es widerstrebte mir. Mit einem Mal packte mich eine ungeheure Wut. Deswegen war er fremdgegangen und hatte alles aufs Spiel gesetzt? Weil ich nicht über rote Ampeln ging? Meine Wut steigerte sich so sehr, dass ich kurz davor war, umzudrehen und sie ihm ins Gesicht zu schreien. Stattdessen lief ich noch zweimal bei Rot über diese Ampel. Wenn mich jemand dabei beobachtete, musste er denken, ich sei übergeschnappt.

Während ich die letzten Schritte nach Hause ging, wechselten meine Gedanken von Peer zu Leonore Larssen. Sie hatte versucht, mich als verrückt abzustempeln. Und sie hatte mir vorgegaukelt, mit ihrem Chauffeur gesprochen zu haben. Nachdem Hubert Reinhardt sie hinausgebeten hatte, war sie nur zwei oder höchstens drei Minuten fort gewesen. Zeit genug, um sich mit ihrem Partner auszutauschen, aber nicht, um noch mit Götz Maletzki zu sprechen. Wenn mich nicht alles täuschte, hatte Leonore Larssen mich schon wieder belogen.

Kurz vorm Einschlafen beschloss ich, selbst mit dem Chauffeur zu reden. Kaum hatte ich allerdings den Gedanken gefasst, als mir Peers Worte in den Sinn kamen: *Wenn A geschieht, muss unweigerlich B die Konsequenz sein.* Gab es eine andere Konsequenz als die, mit Götz Maletzki zu sprechen? Es nicht zu tun, gab ich mir selbst die Antwort. Alles, was den Engel betraf, ruhen zu lassen. Diese Alternative fiel mir allerdings ungeheuer schwer. Ich wollte wissen, warum der Mann mich verfolgt und warum Leonore Larssen mich angelogen hatte.

Mit diesem Gedanken musste ich eingeschlafen sein. Es war kurz vor elf am nächsten Morgen, als ich aufwachte. Ich konnte mich nicht erinnern, wann ich zuletzt zehn Stunden durchgeschlafen hatte. Anstatt bei einer einsamen Tasse Kaffee von der Küche aus dem Leben auf der Straße zuzusehen, beschloss ich, frühstücken zu gehen. Ich mied das Café, in dem ich an den Wochenenden oft mit Peer frühstücken war, und ging stattdessen in eines, das gerade erst eröffnet hatte. Am Fenster war noch ein Tisch frei. Nachdem ich bestellt hatte, schlug ich meine Zeitung auf und versuchte, ein wenig von dem aktuellen Geschehen aufzuholen, das ich in den vergangenen Tagen verpasst hatte.

Ich war noch nicht weit damit gekommen, als mich eine junge Frau ansprach und fragte, ob sie sich zu mir setzen dürfe.

»Na klar«, antwortete ich und las weiter.

Am Stuhlrücken hörte ich, dass sie Platz nahm. Fast gleichzeitig bekam ich einen Kaffee und ein Croissant.

»Guten Appetit«, sagte sie und räusperte sich, da ihre Stimme nicht so recht mitspielen wollte.

»Danke.« Ich lächelte sie an und überlegte, warum sie sich zu mir gesetzt hatte. Es waren noch einige Tische frei. Sie wirkte eher schüchtern und nicht wie jemand, der auf ein Gespräch aus war. Ich schätzte sie auf Anfang zwanzig.

»Kommen Sie öfters hierher?«, fragte sie und sah sich im Raum um.

»Nein, heute zum ersten Mal.«

Das aufgeregte Leuchten in ihren Augen belebte ihr blasses und ungeschminktes Gesicht. Ihre gesamte Erscheinung wirkte so, als käme sie aus einer Welt fern jeder Mode und als gäbe sie nichts darauf, auch nur einen Hauch von Attraktivität zu verströmen. An ihr hing alles hinunter, ihre dunkelblonden Haare ebenso wie ihre Kleidung.

»Es ist schön hier«, sagte sie fast andächtig.

Ich nickte und nahm wieder meine Zeitung zur Hand.

»Was machen Sie beruflich?«, fragte sie.

Dieser unerwartete Vorstoß irritierte mich. Ich sah sie fragend an.

»Entschuldigen Sie«, meinte sie kleinlaut. »Das ist vielleicht ein wenig zu neugierig. Aber wenn ich fremden Menschen begegne, frage ich mich immer, welchen Beruf sie haben. Das ist so ein Steckenpferd von mir. Früher gab es eine Sendung ... Heiteres Beruferaten. Ich habe mal Wiederholungen davon gesehen.« Sie verhaspelte sich beim Sprechen. »Sie könnten Steuerberaterin sein.«

»Falsch.«

»Okay, also keine Steuerberaterin.«

»Ich bin Anwältin«, gab ich ihrem fragenden Blick nach. »Und Sie? Was machen Sie?«

»Raten Sie!«

Noch einmal nahm ich sie genau in Augenschein. Sie machte nicht den Eindruck einer typischen Studentin. Mein Blick fiel auf ihre Hände. »Sie arbeiten mit Ihren Händen.« Meine Intuition sagte mir, dass sie in einem naturbezogenen Umfeld arbeitete. »Sind Sie Tierpflegerin?«

Sie schüttelte den Kopf. »Ich würde versuchen, jedes Tier zu retten.«

»Wovor?«

»Stellen Sie sich vor, Sie wären einen Tag lang Tier in einem Zoo. Sie würden den halben Tag lang mit Blicken verfolgt, lebten in Gefangenschaft, wären weit von Ihrem Zuhause entfernt. Fänden Sie das schön?«

»Nein, sicher nicht.«

»Ich bin Landschaftsgärtnerin.« Sie nippte an ihrer Schokolade. »Gehen Sie mit Ihren Kindern manchmal in den Zoo?«

»Ich habe keine Kinder.«

Meine Antwort schien sie zu enttäuschen. Sie nickte nur, ließ aber offen, was dieses Nicken bedeutete. »Stört es Sie, wenn ich rauche?«

»Nein.«

Als sie Zigarettenschachtel und Feuerzeug aus ihrer Hosentasche zog, fiel etwas mit einem Klirren zu Boden. Sie bückte sich, hob es auf und legte es auf den Tisch. Während sie eine Zigarette aus der Schachtel nahm und sie anzündete, fiel mein Blick auf den Gegenstand auf dem Tisch, und ich glaubte zu träumen.

»Das gibt's ja gar nicht!«, sagte ich und beugte mich vor, um besser sehen zu können.

»Schön, nicht wahr?«, meinte sie.

Ohne sie zu fragen, griff ich danach. Ein goldener Engel mit bunt glitzernden Edelsteinen. Er sah Arianes Schutzengel zum Verwechseln ähnlich. Ich drehte ihn um. Ohne Lupe konnte ich die Signatur des Goldschmieds nicht genau erkennen, aber ich war mir sicher, dass sie es war. Endlich hielt ich den Beweis in der Hand: Bernhard Schanz hatte nicht nur einen dieser wertvollen, mit Steinen besetzten Engel gemacht. Hatte seine Frau gelogen oder hatte er ihn heimlich gemacht – ohne ihr Wissen? Weil es ihm vielleicht peinlich war, entgegen seiner Überzeugung zu arbeiten? Ich strich mit dem Zeigefinger darüber. »Genau so ein Engel ist mir am Montag gestohlen worden.« Ich sah auf. »In meine Wohnung wurde eingebrochen.«

»Oh, das ist schlimm.« Sie streckte die Hand aus und wollte nach dem Engel greifen, entschied sich jedoch dagegen. »War Ihr Schutzengel auch ein Geschenk?«

»Nein, er gehörte mir nicht, ich hatte ihn nur von einer Freundin geliehen.«

»Um von ihm beschützt zu werden?«, fragte sie.

»Nein, nein«, wehrte ich ab, ohne weiter auf ihre Frage einzugehen. »Es ist sehr schlimm für mich, dass er in meiner Obhut gestohlen wurde und ich ihn meiner Freundin nicht zurückgeben kann.«

»Braucht sie ihn denn?«

»Sie ist krank.« Ich gab ihr den Engel zurück.

Sie sah in ihre geöffnete Hand und ließ den Blick auf dem Schmuckstück ruhen. »Ich habe ihn als Kind geschenkt bekommen.«

»Meine Freundin hat eine kleine Tochter, eigentlich sollte sie den Engel irgendwann bekommen.«

»Wie alt ist das Mädchen?«

»Acht.«

»Es muss schlimm sein, eine kranke Mutter zu haben«, sagte sie mitfühlend. »Hoffentlich geht es ihr bald besser.«

»Ja, das hoffe ich auch.« Am liebsten hätte ich sie gefragt, ob sie sich vorstellen könnte, mir den Engel zu verkaufen, aber das traute ich mich nicht. Einen so persönlichen Gegenstand würde niemand verkaufen. »Sagen Sie, dürfte ich den Engel abzeichnen? Ich würde gerne für meine Freundin eine Kopie anfertigen lassen.«

Sie drückte ihre Zigarette aus und gab dem Kellner ein Zeichen, ihr die Rechnung zu bringen. »Kein Problem. Allerdings müssten wir das auf morgen verschieben.« Mit einem Mal redete sie hastig. »Ich habe schon viel zu lange hier gesessen. Meine Mittagspause ist längst vorbei. Wenn ich nicht gleich gehe, bekomme ich Ärger mit meinem Chef.«

»Können Sie mir Ihre Telefonnummer geben?«

»Ich komme einfach morgen wieder hierher.« Sie schob den Engel zurück in ihre Hosentasche und zählte das Geld für die heiße Schokolade ab.

»Um die gleiche Zeit?«

»Einverstanden.« Eilig wandte sie sich zum Gehen.
»Warten Sie!«, rief ich ihr hinterher. »Wie heißen Sie?«
»Marie.« Sie sagte es zögernd, so, als gebe sie ihren Namen nicht gerne preis.

Bevor ich ihr meinen Namen nennen konnte, fiel die Tür hinter ihr zu. Wie betäubt von dieser Begegnung lehnte ich mich in meinem Stuhl zurück. Hätte ich es nicht selbst erlebt, hätte ich es nicht für möglich gehalten. Ich glaubte an Zufälle, aber dass sich ausgerechnet jetzt eine Frau zu mir setzte, die einen Engel besaß, der Arianes bis ins Detail glich, grenzte an ein Wunder. Ich würde diese Chance ergreifen, Ariane den Schutzengel wiederzugeben. Vielleicht wusste die Antiquitätenhändlerin jemanden, der einen solchen Engel nach einer Zeichnung anfertigte. Es würde nicht derselbe sein, aber er würde genauso aussehen.

13

Der Nachmittag bei Ariane war erfüllt von Hoffnung. Sie fühlte sich besser an diesem Tag. Ihre Wangen schimmerten rosig, und ihre Stimme klang um einiges kräftiger als an den Tagen zuvor.

»Vielleicht habe ich doch eine Chance«, sagte sie. Zum ersten Mal seit Tagen saß sie im Schneidersitz auf dem Sofa, anstatt dort unter einer Decke zu liegen. »Du und Judith, ihr beide helft mir so sehr. Ich bin euch unendlich dankbar.«

»Reiner Eigennutz. Wir würden dich vermissen. Es gibt niemanden, der uns so schonungslos die Meinung sagt. Obwohl ...« Ich stockte.

»Was ist los?«

In Erinnerung an das Gespräch mit ihm biss ich mir auf die Unterlippe. »Peer hat mir gestern Abend die Meinung gesagt. Er hält mich für eindimensional.«

»Dich? Er spinnt! Du bist alles andere als eindimensional. Wie kommt er auf so einen Unsinn?«

»Ich glaube, es geht ihm um meine Prinzipien. Er meinte, bei manchen Dingen sei es, als würde ich nach einem Skript handeln, ohne überhaupt darüber nachzudenken. Ich würde zum Beispiel nie bei Rot über eine Fußgängerampel gehen, selbst dann nicht, wenn weit und breit kein Auto zu sehen sei.«

Ariane lachte. »Ich weiß, was er meint: deine Rechtstreue. Die treibst du allerdings manchmal auf die Spitze, da hat er nicht ganz unrecht.«

»Du jetzt auch noch?«

»Das ist doch nichts Schlimmes, so bist du eben. Wer dich kennt, stellt sich darauf ein.«

»Wie meinst du das?«

»Na ja, ich würde dir nicht gerade einen Mord gestehen. Weißt du noch damals, als deine Kommilitonin Sina nachts im Suff den Zaun einer städtischen Anlage gestreift hat und weitergefahren ist?«

»Sie hat Fahrerflucht begangen. Natürlich weiß ich das noch.«

»Du hast damit gedroht, sie anzuzeigen, sollte sie es nicht selbst tun.« Aus Arianes Ton war herauszuhören, dass es sie immer noch befremdete.

»Du klingst gerade so, als sei das eine Bagatelle. Fahrerflucht ist aber keine Bagatelle, sondern eine Straftat. Sina hat Jura studiert, sie wollte Anwältin werden.«

»Sophie, sei nicht naiv. Glaubst du allen Ernstes, dass alle Anwälte Engel sind?«

»Ich weiß, dass es nicht so ist, aber ich habe den Anspruch. Und ich finde, wenn man in diesem Beruf antritt, sollte man hinter dem Recht stehen und es nicht ignorieren, wenn es einem gerade in den Kram passt.«

»Du hast Sina damals ziemlich in die Bredouille gebracht.«

»In die Bredouille hat sie sich selbst gebracht. Außerdem muss sie dir nicht leidtun – sie ist mit einem blauen Auge davongekommen.«

Ariane sah mich an, als wolle sie bis auf den Grund meiner Seele blicken. »Hättest du es damals wahr gemacht? Hättest du sie angezeigt?«

»Nein, natürlich nicht. Aber ich hätte nicht lockergelassen, ich hätte weiter auf sie eingeredet.«

»Das war schon mehr als einreden, du hast sie regelrecht unter Druck gesetzt. Und wofür? Für ein Stück Zaun, in das schon mindestens fünf andere vor ihr geschleudert waren, weil es eine so blöde Kurve war. Alle sind davongekommen, weil sie weitergefahren sind, aber Sina hat dafür bezahlt. Findest du das gerecht?«

»Weil alle anderen Fahrerflucht begangen haben, musste Sina es noch lange nicht tun. Wie willst du deiner Tochter mit dieser Einstellung ein Rechtsbewusstsein beibringen? Wo ist sie überhaupt?«

»Lucas hat sie vorhin übers Wochenende abgeholt. Und was ihr Rechtsbewusstsein angeht: Sicher bringe ich ihr ein anderes bei, als du es tun oder überhaupt gutheißen würdest. Ich möchte nicht, dass sie blind alles befolgt, was geschrieben steht. Sie soll darüber nachdenken, ob es auch sinnvoll ist.«

»Ariane, weißt du, wo wir hinkämen, wenn jeder Bundesbürger erst einmal darüber nachdächte, welches Gesetz er für sinnvoll erachtet, und danach entscheidet, ob er es befolgt? Das kann nicht dein Ernst sein.«

»Wem war damit gedient, dass Sina sich selbst angezeigt und für den Zaun gezahlt hat?«

»Der Gemeinschaft. Irgendjemand muss nämlich für diesen Zaun zahlen.«

»Irgendein Amtsschimmel hat sich damals bestimmt die Hände gerieben, dass endlich jemand so blöd war, sich zu melden. Hätte Sina es nicht getan, wäre der Zaun wahrscheinlich bis heute noch nicht repariert, und niemanden würde es stören. Natürlich muss es Gesetze geben, das bestreite ich gar nicht. Aber ich bin der festen

Überzeugung, dass sich jeder Einzelne die Freiheit nehmen sollte, sie – verantwortungsbewusst wohlgemerkt – zu hinterfragen.«

»Um sie zu brechen, wenn er meint, die Situation sei gerade danach. Und was heißt überhaupt *verantwortungsbewusst*? Weißt du, wie viele dort draußen herumlaufen, die noch nicht einmal wissen, wie dieses Wort buchstabiert wird? So funktioniert das nicht, Ariane.« Ich holte tief Luft. »Was ist, wenn Svenja irgendwann im Kaufhaus steht und das, was sie von dir gelernt hat, umsetzt? Sie sieht einen Lippenstift und fragt sich vielleicht, wem es schaden würde, wenn sie ihn nähme, ohne ihn zu bezahlen. So ein großer Konzern wird das gar nicht merken. Es ist ja keine Person, der sie direkt etwas wegnimmt.«

»Svenja wird nicht stehlen.«

»Da wäre ich mir nicht so sicher, wenn sie das umsetzt, was du da gerade propagierst.«

Ariane stöhnte laut auf. »Sophie, bei diesem Thema werden wir nie einer Meinung sein.«

»Wenn du jetzt sagst, dass du Peer verstehen kannst, platze ich.«

»Ich kann nicht glauben, dass er dich deshalb betrogen hat, außer es ist wie mit der berühmten Zahnpastatube. Eine Kleinigkeit eigentlich, aber wenn sie immer offen liegen bleibt, kann sie sich zu einem Problem auswachsen und man sieht irgendwann nichts anderes mehr als nur diese Tube.«

»Na, in jedem Fall scheint diese Sonja die Tube zugedreht zu haben. Er sagt, sie lasse alle fünfe gerade sein. Wahrscheinlich gehört sie auch zu diesen toleranten Frauen, die ihren Männern jeden Seitensprung verzeihen.«

»Aber wirklich glücklich scheint er mit ihr nicht geworden zu sein. Sagtest du nicht, er habe sich schon wieder von ihr getrennt?«

»Ja, und er hat gesagt, dass er mich vermisst«, sagte ich traurig.

»Das ist doch ein Anfang!«

Ich schüttelte den Kopf.

»Sophie, hast du schon mal darüber nachgedacht, dass die Grenze von Prinzipientreue zur Sturheit fließend ist?«

»Und wenn schon, dann bin ich eben stur. Aber Untreue ist für mich etwas sehr Elementares. Ich kann nicht aus meiner Haut.«

»Ich bin überzeugt, dass du das kannst.«

»Ich würde meine Überzeugung aufgeben. Das ist, als würde mein Rückgrat einknicken.«

»Blödsinn! Wenn du einmal zu einer Überzeugung gekommen bist, heißt das nicht, dass du sie für alle Zeiten in Zement gießen musst. Man kann auch eine alte Überzeugung für eine neue aufgeben, wenn man zu dem Schluss kommt, dass es sinnvoll ist.«

»Welchen Sinn hätte es?«, fragte ich unglücklich.

»Den, dass du wieder mit dem Mann zusammen wärst, den du liebst.«

»Ich würde mir selbst untreu.«

»Nein, das würdest du nicht, du würdest nur einem deiner Prinzipien untreu.«

In meinem Kopf drehte sich alles. »Lass uns über etwas anderes reden, ja?«

Ihr Lächeln war warm und tat mir gut.

Nach einem Moment des Schweigens sagte ich: »Heute Morgen hatte ich eine ganz unglaubliche Begegnung. Ich war in einem Café und unterhielt mich mit einer jungen Frau. Als sie ihre Zigaretten aus der Hosentasche zog, fiel etwas auf den Boden. Du wirst nicht glauben, was: Es war genauso ein Engel, wie du ihn von diesem Andreas hattest. Wenn ich sie morgen wieder treffe, werde ich den Engel abzeichnen. Mit der Zeichnung gehe ich zu einem Goldschmied und lasse ein Duplikat anfertigen.«

»Wozu?«, fragte Ariane.

»Ich kann es nicht verwinden, dass mir der Engel gestohlen wurde. Ich möchte, dass du – wenn schon nicht denselben – dann aber den gleichen wiederbekommst.«

»Ich brauche ihn nicht, Sophie, ich habe ihn längst abgeschrieben. Spar dir die Mühe. Ihn nachmachen zu lassen wäre reine Zeit- und Geldverschwendung. Ich hänge nicht an dem Engel.«

»Und was ist mit Svenja? Wenn sie schon ihren biologischen Vater nie zu Gesicht bekommen wird, hat sie wenigstens diesen Engel von ihm.«

»Aber er wäre nicht wirklich von ihm.«

»Das wird sie nie erfahren.«

Ariane sah mich an, als hätte sie in der Zwischenzeit etwas verpasst. »Das sagst du? Worüber haben wir denn eben geredet?«

»Ich weiß, aber in diesem ganz speziellen Fall würde ich mal eine Ausnahme machen. Ariane, versteh doch: Ich habe ein schlechtes Gewissen, weil mir der Engel gestohlen wurde.«

»Derjenige, der bei dir eingebrochen hat, sollte ein schlechtes Gewissen haben, nicht du. Das war Pech. Hier hätte ebenso gut jemand einbrechen können. Vielleicht sollte es so sein.«

Bisher hatte Ariane immer versucht, die Dinge so hinzubiegen, wie sie ihrer Meinung nach sein sollten. Sich in ihr Schicksal zu fügen war nie ihre Sache gewesen. Diese

Krankheit hatte nicht nur ihren Körper angegriffen, sondern stellte auch ihre Überzeugungen in Frage. »Trotzdem werde ich morgen zu der Verabredung mit dieser jungen Frau gehen. Wenn sie extra meinetwegen noch einmal in das Café kommt, muss ich ihr wenigstens sagen, dass ich es mir anders überlegt habe.« Ich zögerte einen Moment. »Und du bist dir ganz sicher, dass du für Svenja keine Kopie haben möchtest?«

Sie nickte mit Nachdruck. »Ganz sicher: weder für Svenja noch für mich.«

Am nächsten Vormittag war ich schon um kurz nach elf in dem Café, damit ich die junge Frau namens Marie keinesfalls verpasste. Ich genoss es, einfach nur dazusitzen, einen Kaffee zu trinken und dem Treiben um mich herum zuzusehen. Zum ersten Mal seit Wochen hatte ich das Gefühl, einen Teil meiner Anspannung hinter mir zu lassen. Der Nachmittag mit Ariane hatte mir etwas Hoffnung gegeben.

Nachdem ich eine Weile meinen Gedanken nachgehangen hatte, sah ich auf die Uhr: Es war Viertel nach zwölf. Eigentlich hätte sie längst da sein müssen. Nach einer weiteren halben Stunde beschloss ich aufzubrechen. Sie hatte unsere Verabredung nicht einhalten können – aus welchem Grund auch immer. Hätte ich die Zeit in dem Café nicht so sehr genossen, hätte ich mich geärgert.

Ich verließ das Café und schlenderte durch die Straßen. Es war ein schöner Tag, die Sonne schien und verbreitete einen Hauch von Frühling. Vielleicht konnte ich Ariane am Nachmittag dazu überreden, einen kurzen Spaziergang mit mir zu machen. Als ich am Antiquitätenladen von Elfriede Günther vorbeikam, winkte sie mir durchs Fenster zu und machte mir Zeichen, zu ihr hereinzukommen.

»Frau Harloff!«, begrüßte sie mich freudig. »Gerade habe ich an Sie gedacht, und schon spazieren Sie an meinem Geschäft vorbei.«

»Was haben Sie denn gedacht?«, fragte ich.

»Dass Sie unbedingt auch ein Stück von meinem Geburtstagskuchen essen müssen.«

»Sie haben Geburtstag?«

»Ich hatte, gestern. Vierundsiebzig bin ich jetzt. Manchmal kann ich es immer noch nicht glauben. In meiner Familie ist niemand so alt geworden. Selbst meine Geschwister sind alle schon tot.«

»Wie traurig.«

Sie machte eine wegwerfende Handbewegung. »Ach – mir tut es nur um meine Schwester leid, mein Bruder war kein sehr netter Zeitgenosse. Eigentlich kenne ich niemanden, der ihm eine Träne nachgeweint hat. Haben Sie Geschwister?«

»Nein, aber ich habe zwei Freundinnen. Die sind auch beide Einzelkinder. Wir kennen uns jetzt schon so lange, dass es mir fast so vorkommt, als seien sie meine Schwestern.«

»Warten Sie einen Augenblick, ich bin gleich mit dem Kuchen zurück.«

Ich ging zu dem Biedermeiersofa und setzte mich.

Als sie mit einem Tablett zurückkam, strahlte sie. »Schauen Sie, ist das nicht ein famoser Kuchen? Auch wenn die Hälfte schon aufgegessen ist, sieht man immer noch, wie schön er ist. Meine Kinder haben ihn mir gebracht.« Sie schnitt ein Stück ab, tat es auf einen Teller und reichte ihn mir. »Kosten Sie!«

Ich nahm einen Bissen und gab einen zustimmenden Laut von mir.

»Ist eine Ihrer beiden Freundinnen diejenige, die den Engel gefunden hat?«

»Ja.«

»Sind Sie weitergekommen bei Ihrer Suche?«

»Leider nicht. Inzwischen ist mir der Engel sogar gestohlen worden. Vergangenen Montag wurde bei mir eingebrochen.«

Sie schlug die Hand vor den Mund und sah mich mit großen Augen an. »O nein!«, sagte sie schließlich. »Haben die viel mitgehen lassen?«

»Den Schmuck meiner Mutter und den Engel.«

»Den Schmuck Ihrer Mutter«, wiederholte sie leise. »Das ist schlimm.« Sie dachte nach und sagte: »Und für Ihre Freundin ist es auch traurig. Sagten Sie nicht, dass sie den Mann wiederfinden wollte, der den Engel verloren hat?«

»Ja.«

»Damit hat Ihre Suche jetzt ein unfreiwilliges Ende gefunden. Wie schade. Ich hätte zu gerne gewusst, ob er tatsächlich einem Mann gehört hat.«

Ich nahm einen weiteren Bissen von dem Kuchen. »Es gibt manchmal seltsame Zufälle«, sagte ich immer noch verwundert. »Gestern bin ich in dem Café gleich hier um die Ecke einer jungen Frau begegnet, die genauso einen Engel hatte. Er hat dem meiner Freundin bis ins Detail geglichen. Ohne Lupe konnte ich den Stempel von Bernhard Schanz zwar nicht genau erkennen, aber von den Umrissen her bin ich mir sicher, dass es sein Stempel war. Er hat also tatsächlich nicht nur einen dieser aufwendigen Engel gemacht. Wahrscheinlich ist er damals auf den Geschmack gekommen.«

Elfriede Günther runzelte die Stirn. »Möglich ist alles, aber ich kann es mir vom alten Schanz nicht so recht vorstellen. Hat er Ihnen nicht gesagt, dass es nur diesen einen gibt?«

»Seine Frau hat mir das gesagt.«

Während sie darüber nachdachte, wischte sie mit der Hand über den Tisch. »Kannten Sie die junge Frau?«

»Nein, sie hat sich zu mir an den Tisch gesetzt.«

»Und hat Ihnen den Engel gezeigt?«, fragte sie und sah mich dabei an, als wolle ich ihr einen Bären aufbinden.

Wieder verneinte ich. »Er ist ihr aus der Hosentasche gefallen, als sie ihre Zigaretten hervorgeholt hat.«

»Glauben Sie an solche Zufälle?«

»Ich finde es auch eher unwahrscheinlich, aber ich habe keine andere Erklärung.«

Sie stützte das Kinn in die Hand und starrte zum Fenster hinaus auf die Straße, dabei gab sie Laute von sich, die ihren Zweifeln Ausdruck verliehen. »Und wenn die Frau vom alten Schanz recht hat und es nur diesen einen Edelsteinengel gibt? Wäre es nicht möglich, dass der Engel, der der jungen Frau aus der Tasche gefallen ist, der ist, der Ihnen gestohlen wurde? Vielleicht gehört die Frau zu der Diebesbande, die bei Ihnen eingebrochen ist.«

Ich lachte. »Und ausgerechnet sie soll sich zu mir an den Tisch gesetzt haben? Davon mal ganz abgesehen, dass diese Frau grundsolide gewirkt hat, kann ich mir solch einen Zufall noch weniger vorstellen. Hätte sie etwas mit dem Diebstahl zu tun, hätte sie ganz anders reagieren müssen, als ich ihr erzählte, dass mir erst vor ein paar Tagen genauso ein Engel gestohlen wurde. Es tat ihr leid, als sie davon hörte. Ich habe sie gebeten, ihren abzeichnen zu dürfen, um eine Kopie anfertigen zu lassen. Allerdings hatte sie gestern keine Zeit mehr und hat mich auf heute vertröstet. Sie wollte sich wieder mit mir in dem Café treffen. Leider hat sie mich versetzt. Warum auch immer.«

Elfriede Günther rieb sich die Hände. »Na also, da haben wir es! Was glauben Sie wohl, warum sie nicht gekommen ist? Weil sie Dreck am Stecken hat.«

»Frau Günther, wenn Sie sie gesehen hätten, wüssten Sie, dass sie niemandem etwas stiehlt. Sie wirkte eher schüchtern und völlig harmlos.«

»Vielleicht ist das ihre Tarnung.«

Wieder musste ich lachen. »Ganz ehrlich: Ich glaube, Sie lesen zu viele Krimis. Es war einer dieser unglaublichen Zufälle, nichts weiter.«

Sie schien nicht zufrieden damit. »Das mag ja sein. Trotzdem würde ich den alten Schanz noch einmal fragen, wie viele Edelsteinengel er damals tatsächlich gemacht hat.«

»Und wenn er mir nicht die Wahrheit sagt?«

»Warum sollte er lügen?«

Ich wusste nicht mehr, wie oft ich schon beschlossen hatte, die Finger von dem Engel und allem, was mit ihm zusammenhing, zu lassen. Aber die Frage von Elfriede Günther rumorte in mir: Warum sollte Bernhard Schanz lügen? Weil er nicht zugeben wollte, dass er sich hatte breitschlagen lassen? Das hatte er bereits zugegeben – in Bezug auf Arianes Engel. Was wäre also dabei gewesen, einzugestehen, dass er zwei oder mehrere dieser Engel gegen seine Überzeugung gemacht hatte? Sollte es einem alten Mann nach so vielen Jahren immer noch so wichtig sein, die Fassade zu wahren?

Diesen einen Versuch würde ich noch unternehmen,

nahm ich mir vor. Sollte sich dabei herausstellen, dass es nur den einen Engel gab, hatte Elfriede Günther recht, und die Frau namens Marie hatte etwas mit dem Einbruch zu tun. Je länger ich jedoch darüber nachdachte, desto unsinniger erschien mir diese Vorstellung. Zwar war mir bewusst, dass man niemandem seine kriminelle Ader an der Nase ansah, aber sollte diese junge Frau sich im Umfeld einer Diebesbande bewegen oder sogar dazugehören, hatte mich meine Menschenkenntnis völlig im Stich gelassen.

Als das Telefon klingelte, meldete ich mich gedankenverloren nur mit einem Hallo.

»Sophie? Judith hier.« Ihre Stimme klang aufgeregt. »Kannst du herkommen?«

»Was ist passiert?«

»Ariane ist gerade ins Krankenhaus eingeliefert worden. Lucas ist übers Wochenende verreist, ich kann ihn nicht erreichen. Jemand muss sich um Svenja kümmern. Ich muss in den nächsten zehn Minuten los zu einer Hausgeburt. Kannst du kommen?«

»Ich mache mich gleich auf den Weg«, sagte ich mit klopfendem Herzen.

Sie atmete auf. »Eine Nachbarin wird bei Svenja bleiben, bis du hier bist.«

»Judith, was ist mit Ariane? Ich verstehe das nicht. Gestern ging es ihr endlich ein wenig besser.«

»Ich wünschte, ich wüsste es. Im Laufe des Vormittags ist es ihr zunehmend schlechter gegangen. Schließlich hat sie mich angerufen und gebeten zu kommen. Ich habe direkt den Krankenwagen bestellt.«

»Wo ist sie jetzt?«

»In der Frankfurter Uniklinik.«

»Eine von uns sollte bei ihr sein«, sagte ich unglücklich.

»Ich weiß. Sobald das Baby da ist, fahre ich zu ihr. Wenn Lucas morgen Abend zurück ist, kannst du Svenja zu ihm bringen und Ariane besuchen.« Für einen Moment war ihr Atmen das einzige Geräusch in der Leitung. »Sophie, ich habe Angst. Wenn du sie vorhin gesehen hättest …«

»Vielleicht ist es nur eine vorübergehende Komplikation«, versuchte ich, uns beiden ein wenig Zuversicht zu vermitteln.

»Vielleicht …« Judith klang wenig überzeugt. »Ich muss gleich los.«

»Wie habt ihr es Svenja erklärt?«

»Ariane hat ihr gesagt, sie müsse für ein paar Tage in die Klinik. Dort könne man sich besser um sie kümmern.«

14

Es war das erste Mal, dass ich ein ganzes Wochenende mit Svenja verbrachte. Da ich nicht wusste, was einem Mädchen in ihrem Alter Spaß machte, überließ ich ihr die Regie. So gingen wir erst ins Kino, danach zu McDonald's, und anschließend spielten wir. Als sie am Abend kaum noch die Augen aufhalten konnte, brachte ich sie ins Bett. Sie bestand darauf, dass ich mich neben sie legte und ihr eine Pferdegeschichte zum Einschlafen erzählte. Es dauerte keine fünf Minuten, da hörte sie schon nicht mehr, was ich erzählte.

Am liebsten hätte ich in der Uniklinik angerufen, um zu erfahren, wie es Ariane ging. Aber erstens war es schon zu spät, und zweitens würden sie mir als Freundin ohnehin keine Auskunft geben. So schaltete ich den Fernseher ein und legte mich völlig erschöpft auf Arianes Sofa. Sehr viel länger als Svenja bei meiner Geschichte hielt auch ich nicht durch. Ich musste ziemlich schnell eingeschlafen sein.

Das wimmernde Rufen drang erst in meinen Traum und schließlich in mein Bewusstsein. Svenja weinte.

»Mama«, rief sie immer wieder.

Ich sprang vom Sofa und lief zu ihr. In ihrem Zimmer schaltete ich sofort das Licht ein. »Hey, Süße, was ist?«

Sie brauchte einen Moment, um zu realisieren, dass ich es war, die auf ihrer Bettkante saß, und nicht ihre Mutter.

»Meine Mama soll kommen«, sagte sie. Sie sah mich mit angstgeweiteten und tränennassen Augen an.

Behutsam wischte ich ihr die Tränen vom Gesicht. »Deine Mama ist im Krankenhaus, Svenja. Kann ich dir irgendwie helfen?«

Sie schüttelte den Kopf.

»Hast du schlecht geträumt?«

»Das ist nicht wahr, was man träumt, oder?«

»Nein, es sind nur Bilder, die man sieht. Wenn dir also im Traum ein Monster begegnet, ist das gar kein wirkliches Monster.«

Sie kuschelte sich wieder unter ihre Bettdecke und sah mich mit großen Augen an. Der Schreck, den ihr der Traum eingejagt hatte, spiegelte sich immer noch in ihrem Gesicht. »Hast du auch schon mal etwas ganz Schreckliches geträumt?«

Ich nickte.

Sie schien mit sich zu ringen. »Auch dass deine Mama nicht wiederkommt?«, fragte sie schließlich und wich meinem Blick aus.

Ihre Frage versetzte mir einen Stich. »Ja, das habe ich auch schon mal geträumt. Das war furchtbar. Ich hatte ganz schreckliche Angst. Aber dann bin ich aufgewacht und habe gemerkt, dass es nur ein Traum war.«

Einen Moment lang schien sie damit zufrieden zu sein. Doch dann fragte sie: »Kann ich zu dir ins Bett kommen?«

»Klar!«

Sie schnappte sich Kopfkissen und Bettdecke und lief mir voraus in Arianes Zimmer. Auf dem Weg dorthin löschte ich das Licht im Wohnzimmer, schaltete den Fernseher aus und beschloss, das Zähneputzen auf den nächsten Morgen zu verschieben. Kaum lag ich im Bett, drückte Svenja sich eng an mich. Ich begann von vorne mit der Geschichte und merkte schon nach einer halben Minute, dass sie wieder eingeschlafen war.

Ihr Traum ging mir nicht aus dem Kopf. Ich betete, dass er keine hellseherischen Elemente besaß. Svenja ohne Ariane – wie sollte das gehen? Niemand – auch nicht Lucas' zweite Frau – würde ihr die Mutter ersetzen können. Sie war noch so jung, sie brauchte ihre Mutter. Ich hatte meine Mutter verloren, als ich sechzehn war. Niemand hatte je die Lücke füllen können, die sie hinterlassen hatte.

Über diesen Gedanken schlief ich ein und wachte erst wieder auf, als Svenja mich rüttelte.

»Wollen wir Mama besuchen?«, fragte sie.

Es war noch dunkel draußen. Ich sah auf die Uhr. Viertel nach sieben. »Svenja, es ist noch mitten in der Nacht, deine Mama schläft sicher noch.«

»Ich bin aber wach.«

»Was machst du denn normalerweise, wenn du sonntags morgens aufwachst?«

Sie zuckte die Schultern.

»Okay.« Ich wälzte mich aus dem Bett und rieb mir den Schlaf aus den Augen. »Dann überlegen wir uns etwas.«

»Können wir nicht Mama besuchen?«

»Wir rufen sie erst einmal an und fragen, wie es ihr geht.«

Wie sich zeigte, ging es ihr immer noch sehr schlecht. Sie bat mich, nicht mit Svenja zu kommen. Ihre Tochter sollte sie nicht in diesem Zustand sehen.

»Svenja, deine Mama hat heute ganz viele Behandlungen,

deshalb können wir sie nicht besuchen. Was hältst du davon, wenn wir zusammen frühstücken gehen?«

»Zu McDonald's?«

Innerlich stöhnte ich auf. Frühstück im Schnellrestaurant war nicht gerade das, was ich mir vorstellte. »Einverstanden.«

Eine halbe Stunde später machten wir uns auf den Weg. Ich hatte angenommen, wir seien die Einzigen, die ihren Sonntagvormittag im Schnellrestaurant verbrachten, aber es waren noch andere den »Anregungen« ihrer Kinder gefolgt. Dementsprechend hoch war der Geräuschpegel. Svenja aß mit großem Appetit. Ich hatte mich zu nichts Essbarem durchringen können und mich nur für einen Kaffee entschieden. Mit dem Becher zwischen den Händen sah ich mich im Restaurant um.

Drei Tische weiter winkte mir jemand zu. Ich sah genauer hin. Es war Marie, die junge Frau aus dem Café in Sachsenhausen. Ich traute meinen Augen kaum, winkte zurück und machte ihr Zeichen, dass sie sich zu uns setzen sollte. Sie nickte erfreut, nahm ihr Tablett und kam an unseren Tisch.

»Hallo«, sagte sie in der ihr eigenen schüchternen Weise.

Svenja sah sie neugierig an und erwiderte ihr Hallo mit vollem Mund.

»Guten Tag! Das ist Svenja – Svenja, das ist Marie«, stellte ich die beiden einander vor. »Und ich heiße Sophie Harloff.«

»Wie schön, Sie hier zu sehen«, sagte sie.

»Ich habe gestern vergeblich im Café auf Sie gewartet.«

»Tut mir leid, ausgerechnet gestern ist meine Mittagspause ausgefallen.«

Ich sah sie an und war immer noch irritiert über dieses Zusammentreffen. »Was für ein Zufall, dass wir uns ausgerechnet hier wieder treffen.«

Sie machte ein Gesicht, als sei sie an solche Zufälle gewöhnt.

»Schmeckt es dir auch so gut hier?«, fragte Svenja.

»Ich gehe manchmal mit meiner kleinen Schwester hierher.«

»Wie alt ist sie?«, fragte Svenja.

»Acht.«

»Genau wie ich.«

»Sie haben doch diesen wunderschönen Schutzengel«, ergriff ich das Wort. »Vielleicht können Sie ihn Svenja einmal zeigen.«

Aber die junge Frau zuckte bedauernd die Schultern. »Ich habe ihn nicht dabei. Er liegt bei mir zu Hause. Hast du auch einen Schutzengel?«, fragte sie Svenja.

»Klar, hat doch jeder.«

»Ich meinte so einen als Brosche oder Anhänger an einer Kette.«

Svenja schüttelte den Kopf. »Nö.«

Während die beiden sich unterhielten, überlegte ich, wie ich an ihren Nachnamen und ihre Adresse kommen konnte. Ich hielt es für völlig ausgeschlossen, dass sich unsere Wege noch einmal zufällig kreuzen würden. Und sollte sich bei meinem nächsten Gespräch mit dem Goldschmied herausstellen, dass es nur einen Engel gab, wollte ich sie fragen können, woher sie ihren hatte. Ich gab mir einen Ruck: »Frau …«, begann ich und fasste mir an die Stirn, »zu dumm! Jetzt habe ich Ihren Nachnamen vergessen.«

»Bleiben Sie einfach bei Marie. Das ist in Ordnung.«

»Danke, das tue ich gerne. Aber helfen Sie mir bitte trotzdem auf die Sprünge. Ich vergesse so ungern etwas.«

»Keine Sorge, Sie haben ihn nicht vergessen, ich sage meistens nur meinen Vornamen.«

»Ist Ihr Nachname auch so kompliziert? Das Problem habe ich nämlich bei meinem, ich muss ihn oft buchstabieren.«

»Meiner ist eher ein Allerweltsname. Ich heiße Neumann«, antwortete sie.

»Und wohnen Sie in Frankfurt oder Wiesbaden?«

»Ich arbeite in Frankfurt und wohne in Wiesbaden.«

Warum nur hatte ich das Gefühl, dass sie log? War es, weil sie so bemüht schien, meinem Blick standzuhalten? Ich entschuldigte mich für einen Moment und ging Richtung Toilette. Marie konnte mich nicht beobachten, da sie mit dem Rücken zu mir saß. Über mein Handy rief ich bei der Auskunft an und fragte nach einer Marie Neumann. Das Ergebnis: Fehlanzeige – sowohl in Wiesbaden als auch in Frankfurt. Mein Gefühl hatte mich nicht getrogen: Sie hatte gelogen. Außer sie hatte sich nicht eintragen lassen.

Einem Impuls folgend, der mir später noch Kopfzerbrechen bereiten würde, besorgte ich auf dem Rückweg zum Tisch eine Portion Pommes frites und ein Tütchen mit Ketchup.

»Du hast doch gesagt, du magst keine Pommes«, sagte Svenja.

»Das war gestern. Heute möchte ich sie gerne mal probieren.« Ich spießte eines auf und steckte es in den Mund. Beim Öffnen des Ketchup-Tütchens stellte ich mich so ungeschickt an, dass die rote Soße auf Maries Bluse und ihre Hose spritzte. »O nein!«, rief ich, »bitte entschuldigen Sie!«

»Igitt«, sagte Svenja und verzog das Gesicht.

Die junge Frau nahm eine Serviette und begann, das klebrige Zeug abzutupfen.

»Am besten gehen Sie schnell in den Waschraum und spülen es aus.«

»Ach, nicht nötig«, meinte sie. »Ist nicht so schlimm.«

»Es ist aber schade um Ihre Bluse. Manches lässt sich besser ausspülen, solange es noch nicht getrocknet ist. Soll ich vielleicht mitkommen und ihnen helfen?«

Sie schüttelte den Kopf und stand auf. »Ich bin gleich zurück.« Sie sah zwischen Svenja und mir hin und her. »Sie warten doch, oder?«

»Selbstverständlich!« Kaum war die Toilettentür hinter ihr zugefallen, gab ich Svenja Geld und bat sie, für Marie einen Nachtisch zu besorgen. »Irgendetwas Süßes, als Entschuldigung. Schaffst du das alleine?«

Sie nickte und lief davon.

Ich sah mich um, ob mich jemand beobachtete, und griff nach der Tasche, die über dem Stuhl der jungen Frau hing. Mit klopfendem Herzen wühlte ich darin nach ihrem Portemonnaie und versuchte jeden Gedanken daran im Keim zu ersticken, was wäre, wenn sie in diesem Moment zurückkäme. Ich zog ihren Ausweis aus ihrer Geldbörse. Sie hieß Marie Reinhardt und wohnte in Frankfurt. Ich merkte mir Straße und Hausnummer, schob den Ausweis zurück und ließ das Portemonnaie wieder in die Tasche fallen. Ich hatte das Gefühl, als wären in diesem Augenblick alle Augen auf mich gerichtet. Mit schweißnassen Fingern und einem Kribbeln im Rücken griff ich mir ein Pomme frite und knabberte daran. Betont gelassen ließ ich meinen Blick durch den Raum schweifen. Die Leute an den anderen Tischen waren jedoch mit sich beschäftigt.

Meine Nerven waren nicht für solche Aktionen geeignet. Ich kam mir vor wie eine Schwerverbrecherin. Noch am Morgen dieses Tages hätte ich Stein und Bein darauf geschworen, niemals, unter gar keinen Umständen in einer Tasche zu wühlen, die nicht mir gehörte.

Ein anderer Gedanke drängte sich mit Macht in den Vordergrund: Sie hieß nicht Neumann, sondern Reinhardt. Genau wie Hubert Reinhardt. Konnte sie eine seiner Töchter sein? Ich holte die Gesichter der beiden Mädchen auf dem Ölgemälde vor mein inneres Auge und glich sie mit dem Gesicht der jungen Frau ab. Wenn es eine solche Ähnlichkeit gab, dann war sie für mich nicht erkennbar. Lediglich die Haarfarbe von Marie Reinhardt ähnelte der der beiden Mädchen. Ich rief mich selbst zur Ordnung: Reinhardt war ein ebenso gängiger Name wie Neumann.

Und dennoch: Gab es nicht inzwischen auffällig viele Zufälle? Die junge Frau besaß einen Engel, der dem glich, der mir gestohlen worden war. Er war ihr im Café aus der Tasche gefallen. Zu allem Überfluss hieß sie dann auch noch Reinhardt, konnte sich also durchaus im Umfeld von Leonore Larssen bewegen, deren Name auf der Rechnung stand.

Hätte ich nur ansatzweise eine Erklärung dafür gewusst, hätte ich den Zufall weit von mir gewiesen. Oder war der Zufall nur teilweise beteiligt? Hatte sie mit dem Diebstahl zu tun und sich dann zufällig an meinen Tisch gesetzt? Ich schüttelte den Kopf, weil es keinen Sinn ergab.

Immerhin hatte ich, was ich wollte: ihren Namen und ihre Adresse. Sollte es mehr als einen Engel geben, würde ich beides nie brauchen und unser Zusammentreffen tatsächlich als unglaublichen Zufall verbuchen. Im anderen

Fall stand nicht nur die Frage im Raum, warum sie mir einen falschen Namen genannt hatte.

»Es hat nicht viel geholfen«, sagte sie, als sie an den Tisch zurückkam. Die Ketchup-Flecken waren immer noch zu sehen.

»Wenn Sie die Sachen in die Reinigung geben wollen, komme ich selbstverständlich dafür auf.«

»Nein, nein«, wehrte sie ab, »das lässt sich alles waschen.«

»Schau mal«, sagte Svenja zu Marie, »das ist für dich. Wegen der Flecken, die Sophie gemacht hat.« Sie schob ein Plastikschälchen mit einer Nachspeise über den Tisch.

Marie Reinhardt lächelte das Kind an. »Danke, das ist aber eine liebe Idee.« Und an mich gewandt: »Ist Svenja Ihre Nichte?«

»Sie ist die Tochter meiner Freundin.«

»Meine Mama ist im Krankenhaus.«

»Oje, du vermisst sie bestimmt sehr. Ich hoffe, dass es ihr ganz schnell besser geht. Dein Papa passt sicher so lange auf dich auf.«

»Mein Papa ist verreist, aber nachher holt er mich ab«, sagte Svenja mit großem Ernst.

»Hast du denn auch Geschwister?«

Arianes Tochter schüttelte den Kopf. »Nö. Aber Papas neue Frau bekommt bald ein Baby.«

Ariane hatte nichts davon erzählt. Diese Nachricht musste ihr einen Stich versetzt haben.

Marie Reinhardt machte ein betrübtes Gesicht. »Also haben sich deine Eltern getrennt. Wie traurig.«

Dafür, dass die junge Frau so schüchtern wirkte, stellte sie eine Menge Fragen. Ein seltsames Gefühl beschlich mich, das ich nicht richtig fassen konnte. Ich versuchte, mich zu beruhigen: Was konnte sie mit dem, was sie über Svenja erfuhr, schon anfangen? Nichts. Trotzdem beschloss ich, den Spieß umzudrehen. »Was ist mit Ihren Eltern?«, fragte ich und versuchte, möglichst harmlos zu lächeln. »Leben die noch zusammen?«

»Die würden sich nie trennen«, entgegnete sie. Ihrem Ton nach zu urteilen, war es jedoch nicht Liebe, die die beiden zusammenhielt.

»Was machen Ihre Eltern?«

Sie verzog das Gesicht. »Können wir nicht über etwas anderes reden?« Und an Svenja gewandt: »Hast du ein Haustier?«

»Ich hab zwei Meerschweinchen. Die sind ganz zahm.«

»Hast du ein Glück. Ich durfte zu Hause nie ein Tier haben.«

»Warum nicht?«, fragte Svenja.

»Mein Vater hat es verboten.«

»Klingt nach einem Tyrannen«, meinte ich. »Oder ist er wie Sie der Überzeugung, dass Tiere nicht eingesperrt werden sollten?«

Einen Moment lang wirkte ihr Blick unergründlich.

»Meine Meerschweinchen haben einen riesigen Käfig«, meldete Svenja sich zu Wort.

»Die haben es bestimmt gut bei dir.« Marie Reinhardts Stimme klang traurig. »Und du hast es auch gut.«

»Wieso?«, fragte Svenja.

»Weil du eine nette Mama hast und einen lieben Papa.«

»Kennst du meine Eltern?«

Sie schüttelte den Kopf. »Nein.«

Ich strich Svenja über den Arm. »Möchtest du noch etwas essen, oder bist du satt?«

»Satt«, antwortete sie.

»Prima, dann schlage ich vor, dass wir allmählich aufbrechen.«

Marie sah enttäuscht zwischen uns hin und her. »Wie schade.«

»Der Zufall hat uns zweimal zusammengeführt«, sagte ich möglichst leichthin. »Vielleicht gibt es ein drittes Mal – irgendwo und irgendwann.« Sollte es nur einen Engel geben, würde ich diesen Zufall sehr bald herbeiführen.

Sie stand auf und beugte sich zu dem Kind. »Es hat mich sehr gefreut, dich kennenzulernen, Svenja.«

»Vielleicht kannst du das nächste Mal deine Schwester mitbringen. Wir könnten zusammen spielen.«

»Gute Idee!«, sagte Marie Reinhardt und lächelte zum Abschied.

Am Montagvormittag besuchte ich Ariane in der Uniklinik. Am liebsten wäre ich noch am Sonntag zu ihr gefahren, aber Lucas war erst gegen Abend gekommen, um Svenja abzuholen.

»Was hat er gesagt?«, fragte Ariane. Ihre Stimme hatte alle Kraft verloren.

Ich versuchte, mich auf ihre Frage zu konzentrieren und nicht auf ihr Aussehen, das mir einen Schrecken versetzte. Was waren das für Komplikationen, die sie in einen solchen Zustand versetzten?

»Sophie?«

»Entschuldige! Er hat eigentlich gar nicht viel gesagt. Nur, dass es selbstverständlich ist, dass er sich um Svenja kümmert, während du im Krankenhaus bist.«

»Sie wird bei ihm bleiben.«

»Natürlich wird sie bei ihm bleiben. Bis du wieder zu Hause bist.«

»Ich komme nur noch zum Sterben nach Hause.«

»Erinnere dich an Freitag, daran, dass es dir besser gegangen ist. Das wird wieder so sein.«

Wie in Zeitlupe bewegte sie den Kopf von der einen zur anderen Seite. »Du wünschst es dir – genau wie ich. Das ist ein Unterschied. Aber sie bekommen den Tumor nicht in den Griff. Es gibt Komplikationen. Ich glaube, sie sind mit ihrem Latein am Ende.«

»Hast du mit deinem Onkologen gesprochen?«

Mit einer schwachen Bewegung winkte sie ab. »Erzähl mir von Svenja, was habt ihr gemacht?«

»Das volle Medien- und Junk-Food-Programm. McDonald's zum Abendessen und zum Frühstück, dazwischen Kino.«

»Du Arme.« Ihre Augen lächelten. »Danke. Ich werde mich nie für das revanchieren können, was du für mich tust. Dasselbe gilt für Judith. Ihr seid wirklich gute Freundinnen.« Sie sah mich lange an. »Ich hoffe, dass keine von euch beiden je so eine Scheißkrankheit bekommt!«

Mir war zum Heulen. Ich nahm ihre Hand in meine und hielt sie an meine Wange. Ariane schloss die Augen. Ihre Gesichtszüge entspannten sich ein wenig. Ich sah mich in ihrem Zimmer um, das so steril wirkte wie jedes andere Krankenhauszimmer auch. Auf dem Nachttisch stand ein Foto von Svenja. Ariane hatte sie vor einem Jahr in einem Faschingskostüm aufgenommen. Es stellte Glücksklee dar. Svenja hatte damit einen Preis für das ausgefallenste Kostüm bekommen.

Ariane war meinem Blick zu dem Foto gefolgt. »Sie ist mein großes Glück, aber sie ist kein Glückskind. Vielleicht habe ich das Schicksal zu sehr herausgefordert.«

»Sie ist ein Glückskind: Sie hat dich zur Mutter.«

»Ich habe so viel gelogen.«

»Lucas wird es nicht erfahren und Svenja auch nicht – wenn du es nicht willst.«

»Und wenn es doch irgendwie herauskommt, werde ich nicht mehr da sein, um es Svenja zu erklären.«

»Judith und ich werden es ihr erklären.«

In diesem Moment klopfte es an der Tür. Kurz darauf erschien Judith im Türrahmen.

»Wir haben gerade von dir gesprochen«, sagte Ariane.

Judith kam zum Bett und setzte sich an die andere Seite. Sie strich Ariane über die Wange. »Wie geht es dir?«

»Nicht gut. Ich glaube, ihr müsst mich bald nach Hause holen.«

»Hast du schon mit deinem Arzt gesprochen?«

»Ja, er ist einverstanden.«

»Wovon redet ihr?«, fragte ich.

Ariane wandte mir langsam ihr Gesicht zu. »Wir haben auch schon darüber geredet: Ich möchte in jedem Fall zu Hause sterben. Und mein Arzt hat sich bereit erklärt, mich dabei zu unterstützen.«

»Aber zu Hause hast du überhaupt nicht die Möglichkeiten, die du hier hast.«

»Zum Sterben schon«, sagte sie, als sei es das Selbstverständlichste von der Welt. Sie drückte meine Hand. »Ich habe alles versucht, Sophie, glaub mir.« Ihr Blick wanderte durch den Raum. »Und ich weiß, dass ich in meinen eigenen vier Wänden sein möchte, wenn es so weit ist. Ihr beide sollt da sein, und ...«

Es war zu früh, viel zu früh. Sie war erst siebenunddreißig. Da plante man nicht sein Sterben, sondern den nächsten Lebensabschnitt. Noch am Freitag hatte sie neue Hoffnung geschöpft. »Was ist mit Svenja?«, fragte ich leise.

»Sie wird es bei Lucas gut haben.«

»Sie möchte dich gerne besuchen.«

Ariane schüttelte den Kopf.

»Wann sollen wir dich nach Hause holen?«, fragte Judith.

»In ein paar Tagen?«

»Wann immer du willst! Du gibst das Tempo vor.«

»Wie deine Babys, wenn sie kommen, hm?«

Judith nickte.

»Wie war deine Hausgeburt?«, fragte Ariane.

»Die ganze Familie war dabei, es war schön.«

Ariane schwieg einen Moment und dachte nach. »Ich will einen *Haustod*«, sagte sie schließlich. »Das Wort klingt zwar längst nicht so schön, aber vielleicht auch nur deshalb, weil es ungewohnt ist. Was einem Baby guttut, wenn es auf die Welt kommt, wird für einen Menschen, der geht, bestimmt auch gut sein.«

»Warmes Licht, friedliche Musik.« Judiths Lächeln hatte etwas Trauriges, gleichzeitig strahlte es Ruhe aus.

Der Gedanke daran schnürte mir die Kehle zu. Ich versuchte, die Tränen zurückzudrängen, aber es wollte mir nicht gelingen. Mir fehlten die Worte, deshalb schüttelte ich nur den Kopf.

Ariane griff nach meiner Hand. »Wenn es schon sein muss, soll es so sein, dass es auszuhalten ist«, sagte sie leise und eindringlich. »Daran ist nichts Schlimmes, Sophie. Ich bin dir nur schon einen Schritt voraus. Ich merke, dass meine Kraft nicht mehr lange reicht. Du kämpfst immer noch.«

»Wer sagt dir, dass es sinnlos ist zu kämpfen?«, fragte ich fassungslos.

»Mein Gefühl sagt mir das.«

»Lass sie«, sagte Judith, »sie macht es genau richtig.«

»Woher weißt du, was richtig und was falsch ist?« Ich wischte mir die Tränen fort.

»Ich habe jeden Tag damit zu tun.«

»Du bringst Babys auf die Welt.« Es kam mir vor, als hätte ich diesen Satz herausgeschrien. »Du bringst sie ins Leben. Aber bei Ariane ...«

»Geht es um das Ende ihres Lebens«, entgegnete sie ruhig. »Ein Baby kann sich die Umstände seiner Geburt nicht aussuchen. Aber ein Erwachsener hat manchmal Einfluss auf die Umstände seines Sterbens. Ariane hat eine genaue Vorstellung davon, was sie will. Und das ist gut so.«

15

»Du kannst sie nicht loslassen«, sagte Peer, nachdem wir uns in dem kleinen Bistro, das nur wenige Meter von seinem Büro entfernt lag, niedergelassen hatten.

»Ich will sie nicht loslassen. Es ist, als würde ich sie aufgeben. Ariane ist … sie ist …«

»Sie ist deine Freundin, und sie ist wie die Schwester, die du nie hattest.«

Ich forschte in seinem Gesicht nach der Zurückhaltung, die er Ariane gegenüber gewöhnlich an den Tag legte. »Du bist nie richtig warm mit ihr geworden, nicht wahr?«

»Sie ist nicht mein Frauentyp – obwohl ich selbstbewusste Frauen mag. Aber ihre Ehrlichkeit geht mir manchmal ein wenig zu weit. Sie hat so gar nichts Diplomatisches an sich. Außerdem finde ich sie egoistisch. Mit ihrer Nachfolgerin kann ich deutlich mehr anfangen.«

»Du meinst Lucas' zweite Frau?«

»Sie ist ein ganz anderer Typ als Ariane.«

»Svenja hat erzählt, dass sie ein Kind bekommt. Stimmt das?«

»Ja, Lucas und sie freuen sich sehr. Und für Svenja wird es bestimmt auch gut sein, eine Schwester oder einen Bruder zu bekommen.«

Nur würden die beiden nicht miteinander verwandt sein, überlegte ich im Stillen. Würde Lucas einen Unterschied zwischen den Kindern machen, sollte er je erfahren, dass er nicht Svenjas Vater war?

»Worüber denkst du nach?«, fragte er.

Anstatt einer Antwort schüttelte ich den Kopf.

»Was ist mit der Reise, die du machen wolltest?«

»Die habe ich abgesagt. Ich möchte in Arianes Nähe sein. Nach Aschermittwoch gehe ich wieder in die Kanzlei.« Ich schwieg und sah aus dem Fenster.

»Wie geht es mit uns weiter, Sophie?«, fragte er nach einer Weile.

Es lag mir auf der Zunge zu sagen »Gar nicht«, aber das hätte den Kern meiner Gedanken nicht getroffen. »Ich weiß es nicht. Und ich glaube nicht, dass es für mich der richtige Moment ist, um darüber nachzudenken. In den vergangenen Wochen ist so viel geschehen, Peer. Wenn ich mir vorstelle, ich wäre in Arianes Situation, und mich frage, welche Menschen mir in einer solchen Situation wichtig wären, stehst du ganz oben auf meiner Liste. Aber ich bin nicht in ihrer Situation, mein Leben ist nicht bedroht. Mir ist allerdings durch die Lebensgefahr, in der sie schwebt, noch bewusster geworden, was ich will und was nicht. Ohne Vertrauen funktioniert eine Beziehung nicht.«

Er sah mich lange an. In seinen Blick mischte sich Traurigkeit unverkennbar mit Verärgerung. »Nein, das sicher nicht. Aber vielleicht lässt sich dieses Vertrauen wieder aufbauen.«

»Lass uns bitte das Thema wechseln.«

»Weißt du, was fatal ist, Sophie? Dass ich jetzt, wo es zu spät zu sein scheint, überzeugt davon bin, dass wir eine Chance hätten. Vor ein paar Monaten habe ich diese Chance nicht gesehen.«

»Ich habe mich nicht geändert, Peer.«

»Aber ich habe festgestellt, dass ich nicht ohne dich leben möchte.«

»Ariane hat dein Problem mit mir mit der berühmten Zahnpastatube verglichen. Du würdest dich immer wieder daran aufreiben.«

»Da bin ich mir nicht mehr so sicher wie noch vor ein paar Wochen.«

»Es würde nicht funktionieren.«

»Wie kannst du dir da nur so sicher sein?«

»Lass uns zahlen«, sagte ich.

»Ich vermisse dich.«

»Ich dich auch, aber das ändert nichts.«

Bewaffnet mit einem Blumenstrauß und einer Schachtel Pralinen klingelte ich an der Tür von Gerwine und Bernhard Schanz. Falls sich die Frau des Goldschmieds wunderte, dass ich schon wieder bei ihnen aufkreuzte, ließ sie es sich nicht anmerken. Sie begrüßte mich so freudig, als hätte sie mich erwartet.

»Oh, die schönen Blumen. Sind die für mich?«

»Als kleines Dankeschön.«

Sie füllte einen Krug mit Wasser und stellte den Strauß hinein. »Ich habe schon lange keine Blumen mehr bekommen.«

»Die Pralinen sind für Ihren Mann.«

»Wenn ich sie ihm ein wenig zerkleinere, wird er sie essen können. Sie können sie ihm gleich selbst bringen. Er sitzt im Wohnzimmer.« Mit Blick auf die Küchenuhr fuhr sie fort: »Die Schwester vom Pflegedienst verspätet sich leider, und ich müsste schnell etwas besorgen. Könnten Sie vielleicht …? Ich meine, wäre es möglich, dass Sie eine halbe Stunde bei meinem Mann bleiben?«

Einen größeren Gefallen, als mich mit ihrem Mann allein zu lassen, hätte sie mir gar nicht tun können. »Kein Problem, lassen Sie sich Zeit.«

»Wunderbar! Wasser steht auf dem Tisch, falls er etwas trinken möchte.«

»Machen Sie sich keine Sorgen, ich werde gut auf ihn aufpassen.«

Gemeinsam gingen wir hinüber zu ihrem Mann. »Bernhard«, sagte sie laut, »Schwester Sophie bleibt bei dir, bis ich vom Einkaufen zurück bin.«

Er sah von ihr zu mir und nickte.

Erst nachdem sie sich vergewissert hatte, dass Glas und Wasserflasche auf dem Tisch standen, wirkte sie vollends zufrieden und verließ uns.

Ich zog mir einen Stuhl heran und setzte mich Bernhard Schanz gegenüber. »Wie geht es Ihnen?«, fragte ich.

»Schon besser«, antwortete er, wobei er bei jedem Wort neuen Anlauf nahm. Er gab sich Mühe, deutlich zu sprechen.

Draußen hörte ich eine Tür ins Schloss fallen und kurz darauf einen Motor starten. Gerwine Schanz war außer Hörweite. »Ich würde gerne etwas mit ihnen besprechen, Herr Schanz.« Lange um den heißen Brei herumzureden war zu riskant. Ich wusste nicht, wie viel oder wie wenig Zeit mir mit ihm bleiben würde. »Sie erinnern sich vielleicht, dass ich vor knapp zwei Wochen hier bei Ihnen war und Ihnen den Engel gezeigt habe ... den mit den Edelsteinen.«

Er dachte nach und nickte mit einiger Verzögerung.

»Ich weiß, dass es mich eigentlich nichts angeht, und ich möchte Ihnen auch nicht zu nahe treten, aber ich würde gerne wissen, ob Sie mehr als einen dieser Edelsteinengel gemacht haben.«

»Nur einen!« Mit erhobenem Zeigefinger verlieh er seinen Worten Nachdruck. »Hat mich breitgeschlagen.«

»Es ist nicht schlimm, sich auch einmal breitschlagen zu lassen.« Ich hörte mich diese Worte sagen und schämte mich gleichzeitig. Ich, die ich stur wie ein Esel war, erteilte anderen gute Ratschläge. »Hat später nie wieder jemand einen solchen Engel gewollt?«

»Nein.«

»Aber es hat bestimmt Bewunderer dieses einen Engels gegeben. Haben die sich nie an Sie gewandt, um für sich selbst einen bei Ihnen fertigen zu lassen?«

»Nein. Hätte abgelehnt.« Aus dem gelähmten Mundwinkel lief ein wenig Speichel. »Sie hat einen schwachen ... Moment ausgenutzt.«

»Frau Doktor Larssen?«

»Weiß nicht, wie sie hieß.« Er sah zu dem Wasser.

Ich sprang auf, füllte das Glas und reichte es ihm samt Strohhalm. Es dauerte, bis er getrunken hatte und mir das Glas zurückgab.

»Steine sind kalt, habe sie nie gemocht.« Er wirkte erschöpft.

»Danke, dass Sie meine Fragen beantwortet haben, Herr Schanz.«

»Warum?«

»Warum ich all das wissen möchte?« Die Wahrheit konnte ich ihm nicht sagen, aber ich war ihm eine Antwort schuldig. »Ich weiß gerne, womit und mit wem ich es zu tun habe.«

Er sah mich aus halb geschlossenen Lidern verständnislos an. Zum Glück schien ihn Müdigkeit zu übermannen.

»Schlafen Sie ruhig«, sagte ich, »ich bleibe hier bei Ihnen sitzen, bis Ihre Frau wiederkommt.«

Er lehnte den Kopf zurück und schien noch im selben Moment einzuschlafen.

Mein Blick wanderte von dem schlafenden Mann zum Fenster hinaus. Eine seltsame Aufregung erfasste mich. Ich war geneigt, Bernhard Schanz zu glauben. Während des Gesprächs mit ihm hatte sich bei mir nicht einmal der leiseste Zweifel geregt. Sollte er jedoch die Wahrheit gesagt haben, musste Marie Reinhardt gelogen haben. Oder aber ihr Engel stammte aus der Hand eines anderen Goldschmieds, der die Arbeit von Bernhard Schanz kopiert hatte.

Als ich hinter mir ein leises Hallo hörte, zuckte ich erschreckt zusammen. Ich sah mich um. Gerwine Schanz stand in der Tür und machte mir Zeichen, ihr hinaus zu folgen.

»Ihr Mann ist eingeschlafen«, sagte ich überflüssigerweise, als ich zu ihr trat.

Mit einem zufriedenen Gesichtsausdruck schob sie mich in den Flur und schloss die Tür. »Trinken Sie noch einen Kakao mit mir?«

»Gerne.«

In der Küche füllte sie Milch in einen Topf und stellte das Gas an. »Oder hätten Sie lieber Kaffee oder Tee? Ich kann so spät am Tag weder das eine noch das andere trinken. Sonst mache ich die ganze Nacht kein Auge zu.«

»Kakao ist prima«, sagte ich, ließ mich am Küchentisch nieder und sah ihr dabei zu, wie sie das braune Pulver in Becher füllte.

Kurz darauf goss sie heiße Milch darüber, trug die Becher zum Tisch und setzte sich zu mir. »Schön, dass Sie da sind. In Gesellschaft schmeckt es mir gleich viel besser.«

Sie wärmte ihre Hände an dem Becher. »Außerdem hat Sie der Himmel geschickt. Wären Sie nicht gekommen, hätte ich nicht zur Apotheke fahren können.« Aus einem Jutebeutel zog sie eine Pappschachtel. »Das sind Ginkgokapseln. Die sollen gut fürs Gehirn sein. Auch gegen Vergesslichkeit.«

»Ihr Mann scheint aber im Kopf ganz gut beieinander zu sein. Ich hatte nicht den Eindruck, dass er vergesslich ist. Er hat sich daran erinnert, dass ich schon einmal hier war.« Oder hatte er das nur vorgegeben?

»Die Kapseln sind nicht für meinen Mann, sondern für mich.« Sie drehte die Schachtel hin und her. »In meinem Alter ist das wohl normal. Das Schlimme ist nur, dass ich es gar nicht so recht gemerkt habe. Allem Anschein nach ist es ein schleichender Prozess.« Sie machte ein unglückliches Gesicht. »Dabei habe ich mir immer etwas auf mein gutes Gedächtnis eingebildet. Im Vergleich zu meinen Freundinnen war ich bisher noch ganz weit vorne. Na ja, irgendwann musste es mal damit losgehen. Wahrscheinlich liegt es an der ungewohnten Belastung. Das mit meinem Mann geht mir arg an die Substanz. Aber ich kann ihn doch nicht in ein Pflegeheim geben.« Sie starrte vor sich hin. »Wir hätten noch so viel unternehmen können. Und jetzt ...« Ihr Blick kehrte zu mir zurück. »Verstehen Sie mich nicht falsch, ich will mich nicht beklagen ... nur manchmal hadere ich schon. Seit seinem Schlaganfall bin ich fast nur noch ans Haus gebunden. Kein Wunder, dass ich so abgebaut habe.«

»Jetzt übertreiben Sie. Auf mich machen Sie einen ganz fitten Eindruck.«

»Körperlich ... ja ... das schon.«

»Ich meine geistig.«

»Was würden Sie davon halten, wenn Sie Dinge tun, an die Sie sich später nicht mehr erinnern können?«

Eine ähnliche Unterhaltung hatten wir schon einmal geführt. Es war um den Heizlüfter in der Werkstatt gegangen. Gerwine Schanz hatte sich nicht daran erinnern können, ihn eingeschaltet zu haben. »Lässt Ihnen die Sache mit dem Heizlüfter keine Ruhe?«

Sie nickte und nippte an ihrem Kakao.

»Sagten Sie nicht, die Leute von der Feuerwehr hätten Sie beruhigt, dass man sich häufig nicht an Dinge erinnert, die zur Routine geworden sind? Ich könnte jetzt auch nicht mit Sicherheit sagen, ob ich heute Morgen meine Kaffeemaschine ausgeschaltet habe. Normalerweise tue ich es.«

»Wenn es nur um die Frage ginge, ob ich das blöde Ding eingeschaltet habe, würde ich mir keine Gedanken machen. Aber der Sachverständige von der Versicherung sagte, das Gerät sei auf der höchsten Stufe gelaufen und hätte viel zu nah an dem Regal mit den Papieren gestanden. Das sei sehr fahrlässig gewesen.« Sie forschte in meinem Gesicht, wie ich auf diese Nachricht reagierte. »Ich weiß beim besten Willen nicht, wie das geschehen konnte. Ich habe den Lüfter noch nie auf drei gestellt – er frisst dann so viel Strom. Außerdem hat er immer mitten im Raum gestanden, damit alles schön gleichmäßig warm wird.« Ihrer Miene nach zu urteilen, ging sie streng mit sich ins Gericht. »Es ist nicht gut, wenn man sich auf sich selbst nicht mehr verlassen kann. Stellen Sie sich vor, was alles hätte passieren können.«

»Vielleicht waren Sie es gar nicht, vielleicht hat jemand anders das Gerät eingeschaltet.«

»Wer sollte das gewesen sein? Außer mir geht derzeit niemand hinüber in die Werkstatt.«

»Eine Haushaltshilfe oder die Schwester vom Pflegedienst?«

»Nein.« Sie klopfte mit der Schachtel auf den Tisch und straffte die Schultern. »Ich werde diese Kapseln nehmen. Warum soll es schließlich immer nur die anderen treffen? Jetzt bin ich eben dran.«

»Könnte es sein, dass jemand in die Werkstatt eingebrochen ist?«

»Um zu heizen?«, fragte sie. »Danke für den netten Versuch, mich zu trösten.«

Nicht um zu heizen, dachte ich, sondern um zu zerstören. Hätte Gerwine Schanz den Ordner, in dem sich die Rechnung von dem Engel befand, nicht mit ins Haus genommen, wäre er vermutlich wie die übrigen Unterlagen in der Werkstatt verbrannt. Dann hätte es keine Verbindung mehr zu Leonore Larssen gegeben. Und durch den Einbruch in meine Wohnung gab es auch keinen Engel mehr. Ich konnte diesen Gedanken als Verschwörungstheorie abtun. Aber ich konnte auch fragen, was dieser Engel bedeutete, dass jemand für ihn einbrach und ein Feuer legte.

»Was geht Ihnen gerade durch den Kopf?«, fragte sie.

»In unsere Wohnung wurde vor einer Woche eingebrochen.«

»Sie wohnen in Frankfurt, hier bei uns in Schlangenbad ist so etwas nicht an der Tagesordnung. Und selbst wenn jemand in die Werkstatt meines Mannes hätte einbrechen wollen, hätte derjenige sehr schnell gemerkt, dass das gar nicht nötig ist. Ich schließe die Tür nie ab, da dort auch die Getränkekisten stehen. Für Diebe ist dort nichts zu holen. Ich hoffe nur, dass die Versicherung für den Schaden aufkommen wird«, sagte sie. »Ich möchte die Werkstatt gerne wieder herrichten. Wenn es meinem Mann irgendwann besser geht, wird er vielleicht einen Blick hineinwerfen wollen.«

»Wann hat er aufgehört zu arbeiten?«

»Mit sechsundsiebzig.« Sie rechnete schnell nach. »Vor sechs Jahren. Da haben seine Hände einfach nicht mehr mitgemacht.«

»Gibt oder gab es eigentlich Kollegen von ihm, die seine Arbeiten kopiert haben?«

»Vielleicht hat sich der eine oder andere von Bernhards Arbeiten inspirieren lassen, wer weiß das schon. Gesehen habe ich nie etwas Ähnliches.«

»Die Antiquitätenhändlerin in Frankfurt sagte, die Arbeiten Ihres Mannes seien unverwechselbar.«

»Ja, das sind sie wohl.«

An diesem Abend fühlte ich mich zum Umfallen müde. Es war ein langer Tag gewesen, den ich bei einem Glas Rotwein Revue passieren ließ. Der Brand in der Werkstatt ließ mich nicht los. Etwas in mir sträubte sich dagegen, den Einbruch und das Feuer als Geschehnisse zu betrachten, die nichts miteinander zu tun hatten. Immerhin stellte der Engel eine Verbindung zwischen ihnen her. Ob es auch eine Verbindung zu Marie Reinhardt gab, würde ich erst wissen, wenn ich ihren Engel genau unter die Lupe genommen hatte. Ich nahm mir vor, diese Frage so bald wie möglich zu klären.

Eindringlicher und beunruhigender als alles andere waren jedoch die Eindrücke, die ich von Ariane mitgenommen hatte. Ihr Gefühl, dem Tod so nahe zu sein, erschreckte mich. Ich rief bei Judith an, erreichte allerdings nur den

Anrufbeantworter. Ihr Handy war eingeschaltet, aber sie ging nicht dran. Ich schickte ihr eine SMS und bat sie, mich zurückzurufen.

Als ich mir gerade das zweite Glas Rotwein einschenkte, klingelte es. Peer mit Sushi? Ich ertappte mich dabei, dass ich genau darauf hoffte. Aber es war Judith.

»Du kommst wie gerufen«, begrüßte ich sie, als sie die Treppe heraufkam. »Ich habe schon versucht, dich zu erreichen.«

»Und ich habe gehofft, dass du da bist.« Sie sah abgeschlagen aus und ließ sich mit einem Seufzer im Wohnzimmer nieder. »Irgendwie war es ein elender Tag.«

»Späte Mütter?«

»Junge Mütter, die nicht wissen, wie man einen Quarkumschlag macht. Kannst du dir das vorstellen?« Sie sah sich suchend um. »Hast du irgendetwas Essbares hier? Ich habe seit heute Morgen nichts mehr gegessen.«

»Komm mit in die Küche, ich mache dir ein Brot.«

Sie setzte sich auf einen Stuhl und sah mir dabei zu. »Ich war eben noch einmal bei Ariane. Es sieht nicht gut aus. In ein paar Tagen kommt sie nach Hause. Es muss nur erst noch ...«

»Zum Sterben«, unterbrach ich sie.

»Ja.« Judith atmete hörbar aus.

»Meinst du nicht, wir sollten mit ihr kämpfen und sie darin bestärken, nicht aufzugeben, anstatt ihr Ende mit ihr zu inszenieren?«

Sie schüttelte den Kopf. »So wie sie damit umgeht, wird es ihr leichter fallen.«

Ich fuhr mir durch die Haare und sah zur Decke. »Wir sind ihre Freundinnen, Judith«, sagte ich mit Tränen in den Augen. »Wir müssen ihr den Rücken stärken.«

»Ich würde ihr nicht helfen, wenn ich mich dagegen sträubte«, entgegnete sie ruhig.

»Willst du damit andeuten, dass ich ihr schade?«

»Dir macht es Angst. Das verstehe ich. Mir macht es auch Angst. Aber weißt du, welchen Weg Ariane zurückgelegt haben muss, bis sie so weit war, sich den Tatsachen zu stellen? Das können wir beide uns überhaupt nicht vorstellen. Und wenn du diese Tatsachen nicht akzeptierst, ist das kontraproduktiv. Du willst ihr beweisen, dass du sie nicht im Stich lässt. Aber, Sophie, niemand, der dich kennt, käme jemals auf eine solche Idee. Du bist der verlässlichste Mensch, den ich kenne. Und Ariane geht es nicht anders. Du hast noch nie gekniffen.« Sie sah mich lange an. »Egal, wie wir beide dazu stehen, an der Richtung von Arianes Weg lässt sich nichts mehr ändern. Daran haben ihre Ärzte keinen Zweifel gelassen.«

»Ich habe gelesen, dass es Spontanheilungen gibt … bei Menschen, die von allen aufgegeben wurden. Es gibt so etwas, Judith. Man kann ihr doch nicht jede Hoffnung nehmen.«

»Man sollte ihr aber auch keine falsche machen. Ariane hat ihr Schicksal immer selbst bestimmen wollen, sich in ihr Schicksal zu fügen, ist ihr völlig fremd. Das wissen wir beide.«

»Aber jetzt fügt sie sich.«

»Nein … sie macht das Beste daraus. Es gibt keinen Ausweg aus ihrer Situation, und das weiß sie. Deshalb versucht sie, die Situation für sich so erträglich wie möglich zu gestalten. Sie will sich dem Strom, der sie fortzieht, überlassen. Sie möchte sich von der Welle tragen lassen.«

Ich sah sie stumm an. Mein Kopf war wie betäubt. Ich

hatte das Gefühl, kaum noch einen klaren Gedanken fassen zu können. »Lass uns über etwas anderes reden, ja? Es ist zu viel … zu viel auf einmal.«

»Zu viele Abschiede«, sagte sie leise.

»Ja.«

16

Den nächsten Vormittag verbrachte ich bei Ariane im Krankenhaus. Sie hatte sich eine Liste gemacht mit Punkten, die sie mit mir besprechen wollte. Ich sollte in ihrer Wohnung ihre persönlichen Unterlagen durchsehen. Falls ich Fragen dazu hätte, könne sie mir die jetzt noch beantworten. Wie sie mir eröffnete, hatte sie mich zu ihrer Testamentsvollstreckerin eingesetzt.

Mehr als einmal lag es mir auf der Zunge zu sagen, dass sich das Blatt vielleicht doch noch einmal wenden könne, dass vielleicht ein Wunder geschehen würde, aber ich verkniff es mir. Ich versprach, all das zu tun, was sie mir auftrug.

»Es ist schwer, über den eigenen Schatten zu springen«, sagte sie, als ich gerade aufbrechen wollte. »Danke, dass du es für mich tust.«

»Ich ...«

»Scht.« Sie schüttelte den Kopf und sah mich an.

Es war verwirrend für mich, ihre Stärke und ihre Kraftlosigkeit in einem wahrzunehmen. Der Krebs war im Begriff, ihren Körper zu zerstören. Aber mit ihm würde auch alles andere gehen.

Sie streckte ihre Hand nach meiner aus. Ich griff danach und hielt sie fest. Ihre Tränen waren ansteckend.

»Ich habe so viel Angst«, flüsterte sie. »Ich beneide jeden Menschen, der an einen Gott glaubt oder an ein Leben nach dem Tod. Ich kann das nicht. Aber ich halte auch die Ungewissheit nicht aus. Ich würde mir so gerne vorstellen, dass ich Svenja weiterhin beschützen und sie eines Tages wieder in die Arme schließen kann.« Sie bewegte den Kopf von einer zur anderen Seite und schloss die Augen. »Dieses Kind ist das Beste in meinem Leben. Sie ist ein Geschenk. Sagst du ihr das, Sophie?«

Ich drückte ihre Hand.

»Sie nicht aufwachsen zu sehen ist schlimm. Judith und du ... ihr werdet ein Auge auf sie haben, ja? Und wenn irgendetwas schiefläuft, helft ihr! Sie ist noch so jung.« Sie begann zu schluchzen.

Ich schlang die Arme um sie und hielt sie fest. Sie war nur Haut und Knochen.

»Es tut so entsetzlich weh, ich habe das Gefühl, dass es mich zerreißt.«

Mir zerriss es auch das Herz. Noch nie in meinem Leben hatte ich mich hilfloser gefühlt. Es gab keinen Trost, nichts, womit ich ihr ihre Qual hätte erleichtern können. »Sag mir, wie ich dir helfen kann«, bat ich sie.

»Halt mich fest.«

Ich schlang meine Arme fester um sie und wiegte sie in sanften Bewegungen. Nach und nach wurde ihr Kopf auf meiner Schulter schwerer und ihr Atem ging langsamer. Hin und wieder kam ein Schluchzen. Als sie irgendwann vor Erschöpfung ganz ruhig wurde, merkte ich es an ihrem Atmen. Vorsichtig ließ ich sie in ihr Kissen sinken und blieb noch eine Weile neben ihr sitzen. Nachdem sie eingeschlafen war, verließ ich das Zimmer.

Als ich aus dem Klinikgebäude hinaus auf die Straße trat und hinüber zum Parkplatz ging, fühlte ich mich wie nach einem Marathon. Jedenfalls stellte ich mir vor, dass die Erschöpfung meiner vergleichbar war. Am liebsten wäre ich auf direktem Weg nach Hause gefahren, um mich dort zu verkriechen, aber ich hatte Ariane versprochen, mich um ihre Unterlagen zu kümmern. So fuhr ich nach Wiesbaden, schloss ihre Wohnung auf und machte mich an die Arbeit.

Vor mir breitete sich ihr administratives Leben aus, ihre Versicherungen, Verfügungen, ihr Mietvertrag, ihre Mitgliedschaft im Fitnessclub. Sie hatte alles geordnet und hier und da eine Erklärung hinzugefügt. Mir blieben so gut wie keine Fragen. Dieses Leben *abzuwickeln* hätte mir keine Probleme bereitet, sofern es sich um das eines fremden Menschen handelte. Aber Ariane war wie meine Schwester. Sie würde eine Lücke hinterlassen, die sich nie wieder füllen ließ.

Nachdem ich alle Unterlagen durchgesehen hatte, wanderte ich von Raum zu Raum. In Svenjas Zimmer blieb ich stehen und sah mich um. Es war unverkennbar die Welt eines Mädchens, das seine Liebe für Pferde entdeckt hatte. Alles hier wirkte unbeschwert. Einmal mehr begriff ich, dass Svenjas unbeschwerte Tage gezählt waren. Leise, als könne ich jemanden stören, schloss ich die Tür.

Wenige Minuten später verließ ich die Wohnung und machte mich auf den Weg nach Frankfurt. Bereits auf der Fahrt überfiel mich eine bleierne Müdigkeit. Kaum zu Hause, verkroch ich mich ins Bett und schlief innerhalb von wenigen Minuten ein.

Als ich drei Stunden später aufwachte, fühlte ich mich kein bisschen besser. Mir kam es vor, als wäre mir die Orientierung abhandengekommen. Was sollte ich tun? Was konnte ich überhaupt tun? Ziellos lief ich in der Wohnung umher und fand keine Ruhe.

Ich dachte an Arianes Schutzengel und an Marie Reinhardts Engel. Konnte es sein, dass der Engel der jungen Frau eine perfekte Kopie aus der Hand eines anderen Goldschmieds war? Hatte ich mir nur eingebildet, dass sich die Stempel glichen? Diese Möglichkeit erschien mir sehr viel wahrscheinlicher als die, dass Marie Reinhardt etwas mit dem Einbruch in meine Wohnung und dem Feuer in Schlangenbad zu tun hatte. Und dennoch musste ich diese Frage klären, allein schon, um vielleicht doch noch dem Schmuck meiner Mutter auf die Spur zu kommen.

Es war kurz nach sechs, als ich mich auf den Weg zu Marie Reinhardt machte. Ich wusste nicht, wie lange sie in ihrer Gärtnerei arbeitete. Sollte sie noch nicht zu Hause sein, würde ich auf sie warten. Ich drückte die Klingel neben einem Schild, auf dem drei Namen standen, unter anderem der von Marie Reinhardt. Nur Sekunden später ertönte der Summer, und ich öffnete die Tür. Es war ein altes Haus in Bornheim, in dem es noch keine Gegensprechanlage gab. Gut so, dachte ich, so wurde sie nicht vorgewarnt.

Ich stieg hinauf in den dritten Stock, wo mich eine junge Frau erwartete, die in Maries Alter sein musste. Sie sah mich fragend an und biss dabei in einen Apfel.

»Ich suche Marie Reinhardt«, sagte ich. »Ist sie da?«

Kauend nickte sie und wies mit dem Kopf hinter sich auf eine Tür. »In ihrem Zimmer.« Damit schien für sie der Fall erledigt zu sein. Sie machte auf dem Absatz kehrt und ließ mich stehen.

Zögernd ging ich auf die Tür zu, die sie mir gezeigt hatte, und klopfte. Auf ein langgezogenes Ja hin ging ich hinein.

Marie Reinhardt saß im Schneidersitz auf ihrem Bett. Ein Zeichenblock lag auf ihren Knien, in der Hand hielt sie einen Bleistift. Ihr Gesichtsausdruck wechselte von Überraschung zu Abwehr. In ihrem Blick lag ein offener Vorwurf. Ich hatte sie überrumpelt.

»Hallo, Frau Reinhardt«, begrüßte ich sie. Da sie nicht gewillt schien, etwas zu erwidern, fuhr ich fort: »Ich würde gerne noch einmal mit Ihnen über den Engel sprechen.«

Sie erwachte aus ihrer Erstarrung. Fast panisch sah sie sich in ihrem Zimmer um, sprang vom Bett und kam mit ausgebreiteten Armen auf mich zu. Es wirkte, als wolle sie ihr Zimmer vor mir beschützen und mich so schnell wie möglich hinausscheuchen. »Gehen …« Ihre Stimme gehorchte ihr nicht, sie räusperte sich. »Gehen wir in die Küche«, sagte sie in einem flehenden Tonfall und zog, als ich ihrer Bitte Folge leistete, ihre Zimmertür hinter uns zu.

Mich beschlich das Gefühl, dass sie sie am liebsten fest verschlossen hätte. Um etwas einzuschließen oder um mich auszuschließen?

In der Küche war ihre Mitbewohnerin gerade dabei, sich ein Brot zu streichen. Marie Reinhardt bat sie, uns einen Moment alleine zu lassen. Mit skeptischem Blick sah die junge Frau von ihr zu mir und trug schließlich ihre Zutaten auf einem Tablett hinaus.

»Wer hat Ihnen gesagt, wo Sie mich finden?«, fragte sie mich ängstlich.

»Das habe ich selbst herausgefunden.«

»Ich glaube Ihnen nicht. Jemand muss es Ihnen gesagt haben.«

»Erinnern Sie sich, als Sie bei McDonald's den Waschraum aufgesucht haben? Ich bin währenddessen an Ihre Tasche gegangen und habe mir Ihren Ausweis angesehen.«

Ihre Gesichtsfarbe wurde bleicher, als sie ohnehin schon war. »Warum haben Sie das getan?«

»Warum haben Sie behauptet, Neumann zu heißen?«

»Was wollen Sie von mir?«

»Ich würde gerne den Engel noch einmal sehen.«

Abwehrend schüttelte sie den Kopf. »Es ist mein Engel.«

»Ich möchte ihn auch nur noch einmal ansehen.«

»Nein!«

»Nein, Sie wollen ihn mir nicht zeigen, oder nein, Sie können ihn mir nicht zeigen, weil Sie ihn nicht hier haben?«

Sie kreuzte die Arme im Schoß und kratzte sich unruhig über die Unterarme. Einen Moment lang wirkte sie abwesend. Dann sah sie mich an, als sehe sie mich zum ersten Mal. »Bitte gehen Sie.« Als ich keine Anstalten machte, ihrer Bitte nachzukommen, stand sie auf. »Sie haben kein Recht, hier zu sein. Ich möchte, dass Sie gehen.«

Sie tat mir leid. Es war unverkennbar, dass ihr meine Gegenwart Qualen bereitete. Ihr so zuzusetzen fiel mir nicht leicht. Wäre es nicht um Ariane gegangen, wäre ich in diesem Moment aufgestanden und gegangen. »Ich habe Ihnen erzählt, dass ich den Engel von meiner Freundin geliehen hatte, bevor er mir beim Einbruch in meine Wohnung gestohlen wurde. Meine …«

»Ich habe ihn nicht gestohlen«, unterbrach sie mich.

»Das behaupte ich auch gar nicht, Frau Reinhardt. Mir geht es darum, meiner Freundin einen Ersatz zu beschaffen. Sie ist sehr krank. Vielleicht können Sie sich vorstellen, was ein Schutzengel in einer solchen Situation bedeutet.«

»Wozu wollen Sie den Engel ansehen?«

»Um ihn abzuzeichnen und eine Kopie herstellen zu lassen.«

»Ich kann Ihnen eine Zeichnung anfertigen und sie Ihnen zuschicken. Wenn Sie mir Ihre Adresse geben ...«

»Bitte, Frau Reinhardt, lassen Sie mich nur einen Blick darauf werfen.« Im Stillen betete ich, dass es mir gelang, sie zu überzeugen.

Ihre widerstreitenden Gefühle waren ihr deutlich anzusehen. Ruhelos lief sie hin und her, wich dabei jedoch meinem Blick aus. Schließlich schien sie zu einem Entschluss zu kommen und verließ die Küche. Als sie wenige Augenblicke später zurückkehrte, hielt sie den Engel in der einen sowie Papier und Bleistift in der anderen Hand. Sie legte alles vor mich auf den Tisch und setzte sich mir gegenüber.

Ich nahm den Engel und betrachtete ihn. Er sah nicht nur genauso aus wie Arianes, er schmiegte sich auch genauso gut in die Hand. Aus meiner Tasche, die unter dem Tisch stand, zog ich eine Lupe hervor, hielt den Engel davor und sah mir den Stempel genau an.

»Was tun Sie da?« Marie Reinhardt sprang auf und war im Nu um den Tisch herum. Sie riss mir den Engel aus der Hand. Blut schoss ihr in den Kopf und verlieh ihrem Gesicht ein wenig Farbe.

Meine Aufregung konnte es mit ihrer durchaus aufnehmen. Ich hätte nicht sagen können, worüber ich wütender war – über ihre Beteiligung an dem Einbruch oder die gelungene Täuschung. In gewisser Weise erschütterte sie mein Weltbild. »Und Sie behaupten, mit dem Einbruch in meine Wohnung nichts zu tun zu haben?«

»Ich habe nichts damit zu tun. Und jetzt gehen Sie bitte!«

Die Situation war so absurd, dass ich lachen musste. Sie hielt Arianes Engel in der Hand und versuchte, mich loszuwerden.

»Gehen Sie!« Ihre Stimme war kurz davor umzukippen, ihr Blick unstet.

»Ich werde gehen – nachdem Sie mir den Engel und den Schmuck meiner Mutter ausgehändigt haben.« Ich sah sie abschätzig an. »Sie haben den Engel als Kind geschenkt bekommen, ja? Nette Geschichte, wirklich rührend.«

Sie presste die Lippen zusammen.

In gewisser Weise bedauerte ich sie immer noch. Sie war um einige Jahre jünger als ich und gab nur vor, mir gewachsen zu sein. Aber es war nicht der Zeitpunkt, mich von Mitleid leiten zu lassen. Ich streckte die geöffnete Handfläche aus. »Also, was ist jetzt?«

Vielleicht war sie tatsächlich erstarrt, vielleicht konnte sie sich aber auch nur nicht entscheiden. Sie verharrte bewegungslos und wirkte wie ein Reh, das vom Scheinwerfer eines Autos erfasst wird.

»Mir geht es ausschließlich um den Schmuck und den Engel. Wenn Sie mir beides geben, sehe ich von einer Anzeige ab.«

Sie reagierte nicht.

»Ich gebe Ihnen mein Wort darauf.«

Ihr Räuspern hallte durch die Küche. Sie öffnete den Mund, um etwas zu sagen, aber ganz offensichtlich hatte es ihr die Sprache verschlagen.

Mit einem Mal kam ich mir vor wie die Schlange, die das Kaninchen fixierte. Wenn ich sie weiter einschüchterte, würden wir noch eine Stunde hier sitzen, ohne dass etwas geschah. »Frau Reinhardt, ich weiß nicht, wie das alles zusammenhängt und welche Verbindung zwischen

Ihnen und Hubert Reinhardt beziehungsweise Leonore Larssen besteht. Vielleicht sind Sie auch völlig ohne Ihr Zutun in etwas hineingeraten, das Sie längst bereuen. Weder werde ich Sie dafür verurteilen, noch erwarte ich eine Rechtfertigung von Ihnen. Was auch immer hinter der ganzen Sache steckt, Sie werden Ihre Gründe gehabt haben.« Ich gab ihr Zeit, meine Worte einsinken zu lassen. »Meine Mutter ist gestorben, als ich sechzehn war. Ihr Schmuck bedeutet mir sehr viel. Ich habe ihn all die Jahre gehütet. Und der Engel hat für meine Freundin eine große Bedeutung. Bitte ...«

Endlich fand sie ihre Sprache wieder. »Ich kenne diese Leute nicht, die Sie da gerade genannt haben. Nur weil ich Reinhardt heiße, muss ich nicht mit allen anderen Reinhardts verwandt sein. Ich habe den Engel gekauft. Am Hauptbahnhof. Jemand hat mich angesprochen und ihn mir angeboten. Für dreißig Euro. Eigentlich konnte ich ihn mir gar nicht leisten. Dreißig Euro sind eine Menge Geld für mich, aber ich fand ihn so wunderschön, so besonders.«

Ich weigerte mich, das zu glauben. »Warum haben Sie mir erzählt, Sie hätten ihn als Kind geschenkt bekommen?«

»Weil es eine schöne Vorstellung ist«, sagte sie traurig. »Früher habe ich mich immer nach einem Schutzengel gesehnt. Ich habe mir vorgestellt, dass er auf mich aufpasst, dass er ganz viel Macht besitzt und ...« Sie verlor sich in ihren Erinnerungen, um mich gleich darauf mit einer Entschlossenheit anzusehen, die nicht so recht zu ihr zu passen schien. »Wenn Sie sich ganz sicher sind, dass der Engel Ihrer Freundin gehört, gebe ich ihn Ihnen selbstverständlich. Hätte ich gewusst, dass er aus einem

Diebstahl stammt, hätte ich ihn niemals gekauft. Das müssen Sie mir glauben.«

Ich reichte ihr die Lupe. »Schauen Sie sich auf der Rückseite den Stempel an. Das *BS* steht für Bernhard Schanz, er ist der Goldschmied, aus dessen Hand der Engel stammt.«

Sie sah durch die Lupe. »Aber er hat doch bestimmt ganz viele davon gemacht.«

»Nur diesen einen.«

Einen Moment lang herrschte Stille. Dann fragte sie: »Geht es Ihrer Freundin besser?«

»Nein.«

»Und was ist mit Svenja, ihrer kleinen Tochter?«

»Sie haben sich ihren Namen gemerkt.« Hatte sie sich diese Geschichte mit dem Hauptbahnhof nur ausgedacht und doch etwas mit der Familie Reinhardt zu tun? Was, wenn auch sie die entfernte Ähnlichkeit zwischen Svenja und dem kleineren Mädchen auf dem Ölgemälde festgestellt hatte und sie sich deshalb so für Svenja interessierte? Mit einem Mal wurde mein Hals eng. Wenn es tatsächlich so war – was konnte daraus für Svenja entstehen? Es war eine Gratwanderung, sie weiter auszufragen.

»Wie geht es ihr?«, fragte Marie Reinhardt in meine Gedanken hinein. »Leidet sie darunter, dass ihre Mutter krank ist?«

»Svenja hat einen wunderbaren Vater. Er kümmert sich«, sagte ich abweisend.

Sie reichte mir den Engel. »Er soll Ihrer Freundin und der kleinen Svenja Glück bringen.«

Ich zog mein Portemonnaie aus der Tasche, zählte dreißig Euro ab und legte sie auf den Küchentisch.

»Nein, bitte, ich kann das Geld nicht annehmen«, sagte sie.

»Aber es ist nur gerecht, wenn Sie es bekommen, schließlich haben Sie für den Engel bezahlt.« Ich forschte in ihrem Gesicht nach dem leisesten Anzeichen dafür, dass die Geschichte gelogen war.

Sie schüttelte den Kopf. »Ich verbuche es als Lehrgeld. Es war das erste und ganz bestimmt das letzte Mal, dass ich am Hauptbahnhof etwas von einem Fremden gekauft habe.«

»Würden Sie den Mann wiedererkennen?«

»Nein, ich habe ihn gar nicht richtig angesehen. Ich hatte nur Augen für den Engel.«

»Erinnern Sie sich, ob er noch andere Schmuckstücke angeboten hat?«

»Er hat mir nur den Engel gezeigt.« Sie sah an sich hinunter. »Ich sehe nicht gerade so aus, als würde ich mich für Schmuck interessieren.«

»Der Engel ist aber ein Schmuckstück, also ...«

»Mehr noch ist er etwas Ideelles«, unterbrach sie mich.

Ich betrachtete den Engel in meiner Hand. »Ist es nicht unglaublich? Da wird mir der Engel gestohlen, und Ihnen fällt er aus der Tasche, als Sie sich ein paar Tage später zu mir an den Tisch setzen. Hätte man mir diese Geschichte erzählt, hätte ich sie für völlig unwahrscheinlich gehalten.«

»Ich nicht, ich glaube an Zufälle.«

»Ist Ihnen das nicht seltsam vorgekommen? Ich erzähle Ihnen, dass mir ein solcher Engel gerade gestohlen wurde, und Sie haben Ihren von einem Wildfremden am Hauptbahnhof gekauft. Ist Ihnen da nicht die Idee gekommen, dass es sich um ein gestohlenes Stück handeln könnte?«

Sie schüttelte den Kopf. »Ich habe angenommen, dass

der Engel dem Mann gehört und dass er ihn verkauft, weil er dringend Geld braucht.«

»Würde man nicht erst einmal alles andere versetzen, bevor man so etwas Persönliches wie einen Schutzengel aufgibt? Sie haben selbst gesagt, so ein Stück habe etwas Ideelles.«

»Glauben Sie mir nicht?«, fragte sie.

»Ich versuche es. Es erscheint mir nur seltsam, dass Ihnen die Sache nicht komisch vorgekommen ist. Immerhin hat der Mann am Hauptbahnhof lediglich dreißig Euro verlangt – für einen mit Edelsteinen besetzten Talisman ist das sehr wenig Geld.«

Sie zögerte und schien nachzudenken. »Die sind tatsächlich echt?«

»Ja, der Typ hätte viel mehr dafür verlangen können.« Ich verstaute den Engel in meiner Tasche. »Sagen Sie … warum wollten Sie mich vorhin so schnell wie möglich aus Ihrem Zimmer bekommen?«

»Warum glauben Sie mir nicht?«

»Ich möchte Ihnen gerne glauben, aber es hat mich irritiert.«

Ihre roten Wangen schienen zu glühen. »Sie schneien einfach bei mir herein, stehen plötzlich mitten in meinem Zimmer, ohne mich zu fragen …«

»Ich habe geklopft, und Sie haben Ja gerufen.«

»Sie wissen ganz genau, dass ich nicht mit Ihnen gerechnet habe. Ich dachte, es sei eine meiner Mitbewohnerinnen.« Wieder kratzte sie sich die Unterarme. »Mein Zimmer ist mein ganz persönliches Reich, dort stehen all meine persönlichen Dinge, es ist kein Besucherraum für Fremde.«

»Auch kein Raum, in dem Schmuck herumliegt, der Ihnen nicht gehört?«

Sie presste die Lippen aufeinander und schien nicht gewillt, auf meine Frage zu antworten.

»Wenn Ihnen eines Tages etwas abhandenkommt, das Ihnen so wichtig ist wie mir der Schmuck meiner Mutter, werden Sie mich vielleicht verstehen. Bei der Polizei sagte man mir, dass es so gut wie keine Chance gibt, die Teile wiederzufinden.«

»Das ist traurig.« Sie sprach so leise, dass ich sie kaum verstand.

»Warum haben Sie behauptet, Ihr Nachname sei Neumann?«

Das Rot ihrer Wangen wurde noch eine Nuance tiefer. Sie wich meinem Blick aus. »Mein Freund heißt Neumann. Und ...« Sie schien nicht zu wissen, wie sie sich ausdrücken sollte. »Na ja, wir wollen bald heiraten, er hat mich an Silvester gefragt. Ich wollte einfach mal ausprobieren, wie es sich anfühlt, wenn ich sage, dass ich Marie Neumann heiße.« Sie zog die Schultern hoch und ließ sie wieder sinken.

»Dass Sie in Wiesbaden wohnen, stimmt auch nicht.«

»Mein Freund wohnt in Wiesbaden. Wir wollen bald zusammenziehen.« Sie wirkte verunsichert. »Sie werden mich jetzt wahrscheinlich für völlig bescheuert halten. Aber ... Sie waren eine Fremde. Ich war mir sicher, dass ich Sie nicht wiedersehen würde. Da habe ich es gewagt. Es ist mir auch peinlich, aber ...« Sie ließ das Ende des Satzes offen.

»Wie hat es sich denn nun angefühlt?«

»Was?«

»Als Sie gesagt haben, dass Sie Neumann heißen.«

Sie überlegte einen Moment. »Gut.«

»Und Sie sind sich ganz sicher, dass Sie nicht mit Hubert Reinhardt verwandt sind?«

Sie starrte mich an, als sei sie weit weg und habe mich gar nicht verstanden.

»Frau Reinhardt?«

»Was haben Sie gesagt?«

»Ich wollte gerne wissen, ob Sie mit Hubert Reinhardt verwandt sind.«

»Ich kenne den Mann nicht, das habe ich Ihnen doch schon gesagt.«

17

Mit jedem Tag, der seit Peers Auszug vergangen war, vermisste ich ihn mehr. Ich hatte angenommen, es würde besser, wenn ich ihn nicht sah, aber ich hatte mich getäuscht. Am Abend hielt ich es nicht aus und rief ihn an. Ich hatte das Gefühl, dass er Besuch hatte, aber er stritt es ab. Hätte er nicht so leise gesprochen und versucht, das Telefonat so schnell wie möglich zu beenden, hätte ich ihm vielleicht geglaubt. Getrieben von Misstrauen, machte ich mich auf den Weg zu seiner Wohnung. Ich drückte die Klingel neben dem Türschild eines seiner Nachbarn und behauptete, Peers Klingel sei defekt. Der Nachbar ließ mich bereitwillig ins Haus. Vor Peers Wohnungstür holte ich tief Luft und klopfte. Als er nicht öffnete, gingen mir alle möglichen Bilder durch den Kopf. Ich sah ihn mit dieser Frau auf dem Bett liegen, sah die beiden miteinander lachen. Diese Bilder taten weh. Ich wollte mich gerade umdrehen und gehen, als die Tür geöffnet wurde. Peer sah mich an, als sehe er einen Geist.

»Sophie ...« Er runzelte die Stirn und suchte nach Worten.

»Darf ich reinkommen?«

»Können wir das vielleicht auf morgen verschieben? Im Moment ...«

»Im Moment passt es dir schlecht, weil diese Sonja es sich gerade in deinem Schlafzimmer bequem gemacht hat?«

Ich sah ihn spöttisch an. »Und du erzählst mir, dass du dein Leben mit mir verbringen möchtest. Dass du dich von ihr getrennt hast. Ich glaube dir kein Wort.«

»Lass uns morgen darüber reden, Sophie, bitte.« Er wirkte erschöpft. »Dann erkläre ich es dir.«

»Was willst du mir erklären? Dass du auf keine von uns beiden verzichten möchtest? Wie steht sie denn dazu?« Ich drängelte mich an ihm vorbei. »Hast du ihr erzählt, dass du zu deiner Frau zurückkehren möchtest? Dass du bereust, was du getan hast?« Ich sprach so laut, dass sie mich hören musste, wo immer sie sich in seiner Wohnung aufhielt. Langsam ging ich den Flur entlang, sah erst ins Schlafzimmer, dann in die Küche, und ging schließlich ins Wohnzimmer. Ich sah sie nicht sofort, da sie an die Wand gelehnt auf dem Boden saß.

Sie hatte die Knie angezogen und die Arme darumgelegt. Ihre Augen sahen verquollen aus vom Weinen. Ihr Gesichtsausdruck war der eines Menschen, dessen Gefühle bloßgelegt und verletzt worden waren. Sie sah mich an wie jemand, der im nächsten Moment den nächsten Schlag erwartet.

Meine Wut war in dem Moment verraucht, als ich ihren Schmerz wahrnahm. Aber es war nicht Mitgefühl, das ich empfand, sondern Schadenfreude. In ihrem Gesicht sah ich mein Leid gespiegelt, und ich gönnte es ihr. Die Scham darüber sollte ich erst später spüren, in diesem Moment war ich noch weit davon entfernt. Stumm sah ich sie an, wandte mich schließlich ab und verließ das Zimmer.

Peer stand mit vor der Brust gekreuzten Armen immer noch an der Wohnungstür. Als ich näher kam, trat er einen Schritt zur Seite und machte mir den Weg in den Hausflur frei. Ich hätte seinen Blick gerne als unergründlich interpretiert, aber das war er nicht. Er enthielt eine klare Botschaft, die meine Scham noch verstärken sollte. Nachdem ich diesem Blick einen Moment lang standgehalten hatte, lief ich die Treppe hinunter und ließ die Tür hinter mir ins Schloss fallen.

Auf dem Nachhauseweg versuchte ich noch, mir meinen Auftritt schönzureden, mich vor mir selbst zu rechtfertigen. Kaum stand ich in meinen eigenen vier Wänden, schlug die Scham mit voller Wucht zu. Ich war erschüttert darüber, wie bereitwillig ich dieser Frau ihr Leid gegönnt hatte. Die Risse, die ich meinem Selbstbild damit zugefügt hatte, taten weh.

Dieser Blick in den Spiegel war zu viel für mich. Ich öffnete eine Flasche Rotwein und tat, was ich bis dahin noch nie getan hatte: Ich versuchte, mich mit Alkohol zu betäuben. Für den Moment war ich erfolgreich. Am nächsten Morgen bereute ich allerdings jeden einzelnen Tropfen. Ich wachte mit unerträglichen Kopfschmerzen auf und fühlte mich hundeelend. Sobald ich mich bewegte, drehte sich alles in meinem Kopf. Irgendwann musste ich mich übergeben. Wie ein Häufchen Elend hing ich über der Toilettenschüssel. Ich schwor mir, nie wieder einen Tropfen Alkohol anzurühren.

Das Telefon klingelte, aber ich war nicht in der Lage, mit jemandem zu reden. Ich ließ es klingeln. Da selbst dieses Geräusch zu viel war, hielt ich mir die Ohren zu. Nachdem ich mich zurück ins Bett geschleppt hatte, schlief ich fast augenblicklich wieder ein.

Ariane schien mit jedem Tag weniger zu werden. Seit einer halben Stunde saß ich an ihrem Bett und sah ihr beim Schlafen zu. Ich wagte nicht, sie zu wecken.

»Hallo«, sagte ich leise, als sie schließlich aufwachte.

Sie lächelte. »Bist du schon lange hier?«

»Nein.«

»Du hättest mich wecken sollen. Ich will die Zeit mit dir nicht mit Schlafen verschwenden.« Das Sprechen schien sie anzustrengen. »Bald werde ich lange genug schlafen.«

Ich nahm ihre Hand und hielt sie fest.

»Wie geht es dir?«, fragte sie.

»Alles okay.«

Sie ließ sich nichts vormachen. »So schlimm?«

Erst jetzt merkte ich, dass ich die Luft angehalten hatte. Ich atmete hörbar aus und erzählte ihr in knappen Worten von meinem Auftritt bei Peer. »Ich habe mich benommen wie die Axt im Walde. Ich meine, da sitzt eine Frau vor mir, die am Boden zerstört ist, und ich freue mich darüber. Ich empfinde es als ausgleichende Gerechtigkeit, dass sie ebenso leidet wie ich.«

»Glückwunsch! Du machst Fortschritte.«

»Ariane, ich meine es ernst.«

»Ich auch. Es ist ein Fortschritt, wenn du einmal politisch nicht so schrecklich korrekt bist. Die hat sich immerhin deinen Mann geangelt. Du hast jedes Recht der Welt, sauer auf sie zu sein.«

»Sauer ja, schadenfroh nein.«

Ariane sah mich an, als wisse sie mehr von mir als ich selbst. »Ich habe auch ein paar Eigenschaften, die ich lieber nicht hätte. Willkommen im Klub!« Das Sprechen hatte sie so sehr angestrengt, dass sie eine Weile die Augen schloss und schwieg.

Behutsam strich ich über ihre Hand, an der die Knochen hervorstanden. Ariane war immer schlank gewesen, aber inzwischen war sie mager. Ihr Körper verlor eine Schlacht nach der anderen.

Nachdem sie sich ein wenig erholt hatte, fuhr sie fort: »Jetzt weißt du wenigstens, dass Peer dir die Wahrheit gesagt hat. Sie wird wohl kaum so sehr geheult haben, weil zwischen den beiden alles zum Besten steht.«

»Das ändert nichts.«

»Ach, Sophie, sei nicht so bockig. Du schadest dir nur selbst. Eigentlich möchtest du mit ihm zusammen sein. Warum springst du nicht über deinen Schatten?«

»Hätte ich dir diese Frage gestellt, als du beschlossen hast, dich von Lucas scheiden zu lassen, hätte ich mir einiges von dir anhören müssen.«

»Meine Einstellungen haben sich in der letzten Zeit merklich verschoben. Wenn du nicht mehr viel Zeit hast, wird vieles unwichtig, auch dein blöder Stolz.«

Sachte legte ich ihre Hand auf die Decke und zog den Engel aus meiner Hosentasche. »Sieh mal!«

Sie starrte darauf, als habe sie es mit einer Fata Morgana zu tun.

»Es ist unglaublich, Ariane, aber diese junge Frau aus dem Café, von der ich dir erzählt habe … ich habe sie wiedergetroffen. Dabei hat sich herausgestellt, dass sie den Engel am Frankfurter Hauptbahnhof von einem Hehler gekauft hat. Es ist deiner. Daran besteht kein Zweifel.«

Sie zog die Brauen zusammen und machte eine winzige Bewegung mit dem Kopf. »Unglaublich.« Staunend, als habe sie es mit einem Wunder zu tun, betrachtete sie den Engel. »Wie kannst du so sicher sein, dass es wirklich mein Engel ist?«

»Bernhard Schanz, der Goldschmied, hat mir versichert, dass er nur einen einzigen dieser Art gemacht hat.«

»Aber in dem Fall ...« Sie wirkte irritiert. »In dem Fall müsste sich ja feststellen lassen ... oder weiß er nicht, wem er den Engel verkauft hat?«

»Die Frau, die als Käuferin auf der Rechnung steht, sagt, es müsse sich um einen Irrtum handeln.«

Ariane versuchte, sich aufzusetzen, war jedoch zu schwach. Ich half ihr. »Hast du mit ihr gesprochen?«, fragte sie. In ihrem Tonfall schwang ein *Etwa* mit. »Wir waren uns doch einig, dass ...«

»Ich wollte erst sicher sein, dass es sich tatsächlich um eine Spur handelt, bevor ich dich damit in Aufregung versetze. Und wie sich herausgestellt hat, war das die richtige Entscheidung. Die Frau hat mit dem Engel nichts zu tun. Entweder hat sich der Goldschmied bei der Rechnungsstellung geirrt, oder aus irgendeinem Grund hat sich jemand für diese Frau ausgegeben. Das lässt sich jedoch nicht mehr nachvollziehen.« Dass ich Leonore Larssen nicht glaubte und ich mich nach wie vor fragte, ob Marie Reinhardt mir die Wahrheit gesagt hatte, verschwieg ich Ariane. Ebenso das Ölgemälde der beiden Mädchen, von denen eines Ähnlichkeit mit Svenja hatte. Irgendwo in dem Familienclan der Reinhardts und Larssens würde es diesen Andreas geben, der mit Ariane eine Nacht am Sylter Strand verbracht und Svenja gezeugt hatte. Da war ich mir sicher.

»Was war das für eine Frau?«

»Eine Leonore Larssen aus Frankfurt, sie ist Vermögensverwalterin.«

»Aus Frankfurt ...« Ihr Blick richtete sich nach innen, und sie schien in Gedanken weit fort zu gehen. »Hast du ihr irgendetwas von mir oder von Svenja erzählt?«

»Nein. Ich habe ihr lediglich gesagt, eine meiner Mandantinnen habe den Engel gefunden und wolle ihn an seinen Besitzer zurückgeben.« Nach kurzem Zögern fuhr ich fort: »Allerdings musste ich den Namen Andreas erwähnen. Ich habe von einer Liebesgeschichte erzählt und dem Wunsch meiner Mandantin, diesen Mann wiederzufinden. Aber sie kennt keinen Andreas.«

»Das ist gut.« Sie schien erleichtert darüber zu sein. »Lucas wird für Svenja sorgen. Ich habe angefangen, eine Kassette für sie zu besprechen. Es ist noch viel schwerer, als ich es mir vorgestellt habe. Was erzählst du deinem Kind, damit es sich über deine Stimme freut und nicht ständig in Tränen ausbricht oder abschaltet, weil es zu traurig ist?«

»Erzähl ihr, was dir wichtig ist. Selbst wenn sie abschaltet und immer nur ein Stückchen hört, selbst wenn sie weint – es wird ihr größter Schatz sein. Ich wünschte, ich hätte so ein Band mit der Stimme meiner Mutter darauf. Und wenn ich mir das wünsche, stelle ich mir gar nicht vor, dass sie mir etwas Fröhliches oder Trauriges erzählt, ich möchte sie nur reden hören, egal was.«

Ariane nickte. Mit halb geschlossenen Augen lag sie da. Die Stille im Zimmer hatte etwas Sanftes, das sich auch auf mich übertrug.

»Es ist gut, wie es ist, Sophie.« Sie streckte mir ihre geöffnete Handfläche entgegen. Darin lag der Engel. »Gib ihn Svenja, wenn ich nicht mehr da bin. Und sag ihr, der Engel sei ein Geschenk von ihrer Mutter.« Als ich ihn nicht nahm, ließ sie ihn in meine Hand gleiten.

»Warum behältst du ihn nicht noch?«, fragte ich.

»Er war immer für Svenja bestimmt.«

Nachdem ich noch eine Weile bei Ariane gesessen und gewartet hatte, bis sie wieder eingeschlafen war, ging ich zum

Ausgang der Uniklinik und sah die Straße hinunter. Ich wusste nicht, wohin und was tun. Wo immer ich auch hinging – ich würde meinen Gedanken ausgeliefert sein.

Schließlich wandte ich mich Richtung Main und lief am Ufer entlang. Arianes letzte Worte gingen mir durch den Kopf: *Er war immer für Svenja bestimmt.* Was hatte sie damit gemeint? Dass er für ihre Tochter bestimmt war, weil sie ihn an dem Ort gefunden hatte, an dem Svenja gezeugt worden war? Oder weil er, wie sie schon einmal betont hatte, das Einzige war, was Svenja jemals von ihrem Vater zu Gesicht bekommen würde?

Woran lag es, dass keine dieser Erklärungen als Antwort in Frage zu kommen schien? Daran, dass Ariane diesen Satz in einer Art gesagt hatte, die auf eine Botschaft hinter den Worten deutete? Ich fragte mich, warum sie Svenjas Namen betont hatte.

Ein scharfer Wind fegte übers Wasser. Ich zog meinen Wollschal fester um den Hals und vergrub die Hände in den Manteltaschen. Mit einem Mal war mir so kalt, dass ich beschloss umzukehren. Ich hatte mich kaum umgewandt, als mein Blick hinauf zum Eisernen Steg wanderte. Auf der Brücke standen vereinzelt ein paar Menschen. Kinder winkten den unter ihnen entlanggleitenden Lastkähnen hinterher. Mein Blick wanderte zu zwei Frauen, die sich nicht für das zu interessieren schienen, was um sie herum vor sich ging. Die Frau, deren Gesicht in meine Richtung gewandt war, kam mir bekannt vor. Ich sah genauer hin und meinte, in dieser Frau Leonore Larssen zu erkennen.

Da ich mir nicht sicher war, setzte ich mich trotz der Kälte auf die nächstbeste Bank und beobachtete die beiden Frauen. Diejenige, die aussah wie Leonore Larssen, wirkte aufgebracht. Sie gestikulierte mit beiden Händen. Was auch immer ihr Gegenüber sagte, schien sie nur noch mehr in Rage zu bringen. Inzwischen war ich überzeugt, dass es Leonore Larssen war, die dort oben stand. Die sonst so souveräne Vermögensverwalterin ließ sich tatsächlich aus der Ruhe bringen. Ihre Lügen gingen mir wieder und wieder durch den Kopf. Aber mir fehlten entscheidende Puzzlesteine, um den Grund dafür zu erkennen.

Allem Anschein nach gab es eine Feuerpause zwischen den Frauen. Sie sahen aufs Wasser hinunter. Dabei drehte Leonore Larssens Streitpartnerin den Kopf in meine Richtung. Als ich meinte, ihr Gesicht zu erkennen, hielt ich die Luft an. Also doch!

Ich rannte los. Mein Kopf hatte mir den nächtlichen Alkoholexzess immer noch nicht verziehen und schmerzte heftig bei diesem Sprint. Im Laufen presste ich die Hände gegen die Schläfen. Als ich außer Atem die Brücke erreichte, blieb ich stehen, um zu verschnaufen und die Frauen zu suchen. Ich konnte sie jedoch nicht entdecken und lief deshalb zum anderen Ende der Brücke. Aber auch von dort aus sah ich sie nicht. Sie waren verschwunden.

Einer Eingebung folgend, zog ich mein Handy aus der Tasche und rief die Auskunft an, da ich die Nummer der Vermögensverwaltung Reinhardt & Larssen nicht im Kopf hatte. Ich ließ mich direkt verbinden. Es meldete sich die Empfangsdame.

»Gellert ist mein Name.« Ich entschied mich für den Mädchennamen meiner Mutter und gab mir Mühe, meine Stimme um einiges jünger klingen zu lassen. »Ich bin eine Freundin von Marie Reinhardt und heute gerade in der

Stadt. Leider habe ich Maries Nummer nicht mitgenommen. Können Sie mir bitte sagen, wie ich sie erreiche?«

»Bedaure, aber das kann ich nicht.«

»Warum denn nicht?«, hakte ich in unglücklichem Tonfall nach.

»Wir geben prinzipiell keine Privatnummern heraus. Und das gilt nicht nur für unsere Mitarbeiter, sondern selbstverständlich auch für die Tochter von Herrn Doktor Reinhardt. Tut mir leid.«

»Aber wenn Sie Maries Nummer haben, warum helfen Sie mir nicht? Ich werde Sie nicht verraten. Wir haben uns so lange nicht gesehen. Und ich bin doch nur heute hier. Bitte. Marie wird Ihnen ganz bestimmt nicht böse sein deswegen.«

Sie seufzte entschuldigend. »Frau Gellert, ich käme in Teufels Küche. Es geht wirklich nicht. Sie können höchstens später noch einmal anrufen und mit Herrn Doktor Reinhardt oder Frau Doktor Larssen sprechen. Zurzeit sind allerdings beide außer Haus.«

»Wer ist denn Doktor Larssen?«, fragte ich.

»Sie ist die Tante Ihrer Freundin.«

Langsam ging ich über den Eisernen Steg und trat tief in Gedanken meinen Heimweg an. Endlich hatte ich den Beweis dafür, dass Marie, Tochter von Hubert Reinhardt und Nichte von Leonore Larssen, mich nach Strich und Faden belogen hatte. Hatte sie überhaupt ein einziges Mal die Wahrheit gesagt? Sie hatte abgestritten, ihren eigenen Vater zu kennen. Und sie hatte vorgegeben, den Engel am Hauptbahnhof gekauft zu haben. Lüge – eine wie die andere. Jetzt war mir auch klar, warum sie mich so schnell wie möglich aus ihrem Zimmer gescheucht hatte. Vermutlich standen dort Familienfotos herum. Hätte ich ihren Vater oder ihre Tante darauf erkannt, hätten all ihre Lügen nichts genützt. Aber die nützten ihr inzwischen ohnehin nicht mehr.

Im Geiste rekonstruierte ich die Reise des Engels. Ich hatte ihn Leonore Larssen gezeigt. Kurz darauf wurde bei mir eingebrochen und der Engel gestohlen. Wenige Tage später setzte Marie Reinhardt sich im Café zu mir an den Tisch. Der Engel fiel ihr aus der Hosentasche. Da meine Bereitschaft, an Zufälle zu glauben, mittlerweile gegen Null tendierte, stellte sich die Frage, wie sie mich erkennen konnte. Wir waren einander vorher schließlich noch nie begegnet. Ihre Tante musste ihr von mir erzählt und sie selbst mich in dieses Café verfolgt haben. Um rein zufällig den Engel aus ihrer Tasche fallen zu lassen und ihn mir zu zeigen? Das ergab keinen Sinn. Warum hätte sie ein solches Risiko eingehen sollen? Erst stahlen sie mir den Engel, nur um ihn mir kurz darauf wieder vor die Nase zu halten? Das erschien mir völlig absurd. Dennoch konnte ich nicht glauben, dass es ein Zufall gewesen sein sollte. Ebenso wenig wie unser Treffen bei McDonald's in Wiesbaden. Auch diese Begegnung musste sie herbeigeführt haben. Und das hatte sie nur tun können, indem sie mir folgte – von meiner zu Arianes Wohnung und anschließend zu McDonald's. Was hatte ihr das gebracht? Ich hörte sie noch mit Svenja reden, hörte sie erzählen, dass sie auch eine kleine Schwester habe, die acht Jahre alt sei, und dass sie mit ihr manchmal an diesen Ort komme. Wahrscheinlich war selbst das erstunken und erlogen. Ich war mir lediglich sicher, dass sie mit all diesen Lügen einen Zweck verfolgt hatte.

Mittlerweile war ich davon überzeugt, dass auch der

Brand in der Werkstatt von Bernhard Schanz auf das Konto der ehrbaren Vermögensverwalterin und ihrer Nichte ging. Es musste so sein, und dennoch kam es mir unwahrscheinlich vor. Ich stellte mir die beiden Frauen vor – die eine souverän und durchsetzungsstark, die andere schüchtern, beide ohne Zweifel verlogen. Jedoch hätte ich bei keiner von beiden die kriminelle Energie vermutet, jemanden mit einem Einbruch und mit Brandstiftung zu beauftragen.

Wenn ich davon ausging, dass die beiden jemanden dafür gefunden hatten, stellte sich immer noch die Frage nach dem Warum. Was hatte eine solche Bedeutung, dass die beiden dafür kriminell wurden? Falsch gefragt, korrigierte ich mich. *Wer* hatte eine solche Bedeutung, musste es heißen. Und die Antwort lautete: Andreas.

Irgendwo in diesem Familienumfeld steckte Arianes Andreas. Um ihn zu schützen, hatten sie all diese Inszenierungen gemacht. Oder täuschte ich mich? Noch einmal vergegenwärtigte ich mir meine Gespräche mit Leonore Larssen. Im ersten Gespräch hatte ich den Namen Andreas gar nicht erwähnt, sondern ihr lediglich den Engel gezeigt und gesagt, es sei ein Fundstück. Das bedeutete, dass sie längst von dem Verlust des Engels gewusst haben musste und Svenjas biologischen Vater zu diesem Zeitpunkt bereits schützte.

War er nach der Nacht auf Sylt zu Leonore Larssen gegangen, hatte ihr den Verlust und die Situation, in der es dazu gekommen war, gebeichtet? Und sie gebeten, jede Verbindung zu dem Engel abzustreiten, sollte jemals jemand mit dem Schmuckstück in der Hand bei ihr auftauchen? Diese Überlegung war absurd! Er konnte nicht wissen, dass er in jener Nacht ein Kind gezeugt hatte. Und

Ariane war nicht der Typ Frau, der einem Mann im Laufe einer One-Night-Affair ihre Liebe gestand und ihm das Gefühl gab, sie würde ihn fortan mit ihren Liebesschwüren verfolgen.

Also, welches Szenario war denkbar und realistisch? Der Engel war ein Geschenk von Leonore Larssen an Andreas. Er hatte dieses Geschenk in einer pikanten Situation verloren, und sie hatte davon erfahren. Pikant wäre die Situation allerdings nur, wenn er vor knapp neun Jahren fest liiert gewesen und noch immer an dieselbe Frau gebunden wäre. War diese Frau Leonore Larssen? Sie war siebenundfünfzig, Arianes Andreas würde jetzt Ende dreißig, Anfang vierzig sein. Ich hielt vieles für denkbar, aber dieser Altersunterschied erschien mir ein wenig groß.

Und wenn Andreas nun der Mann war, den Marie Reinhardt heiraten wollte? Der Mann, der mit Nachnamen Neumann hieß? Aber auch das war Unsinn. Denn dann wäre es völlig gleichgültig, ob er zu einem Zeitpunkt, als Marie knapp sechzehn war, eine Nacht lang auf Sylt mit einer Frau herumgetändelt hatte, die er danach nie wieder gesehen hatte. Selbst wenn diese Frau ein Kind von ihm zur Welt gebracht hatte. Aber aus welchem Grund hatte sie sich so auffällig für Svenja interessiert?

Marie Reinhardt war vierundzwanzig Jahre alt, der Engel war vor vierundzwanzig Jahren gekauft worden. Hatte sie ihn von ihrer Tante zur Geburt oder Taufe geschenkt bekommen? Aber wie hatte ihn dann Arianes Andreas am Strand verlieren können? Welche Verbindung bestand zwischen Marie Reinhardt und Andreas?

Seitdem ich die zwei Frauen auf der Brücke beobachtet hatte, kamen meine Gedanken nicht zur Ruhe. Irgendetwas ging da vor sich, und ich hatte nicht das Gefühl, dass ich den Hintergründen auch nur annähernd auf die Spur gekommen war. Jede einzelne Idee erschien mir unrealistisch, viel zu weit hergeholt und stand in keinem Verhältnis zu den Geschehnissen. Eines war jedoch sicher: Leonore Larssen hatte bestritten, den Engel zu kennen, und ihre Nichte hatte ihn mir unter die Nase gehalten. Dafür musste es einen Grund geben.

18

Marie Reinhardt war nicht zu Hause, also wartete ich im Auto vor ihrem Haus. Ich hatte beschlossen, zuerst mit ihr zu sprechen. Zwar konnte sie ebenso wie ihre Tante überzeugend lügen, dennoch war ich mir sicher, es mit ihr eher aufnehmen zu können als mit Leonore Larssen. Da mir kalt war, ließ ich zwischendurch immer wieder den Motor laufen. Ich dachte an den Schmuck meiner Mutter und die Chance, ihn doch noch zurückzubekommen. Wer den Engel gestohlen hatte, hatte als Ablenkungsmanöver auch den Schmuck mitgenommen. Ich hoffte nur, sie hatten ihn nicht verschwinden lassen.

Nach einer Dreiviertelstunde im Auto beschloss ich, das Warten für diesen Tag abzubrechen. Ich wollte gerade den Motor erneut anlassen, als ich im Rückspiegel Marie Reinhardt sah. Sie fuhr auf dem Fahrrad an meinem Auto vorbei und stieg vor der Haustür ab. Ich beeilte mich, sie abzufangen.

»Hallo, Frau Reinhardt«, begrüßte ich sie.

Erschreckt drehte sie sich um und runzelte die Stirn.

»Ich habe hier auf Sie gewartet.«

»Warum?«

»Sie haben die dreißig Euro für den Engel nicht angenommen. Da habe ich mir gedacht, dass ich Sie auf einen Kaffee einlade, gewissermaßen als kleines Dankeschön.«

Wenn sie mich schamlos anlog, brauchte sie sich nicht zu wundern, wenn sie selbst belogen wurde.

Ihr war anzusehen, dass sie einen inneren Kampf ausfocht. »Eigentlich habe ich keine Zeit, ich bin gleich verabredet«, sagte sie schließlich.

»Soll ich dann vielleicht besser morgen wiederkommen?«

»Nein, nein.« Sie sah die Straße hinunter. »Da vorne ist ein Café, dorthin können wir gehen. Ich stelle nur schnell mein Fahrrad in den Hausflur.«

Als sie kurz darauf wieder herauskam, lief sie die fünfzig Meter bis zum Café stumm neben mir her. Ich hätte einiges dafür gegeben zu wissen, was sie dachte. Aber bei jemandem, der so viel log, würde es vermutlich nie ganz genau herauszufinden sein. Ich kämpfte immer noch mit dem Versagen meiner Menschenkenntnis. Wüsste ich es nicht besser, würde ich nach wie vor annehmen, dass ein Mensch wie Marie Reinhardt nicht so schamlos und vor allem überzeugend log. An ihr war eine Schauspielerin verloren gegangen. Das Einzige, was ich ihr zugute hielt, war, dass sie sich geweigert hatte, die dreißig Euro für den Engel anzunehmen.

Wir setzten uns an einen Zweiertisch. Während sie eingehend die Getränkekarte studierte, betrachtete ich sie.

»Was machen eigentlich Ihre Eltern?«, fragte ich unvermittelt. Ich hatte ihr diese Frage bereits einmal bei unserem Frühstück in Wiesbaden gestellt. Damals war sie mir ausgewichen.

»Warum wollen Sie immer etwas über meine Eltern wissen? Wirke ich noch so jung? Ich bin vierundzwanzig. Sie frage ich doch auch nicht nach Ihren Eltern.«

Aber sie hatte sich für Svenjas Eltern interessiert. »Ich habe Ihnen erzählt, dass meine Mutter schon vor Jahren gestorben ist.« Ich legte so viel Wohlwollen in meinen Blick, wie es mir in diesem Moment möglich war. »Sie reden nicht gerne über Ihre Eltern, nicht wahr?«

Kaum merklich schüttelte sie den Kopf. »Wie geht es Ihrer Freundin?«

»Sehr viel besser.« Ich hätte nicht sagen können, warum ich mich für diese Lüge entschied. Insgeheim bat ich Ariane dafür um Verzeihung.

»Das ist gut. Auch für Svenja, ihre kleine Tochter.«

»Ja, sie ist fröhlich und guter Dinge.« Noch, fügte ich im Stillen hinzu und versuchte, einer Welle von Traurigkeit zu entgehen. »Und was ist mit Ihrer kleinen Schwester? Wie wäre es, wenn wir uns am kommenden Sonntag alle zusammen bei McDonald's zum Frühstück verabredeten? Ich bringe Svenja mit und Sie Ihre Schwester. Das wäre für die Mädchen sicher ganz nett.«

»Sonntag kann ich leider nicht. In der nächsten Zeit kann ich sowieso gar nicht. Ich mache eine Fortbildung, und die findet jeweils an den Wochenenden statt.«

»Tatsächlich ... eine Fortbildung?«

Sie nickte.

»Aber nicht zur Schauspielerin, oder?«

Sie lächelte ihr scheues Lächeln. »Nein, nicht zur Schauspielerin.«

»Eine solche Fortbildung haben Sie auch gar nicht nötig. Ich finde, Sie lügen auch so schon ganz gekonnt.«

Von einer Sekunde auf die andere wechselte ihre Gesichtsfarbe. Jeder einzelne Blutstropfen schien daraus gewichen zu sein. »Ich lüge nicht«, sagte sie, konnte jedoch den Schrecken, den ich ihr eingejagt hatte, nicht verbergen.

»Ich mache tatsächlich eine Fortbildung. Ich werde Feng-Shui-Meisterin im Gartenbau.«

»Gibt es so etwas überhaupt?«

Sie senkte den Blick und spielte nervös mit dem Kaffeelöffel. »Ich glaube, ich muss jetzt gehen, Frau Harloff.« Sie zog Kleingeld aus der Hosentasche und legte es auf den Tisch.

Als sie gerade aufstehen wollte, sagte ich: »Und ich glaube, Sie rufen jetzt ganz schnell Ihre Tante an und zitieren sie hierher. Um Missverständnisse zu vermeiden: Mit Ihrer Tante meine ich Leonore Larssen.«

Ihre schreckgeweiteten Augen würde ich so schnell nicht vergessen. Ihr Blick war alles andere als eine Lüge. Allerdings lag die Wahrheit, die darin zum Ausdruck kam, für mich immer noch im Dunkeln. Marie Reinhardt saß mir erstarrt gegenüber und schien keiner Regung fähig zu sein.

»Wenn Sie mir ihre Handy-Nummer geben, übernehme ich den Anruf für Sie.« Ich sah auf die Uhr. »Oder ist Ihre Tante um diese Zeit noch in der Vermögensverwaltung zu erreichen?«

»Bitte ... das geht nicht.« Sie wirkte mit jeder Sekunde verzweifelter.

»Warum geht das nicht? Ich gehe davon aus, dass Ihre Tante Bescheid weiß. Schließlich war sie diejenige, die Sie über den Engel und über mich informiert hat. Ohne Ihre Tante hätten Sie mich gar nicht gefunden. Warum haben Sie das getan? Ich verstehe es nicht.«

»Was?«, fragte sie schwach.

»Gute Frage, immerhin haben Sie eine Menge getan und mindestens ebenso viel gelogen. Warum sind Sie mit dem Engel in der Hosentasche in dieses Café gekommen?« Ich entsann mich dieser Szene noch genau. Der Engel war mit einem Klirren zu Boden gefallen, als sie die Zigarettenschachtel aus der Hosentasche gezogen hatte. Hätte sie ihn sofort aufgehoben und wieder eingesteckt, hätte ich ihn nie wieder zu Gesicht bekommen.

»Es war Zufall, ein ganz dummer Zufall, dass ich mich ausgerechnet an Ihren Tisch gesetzt habe. Bitte glauben Sie mir.«

»In Bezug auf Sie und Ihre Tante glaube ich an keinen einzigen Zufall mehr. Warum haben Sie den Engel auf den Tisch gelegt, anstatt ihn gleich wieder in Ihrer Hosentasche verschwinden zu lassen? Was haben Sie damit bezweckt? Ich meine, erst veranlasst Ihre Tante oder möglicherweise auch Sie, dass er mir gestohlen wird – ich nehme nicht an, dass es eine von Ihnen selbst getan hat –, und dann halten Sie ihn mir unter die Nase? Das ist doch verrückt.«

Ihre Antwort kam nicht spontan, sie musste erst einmal darüber nachdenken. »Es wäre verrückt, wenn es so gewesen wäre, das stimmt. Aber es war nicht so. Es war ein Zufall, das müssen Sie mir glauben. Hätte ich gewusst, dass ausgerechnet Ihnen dieser Engel gestohlen wurde, hätte ich ihn ganz bestimmt nicht auf den Tisch gelegt.«

»Sie wussten es, da bin ich mir sicher. Erfahren haben Sie es durch Ihre Tante. Sie kannte meinen Namen. Die dazugehörige Adresse herauszufinden ist nicht schwer. Dazu genügt ein Blick ins Telefonbuch. So, und jetzt rufen Sie bitte Frau Doktor Larssen an. Und sagen Sie ihr, sie soll keinesfalls vergessen, den Schmuck meiner Mutter mitzubringen.«

Wie in Zeitlupe schüttelte sie den Kopf.

»Wenn Sie es nicht tun, rufe ich die Polizei an. Hier geht

es nicht um eine Bagatelle. Es geht um Einbruch und Brandstiftung.«
»Brandstiftung?«
»Rufen Sie an!«

Von Maries Anruf bis zum Eintreffen ihrer Tante dauerte es exakt zwanzig Minuten. Als ich Leonore Larssen am Eingang des Cafés entdeckte, zog ich vom Nebentisch einen Stuhl heran.

»Guten Abend, Frau Doktor Larssen«, begrüßte ich sie.

»Marie, steh bitte auf und komm mit mir.« Sie wirkte noch um einiges wütender als am Mittag auf dem Eisernen Steg. Es schien sie Mühe zu kosten, sich zu beherrschen. Mich ignorierte sie völlig.

Die Aufforderung ihrer Tante zeitigte keine Wirkung, Marie blieb stocksteif sitzen. Meine Drohung mit der Polizei hatte sie offensichtlich überzeugt.

»Ich schlage vor, Sie setzen sich!«, sagte ich.

»Marie!«

Die junge Frau zog die Schultern hoch und kratzte sich an den Unterarmen. »Sie will die Polizei rufen«, sagte sie leise.

Die Tatsache, dass Leonore Larssen sich endlich setzte, hatte nichts mit Kapitulation zu tun. Ich hatte das Gefühl, dass der Kampfgeist dieser Frau jetzt erst vollends geweckt war. Zum ersten Mal, seit sie das Café betreten hatte, richtete sie ihren Blick auf mich. »Bei unserer letzten Begegnung habe ich Ihnen unmissverständlich zu verstehen gegeben, Frau Harloff, dass es besser für Sie ist, sich Hilfe zu suchen. Offensichtlich haben Sie das nicht getan, sondern sich weiter in Ihre bizarren Phantasien hineingesteigert.

Sie haben sich eine Verschwörungstheorie zurechtgelegt, die die gleichen pathologischen Züge aufweist wie Ihr Verfolgungswahn. Bisher habe ich stillgehalten. Aber indem Sie meine Nichte belästigen, haben Sie die Grenze des Zumutbaren überschritten. Ich werde die entsprechenden Schritte einleiten, damit Sie sich meiner Familie und mir in Zukunft nicht mehr nähern können.«

»Und wie sollen diese Schritte aussehen?«, fragte ich.

»Es gibt inzwischen sehr probate Mittel, um sich gegen Stalker wie Sie zur Wehr zu setzen. Das sollten Sie als Juristin eigentlich wissen.«

Ich gab mir Mühe, ruhig zu bleiben. »Sie reden von der Grenze des Zumutbaren? Ausgerechnet Sie, Frau Doktor Larssen? Sie lassen bei mir einbrechen, um diesen Engel zurückzubekommen. Damit es nicht auffällt, lassen Sie bei der Gelegenheit auch gleich noch den Schmuck meiner Mutter mitgehen. Aber das hat Ihnen nicht gereicht: Sie schicken jemanden nach Schlangenbad, um bei dem alten Goldschmied die Spuren des Engels zu vernichten. Ist Ihnen eigentlich bewusst, in was für eine Aufregung ein Brand alte Menschen versetzt? Was ist so wichtig an diesem Engel?« Ich forschte in ihrem Gesicht. Ohne all die Fakten, derer ich mir inzwischen sicher war, hätte ich ihren Ausdruck als ahnungslos interpretiert.

»Frau Harloff, ich weiß nicht, was in Ihnen vorgeht und was Ihnen widerfahren ist, das Sie so sehr verwirrt. Ich weiß nur, dass Sie dringend Hilfe benötigen.« Ihr Tonfall war sanft und verständnisvoll. Ihre anfängliche Wut hatte sie gut unter Kontrolle. »Ich schlage vor, ich vergesse all die Unannehmlichkeiten, die Sie mir bisher bereitet haben. Und Marie«, damit wandte sie sich kurz ihrer Nichte zu, »Marie wird Ihnen dieses Feuerwerk, das Sie hier veranstalten, sicherlich ebenfalls verzeihen. Vorausgesetzt, wir sehen Sie nie wieder in unserer Nähe und Sie belästigen uns nicht weiter.« Sie schwieg einen Moment. »Nun, was meinen Sie dazu? Ich denke, das ist ein faires Angebot.«

Unter anderen Umständen hätte ich ihre Unverschämtheit bewundert. Diese Frau packte den Stier wirklich bei den Hörnern. Ich fragte mich, was geschehen musste, damit sie einknickte. »Sind Sie verzweifelt oder einfach nur dreist?«, fragte ich.

Ihre Miene zeigte nicht die leiseste Regung. Bluffen und Lügen gehörten in dieser Familie vermutlich zur Grundausbildung.

»Was auch immer in Ihrer Familie vor sich geht, interessiert mich nicht. Ich weiß, dass es diesen Andreas, der den Engel damals auf Sylt verloren hat, im Kreis Ihrer Verwandten gibt. Aber ich habe eingesehen, dass er nicht gefunden werden möchte.«

»Es gibt bei uns keinen Mann mit diesem Vornamen.«

»Möglicherweise hat er einen anderen Vornamen. Wahrscheinlich lügt bei Ihnen jeder.«

»Was macht Sie so sicher, dass es diesen Mann gibt?«

»Es existiert ein Foto von ihm.« Nicht nur sie konnte bluffen.

»Ja und?«

»Als ich zum ersten Mal in Ihrem Büro war, habe ich beim Hinausgehen einen Blick in das Zimmer Ihres Partners werfen können. Dort hängt ein Ölgemälde. Es zeigt zwei Mädchen. Ich habe Sie bei meinem zweiten Besuch auf dieses Bild angesprochen. Sie haben vorgegeben, es stamme von einem Pariser Straßenmaler. Was nicht stimmt, wie wir beide wissen.« Ich ließ ihr einen Moment Zeit, sich dazu zu äußern, aber sie schwieg. »Eines dieser Mädchen, das heißt, eine der Töchter Ihres Partners, sieht besagtem Andreas ähnlich.«

»Wenn ich irgendwo eine Ähnlichkeit entdecken möchte, schaffe ich das auch. So etwas ist nicht weiter schwer.« Sie zeigte auf Marie. »Sehen Sie sich meine Nichte bitte genau an. Hat sie irgendeine Ähnlichkeit mit diesem Mann, den Sie Andreas nennen?«

Ich sah sie stumm an. Noch einmal sah ich das Bild der beiden Mädchen vor meinem inneren Auge. Wenn ich mich nicht täuschte, lagen sie altersmäßig höchstens sechs oder sieben Jahre auseinander. Marie hatte bei McDonald's erzählt, dass sie eine achtjährige Schwester habe. Also konnte ich die vierundzwanzigjährige Marie gar nicht auf dem Bild gesehen haben. Zwischen ihr und der Achtjährigen lagen sechzehn Jahre. Bei den beiden Mädchen musste es sich um ihre jüngeren Schwestern handeln. »Marie ist gar nicht gemalt worden, habe ich recht?« Ich wandte mich an die junge Frau. »Sie selbst haben mir gesagt, dass Sie eine achtjährige Schwester haben.«

»Ich habe gelogen, meine Schwester ist sechzehn«, sagte sie und senkte beschämt den Blick. »Ich habe das nur gesagt, um mich mit Svenja über irgendetwas unterhalten zu können.«

Leonore Larssens Räuspern klang wie eine Kampfansage. »Auf dem Bild sind Marie und ihre um acht Jahre jüngere Schwester Anna abgebildet. Reicht Ihnen das jetzt an Informationen über unsere Familie, Frau Harloff?«

»Warum haben Sie behauptet, das Bild stamme von der Hand eines Pariser Straßenmalers? Ihre Sekretärin sagte mir, dass Frau Reinhardt es gemalt hat.«

»Das ist richtig. Aber da ich in Bezug auf Sie zum damaligen Zeitpunkt bereits eine untrügliche Ahnung hatte, habe ich den Straßenmaler vorgeschoben, um meine Schwester und ihre Kinder zu schützen.«

»Vor meinen Belästigungen?«

»Sie sagen es.«

»Können wir jetzt bitte gehen?«, fragte Marie leise.

»Ja«, antwortete ihre Tante und machte Anstalten, sich zu erheben.

»Einen Moment noch! Sie haben etwas vergessen.« Ich streckte die Hand aus. »Geben Sie mir bitte meinen Schmuck zurück.«

Sie schüttelte den Kopf, als habe sie es mit einer Schwachsinnigen zu tun, gebe sich aber alle Mühe, meinen geistigen Defiziten gerecht zu werden. »Frau Harloff, welchen Schmuck denn in Gottes Namen?«

»Den Schmuck meiner Mutter. Er wurde mir zusammen mit dem Engel gestohlen.«

»Ich hänge selbst sehr an den Schmuckstücken, die meine Mutter mir hinterlassen hat. Deshalb kann ich Ihr Leid gut verstehen. Aber Sie haben sich in etwas verrannt. Glauben Sie allen Ernstes, meine Nichte oder ich würden bei Ihnen einbrechen?«

»Ihre Nichte hatte den Engel. Ich vermute übrigens inzwischen, dass Sie ihn ihr vor vierundzwanzig Jahren geschenkt haben.«

»Sie hat Ihnen gesagt, wie sie zu dem Schmuckstück gekommen ist.«

»Frau Doktor Larssen, ich bin bereit, vieles für möglich zu halten. Aber dass ich mit dem Engel bei Ihnen auftauche, er mir kurz darauf gestohlen und ausgerechnet Ihrer Nichte am Hauptbahnhof angeboten wird – das ist ein bisschen viel des Guten. Zu viel für meinen Geschmack.«

Marie Reinhardt rutschte unruhig auf ihrem Stuhl herum.
»Wie alt sind Sie? Mitte dreißig?«, fragte ihre Tante.
»Siebenunddreißig.«
»Also trennen uns zwanzig Jahre. Damit habe ich Ihnen eine Menge an Lebenserfahrung voraus. Empfinden Sie es bitte nicht als Belehrung, aber meine Erfahrung sagt mir, dass es ganz absonderliche Zufälle im Leben gibt. Nur weil Sie den Zufall als Erklärung für diese Ereignisse für unwahrscheinlich halten, ist er längst nicht unmöglich. In zwanzig Jahren werden Sie vielleicht auch anders darüber denken und diese Geschichte als Anekdote zum Besten geben.«
Ich tat ihr nicht den Gefallen, auf ihren betont amüsierten Tonfall einzugehen. Sekundenlang sah ich sie einfach nur an. Schließlich sagte ich: »Sie werden Ihre Gründe haben, diesen Mann so zu schützen. Wobei ich mir keinen einzigen vorstellen kann, der Ihre Aktionen rechtfertigen würde. Nach meinem Rechtsverständnis gibt es keine Rechtfertigung für Einbruchdiebstahl und Brandstiftung. Aber lassen wir das mal dahingestellt sein. Wenn Sie auch nur einen Funken Anstand besitzen, finden Sie einen Weg, mir den Schmuck zurückzugeben. Ich kann verstehen, dass Sie Sorge haben, sich erpressbar zu machen, wenn Sie ihn mir aushändigen. Werfen Sie ihn mir in den Briefkasten oder schicken Sie ihn mir. Im Gegenzug sichere ich Ihnen zu, Sie nicht anzuzeigen.«
Leonore Larssen drehte den Kopf zu ihrer Nichte. »Marie, ich schlage vor, du gehst schon mal nach Hause. Ich komme gleich nach.«
Als hätte sie nur auf dieses Signal gewartet, stand die junge Frau auf, murmelte ein »Tschüss« und verließ fluchtartig das Café.

Ihre Tante wartete, bis die Tür hinter ihr zugefallen war.
»Frau Harloff, jetzt sage ich Ihnen mal etwas, um die Sache hoffentlich endgültig zu einem Ende zu bringen: Ich habe mich über Sie erkundigt.«

»Bei wem?«

»Das tut nichts zur Sache. Entscheidend sind die Antworten, die man mir gegeben hat. So wie es aussieht, haben Sie Schwierigkeiten damit, die Trennung von Ihrem Mann zu verkraften, und haben in Ihrer Kanzlei um eine Auszeit gebeten. Wenn ich noch die Information hinzunehme, die Sie mir übrigens selbst gegeben haben, dass nämlich eine Ihrer *Mandantinnen* vor Jahren auf Sylt eine kurze Affäre mit einem Andreas hatte – was glauben Sie, welches Bild für mich dabei herauskommt?« Sie sah mich mitleidig an. »Das Bild einer Frau, die vor ihren eigenen Problemen davonläuft und sich stattdessen in die romantische Vorstellung versteigt, sie könne den Mann finden, mit dem eine Ihrer Mandantinnen vor Jahren eine kurze Affäre auf Sylt hatte. Meiner Nichte haben Sie übrigens gesagt, es handle sich um Ihre Freundin. Sind Sie selbst diese Frau?«

Es tat weh, meine Trennung von Peer auf diese Weise um die Ohren geschlagen zu bekommen. Diese Frau hatte vor nichts Respekt.

»Ist dieser Engel zu so einer Art Rettungsanker für Sie geworden? Glauben Sie, Sie müssten diesen Andreas nur finden und könnten dort weitermachen, wo Sie vor Jahren aufgehört haben? Auch hier habe ich Ihnen einiges an Lebenserfahrung voraus, Frau Harloff. Das funktioniert nicht. Lassen Sie den Schmerz zu, den eine solche Trennung verursacht, und hören Sie auf, Nebenkriegsschauplätze zu eröffnen. Sie schaden damit sich selbst und anderen. Wie Marie mir sagte, hat sie Ihnen den Engel gegeben, und sie hat nicht einmal das Geld dafür genommen. Nehmen Sie es als großes Glück, dass der Engel zu Ihnen zurückgefunden hat. Es ist mehr Glück, als die meisten Menschen sich erhoffen dürfen, wenn sie Opfer eines Diebstahls wurden.«

»Und der Schmuck meiner Mutter?«, fragte ich. »Was ist mit dem?«

Sie schüttelte den Kopf. »Das weiß ich nicht.«

»Was für ein Mensch sind Sie? Sie rauben mir meinen Schmuck und besitzen auch noch die Dreistigkeit, in meinem Privatleben herumzuschnüffeln. Wie …?«

Mit einer knappen Handbewegung schnitt sie mir das Wort ab. »Gegen den Diebstahl verwehre ich mich ganz entschieden. Was allerdings die Schnüffelei im Privatleben anderer Menschen betrifft, sind Sie keinen Deut besser. Bei mir war es Selbstschutz. Ich überlasse es Ihnen, zu bewerten, was es in Ihrem Fall war.«

»Das Verfahren wegen des Einbruchs ist noch nicht eingestellt, Frau Doktor Larssen. Was glauben Sie, wird man bei der Polizei von der Geschichte halten?«

»Das kann ich Ihnen ziemlich genau vorhersagen: Man wird sich dort fragen, mit wem man es in Ihrem Fall zu tun hat – mit einer etwas überspannten oder aber mit einer eher geltungsbedürftigen Frau.«

»Wie wäre es mit einer misstrauischen und realistischen? Einer, die nicht an absurde Zufälle glaubt?«

»Frau Harloff, ich kann Ihnen sagen, was geschehen wird, wenn Sie sich mit dieser haarsträubenden Geschichte an die Polizei wenden. Ganz bestimmt werden Sie keine offenen Türen einrennen. Sie sind in einer schwierigen Lebenssituation. Sie haben Ihren Mann an eine andere verloren und den Schmuck Ihrer Mutter an einen Einbrecher. Jetzt suchen Sie nach einem Ventil für Ihre Wut und glauben, es in mir und meiner Familie gefunden zu haben. Ich glaube, vor diesem Hintergrund wird ein jeder Polizist Verständnis dafür aufbringen, wenn ich Sie wegen Verleumdung und Stalking anzeige. Außerdem werde ich ein psychiatrisches Gutachten beantragen. Wie, glauben Sie, wird sich das auf Ihren weiteren Weg als Anwältin auswirken?«

»Wie wollen Sie die Sache mit dem Engel erklären?«

»Gar nicht, es gibt nichts zu erklären«, erwiderte sie kalt. »Der Engel befindet sich in Ihrem Besitz. Die Polizei wird schon selbst auf die vernünftigste Erklärung kommen: dass Ihnen der Engel niemals gestohlen wurde. Was das für Ihre Glaubwürdigkeit bedeutet, wissen Sie selbst.«

»Und wie wollen Sie die Tatsache erklären, dass Ihr Name auf der Rechnung von Bernhard Schanz stand?«

»Wo ist diese Rechnung? Wenn Sie sie haben, möchte ich sie endlich einmal mit eigenen Augen sehen.«

Ich hörte auf meine innere Stimme. »Die Rechnung ist leider mit allen anderen Geschäftsunterlagen des Goldschmieds verbrannt. Aber ich habe sie gesehen und kann es bezeugen.«

Was immer in diesem Moment in ihr vorging, war nicht zu ergründen. Sie faltete die Hände und lehnte sich zurück. »Lassen Sie es gut sein. Sie schaden sich nur selbst, wenn Sie mit solch dürftigen und dazu noch fragwürdigen Beweisen zur Polizei gehen. Meinen Sie nicht, es wäre besser, ein wenig Schadensbegrenzung zu betreiben?«

»Besser für Sie oder besser für mich?«

»In diesem Fall besser für Sie. Gehen Sie nach Hause, Frau Harloff, packen Sie Ihre Koffer und nehmen Sie sich Ihre geplante Auszeit. In ein paar Wochen sieht Ihre Welt vielleicht schon anders aus. Möglicherweise hat die Polizei bis dahin auch Ihren Schmuck gefunden.«

Während sich das Café mehr und mehr leerte, überlegte ich mir den klügsten Schritt. Wollte ich den Schmuck meiner Mutter jemals wiedersehen, musste ich jetzt nachgeben. »Mag sein, Sie haben recht«, sagte ich nach einer Weile und gab meiner Stimme einen einlenkenden Tonfall. »Ja, vielleicht haben Sie tatsächlich recht.«

19

Leonore Larssen hatte mir unmissverständlich gedroht. Sie würde ihre Familie, und ganz besonders Andreas, mit allen Mitteln vor mir schützen. Ich saß in meinem Arbeitszimmer und betrachtete den Engel. Marie Reinhardts Tante konnte nicht wissen, dass ich – auf Arianes Wunsch hin und um Svenja zu schützen – längst beschlossen hatte, die Suche nach Andreas einzustellen. Ich wollte nur noch den Schmuck. Aus meinem Stillhalten würde sie schließen, dass sie mit ihrer Drohung Erfolg hatte. Sollte sie – es spielte keine Rolle. Wenn ich ihre vagen Andeutungen richtig verstanden hatte, würde sie meine Aufgabe damit belohnen, mir den Schmuck auf irgendeine Weise zukommen zu lassen. Darauf hoffte ich.

Trotz alledem fragte ich mich, wie sich die Geschichte, die sich um den Engel rankte, in Wahrheit anhörte. Nur zu gerne hätte ich gewusst, in welchem Verhältnis Arianes Andreas zu den beiden Frauen stand und wie der Engel ins Spiel gekommen war. Aber das würde ich wohl nie erfahren.

Es war kurz vor Mitternacht, als das Telefon klingelte. Seitdem Ariane im Krankenhaus lag, versetzten mich Anrufe zu ungewöhnlichen Zeiten in einen Alarmzustand. Ich griff nach dem Hörer und meldete mich. Judith war am anderen Ende der Leitung.

»Ist etwas mit Ariane?«, fragte ich.

»Nein, nein, alles unverändert«, beruhigte sie mich. »Bis auf die Tatsache, dass sie morgen nach Hause kommt. Ihr Zustand hat sich nicht verschlechtert, aber sie möchte ab jetzt in ihrem eigenen Bett liegen.«

Um zu sterben, ging es mir durch den Kopf. »Wie soll das funktionieren?«, fragte ich.

»Mit einem Palliativ-Pflegedienst. Die Frauen werden dreimal am Tag bei ihr vorbeikommen und der Palliativ-Arzt, wann immer es notwendig ist. Ariane hat bereits alles mit ihnen vereinbart.«

»Was ist nachts?«

»Nachts könnten wir bei ihr sein, ich meine abwechselnd. Was hältst du davon?«

Ich schwieg, während ich diese Möglichkeit in Gedanken durchspielte. »Judith, wie stellst du dir das vor? Du hast wenigstens noch ein paar medizinische Kenntnisse, ich habe gar keine. Was ist, wenn es nachts einen Zwischenfall gibt?«

»Auch dafür ist vorgesorgt. Jemand vom Palliativ-Team wird in einem solchen Fall vorbeikommen.«

»Sicher?«

»Du kennst Ariane, sie überlässt nichts dem Zufall. Die Mitarbeiter des Pflegedienstes haben den Ruf, äußerst verlässlich zu sein. Also, was meinst du? Machst du mit?« Judith klang, als wolle sie mich zu einer Hausgeburt überreden.

Wie konnte sie so unbefangen damit umgehen? Für mich waren Geburt und Tod zwei völlig verschiedene Dinge, so wie Anfang und Ende.

»Sophie?«, fragte sie, als ich nicht antwortete.

»Ja ... natürlich, ich mache mit.«

»Gut! Ich werde übers Wochenende die ersten beiden Nächte übernehmen. Vielleicht nimmt dir meine Erfahrung ein wenig von deiner Unsicherheit. Könntest du Sonntagabend einspringen?«

»Ja. Ich kann auch kurzfristig kommen, wenn du zu einer Geburt gerufen wirst.«

»Wunderbar!«, sagte sie. »Da ist aber noch etwas, das ich dich fragen wollte.«

»Sag mir bitte erst, was mit Svenja ist.«

»Sie bleibt bei Lucas.« Judith holte hörbar Luft. »Sophie, was ist das für eine seltsame Geschichte mit dem Engel, die du dir für Ariane ausgedacht hast? Sie hat mir davon erzählt.«

»Ariane glaubt, ich hätte mir die Geschichte ausgedacht?«

»Sie nicht, aber ich. Hat dir dieser verdammte Engel keine Ruhe gelassen? Wo hast du ihn überhaupt anfertigen lassen?«

»Ob du es glaubst oder nicht, es ist Arianes Engel.«

»Ich denke, Arianes Engel wurde dir gestohlen. Und jetzt erzähl mir nicht diesen Blödsinn von der jungen Frau, die ihn angeblich am Bahnhof gekauft hat und danach rein zufällig auf dich gestoßen ist. An solche Zufälle glaube ich nämlich nicht.«

»Es war tatsächlich kein Zufall, aber das habe ich Ariane verschwiegen. Mir war nur wichtig, dass sie den Engel zurückbekommt.«

»Erklär mir das!«

Bei ihrem ungewöhnlich scharfen Ton zuckte ich zusammen. »Die Tante dieser jungen Frau hat den Engel vor Jahren gekauft. Genauer gesagt vor vierundzwanzig Jahren. Genauso alt ist die Nichte. Deshalb nehme ich an, dass sie ihn ihr zur Geburt geschenkt hat. Wieso ihn dieser Andreas dann allerdings hatte, kann ich nicht sagen. Er ...«

»Das liegt doch auf der Hand«, meinte sie. »Er wird mit dem Engel gar nichts zu tun haben. Ariane hat das nur vermutet. Ich nehme an, dass die junge Frau ihn im Sand verloren hat. So ergibt alles einen Sinn. Über diese Frauen wirst du Andreas nicht finden. Also gib die Sache endlich auf, Sophie!«

»Ich habe längst aufgegeben. Dennoch glaube ich, dass dieser Andreas irgendwo im Kreise dieser Familie zu finden ist. Die beiden Frauen haben alles versucht, um ihn zu schützen. Fakt ist nämlich, dass sie dafür verantwortlich sind, dass bei mir eingebrochen und der Engel gestohlen wurde.«

»Das kann ich mir nicht vorstellen, Sophie. Ich glaube, da geht deine Phantasie mit dir durch. Es bricht doch niemand bei dir ein, nur um einen Talisman zu stehlen. Die Einbrecher hatten es auf deinen Schmuck abgesehen, auf Geld ...«

»Sie hatten es auf den Engel abgesehen, da bin ich mir inzwischen sicher. Die junge Frau hatte ihn. Und du glaubst selbst nicht an die Version, dass sie ihn am Bahnhof gekauft hat. Das Einzige, was mir nach wie vor Kopfzerbrechen bereitet, ist die Frage, warum sich diese Marie Reinhardt – so heißt sie – mit dem gestohlenen Engel zu mir ins Café gesetzt und ihn mir auch noch gezeigt hat.«

Einen Moment lang war nichts als schweres Atmen zu hören. Als Judith schließlich sprach, entgleiste ihre Stimme. »Sophie, ich habe dich gebeten, die Finger von dem Engel zu lassen und Ruhe zu geben. Für dich ist er ein Sinnbild dafür, dass im Leben alles seine Ordnung haben sollte. Nach dem Motto: Jedem Kind seine Wurzeln.« Inzwischen schrie sie ins Telefon. »Siehst du nicht, was du damit anrichtest?«

Es war nicht das erste Mal, dass sie überreagierte, sobald die Rede auf den Engel kam. Aber dieses Mal hatte ihre Reaktion eine andere Qualität. »Willst du damit sagen, ich sei selbst schuld, dass bei mir eingebrochen wurde?«

»Du hast es herausgefordert!«

Jetzt platzte auch mir der Kragen. »Herausgefordert? Wie die Frau mit dem Minirock, die für ihre Vergewaltigung verantwortlich ist?«

»Du weißt genau, dass ich so nicht denke und auch noch nie gedacht habe. Das ist etwas völlig anderes. Aber du ... du hast keine Ruhe gegeben. Verdammt noch mal, Sophie, die Dinge sind im Leben nicht immer so klar, wie du sie gerne hättest.« Sie stöhnte laut auf. »Ich glaube, wenn es keine Gesetze gäbe, würdest du sie erfinden.«

»Was soll das, Judith?« Ich war verletzt und verwirrt. Es war, als hätte ich irgendetwas nicht mitbekommen. Als fehle mir ein Puzzlestein, um ihre Reaktion zu verstehen.

»Lass es gut sein, Sophie, ich will mich nicht streiten. Ich hatte einen langen Tag und bin todmüde.«

»Ich hatte auch einen langen Tag. Was verschweigst du mir?«

»Nichts, ich verschweige dir nichts.«

»Hör auf damit! Also?« In diesem Moment ertönte die Klingel. »Warte bitte einen Augenblick«, sagte ich zu Judith und meldete mich durch die Gegensprechanlage. Unten stand Peer. Ich drückte den Türöffner. »Judith, können wir bitte morgen noch einmal darüber reden? Peer kommt gerade die Treppe herauf.«

»Es ist alles gesagt«, meinte sie müde. »Sei mir nicht böse, dass ich so überreagiert habe. Meine Nerven sind im Moment nicht die stärksten. Ich rufe dich am Sonntag wegen Ariane an. Schlaf gut!«

»Lass uns bitte ...« Aber sie hörte mich nicht mehr, sie hatte bereits aufgelegt.

»Mein Schlüssel ist mir im Türschloss abgebrochen. Die eine Hälfte steckt noch im Schloss meiner Wohnungstür«, sagte Peer und hielt mir die andere Hälfte vor die Nase. »Darf ich auf dem Sofa schlafen?«

Es lag mir auf der Zunge zu sagen, dass Schlüsseldienste Nachtdienst haben, aber ich verkniff es mir. »Komm rein.«

»Was ist los mit dir?«, fragte Peer beim Frühstück.

»Nichts.« Ich wich seinem Blick aus und beschäftigte mich mit der Scheibe Brot auf meinem Teller.

»Irgendetwas stimmt mit dir nicht, Sophie, du bist so ...« Er suchte nach dem passenden Wort, fand es jedoch nicht. »So anders. Eigentlich habe ich heute Nacht damit gerechnet, dass du mir die Tür vor der Nase zuknallst und mir empfiehlst, einen Schlüsseldienst zu rufen. Aber anstatt mir Vorhaltungen zu machen, lässt du mich sogar in deinem Bett schlafen.«

»Sei froh, das Sofa ist nicht sehr bequem, wie du weißt.«

»Mit ein wenig Optimismus würde ich sagen, du bist friedlich. Aber es könnte genauso gut Gleichgültigkeit sein. Und das ...«

»Peer, wir leben getrennt, es spielt keine Rolle, ob ich friedlich oder gleichgültig bin.«

»Ich wünsche mir immer noch, dass diese Trennung nur

vorübergehend ist. Es gibt Menschen, die es schaffen, eine solche Krise zu bewältigen, und die wieder zueinanderfinden.«

»Was machen die anders als ich? Denn darum geht es doch, oder?«

»Vielleicht lassen sie es zu, dass ihr festgefügtes Weltbild an der einen oder anderen Stelle ein wenig aufweicht.«

»Und mit aufweichen meinst du beide Augen zudrücken, wenn du fremdgehst. Hast du dir mal vorgestellt, wie es wäre, wenn ich dich betrogen hätte? Das tut weh, Peer.«

»Ich hatte die Wahl, dir oder mir treu zu sein. Und bevor du es mir entgegenschleuderst: Ja, ich habe mich für mich entschieden. Ich hatte das Gefühl, meine Selbstachtung zu verlieren, weil ich immer tiefer in einen Zustand hineinrutschte, den ich nicht wollte, aus dem ich aber mit verträglichen Mitteln nicht herauskam. Ich wollte, dass sich etwas ändert zwischen uns beiden, aber ich habe es nicht richtig ausdrücken können, und du hast mich nicht verstanden. Ich weiß, dass ich dir damit sehr wehgetan habe, und ich kann nur immer wieder sagen, dass ich es sehr bedaure und ich mich dafür entschuldige.«

Seine Worte hallten in meinem Kopf wider. Mit einem Mal war mir zum Lachen zumute. »Bist du das so strategisch angegangen, wie es sich anhört? Ich meine, hast du das alles vor dich hin gemurmelt, bevor du mit ihr ins Bett gegangen bist?«

Peer zog die Augenbrauen hoch. »Lachst du mich gerade aus?«

»Nein, ich stelle mir das nur vor.«

»Der Schlüssel ist mir übrigens schon gleich bei meinem

Einzug im Schloss abgebrochen, nicht erst gestern Abend. Ich hatte Sehnsucht nach dir.«

»Und warum hast du das nicht gesagt?«

»Warum wohl?«

Kaum war Peer gegangen, schob ich jeden Gedanken an ihn beiseite. Ich war durcheinander. Dabei brauchte ich einen klaren Kopf. Der Gedanke an die Rechnung nagte an mir. Meine innere Stimme riet mir, die Rechnung nicht aus den Augen zu verlieren. Sie war der einzige Beweis, der Leonore Larssen mit dem Engel in Verbindung brachte. Nicht umsonst hatte sie versucht, ihn zu vernichten.

War es riskant, die Rechnung beim Ehepaar Schanz zu lassen? Die Antwort lautete ja, denn falls Gerwine Schanz beschloss, die Unterlagen fortzuwerfen, da durch den Brand ohnehin die meisten zerstört waren, würde es keinen Beweis mehr geben. Und kein Druckmittel, um Leonore Larssen daran zu erinnern, mir den Schmuck meiner Mutter zurückzugeben.

Auf dem Weg nach Schlangenbad überlegte ich mir, wie ich Gerwine Schanz dazu überreden konnte, mir die Rechnung auszuhändigen. Sie wusste nicht, dass der Engel in der Zwischenzeit gestohlen worden war, sondern nur, dass Leonore Larssen abstritt, ihn gekauft zu haben. Mit dem Engel in der Tasche klingelte ich an dem alten Bauernhaus. Die Frau des Goldschmieds begrüßte mich mit den Worten, dass sie nur wenig Zeit habe, da die Schwester vom Pflegedienst gerade bei ihrem Mann sei und sie noch mit ihr reden müsse.

»Ich halte Sie nicht lange auf, Frau Schanz, ich habe nur eine Frage, vielmehr eine Bitte: Könnten Sie mir die Rechnung von dem Engel geben?«

»Wozu?«, fragte sie, wie nicht anders erwartet.

»Sie haben mir doch selbst geraten, ihn einfach zu behalten, da sich der rechtmäßige Besitzer nicht ausfindig machen lässt und der Engel nun herrenlos ist. Aber wenn ich ihn behalte, hätte ich auch gern die Rechnung dazu – falls er mir einmal gestohlen wird. Sie wissen, wie Versicherungen sind. Ohne Rechnung ist der Wert schwer nachzuweisen.« Ich hoffte, dass sie sich mit dieser krummen Logik zufriedengeben würde und nicht weiter darüber nachdachte. Immerhin hatte ich nie einen Cent für den Engel ausgegeben, wollte aber im Falle eines Diebstahls die Versicherung zahlen lassen.

»Da haben Sie recht«, sagte sie nach einem Moment des Nachdenkens. »Kommen Sie herein.« Sie lotste mich in die Küche, holte den Ordner und suchte das entsprechende Blatt heraus. »So, hier habe ich die Rechnung.« Sie reichte sie mir.

Ich lächelte sie dankbar an, ließ mich von ihr zur Tür begleiten und verabschiedete mich.

Von Schlangenbad aus fuhr ich nach Wiesbaden und parkte meinen Wagen vor Judiths Haus. Zweihundert Meter weiter war ein Fotoladen, dort machte ich eine Kopie von der Rechnung. Das Original schob ich in einen Briefumschlag, den ich vorsorglich mitgenommen hatte, adressierte ihn an mich selbst mit dem Vermerk *Persönlich/Vertraulich* und schickte ihn vom nahe gelegenen Postamt aus per Einschreiben an meine Kanzlei. Dort würde er vor einem Diebstahl sicher sein und auf mich warten, bis ich in knapp zwei Wochen wieder anfing zu arbeiten.

Auf dem Rückweg kaufte ich zwei Thunfischsalate und klingelte bei Judith. Ihr Rückbildungskurs war gerade beendet. Sie verabschiedete die Frauen an der Tür und sah mir überrascht entgegen.

»Ich hab uns etwas zu essen mitgebracht. Hast du Zeit?«

Sie nickte. »Komm rein.«

Während ich die Salate auspackte, holte sie Teller und Besteck aus dem Schrank. Sie sah müde und abgekämpft aus.

»Hattest du eine lange Nacht?«, fragte ich.

»Eine meiner Schwangeren rief an, als ich gerade eingeschlafen war. Und danach konnte ich lange nicht wieder einschlafen.«

Ich verteilte die Salate auf die Teller. »Was war gestern Abend los, Judith?«

»Bist du deshalb gekommen … um mich das zu fragen?«

»Jedes Mal, wenn die Sprache auf diesen Engel kommt, reagierst du wie eine Furie. Ich möchte das endlich einmal verstehen.«

»Da gibt es nichts weiter zu verstehen, Sophie.« Ihr Blick war abweisend. »Ich habe lediglich ein Problem damit, dass du wie besessen nach Spuren dieses Engels suchst. Als ginge es dabei um dich. Es geht aber nicht um dich, sondern um Svenja. Sie ist glücklich bei Lucas. Und ich habe Sorge, dass du ihr das zerstörst.«

»Diese Sorge verstehe ich, ich habe mir selbst viele Gedanken darüber gemacht. Aber Svenja kann nichts geschehen. Dieser Andreas kann schließlich nicht wissen, dass er ein Kind hat. Nur weil ich mir dessen sicher bin, habe ich beschlossen, weiter nach dem Schmuck meiner Mutter zu forschen. Ich möchte ihn zurückbekommen.«

Judiths Hände führten ein unruhiges Eigenleben. »Sollten diese Frauen tatsächlich hinter dem Einbruch stecken – glaubst du allen Ernstes, dass sie dir den Schmuck zurückgeben? Dann könnten sie ja gleich eine Selbstanzeige bei der Polizei machen.«

»Wenn es auch nur eine winzige Chance gibt, werde ich sie nutzen, Judith. Davon lasse ich mich nicht abbringen. Ich habe mir die Rechnung für den Engel besorgt. Wie auch immer diese Leonore Larssen versuchen sollte, sich herauszureden – Fakt ist, dass sie als Käuferin auf dieser Rechnung steht.«

»Sie wird es mit einem Irrtum erklären und dich so darstellen, als könntest du ein Nein nicht als solches akzeptieren.« Sie sah mich eindringlich an. »Noch einmal, Sophie: Lass die Finger davon, wenn dir Svenjas und dein Seelenfrieden am Herzen liegen.«

»Warum habe ich immer mehr das Gefühl, dass es dabei auch um deinen Seelenfrieden geht?« Ich hatte das Besteck längst zur Seite gelegt, mir war der Appetit vergangen.

»Weil du nicht aufhören kannst, das konntest du noch nie. Wenn du dich irgendwo festgebissen hast, lässt du nicht mehr los – koste es, was es wolle.«

»Und du hast schon immer angegriffen, wenn du dich in die Ecke gedrängt fühlst.«

»Sophie, ich bin todmüde. Lass uns diese Diskussion hier beenden, sie bringt nichts. Ich würde mich liebend gerne noch einen Augenblick hinlegen, bevor der nächste Kurs beginnt.« Ohne meine Reaktion abzuwarten, stand sie auf und räumte die Teller zusammen. »Ariane ist übrigens seit heute Vormittag zu Hause. Du kannst also gleich noch bei ihr vorbeigehen, wenn du magst.«

Wie angewurzelt blieb ich auf meinem Stuhl sitzen. »Bist du eigentlich schon mal auf die Idee gekommen, dass mich dein merkwürdiges Verhalten erst recht anstachelt, der Sache auf den Grund zu gehen?«

Judith sah mich an, als habe ich sie geschlagen.

»Ich möchte endlich wissen, was du damit zu tun hast. Warum dieser Engel dich so sehr zur Weißglut bringt.«

»Können wir das nicht lassen? Bitte …«

Aber ich konnte nicht. »Judith, was weißt du über diesen Andreas?«

»Nichts, gar nichts. Und auch Ariane weiß nichts über ihn. Er hat nämlich nie existiert.«

»Also ist Lucas doch Svenjas Vater und sie hat mich belogen? Um was zu erreichen?«

Judiths Blick sprach Bände. Sie verzieh mir nicht, sie so weit gebracht zu haben. Mit zusammengepressten Lippen schwieg sie. Als sie schließlich sprach, klang ihre Stimme aufgebracht. »Sie hat die Wahrheit gesagt: Lucas ist nicht Svenjas Vater. Was sie dir allerdings verschwiegen hat, ist, dass sie nicht Svenjas Mutter ist.«

20

Meine erste Reaktion war ungläubiges Lachen. Ich war überzeugt, dass Judith mich auf den Arm nahm. Obwohl ich es hätte besser wissen können, denn an ihrer Gestik und ihrer Stimme war deutlich zu erkennen, dass sie es ernst meinte. Aber die Vorstellung, Ariane könne nicht Svenjas Mutter sein, ging über meinen Horizont.

Ich stand auf und schob, als gäbe es nichts Wichtigeres in diesem Moment, den Stuhl zurück an den Tisch. »Ich glaube, du bist wirklich übermüdet«, sagte ich in der Hoffnung, dass sie mir zustimmte.

»Erinnerst du dich an den Abend vor acht Jahren, als Ariane aus London zu einem Geschäftstermin in Frankfurt gekommen war?« Judiths Stimme klang rauh.

»Natürlich erinnere ich mich, es war der Tag nach Svenjas Geburt. Eigentlich hatte ich schon am Vorabend zu euch stoßen wollen, aber ich hatte bis spät in die Nacht arbeiten müssen, so klappte es erst am nächsten Tag.« Damals absolvierte ich gerade mein Referendariat in einer Stuttgarter Kanzlei und hatte mir zwei Tage freigenommen, um Ariane zu sehen.

»Wenn du es an diesem Abend geschafft hättest, wäre vieles anders gelaufen, da bin ich mir sicher. Aber ich habe es mir nie gewünscht und Ariane erst recht nicht. Denn wie es gekommen ist, ist es gut. Es …«

Mit einer Handbewegung brachte ich sie zum Schweigen. »Ich will das nicht hören, Judith. Ich gehe jetzt.«

»Du hast die Geister gerufen.«

»Ich habe sie verfolgt, gerufen hat Ariane sie, als sie mir von *Andreas* erzählt hat.« Vor Wut und Enttäuschung trat ich mit dem Fuß gegen den Stuhl. »Mein Gott, wie konntet ihr nur? Ihr habt mich die ganze Zeit wie eine Bescheuerte herumlaufen und einer nicht existenten Spur hinterherjagen lassen. Und ich war blöd genug …«

»Du warst entschlossen genug.«

»Natürlich war ich entschlossen. Warum hat Ariane mir diesen Bären mit Andreas aufgebunden?«

»Um einen Weg zu finden, damit Svenja nach ihrem Tod nicht zu Lucas kommt.« In Judiths Tonfall mischten sich Missbilligung und Verständnis für Ariane. »Durch ihren Hass auf Lucas hat sie alles aufs Spiel gesetzt. Als sie dir erzählte, dass er nicht Svenjas Vater ist, ist mir fast die Luft weggeblieben. In dem Moment sah ich alles einstürzen.«

»Meinst du mit *alles* euer Lügengebäude?« Wir maßen uns mit wütenden Blicken.

»Dieses Lügengebäude war Arianes einzige Chance, Svenja zu behalten.«

»Zu behalten.« Dieses Wort klang in mir nach. Ich zog den Stuhl wieder hervor und setzte mich. »Was habt ihr beide getan? Eine Leihmutter engagiert?«

Sie schüttelte den Kopf. »Dazu hätten wir einen Samenspender gebraucht. Und für Lucas wäre so etwas nie in Frage gekommen …«

»Zumal die beiden damals längst nicht mehr zusammen waren. Also habt ihr nach einer Schwangeren gesucht, die verzweifelt genug war, ihr Baby abzugeben.« Ich sah sie abschätzig an. »Dass Ariane in ihrer Sehnsucht nach einem

Kind bei dieser Sache mitgemacht hat, kann ich noch einigermaßen nachvollziehen, aber du?«

»Es war ganz anders, als du denkst.« Sie kam zum Tisch und setzte sich ebenfalls. »An jenem Abend damals saßen Ariane und ich gerade beim Essen, als ich zu einer Schwangeren gerufen wurde, bei der die Wehen einsetzten. Ich musste Ariane allein lassen. Wie sie mir später erzählte, war ich kaum eine Stunde fort, als es klingelte.« Judith holte tief Luft und sah mich an. »Ariane öffnete. Vor ihr stand ein ungefähr sechzehnjähriges Mädchen mit einer Sporttasche. Das Mädchen wirkte völlig außer sich. Es drückte Ariane die Tasche in die Hand, weil es offensichtlich glaubte, sie sei die Hebamme. Erst verstand Ariane nicht, worum es ging, denn sie wusste nicht, was sich in der Tasche befand. Als das Mädchen sie jedoch anflehte, das Baby zu nehmen und zur Adoption zu geben, begann sie zu begreifen. Sie versuchte, das Mädchen zu beruhigen und in die Wohnung zu bitten, um in Ruhe darüber zu reden. Aber das Mädchen weigerte sich. Es sagte, es könne sich keinesfalls um das Kind kümmern, es dürfe auch niemand davon wissen. In seiner Nähe sei das Baby in Gefahr, deshalb solle Ariane keinesfalls versuchen, es zurückzugeben. Stattdessen solle sie liebevolle Eltern finden. Keine zwei Sekunden später war das Mädchen verschwunden. Vielleicht kannst du dir ihre Gefühle vorstellen, als sie die Tasche ganz öffnete und begriff, was da vor ihr lag: ein frisch geborenes Baby, dessen Mutter es nicht haben wollte oder konnte.«

»Und da hat sie zugegriffen.«

»Ich glaube, dieses Zugreifen war erst einmal nur ein Reflex. Sie hat das Baby aus der Tasche gehoben und in den Arm genommen. Sie hatte sich jahrelang nach einem Kind gesehnt und alles Erdenkliche unternommen, um eines zu bekommen. Ohne Erfolg. Ihre Ehe mit Lucas war ein halbes Jahr zuvor daran zerbrochen – eine Trennung, unter der sie immer noch sehr litt. Daran muss ich dich nicht erinnern. Und plötzlich schneit dieses Mädchen in ihr Leben und drückt ihr die Tasche mit dem Baby in die Hand. Der Plan, es als ihr eigenes auszugeben, war sicher nicht sofort in ihrem Kopf. Aber während sie auf mich wartete, reifte er in ihr heran. Von einer Sekunde auf die andere hatte sie die Chance, ein Kind zu bekommen und ihre Ehe vielleicht doch noch zu retten.«

»Die Chance auf ein Kind hätte sie auch durch eine offizielle Adoption gehabt«, warf ich dazwischen.

»Eine offizielle Adoption? Während sie von ihrem Mann bereits getrennt lebte? Wach auf, Sophie!«

»Sie hat sich das Kind einfach genommen.«

»Sie hat es *angenommen*, das ist ein Unterschied.«

»Vor dem Gesetz ist dieser Unterschied irrelevant. Ist dir nicht klar, was ihr da gemacht habt? Das ist Personenstandsfälschung und hätte euch bis zu zwei Jahre Gefängnis oder aber eine deftige Geldstrafe einbringen können. Und dass an solche Strafen grundsätzlich ein Berufsverbot gehängt werden kann, muss ich dir nicht sagen, oder?«

»Wenn ich dir zuhöre, ist mir wieder ganz präsent, warum wir beschlossen haben, dir nichts davon zu erzählen. Kannst du nicht für einen Moment deine elenden Gesetze vergessen und wie ein Mensch denken? Ariane hatte nicht nur ihr lang ersehntes Baby, sondern auch die Chance, ihren Mann zurückzugewinnen.«

»Indem sie ihm das Baby untergeschoben hat. Gibt es für euch beide eigentlich irgendwelche Tabus?«

Judith sah mich fast mitleidig an. »Woher nimmst du

diese Härte? Oder brauchst du deine Gesetzeswelt und deine *Tabus*, um dich daran festzuhalten? Vielleicht verlässt du mal deinen begrenzten Horizont und hältst dir vor Augen, wie viel Gutes aus dem, was du Personenstandsfälschung nennst, herausgekommen ist.«

»Aber um welchen Preis?«, fragte ich, ohne mir anmerken zu lassen, wie sehr Judiths Worte mich verletzten.

»Es gab keinen Preis, Sophie. Niemand hat einen Preis zahlen müssen. Die Mutter wollte das Baby nicht, wir haben niemandem geschadet.«

»Nach dem Motto, wo kein Ankläger ist, da ist auch keine Schuld?« Ich fasste mir an den Kopf. »Da kommt eine Sechzehnjährige, offensichtlich verzweifelt, und gibt bei einer Hebamme ihr Baby ab. Und du sagst mir, ihr hättet niemandem geschadet? Überleg mal: Was ist, wenn das eine Kurzschlussreaktion war? Und da es sich um ein Neugeborenes gehandelt hat, ist von genau so einer Kurzschlussreaktion auszugehen. Ist keine von euch auf die Idee gekommen, nach dem jungen Mädchen zu suchen oder nach ihr suchen zu lassen, damit sie Hilfe bekommt und vielleicht noch einmal ganz in Ruhe darüber nachdenken kann? Sechzehn Jahre alt zu sein bedeutet nicht, kein Kind großziehen zu können. Und es bedeutet auch nicht, es nicht später vielleicht zu bereuen.«

»Wir haben gewartet«, rechtfertigte sie sich. »Wir haben damit gerechnet, dass sie zurückkommt.«

»Viel länger als eine Nacht könnt ihr nicht gewartet haben. Als ich am nächsten Vormittag vorbeikam, um Ariane zu sehen, lag sie im Bett mit dem Baby im Arm und hat es mir als ihre Tochter Svenja vorgestellt.«

»Das hat sie ohne mein Wissen getan. Ich darf dich daran erinnern, dass ich zu diesem Zeitpunkt nicht zu Hause war. Ariane hatte mich die ganze Nacht bearbeitet und gebeten, ihr eine Hausgeburt zu bezeugen. Ich war noch unentschlossen. Die Gefahr, dass das junge Mädchen wiederkommen und das Baby zurückfordern würde, war meiner Meinung nach viel zu groß.«

»Eine Gefahr nennst du das, wenn eine Mutter ihr Kind haben möchte?«

»Nein, ich nenne es eine Gefahr, wenn eine ungewollt kinderlose Frau plötzlich das ersehnte Baby im Arm hält und es dann doch wieder abgeben muss«, sagte sie erbost. Sie sah an mir vorbei und versuchte, sich zu beruhigen. »Ich dachte, wenn ich ihr erst einmal die Geburtsbescheinigung fürs Standesamt in die Hand gedrückt hätte, wäre es zu spät für eine Umkehr. Deshalb habe ich sie gebeten, ein wenig Zeit ins Land gehen zu lassen. Ich hatte ihr vorgeschlagen, dass sie nach London zurückkehrt und in Ruhe über alles nachdenkt. So lange wollte ich mich um das Baby kümmern. Wenn die junge Mutter sich nach zwei Wochen nicht gemeldet hätte und Ariane immer noch entschlossen wäre, das Baby anzunehmen, wollte ich ihr helfen. Da die Anmeldung eines Babys beim Standesamt in der Regel fünf Tage nach der Geburt erfolgen muss, hätten wir eben das Geburtsdatum leicht abgeändert. Alles im Rahmen der *Personenstandsfälschung*«, fügte sie spöttisch hinzu.

»Aber als du mittags nach Hause kamst, hatte Ariane ohne dein Wissen bereits Fakten geschaffen, indem sie mir Svenja vorstellte.« Ich schluckte hart. »Ich erinnere mich noch, wie verletzt ich damals war, weil Ariane mir ihre Schwangerschaft verschwiegen hatte. Sie hat es mir damit erklärt, dass sie lange Zeit selber nicht habe fassen können, endlich schwanger zu sein. Ständig habe sie Sorge gehabt, das Baby wieder zu verlieren. Sie habe warten wollen, bis es auf der Welt war. Außer dir habe sie niemanden eingeweiht.« Ich sah sie abwartend an. Als sie nichts sagte, fuhr ich fort: »Kannst du dir vorstellen, wie eifersüchtig ich damals auf dich war? Ich habe nicht verstanden, warum sie es dir erzählt hat, aber mir nicht. Alles Lügen, all die Jahre. Lügen über Lügen.«

»Sophie, machen wir uns nichts vor. Es gibt keinen Zweifel daran, was du getan hättest, hättest du die Wahrheit erfahren. Ich darf dich an deine Kommilitonin erinnern, die damals Fahrerflucht begangen hat. Ihren Namen weiß ich nicht mehr. Aber du hast ...«

»Sie hieß Sina.«

»Du hast ihr die Hölle heißgemacht, bis sie sich endlich selbst angezeigt hat. Und damals ging es nur um einen Zaun. Ariane und ich konnten uns lebhaft vorstellen, was uns in Svenjas Fall blühte.«

»Ich hätte euch niemals angezeigt.«

»Nein, das sicher nicht. Aber die Sache hätte dich in einen so schweren Konflikt gestürzt, dass du uns keine Ruhe gelassen hättest, bis Ariane Svenja abgegeben hätte.«

Ich verschränkte die Arme vor der Brust und lehnte mich zurück. »Stattdessen habt ihr mir diesen Konflikt erspart. Wie überaus nobel von euch!«

»Wir waren uns einfach nicht sicher, ob dein Gewissen nicht vielleicht doch über unsere Freundschaft siegen würde.«

»Und dann? Hast du Ariane den Geburtsschein in die Hand gedrückt, damit sie ›ihre Tochter‹ beim Standesamt anmelden und die Geburtsurkunde in Empfang nehmen konnte? Hat sie Lucas gleich als leiblichen Vater eintragen lassen, oder hat sie das erst später nachgeholt?«

»Ich verstehe, dass du verletzt bist, Sophie.«

Ich tat ihre Bemerkung mit einer Handbewegung ab. »Wie einfach das gewesen sein muss. Dadurch, dass sie in London arbeitete, konnten hier niemandem Zweifel an ihrer Schwangerschaft kommen. Clever.«

»Das klingt, als habe sie es geplant. Dabei hat sie nur zugegriffen, als sich die Chance dazu bot. Sie hat damals ihren Job in London fristlos gekündigt und sich in Wiesbaden niedergelassen.«

»Und sich monatelang mit der schwierigen Entscheidung herumgetragen, ob sie Lucas von seiner Tochter erzählen soll oder nicht.« Daran erinnerte ich mich noch gut. Wir hatten lange Gespräche darüber geführt. Alles zum Schein. Sie hatte damals längst vor, ihrem Noch-Ehemann das Kind unterzuschieben. »Diese Zeit hatte einen ganz anderen Sinn, habe ich recht?«

Judith hielt meinem Blick stand.

»Sie hat genau so viele Monate gewartet, bis die körperlichen Spuren einer tatsächlichen Geburt verschwunden gewesen wären. Erst dann hat sie ihn informiert. Wenn ich mich richtig entsinne, haben die beiden kurz darauf wieder eine gemeinsame Wohnung bezogen. Tragisch, dass diese Ehe letztendlich doch gescheitert ist.«

»Ariane hat es nie bereut, Svenja angenommen zu haben. Dieses Kind ist das Wertvollste in ihrem Leben.«

Einen Moment lang schloss ich die Augen. Es war der Versuch, alles auszublenden und einen Ruhepunkt zu finden.

Aber ich war viel zu aufgewühlt.

»Und was jetzt geschieht«, fuhr Judith leise fort, »dass Ariane sich in absehbarer Zeit von ihrer Tochter verabschieden muss, hätte in jeder anderen Adoptivfamilie auch geschehen können. Das ist Schicksal.«

»Ihr habt Schicksal gespielt.«

Als es in diesem Augenblick klingelte, sah Judith auf die Uhr und sprang auf, als käme lang ersehnter Besuch. »Das sind die Frauen von meinem Geburtsvorbereitungskurs. Wenn du zu Ariane gehst ...«

»Ich gehe nicht zu Ariane, ich warte hier auf dich, bis der Kurs beendet ist. Es gibt noch ein paar Fragen, auf die ich gerne eine Antwort hätte.«

Während Judith im Flur ihre Schwangeren begrüßte, legte sich eine Art Betäubung über mich. Es war, als hätte sich eine Schicht aus Watte über meine Gefühle gestülpt. Wieder und wieder rekapitulierte ich das, was Judith mir offenbart hatte. Ich wusste, es tat weh, aber ich konnte es nicht fühlen.

Eine Unterhaltung mit Ariane ging mir durch den Kopf. Sie lag erst ein paar Tage zurück, und ich hatte die Worte noch im Kopf: *Jetzt bekomme ich die Rechnung dafür, dass ich immer meinen Kopf durchgesetzt habe. Ich habe zu viel gewollt. Das wird bestraft. Wer auch immer da oben waltet und lenkt, weist mich in meine Schranken.* Erst jetzt wurde mir bewusst, worüber sie eigentlich gesprochen hatte – über die unrechtmäßige Adoption von Svenja. Je länger ich über meine Gespräche mit Ariane nachdachte, desto mehr Wendungen fielen mir ein, mit denen sie mir die Wahrheit zu verstehen gegeben hatte. So verklausuliert allerdings, dass ich sie nicht als solche hatte erkennen können. Als ich so unglücklich über den Diebstahl des Engels war, hatte sie mir gesagt, der Engel sei unwichtig. Ebenso Andreas, er habe nie eine Rolle gespielt, ihn zu suchen sei sinnlos. Wie sinnlos diese Suche gewesen war, wusste ich erst jetzt.

Und als ich Ariane den Engel zurückbrachte? Da hatte sie ihn mir in die Hand gedrückt und mich gebeten, ihn nach ihrem Tod Svenja zu geben. Ich hörte ihre Stimme: *Sag ihr, der Engel sei ein Geschenk von ihrer Mutter.* Und als ich ihn nicht hatte nehmen wollen, hatte sie hinzugefügt: *Er war immer für Svenja bestimmt.*

Ich hörte, wie die Türklinke heruntergedrückt wurde. Gleich darauf stand Judith in der Küche. Sie schloss die Tür und lehnte sich von innen dagegen.

»Was ist mit dem Engel?«, fragte ich sie.

Judith holte tief Luft, als wolle sie sich für die nächste Runde wappnen. »Ariane hat ihn in der Decke gefunden, in die das Baby gewickelt war. Sie bat mich, ihn verschwinden zu lassen, um jede Spur von Svenjas Ursprungsfamilie zu vernichten.«

»Mir war bisher nie bewusst, wie gut ihr beide lügen könnt. Habt ihr mir nicht in Falkenstein erzählt, Ariane habe dir den Engel in einem geschlossenen Umschlag zur Aufbewahrung anvertraut? Damit Svenja später eine Erinnerung an ihren leiblichen Vater habe?«

»Sophie, versteh doch bitte …«

»Alles erstunken und erlogen. So wie diese One-Night-Affair am Sylter Strand. Der Engel lag morgens neben ihr im Sand – dass ich nicht lache. Und ich jage die ganze Zeit diesem Andreas hinterher. Ein Phantom, nichts weiter.«

»Du hast keine Ruhe gegeben, also haben wir dir diese Geschichte mit dem Aufbewahren aufgetischt.«

Ich dachte nach. »Deshalb war Ariane so aufgebracht und hat dir vorgeworfen, du hättest ihr etwas versprochen, was du nicht gehalten hättest.«

»Ja, ich hatte ihr versprochen, den Engel verschwinden zu lassen, aber das konnte ich nicht.«

»Warum hast du ihn mit zu unserem Treffen nach Falkenstein gebracht?«

Sie atmete so schwer, als liege ein großes Gewicht auf ihrem Brustkorb. Unser Gespräch kostete sie ganz offensichtlich Kraft. »Es mag seltsam klingen, vielleicht habe ich zu dem Zeitpunkt auch schon gespürt, wie es um Ariane steht, ich kann es dir nicht sagen. Aber all die Tage vor unserem Treffen ließ mich der Gedanke nicht los, dass dieser Schutzengel Svenja gehört – wer auch immer ihn ihr geschenkt hat. Ich fand, es sei an der Zeit, dass Ariane ihn ihrer Tochter gibt. Als sie von ihrer Krankheit sprach, fand ich erst recht, dass Svenja den Schutzengel bekommen sollte. Ariane war im ersten Moment ziemlich erbost darüber, dass ich ihn damals nicht weggeworfen habe.«

Ich stieß hörbar Luft durch die Nase, um meinem Unmut Ausdruck zu verleihen. »Das war der Moment im Hotel, als ich einen Teil eurer Unterhaltung aufgeschnappt habe. *Du hast es mir versprochen*«, ahmte ich Arianes Tonfall nach. »Warum hat Ariane beschlossen, mich den Besitzer des Engels suchen zu lassen? Damit ist sie das Risiko eingegangen, dass schließlich alles herauskommt.«

»Warum, glaubst du, habe ich so heftig protestiert?«, fragte Judith. »Natürlich war das ein Risiko, und sie hat ihre Entscheidung nicht einmal mit mir abgesprochen. Mir droht, wie du ganz richtig erkannt hast, ein Berufsverbot, wenn die Sache herauskommt.« Sie kam zum Tisch und setzte sich mir gegenüber. »Als sie dir den Engel gab, hat sie sich überlegt, Svenjas leibliche Mutter ausfindig zu machen. Für den Fall, dass sie sterben muss.«

Es brauchte einige Sekunden, bis ich begriff, was Ariane getrieben hatte. »Das war purer Egoismus«, sprach ich meinen Gedanken laut aus. »Nur weil sie Lucas ein Leben mit Svenja nicht gönnt, und nicht etwa weil sie inzwischen zu der Überzeugung gelangt ist, dass es Unrecht war, was sie getan hat. Svenja hätte Arianes Hass auf Lucas ausbaden müssen.«

»Genau wie deine Überzeugung, dass jedes Kind ein Recht darauf hat, seine Wurzeln zu kennen.«

»Ihr beide habt so viel gelogen, Judith. Das tut verdammt weh.«

»Wir wollten dich nicht misstrauisch machen. Und wir wollten dich nicht als Mitwisserin.«

»Ich bin eure Freundin.«

Sie streckte ihre Hand nach meiner aus, aber ich zog sie zurück. »Kannst du dir vorstellen, wie lange Ariane und ich in der Sorge gelebt haben, das Mädchen käme zurück und würde Svenja zurückfordern? In dem Fall wäre alles herausgekommen. Die Konsequenzen waren uns beiden bewusst. Und jetzt stell dir vor, wir hätten dich eingeweiht. Du wärst in einen unerträglichen Zwiespalt geraten.«

»Ich soll euch also auch noch dankbar sein, dass ihr mir nicht vertraut habt.« Mein Lachen war voller Bitterkeit. »Ich frage mich, was das für eine Freundschaft ist, die uns verbindet.«

»Für mich ist es eine sehr gute, Sophie, eine, die mir sehr am Herzen liegt, auch wenn dir das im Moment nicht so erscheint.«

»Wie verträgt sich das mit einem so schwerwiegenden Geheimnis?«

Sie ließ sich Zeit mit ihrer Antwort und sah mich traurig an. »Ein Geheimnis zu bewahren bedeutet nicht, eine schlechte Freundin zu sein.«

21

Anstatt bei Ariane vorbeizuschauen, fuhr ich auf direktem Weg nach Hause. Ich brauchte Abstand, um über Judiths Eröffnungen nachzudenken. Mit dem Engel in der geöffneten Hand saß ich da und versuchte, die einzelnen Teile zu einem Gesamtbild zusammenzufügen.

Vieles ergab jetzt einen Sinn. Ich war mir sicher, dass es sich bei dem damals sechzehnjährigen Mädchen, das sein Baby bei Ariane abgegeben hatte, um Marie Reinhardt handelte. Sie hatte den Engel zu ihrem Baby in die Decke gelegt. Inzwischen war sie vierundzwanzig Jahre alt. Vor vierundzwanzig Jahren hatte Leonore Larssen den Engel bei Bernhard Schanz in Auftrag gegeben.

Arianes Täuschungsmanöver mit Andreas hatte mir den Blick verstellt. Zwar hatte ich die Ähnlichkeit zwischen einem der Mädchen auf dem Ölgemälde und Svenja gesehen, aber den falschen Schluss gezogen.

Mit dem Wissen, das ich jetzt hatte, verstand ich, warum die junge Frau sich im Café zu mir gesetzt und mir den Engel gezeigt hatte. Über Leonore Larssen war der Engel zu ihr zurückgekommen. Das kleine Schmuckstück musste sie aufgewühlt haben. Ich versuchte mir vorzustellen, was in mir in den vergangenen acht Jahren vorgegangen wäre, hätte ich als Jugendliche in einer vermeintlich aussichtslosen Situation mein Baby weggegeben. Was musste in einer Frau vorgehen, die all das tatsächlich durchlebt hatte? Wie oft hatte sie sich gewünscht, sie hätte es nicht getan? Wie oft hatte sie ihren Schritt bereut?

Und wie oft hatte sie sich gefragt, wie es ihrem Kind in den acht Jahren ergangen war? Als sie schließlich eine Chance sah, sich selbst davon zu überzeugen, hatte sie sie ergriffen. Sie musste mich verfolgt haben, um wie zufällig bei McDonald's aufzutauchen. Ich sah sie genau vor mir, wie rührend und interessiert sie sich um Svenja kümmerte, wie sehr sie auf das Kind einging. Auch hier konnte ich nur ahnen, was wohl in ihr vorgegangen war. Wie war es, nach acht Jahren sein Kind wiederzusehen? Bei der Vorstellung bekam ich eine Gänsehaut. Im Nachhinein bewunderte ich Marie Reinhardt für die Stärke, ihre Emotionen so sehr im Zaum zu halten.

In Gedanken wanderte ich acht Jahre zurück. Ich ging davon aus, dass Maries Eltern nichts von ihrer Schwangerschaft mitbekommen hatten. Sie war nicht der einzige Teenager, dem es gelungen war, den wachsenden Bauch vor der Familie zu verstecken. Ich nahm an, dass nur Leonore Larssen, ihre Tante, Bescheid gewusst hatte. Das würde auch erklären, warum sie alles getan hatte, um Maries Verzweiflungstat zu decken.

Ich stellte mir ihre Situation vor, und zwar mit dem Wissen, das ich jetzt hatte. Bei der ersten Begegnung mit mir in ihrem Büro musste sie davon ausgegangen sein, dass die neuen Eltern des Babys ihre Fühler nach der Ursprungsfamilie ausstreckten. Denn nur wer das Baby in Empfang genommen hatte, konnte auch im Besitz des Engels sein. Ich hatte ihr wohl einen gehörigen Schrecken versetzt. Durch den Engel sah sie die Gefahr heraufziehen, dass Maries Schwangerschaft nach all den Jahren auffliegen könnte. Also ließ sie den Talisman kurzerhand stehlen und gab den

Auftrag, auch die Rechnungsunterlagen zu vernichten. Ohne Engel und ohne Rechnung würde es keine Spur mehr geben.

Aber auch mein zweiter Besuch musste ihr zu denken gegeben haben. Als ich ihr von Andreas und der Nacht auf Sylt erzählte, war sie sicher, so nahm ich an, im Geiste die möglichen Erklärungen durchgegangen: Entweder hatte Maries mittlerweile achtjährige Tochter den Engel bei einem Strandurlaub im Sand verloren, und die Finderin hatte ihn fälschlicherweise besagtem Andreas zugeschrieben. Oder aber der Mann namens Andreas war der neue Vater ihrer Großnichte und hatte den Engel im Laufe eines Techtelmechtels am Strand verloren.

Im ersten Fall hätte keine Gefahr gedroht, dass Marie Reinhardts Schwangerschaft doch noch herauskam. Schließlich suchte die Finderin nach einem Andreas, und den gab es im Familienverbund Reinhardt/Larssen wohl nicht. Im anderen Fall wäre es komplizierter gewesen. Dass Andreas nur ein Täuschungsmanöver meiner Freundin war, konnte Leonore Larssen nicht wissen. Hatte sie mir deshalb ihren Chauffeur hinterhergeschickt? Um zu sehen, wie weit ich bei meiner Suche kam? Während ich darüber nachdachte, wurde mir mehr und mehr die Unverhältnismäßigkeit der Geschehnisse bewusst: Um zu verdecken, dass ihre Nichte acht Jahre zuvor ein Kind geboren hatte, war Leonore Larssen kriminell geworden. Wir lebten nicht mehr im Mittelalter. Es kam mir merkwürdig vor, dass sie zu solchen Mitteln gegriffen hatte. Ich hatte keine Erklärung dafür.

Trotz all der noch offenen Fragen würde ich den Teufel tun und noch einmal versuchen, den Spuren des Engels zu folgen. Um Svenjas willen würde ich mich auch vom

Schmuck meiner Mutter lösen müssen. Es tat weh, den Gedanken zu begraben, ihn doch noch irgendwie zurückzubekommen. Aber Svenja war das Gewicht auf der anderen Waagschale, und das wog schwerer. Im Nachhinein war ich froh über die ablehnende Haltung von Leonore Larssen. Sie war die Garantie, dass es keine Bemühungen geben würde, Svenja in ihre Ursprungsfamilie zurückzuholen. In Maries Annäherung sah ich nichts anderes als den Versuch, sich zu vergewissern, dass es ihrer Tochter gut ging.

Zum Glück hatte ich Marie gesagt, Ariane gehe es wieder besser. Was in der jungen Frau vor sich gehen würde, falls sie erführe, dass Svenjas zweite Mutter im Sterben lag – darüber ließ sich nur spekulieren. Würde sie alles daransetzen, ihr Kind zurückzuholen?

Es war kurz nach halb acht am Freitagabend, als ich rastlos durch die Straßen Sachsenhausens lief. Zum ersten Mal seit knapp drei Wochen hatte ich meinen Besuch bei Ariane ausfallen lassen. Genau wie Judith hatte sie mir Lügen über Lügen aufgetischt. Für den Moment brauchte ich Abstand – zu beiden.

Als ich an dem Antiquitätenladen vorbeikam, hielt ich nach Elfriede Günther Ausschau. Das Geschäft war nur schwach erleuchtet, an der Tür hing ein Schild mit der Aufschrift *Geschlossen*. In der Hoffnung, dass sie noch hinten in der Küche aufräumte, klopfte ich an die Scheibe. Ich hatte Glück. Sie hatte mein Klopfen gehört und kam zögernd in den vorderen Teil des Ladens. Als sie mich erkannte, lächelte sie.

»Frau Harloff, wie schön, Sie zu sehen. Ich frage mich seit Tagen, was aus Ihnen und dem Engel geworden ist.«

Sie zog mich in den Laden. »Haben Sie schon etwas gegessen? Ich habe noch Kartoffelsalat und Würstchen von heute Mittag übrig. Mögen Sie ein wenig davon?«

Ich schüttelte den Kopf. »Danke, ich habe keinen Hunger.«

»Dann lassen Sie uns einen Eierlikör trinken.« Sie schob mich Richtung Biedermeiersofa, öffnete einen antiken Schrank und holte die Flasche samt Gläsern hervor.

»Halte ich Sie von irgendetwas ab?«, fragte ich.

»Nur vom Freitagskrimi. Aber das sind ohnehin meist Wiederholungen. Also machen Sie sich keine Gedanken. Erzählen Sie, wie ist es Ihnen ergangen? Haben Sie die junge Frau mit dem Engel wiedergesehen?«

Ich erinnerte mich an unsere letzte Unterhaltung, als sie mich zu überzeugen versuchte, dass Marie mit der Diebesbande unter einer Decke stecken müsse. »Das wissen Sie noch?«

»Wirke ich so senil, dass es Sie überrascht?«

»Um Gottes willen, nein«, wehrte ich ab und überlegte mir gleichzeitig eine Geschichte, die nichts Entscheidendes von der Wirklichkeit preisgab. Ich nippte an dem Eierlikör. »Die junge Frau ist übrigens tatsächlich wieder in das Café gekommen.«

»Und?« Gespannt beugte sie sich vor.

»Der Engel war eine billige Kopie, er war noch nicht einmal echt. Als ich ihn das erste Mal betrachtet habe, muss ich mir so sehr gewünscht haben, ein Original von Bernhard Schanz vor Augen zu haben, dass meine Wahrnehmung mir einen Streich gespielt hat. Ich habe gesehen, was ich sehen wollte. Beim zweiten Mal habe ich dann allein an dem unterschiedlichen Gewicht gespürt, dass es nicht der Engel sein konnte, der mir gestohlen wurde.«

»Könnte sie ihn ausgetauscht haben?«

»Nein, wozu auch? Hätte sie, wie Sie vermutet haben, etwas mit dem Einbruch in meine Wohnung zu tun gehabt, hätte sie nur nicht wieder aufzutauchen brauchen. In dem Fall hätte ich sie nie wiedergesehen.«

»Da haben Sie natürlich recht«, sagte sie nachdenklich. »Das heißt, der Engel, den Ihre Freundin gefunden hat, ist auf immer verloren. Und damit auch die Spur zu diesem Mann.«

Ich nickte und schämte mich gleichzeitig für die Lügen, die ich der alten Frau auftischte – ohne das geringste äußerliche Anzeichen, das mich hätte verraten können. Genauso hatten Ariane und Judith mich belogen.

»Na ja, wer weiß, wofür es gut ist«, sagte sie. »Manchmal ist die Vorstellung von einem Menschen besser als die Realität. Vielleicht ist Ihrer Freundin dadurch einiges erspart geblieben.«

»Haben Sie eine gute Freundin, Frau Günther?«

»Mehrere sogar, aber die sind alle so unnachgiebig und verbohrt geworden. Früher waren unsere Gespräche …«, sie suchte nach dem passenden Wort, »… interessanter und anregender, ich glaube, das trifft es am besten. Unterschiedliche Meinungen, die wir früher diskutiert haben, enden heute häufig in einem beleidigten Rückzug. Als unsere Männer noch lebten, war das anders.« Sie sah meinen erstaunten Blick und fügte hinzu: »Eine Ehe ist ein ganz gutes Regulativ. Sie sind gezwungen, sich auseinanderzusetzen und auch mal eine andere Meinung gelten zu lassen.«

Ich lachte. »Ich glaube, Frau Günther, das ist eher Ihre Wunschvorstellung. In vielen Ehen ist die Realität eine ganz andere.«

»Von den Ehen rede ich nicht. Ich meine die guten, die,

die wirklich funktionieren. Wenn Ihnen aber Ihr Partner wegstirbt, gibt es niemanden mehr, mit dem Sie sich in Ihrem Alltag arrangieren müssen, der Ihnen auch mal kräftig Kontra gibt. Und schwups, ehe Sie sich versehen, werden Sie ganz eindimensional. Wenn Sie irgendwann nur noch auf Ihrem Standpunkt beharren und nichts anderes mehr gelten lassen, wird es schwierig für andere Menschen. Und auch langweilig.«

»Ich glaube, Sie übertreiben. Auch Sie haben Ihren Mann verloren, und Sie wirken alles andere als eindimensional und verbohrt. Außerdem kenne ich alte Ehepaare, bei denen beide völlig verstockt sind. Entweder waren die schon immer so, oder es ist Altersstarrsinn. Haben Sie Ihrem Mann eigentlich immer alles erzählt?«

»Gott bewahre!«

»Und Ihren Freundinnen?«

»Es gibt Dinge, die würde ich niemandem erzählen.«

»Weil Ihnen das Vertrauen fehlt?«

Sie schüttelte den Kopf. »Weil es in jedem Leben Dinge gibt, die man besser für sich behält. Sei es, dass sie den anderen belasten, sei es, dass man sich zu sehr bloßstellen würde oder sie ganz einfach nicht teilen möchte. Für die totale Offenheit bin ich nicht zu haben.«

»Hätten Sie auch Ihren Mann oder eine Ihrer Freundinnen angelogen, um ein Geheimnis zu wahren?«

»Aber natürlich.« Sie forschte in meinem Gesicht. »Was irritiert Sie daran?«

»Ich dachte immer, wenn man befreundet ist, ich meine, wirklich eng befreundet, dann ...«

»Dann müsse man alles vom anderen wissen? Wozu? Um zu beweisen, dass es Freundschaft ist? Man kann ein guter Freund oder eine gute Freundin sein und trotzdem ein Geheimnis bewahren. Das eine schließt das andere nicht aus.« Sie drehte den Verschluss der Likörflasche auf. »Trinken Sie aus, auf einem Bein kann man nicht stehen, wie mein Mann immer gesagt hat. Was macht übrigens Ihr Mann?«

»Er gibt sich Mühe.«

»Na, das ist doch ein Anfang.«

Tief in Gedanken schloss ich die Wohnungstür auf. Elfriede Günthers Worte über Freunde gingen mir durch den Kopf. Manchmal genügte ein einziger Satz, um eine bis dahin festgefügte Meinung ins Wanken zu bringen: *Man kann eine gute Freundin sein und trotzdem ein Geheimnis bewahren.* So wie sie es ausgedrückt hatte, konnte ich es annehmen, ohne mich verletzt zu fühlen. Aber eine andere Frage beschäftigte mich mehr: Hätte ich selbst damals noch eine gute Freundin sein können? Tatsache war: Ich hätte die Sache mit dem Baby nicht auf sich beruhen lassen, sondern alles darangesetzt, sie aufzuklären. Aus ihrer Sicht hatten Judith und Ariane also gut daran getan, mich nicht einzuweihen. Es war wie ein Vorwurf, der im Raum stand und mich bedrückte: Mir konnte man nicht alles erzählen. Es war schwer, damit zurechtzukommen. Traurig und mit mir selbst im Unreinen, schaltete ich Musik ein und legte mich aufs Sofa.

Ich musste irgendwann eingedöst sein, denn als es klingelte, schreckte ich hoch.

»Frau Harloff?«, hörte ich eine weibliche Stimme durch die Gegensprechanlage.

»Ja?«

»Hier ist Marie Reinhardt. Ich wollte fragen, ob es möglich ist, dass ich ...« Sie verstummte.

»Kommen Sie hoch!«

In der kurzen Zeit, die sie bis zu meiner Tür brauchte, ging mir alles Mögliche durch den Kopf. Und alles mündete in der einen Frage: Was wollte sie? Sie schien jedoch selbst keine Antwort auf diese Frage zu wissen, da sie unentschlossen wirkte, als sie mir schließlich gegenüberstand. Sie hatte die Schultern hochgezogen, in ihren Mundwinkeln zuckte es. Ich nahm ihr den Mantel ab und bat sie ins Wohnzimmer.

Nachdem ich ihr ein Wasser angeboten und sie es abgelehnt hatte, setzte ich mich ihr abwartend gegenüber. Es war Viertel vor elf, eine Zeit, zu der man fremde Menschen nur im Notfall aufsuchte. Insgeheim betete ich, dass in ihr nicht der Wunsch herangereift war, Svenja zu sich zu holen. Damit würde sie eine ungeahnte Schuld auf mich laden. Ich hatte es zu verantworten, dass sie bis zu Svenja vorgedrungen war.

»Ich möchte mich für das Verhalten meiner Tante entschuldigen«, begann sie zögerlich. »Es war bestimmt sehr unangenehm für Sie.«

»Weiß Ihre Tante, dass Sie hier sind?«

Sie schüttelte den Kopf. »Könnten Sie ... ich meine, wäre es möglich ...?« Sie schluckte. »Mir wäre es lieber, Sie würden ihr nichts davon sagen.«

Da ich ihr auf keinen Fall eine Brücke bauen wollte, schwieg ich. Ihre Entschuldigung hielt ich nur für vorgeschoben.

»Ich kann verstehen, dass Sie verärgert sind. Könnten Sie mir trotzdem eine Frage beantworten, bevor ich gehe?«

»Das kommt auf die Frage an.«

»Sie sagten, dass Svenjas Mutter krank war ...«

Also war meine Sorge alles andere als unbegründet. Mein Puls beschleunigte sich. »Ihr geht es wieder sehr viel besser. Das habe ich Ihnen bereits bei unserer letzten Begegnung im Café gesagt.«

Sie schien all ihren Mut zusammenzunehmen. »Aber vielleicht braucht sie Zeit, um sich zu erholen. Ich arbeite hin und wieder als Babysitterin und habe gerade eine Stelle verloren, weil die Leute weggezogen sind. Da dachte ich, falls Ihre Freundin Hilfe bräuchte ...« Sie sah mich unsicher an. »Ich finde Svenja sehr nett.«

»Svenjas Vater springt ein, wann immer es notwendig ist. Er ist ein sehr liebevoller und engagierter Vater. Von daher besteht kein Betreuungsbedarf. Tut mir leid.« Es tat mir in der Seele weh, sie abzuwimmeln. Aber um Svenja zu schützen, musste es sein. Mit einem ostentativen Gähnen versuchte ich, sie zum Aufbruch zu bewegen, doch sie reagierte nicht. »Es ist schon spät ...«, sagte ich deshalb.

»Das mag Ihnen jetzt ganz merkwürdig vorkommen, aber ich habe Svenja vom ersten Moment an in mein Herz geschlossen. Nach Anna und mir war meine Mutter noch einmal schwanger. Sie hat das Baby leider verloren. Es war ein Mädchen. Unsere Schwester wäre heute genauso alt wie Svenja.«

»Deshalb also haben Sie ihr bei McDonald's von Ihrer achtjährigen Schwester erzählt. Verstehe.« Die Lüge über ihre angebliche Schwester machte mir Hoffnung, dass sie nicht vorhatte, ihre Hände nach Svenja auszustrecken.

»Können Sie dann vielleicht auch verstehen, dass ich die Tochter Ihrer Freundin gerne hin und wieder sehen würde?« Wie ich es schon bei anderen Gelegenheiten beobachtet hatte, fuhr sie sich mit den Nägeln über die Unterarme.

»Ich könnte ihr auch Nachhilfeunterricht geben, falls sie so etwas überhaupt nötig hat.«

Die offensichtlich tiefe Sehnsucht, ihrem Kind nahe zu sein, schnitt mir ins Herz. Vermutlich hatte sie ihre Gefühle im Griff halten können, solange sie an ihr Kind dachte, es jedoch nicht leibhaftig vor sich sah. Seit der Begegnung bei McDonald's musste sich alles für sie geändert haben. Ich wusste, es gab keine andere Möglichkeit als die, sie von Svenja fernzuhalten. Dennoch brachte mich dieses Wissen in einen schweren Konflikt. Sie war die leibliche Mutter. Ihr Baby abzugeben war vermutlich eine Kurzschlusshandlung gewesen. Dass sie jetzt, wo sie ihr Kind zu Gesicht bekommen hatte, nicht wollte, dass es wieder völlig aus ihrem Leben verschwand, konnte ich nachempfinden.

»Frau Harloff?«, fragte sie.

Ich sah sie an und fragte mich, was Svenja durch meine Offenheit verlieren konnte. Wenn sie ihr Kind tatsächlich zurückhaben wollte, dann würde sie dafür kämpfen – egal, wie offen oder verklausuliert wir darüber sprachen. Vermutlich würde ich es schaffen, sie an diesem Abend abzuwimmeln, aber es würde mir nicht auf Dauer gelingen. Vielleicht ließ sich mit Offenheit der Schaden begrenzen.

»Ich habe nachgedacht, Frau Reinhardt. Deshalb schlage ich vor, dass wir aufhören, um den heißen Brei herumzureden. Ich weiß, dass Svenja Ihre Tochter ist, dass Sie sie vor acht Jahren bei einer Hebamme in Wiesbaden abgegeben und ihr den Engel in die Decke gewickelt haben. Ihre Tante tut alles, um diese Geschichte zu vertuschen. Aber Sie ...« Ich sah in ihre schreckgeweiteten Augen. »Sie sind nur aus einem einzigen Grund in diesem Café aufgetaucht und haben den Engel zu Boden fallen lassen: um etwas über Ihr Kind zu erfahren. Und seit Sie es gesehen haben, hat sich vieles für Sie geändert.«

Sie schien nicht fähig zu sein, auch nur einen Ton herauszubekommen.

»Es muss Ihnen das Herz zerrissen haben, Ihr Kind wegzugeben. Sie haben damals darum gebeten, liebevolle Eltern für Ihr Baby zu suchen. Das ist geschehen. Aber sollten Sie jetzt den Wunsch haben, selbst wieder die Mutterstelle zu übernehmen, dann kann ich Sie nur bitten, es nicht zu tun. Denken Sie an Svenja. Bedenken Sie, was es für Ihr Kind bedeuten würde. Ich habe Ihnen bei unserem letzten Treffen nicht die ganze Wahrheit gesagt. Meiner Freundin geht es nicht besser, im Gegenteil, es geht ihr sehr viel schlechter, und sie wird womöglich sterben.«

Marie Reinhardt schnappte hörbar nach Luft. Der Schreck stand ihr immer noch ins Gesicht geschrieben.

»Svenja lebt derzeit bei ihrem Vater und dessen zweiter Frau, die schwanger ist. Svenja wird also eine Schwester bekommen. Sie freut sich darauf. Wenn sie ihre Mutter verliert, wird das ein schlimmer Einschnitt in ihrem Leben sein. Machen Sie ihn nicht noch schlimmer dadurch, dass Sie ihre Welt auf den Kopf stellen, indem Sie sich ihr als ihre leibliche Mutter präsentieren. Es wird ganz sicher immer die Möglichkeit geben, dass Sie Kontakt zu ihr haben. Wenn Sie möchten, helfe ich Ihnen dabei. Aber lassen Sie Svenja erst einmal größer werden, bis Sie ihr die Wahrheit sagen.«

»Auf gar keinen Fall will ich ihr die Wahrheit sagen.« Ihre Stimme klang blechern. »Und ich möchte sie nicht aus ihrer Familie holen. Ich wollte sie nur ein wenig besser kennenlernen, ihr hin und wieder nahe sein.«

»Ich nehme an, Sie haben Ihrer Tante nichts von Ihrer Begegnung mit Svenja erzählt.«

»Sie würde mir die Hölle heißmachen, wenn sie es wüsste, und alle Hebel in Bewegung setzen, um mich zur Vernunft zu bringen.«

»War es damals die Idee Ihrer Tante, Ihr Baby abzugeben? Hat Sie sie dazu gedrängt?«

»Nein, meine Tante hat erst hinterher davon erfahren. Niemand hat gewusst, was ich vorhatte.«

Ich sah sie lange an. »Und Ihre Eltern?«

»Meine Eltern wissen nichts von dem Kind, sie dürfen es auch nie erfahren. Niemals, das müssen Sie mir versprechen, Frau Harloff.«

Einerseits fiel mir ein Stein vom Herzen, da meine Sorge um Svenja unbegründet schien. Andererseits tat mir die junge Frau leid. »Ihre Eltern sind bestimmt keine Unmenschen. Wäre es so schlimm gewesen, ihnen Ihre Schwangerschaft zu gestehen?«

»Ja.«

»Und Sie halten es für ausgeschlossen, dass sie Ihnen geholfen hätten?« Ich vergegenwärtigte mir die Begegnung mir Hubert Reinhardt. Er hatte ein wenig despotisch gewirkt. Aber Marie hatte auch eine Mutter. Vielleicht hätte sie Verständnis für ihre Tochter aufgebracht.

»Frau Harloff, bitte vergessen Sie meine Eltern. Ich wollte nie, dass Svenja in meiner Familie aufwächst.«

»Und was ist mit dem Vater?«

»Mit welchem Vater?«

»Na ja, Svenja wird ja einen haben, nehme ich an. Weiß er auch nichts von seinem Kind?«

Ihre Gesichtszüge verhärteten sich. »Nichts, und so soll es auch bleiben.« Sie stand auf und trat unruhig von einem

Fuß auf den anderen. »Sie mögen Svenja, das habe ich gleich gemerkt, als ich Sie bei McDonald's beobachtet habe. Sie wollen auch, dass sie in ihrer neuen Familie bleibt. Deshalb versprechen Sie mir, dass Sie niemandem etwas sagen, auch meiner Tante nicht. Vielleicht können wir hin und wieder ein Eis zusammen essen, und Sie laden Svenja dazu ein. Mehr werde ich nie wollen.«

»Dagegen spricht nichts«, sagte ich zurückhaltend.

Sie ging Richtung Tür und drehte sich im Türrahmen um. »Dieser Andreas, nach dem Sie gesucht haben, wer ist das?«

»Er war eine Phantasiegestalt, nur dazu da, die Suche nach dem eigentlichen Besitzer des Engels zu kaschieren.«

»Aber warum haben Sie mich überhaupt gesucht?«

»In einem schwachen Moment war meine Freundin der Überzeugung, sie müsse die leiblichen Eltern ihres Kindes finden. Für den unwahrscheinlichen Fall, dass Svenja irgendwann in ihrem Leben einmal eine Nierentransplantation benötigen sollte.« Unsere Blicke kreuzten sich. Ihrer war überrascht, meiner erschöpft. »Und ich habe geglaubt, ein Kind müsse in jedem Fall über seine Wurzeln Bescheid wissen.«

»Ein Kind braucht liebevolle und verantwortungsbewusste Eltern. Es spielt keine Rolle, ob es die leiblichen Eltern sind. Entscheidend ist, wie das Kind aufwächst, nicht bei wem. Svenja ist ein unbeschwertes Kind. Das ist wichtiger als alles andere.«

Einen Moment ließ ich mir ihre Worte durch den Kopf gehen. »Ich glaube, Sie wären genau das für Ihre Tochter gewesen – liebevoll und verantwortungsbewusst. Haben Sie es nie bereut?«

»Keine Sekunde lang.«

22

Obwohl ich erst gegen zwei Uhr eingeschlafen war, wachte ich bereits um kurz nach fünf wieder auf. Meine Gedanken ließen sich nicht abstellen. Unentwegt kreisten sie um Svenjas Geschichte. Ich dachte über den Entschluss ihrer Mutter nach, sie wegzugeben. Über das, was Ariane und Judith getan hatten. Und über die Grenze zur Kriminalität, die Leonore Larssen überschritten hatte.

Eingewickelt in meine Decke, setzte ich mich auf die Fensterbank und schaute hinaus in die Dunkelheit. Wie mussten Eltern beschaffen sein, damit eine Sechzehnjährige ihre Schwangerschaft vor ihnen verbarg? Reichte es, streng zu sein, unnachgiebig und autoritär? Wovor hatte sie Angst gehabt? Vor Strafe? In welcher Form?

Wie ich es einschätzte, war Marie Reinhardt in einem wohlhabenden Akademikerhaushalt aufgewachsen. Vermutlich waren es geordnete Verhältnisse gewesen, obwohl sich so etwas von außen so gut wie nicht beurteilen ließ. Ich dachte an das Ölgemälde hinter dem Schreibtisch von Hubert Reinhardt. Wer legte heute noch Wert auf Bilder dieser Art? Traditionsbewusste Familien, gab ich mir selbst die Antwort. Aber auch die lebten nicht mehr im Mittelalter.

Meine Gedanken wanderten zu Leonore Larssen. Sie hatte es vorgezogen, kriminell zu werden, anstatt ihrer Schwester und ihrem Schwager zu offenbaren, dass sie seit acht Jahren Großeltern waren. Was war nur los mit diesem Ehepaar Reinhardt? Ich konnte es mir nicht erklären. Leonore Larssen hatte bei mir einbrechen und beim alten Schanz ein Feuer legen lassen. Was konnte so schlimm sein, dass sie so weit gegangen war? Der Vater, schoss es mir durch den Kopf. Svenjas leiblicher Vater. Er konnte eine Erklärung für all das sein. Wer war er? Mit Sicherheit kein harmloser Sechzehnjähriger. Eher ein Geschäftsfreund des Vaters, vielleicht sogar ein entfernter Verwandter. Jemand, der eigentlich nicht der Vater sein durfte. Ein Gedanke elektrisierte mich: Was, wenn Hubert Reinhardt Svenjas Vater war, wenn er seine Tochter geschwängert hatte? Hätte er in dem Fall nicht von der Schwangerschaft wissen müssen? Hätte er Marie möglicherweise gezwungen, das Kind abzutreiben, und hatte sie dem entgehen wollen?

Je länger ich über diese Geschichte nachdachte, desto abstruser wurden die Ideen, die mir durch den Kopf gingen. Es war nicht ungewöhnlich, dass ausgerechnet nachts Gedanken kamen, die sich bei Tage und im Licht betrachtet als Hirngespinste erwiesen. Hubert Reinhardt war mir nicht unbedingt sympathisch gewesen, ihm deshalb zu unterstellen, er habe seine Tochter missbraucht, ging einen riesigen Schritt zu weit. Ich verbot mir, in dieser Richtung weiterzudenken. Vermutlich war er genau der, für den ich ihn hielt: ein Tyrann, der nicht nur im Büro, sondern auch bei seiner Familie das Zepter schwang und seinen Willen durchsetzte.

Ich rief mir wieder ins Gedächtnis, wie ich seine Tochter eingeschätzt hatte, als sie sich im Café zu mir setzte: schüchtern. Und wahrscheinlich war dieser Zug im Alter von sechzehn Jahren noch sehr viel stärker ausgeprägt gewesen. Vielleicht hatte ihr die Autorität ihres Vaters Angst gemacht. Für manche Menschen mochte das reichen, um eine Kurzschlussreaktion auszulösen. Aber reichte es auch, um ihren überraschenden Mangel an Reue zu erklären? Sie hatte behauptet, ihren Schritt keine Sekunde lang bereut zu haben. Das aus dem Mund der Frau zu hören, die eine Begegnung mit ihrer Tochter herbeigeführt hatte, war schwer zu schlucken.

Ich wollte gerade ins Bad gehen und mich unter die heiße Dusche stellen, als das Telefon läutete.

»Ich bin's«, sagte Ariane. Ihre Stimme klang schwach. »Ich habe extra gewartet, damit ich nicht zu früh anrufe und dich wecke.«

Es war Viertel nach sieben am Samstagmorgen. Es musste dringend sein, wenn Ariane um diese Zeit anrief. »Was ist passiert?«, fragte ich.

»Nichts, ich vermisse dich nur. Ich habe mich daran gewöhnt, dass du jeden Tag vorbeikommst. Wie ist es, magst du heute Nachmittag einen Tee mit mir trinken? Wobei du ihn machen müsstest. Ich bin zu einem Nichtsnutz mutiert.«

»Passt es dir um drei?«, fragte ich.

»Ich habe nichts anderes vor. Komm, wann immer du magst. Ich freue mich auf dich, Sophie.«

Als ich fünf Minuten später unter der Dusche stand, wurde mir bewusst, dass dies erst der zweite Samstag war, seit Peer aus unserer Wohnung ausgezogen war. So vieles war seitdem geschehen, und doch schien es mir wie gestern, dass er seine Sachen zusammengepackt hatte. Ende Februar würde ich diese Wohnung kündigen. Dann blieben mir drei Monate, um eine neue Bleibe zu finden.

Irgendwann musste ich mit der Wohnungssuche beginnen, also konnte ich es auch gleich tun. Ich würde das Angenehme mit dem Nützlichen verbinden: frühstücken gehen, wie ich es mit Peer oft getan hatte, und dabei die Anzeigen in der *Frankfurter Rundschau* studieren. Erst wollte ich in unser Lieblingscafé gehen, entschied mich dann jedoch für das Café, in dem ich Marie Reinhardt zum ersten Mal begegnet war.

Wie nicht anders zu erwarten, war es gut gefüllt, aber ein paar Tische waren noch frei. Als ich gerade auf einen zusteuern wollte, hörte ich neben mir Peers Stimme.

»Guten Morgen, Sophie.«

Ich zuckte zusammen und drehte mich zu ihm um.

»Na los, setz dich zu mir.«

»Was machst du hier?«, fragte ich.

»Das, was wir sonst immer gemeinsam gemacht haben – frühstücken.«

»Warum ausgerechnet hier? Warum bist du nicht ins …?«

»Aus demselben Grund wie du. Ich wollte mich nicht von meinen Erinnerungen überschwemmen lassen.«

»So schlimm sind sie nun auch nicht.«

»Hab ich das gesagt?«

Unschlüssig sah ich mich um, setzte mich dann jedoch zu ihm. Nachdem ich mein Frühstück bestellt hatte, legte ich die Unterarme auf die Zeitung. »Ich wollte die Wohnungsanzeigen durchsehen.«

»In meinem Haus wird demnächst eine Zweizimmerwohnung frei. Wenn du möchtest, kann ich mit dem Verwalter sprechen.«

Ich sah ihn an, als sei er übergeschnappt, sparte mir aber einen Kommentar. »Wie läuft es bei dir im Büro?«

»Ein bisschen besser. Im Moment bin ich ganz zuversichtlich. Und du?«

»Ich gehe ab dem zweiundzwanzigsten wieder in die Kanzlei.«

Er sah mich an und fragte: »Denkst du gerade an Ariane?«

Liebend gerne hätte ich ihm über die Umstände von Svenjas *Adoption* erzählt. Gleichzeitig war mir bewusst, dass ich ihm die Geschichte verschweigen musste. Er war mit Lucas befreundet. Erführe er von Arianes Betrug, würden möglicherweise die Pferde mit ihm durchgehen und er würde seinem Freund davon erzählen.

»Hallo?« Er wedelte mit der Hand vor meinen Augen herum. »Sophie?«

»Sie ist gestern nach Hause gekommen.«

»Ich weiß, Lucas hat mir davon erzählt.« Er schwieg einen Moment. »Es tut mir sehr leid. Und es ist bestimmt der falsche Moment, das anzusprechen, aber: Lucas feiert heute seinen fünfundvierzigsten Geburtstag und hat gefragt, ob du nicht vielleicht mitkommen möchtest.«

»Das wäre ein Verrat an Ariane.«

Er nickte. »Das habe ich ihm auch gesagt, aber er bestand darauf, dass ich dich wenigstens frage.« Er nahm meine Hand und sah mich lange an. »Kannst du dir vorstellen, hin und wieder mit mir essen zu gehen?«

»Wir frühstücken gerade zusammen.«

»Ist das ein Anfang?«

»Ich weiß es nicht, Peer, ehrlich, ich weiß es nicht.«

»Das ist ein Anfang.«

Mit dem Schlüssel, den ich mir bei einer Nachbarin abgeholt hatte, öffnete ich die Tür zu Arianes Wohnung. Sie lag auf dem Sofa im Wohnzimmer. Neben ihr auf einem kleinen Tisch stand ein gerahmtes Schwarzweißfoto von Svenja sowie ein Foto, das uns drei Freundinnen zeigte.

»Wie schön, dass du da bist«, sagte sie.

Ich setzte mich auf einen Stuhl in ihrer Nähe und betrachtete sie eingehend. Ganz kurz kamen noch einmal meine verletzten Gefühle hoch, aber sie hatten an Gewicht verloren. »Wie geht es dir?«

»Keine Sorge, heute sterbe ich noch nicht, und morgen sicher auch nicht. Im Moment habe ich sogar das Gefühl, dass ich einen kleinen Aufschub bekommen habe.« Sie klopfte auf die Sofakante und winkelte die Beine an, um mir Platz zu machen. »Komm, setz dich zu mir. Du bist so weit weg.«

Ich folgte ihrer Einladung, wahrte jedoch einen kleinen Abstand. »Klappt mit dem Pflegedienst alles?«, fragte ich.

»Das sind Profis, und sie haben Herz. Mir könnte es nicht besser gehen. Immerhin kann ich zu Hause sein. Aber darüber willst du eigentlich gar nicht reden. Und ich auch nicht. Ich möchte mit dir über diese Sache reden.«

»Nein, Ariane, das ist nicht wichtig.«

»Es ist wichtig, und ich bin froh, dass wir noch darüber sprechen können. Judith hat dir alles erzählt.« Ihr war anzumerken, dass das Sprechen sie Kraft kostete. »Und jetzt bist du verletzt. Versuch, uns zu verstehen, Sophie. Versuch, mich zu verstehen. Wenn ich mich frage, wofür es sich gelohnt hat zu leben, wird die Antwort immer Svenja lauten. Sie war und ist all das wert. Ich weiß, du hältst das, was wir getan haben, für kriminell oder zumindest moralisch verwerflich. Ich muss mir aber nur Svenja ansehen, um zu wissen, dass es richtig war. Dieses Kind hat ein gutes Leben, Sophie. Hätten wir nach Moral und Gesetz gehandelt, dann hätte sie ihr Leben vielleicht verloren.«

»Wie meinst du das?«

Sekundenlang schloss sie die Augen, als müsse sie ihre Kraft konzentrieren. »Als das Mädchen mir damals die Tasche mit dem Neugeborenen in die Hand drückte, sagte es: ›In meiner Nähe ist das Baby in Gefahr.‹ Hätte ich ablehnen sollen, das Baby in Empfang zu nehmen, um damit zu riskieren, dass sie es umbringt? Sie wäre nicht die erste Mutter, die so etwas in ihrer Verzweiflung tut.«

Mit Ariane zu argumentieren hätte bedeutet, an ihren Kräften zu zehren. Das wollte ich nicht. Also unterließ ich es, ihr die Möglichkeit auszumalen, das Baby in Empfang zu nehmen, es damit erst einmal zu retten und dennoch nach der Mutter zu suchen, um ihr Wege aufzuzeigen, mit ihrem Kind zu leben.

»Ich kann in deinem Gesicht lesen«, sagte Ariane. »Ich sehe deine Gedanken so deutlich, als würdest du sie aussprechen. Glaube mir, wärst du an jenem Abend da gewesen, hättest du dafür gesorgt, dass das Baby dem Jugendamt übergeben wird. Und was wäre dann geschehen? Ich kann es dir sagen, denn ich habe mich gleich am nächsten Morgen erkundigt: Die Mutter wäre gesucht worden. Währenddessen wäre das Baby erst in einer Bereitschaftspflegefamilie und nach sechs bis acht Wochen in einer Dauerpflegefamilie untergebracht worden. Hätte man keine Spur der Mutter gefunden, hätte diese Dauerpflegefamilie das Baby nach einem Jahr adoptieren dürfen. Aber selbst wenn man die Mutter gefunden hätte, wäre das keine Garantie gewesen, dass sie ihr Baby zurücknimmt. Meinst du nicht, dass es für Svenja so in jedem Fall besser war?«

Nach wie vor war ich davon überzeugt, dass auch Marie Reinhardt eine liebevolle Mutter hätte werden können, deshalb zögerte ich mit meiner Antwort. »Keiner von uns kann sagen, was im Endeffekt besser gewesen wäre, Ariane.«

»Und du meinst, ich hätte mein Glück auf dem Unglück dieses jungen Mädchens aufgebaut?« Sie forschte in meinem Gesicht. »Vielleicht habe ich das sogar. Vielleicht habe ich zu wenige Anstrengungen unternommen, um ihm zu helfen. Aber du kannst mir glauben, ich habe alles Erdenkliche getan, damit es Svenja gut geht.«

»Und das ist dir auch gelungen«, sagte ich, nicht um sie zu beschwichtigen, sondern weil ich davon überzeugt war.

»Wann immer ich in den vergangenen Jahren an dieses Mädchen dachte, habe ich mich damit getröstet, dass sie jung ist und wieder ein Kind haben kann. Für mich war Svenja die einzige Chance.«

»Hast du deine Entscheidung jemals bereut?«

Sie schüttelte den Kopf. »Keine Sekunde lang.« Sie konnte es nicht wissen, aber ihre Antwort deckte sich mit der von Marie Reinhardt.

»Hast du dich manchmal gefragt, wie es dem Mädchen gelungen ist, die Schwangerschaft geheim zu halten?«

»Man wird ihr nichts angesehen haben. Als sie mit der Tasche vor Judiths Wohnungstür stand, trug sie weite Sachen. Trotzdem wirkte sie zart, von einem dicken Bauch keine Spur. Und eine Frau, die gerade erst entbunden hat, sieht in der Regel immer noch schwanger aus. Der Bauch verliert sich ja erst mit der Zeit.«

»Wie erklärst du dir das?«

»Es gibt Frauen, die haben selbst in der Schwangerschaft kaum einen Bauch, habe ich mir von Judith sagen lassen. Auf diese Weise wird es ihr gelungen sein, ihren Zustand zu verheimlichen. Und zwar nicht nur vor ihrer Familie. Eine Sechzehnjährige geht immerhin noch zur Schule, hat Freunde. So etwas durchzuhalten erfordert ein gewisses Maß an Stärke. In schwachen Momenten habe ich mich gefragt, ob ihr diese Stärke hätte helfen können, ihr Kind selbst aufzuziehen, aber ...« Für einen Moment schloss sie die Augen und schwieg. »Sophie, verzeihst du mir?«

Die vielen Lügen schmerzten immer noch. Aber ich wollte nicht irgendwann bereuen, den richtigen Zeitpunkt verpasst zu haben. »Ja. Und jetzt mach dir bitte keine Sorgen mehr, es ist alles okay.«

Sie nahm meine Hand und strich darüber. Unser Gespräch hatte sie sichtlich angestrengt, sie hatte Mühe, die Augen offen zu halten.

»Schlaf ein bisschen«, sagte ich und versprach ihr, zu bleiben, bis sie wieder aufwachte.

Nachdem sie eingeschlafen war, ging ich in die Küche, um mir einen Kaffee zu machen. Auf dem Küchentisch stand eine Batterie von Medikamenten. Während ich wartete, dass der Kaffee durchlief, starrte ich auf die Schachteln. Ariane hatte eine Abneigung gegen Tabletten, aber ihre Krankheit nahm keine Rücksicht darauf. Als ich hörte, dass die Wohnungstür geöffnet wurde, vermutete ich, dass jemand vom Pflegedienst kam. Aber es war Judith, die kurz darauf im Türrahmen erschien.

»Ich hatte gehofft, dich noch hier zu erwischen«, sagte sie anstelle einer Begrüßung.

»Hallo.«

Sie füllte Kaffee in einen Becher und setzte sich zu mir an den Tisch. »Habt ihr euch ausgesprochen?«

»Ja.«

»Gut.« Judith atmete erleichtert aus. »Es hat ihr sehr am Herzen gelegen, dass du sie verstehst. Sie hat übrigens für Svenja zwei Kassetten besprochen. Eine ist für den Fall bestimmt, dass die Sache – aus welchem Grund auch immer – eines Tages herauskommt. Sie wollte Svenja selbst erklären, warum sie so gehandelt hat.«

»Ist dir die Entscheidung damals leichtgefallen?«

»Leicht?« Sie sah mich entgeistert an. »Es hat sehr lange gedauert, bis ich nicht mehr mit der ständigen Sorge gelebt habe, das Ganze könne doch noch auffliegen.«

»Aber letztlich hast du dich für diesen Freundschaftsdienst entschieden.«

»Ja.«

Ich legte die Hände um den heißen Kaffeebecher und ließ mir ihre Antwort durch den Kopf gehen. »Ich weiß nicht, ob ich das geschafft hätte. Ich glaube, ich hätte es immer auf legalem Weg versucht. Das wäre sicher um einiges schwieriger gewesen, aber …« Ich ließ das Ende des Satzes offen. »Glaubst du auch, dass dieses junge Mädchen eine Gefahr für sein Baby gewesen wäre?«

»So hat sie es Ariane jedenfalls gesagt.«

»Und dass Ariane sich das zurechtgelegt hat, hältst du für ausgeschlossen?«

»Als ich zurückkam, war sie viel zu aufgeregt, um sich etwas zurechtzulegen. Ich bin überzeugt, dass es so war, wie sie gesagt hat. Wer weiß, was mit diesem Mädchen los war, in welchen Verhältnissen sie lebte.«

»Sie stammt aus guten Verhältnissen, jedenfalls was den Wohlstand der Familie betrifft.«

»Es ist diese junge Frau aus dem Café, nicht wahr?«

»Ja, und sie hat sich vergewissern können, dass es ihrer Tochter gutgeht. Sie …«

»Bist du von allen guten Geistern verlassen? Du hast sie in Svenjas Nähe gelassen?«

»Sie hat mir den Engel quasi hinterhergetragen, nur um sich vergewissern zu können, dass es ihrer Tochter gutgeht.«

»Und jetzt?« Judith war kalkweiß im Gesicht.

»Sie möchte Svenja nur hin und wieder sehen, ohne ihr allerdings preiszugeben, wer sie ist.«
»Und das glaubst du ihr?«
»Du müsstest es eigentlich auch glauben, Judith. Schließlich bist du – genau wie Ariane – davon ausgegangen, dass sie ihren Schritt nicht bereut.«
Judith ließ kraftlos die Hände in den Schoß sinken. »Bereut sie ihn?«
»Du kannst dich beruhigen, das tut sie nicht. Wenn ich sie richtig verstanden habe, ist sie erleichtert, dass Svenja in einer liebevollen Familie aufwächst. Ihre eigene scheint in dieser Hinsicht erhebliche Defizite zu haben. Mir lässt nur die Frage keine Ruhe, was in dieser Familie schiefgelaufen ist, dass sie damals diese Entscheidung getroffen hat und nach wie vor dahintersteht.«
»Sie war jung, die Eltern vielleicht sehr autoritär. In den meisten Fällen wissen die Eltern nicht einmal, dass die Tochter bereits einen Freund hat. Die wiegen sich in dem Glauben, dass ihnen eine Jungfrau am Tisch gegenübersitzt. Wenn diese Jungfrau dann plötzlich schwanger ist ...«
»Mag sein, ich bin naiv, aber meinst du nicht, dass selbst solche Eltern nach dem ersten Schock einlenken? Es sind acht Jahre seitdem vergangen. Svenjas leibliche Mutter ist inzwischen erwachsen. Trotzdem ist sie fast panisch darum bemüht, sicherzugehen, dass ihre Eltern niemals von ihrem Kind erfahren. Findest du das nicht ein wenig seltsam?«
»Vielleicht ist sie damals vergewaltigt worden.«
»Und du meinst, das könnte sie ihren Eltern nicht sagen?«
»Kommt drauf an, von wem sie vergewaltigt wurde. Die Täter sind ja häufig gerade im Familienkreis zu finden.

Nicht selten wird den Mädchen dann erst gar nicht geglaubt.«

»Weißt du, dass ich mich schon gefragt habe, ob vielleicht ihr eigener Vater ...«

Judith ließ sich meine Worte durch den Kopf gehen. »Ausgeschlossen ist das nicht. Vielleicht hat sie das damals gemeint, als sie sagte, in ihrer Nähe sei das Baby in Gefahr. Ihre Nähe hätte gleichzeitig die Nähe zu dem Vater bedeutet.«

»Und es würde erklären, warum sie ihr Kind selbst heute noch versucht zu schützen.« Vielleicht war dieser Gedanke doch nicht ganz so abwegig, wie ich anfangs vermutete.

»Es mag gefühllos klingen, so, als würde ich über das Leid, das diesem Mädchen widerfahren sein mag, einfach so hinweggehen ... aber irgendwie beruhigt mich die Vorstellung, dass es so gewesen sein könnte.«

»Weil damit richtig war, was ihr getan habt?«

»Weil das, was wir getan haben, besser war, als das Mädchen durch Jugendamt und Polizei suchen zu lassen. Wäre eine solche Suche erfolgreich gewesen, hätte auch die Familie von dem Baby erfahren.«

»Aber dann hätte man möglicherweise auch die Hintergründe aufgedeckt und dem einen Riegel vorgeschoben.«

»Täusch dich da nicht, Sophie, solche Familien sind oft Meister darin, nach außen hin eisern zu schweigen und eine Fassade aufrechtzuerhalten. Die hätten ebenso gut alles so drehen können, dass niemand Verdacht schöpft und es letztlich danach aussieht, als habe eine Sechzehnjährige eine Kurzschlussreaktion gehabt, nichts weiter. Wenn überhaupt so etwas dahintersteckt, was wir nur vermuten. Es könnte auch alles ganz anders gewesen sein.«

Eine Weile schwiegen wir. Jede von uns hing ihren eigenen Gedanken nach. »Es gibt in diesem Zusammenhang immer noch ein paar Fragen, auf die ich keine Antwort weiß.«

»Lass sie ruhen, Sophie.«

»Leonore Larssen, die Tante von Marie Reinhardt, hat bei mir einbrechen lassen, Judith.«

Judith dachte darüber nach. »Sie wird genau wie diese Marie ihre Gründe haben. Genügt das nicht als Antwort?«

»Sie ist kriminell geworden.«

»Das sind Ariane und ich auch.« Es war, als ginge ein Ruck durch Judiths Körper. »Du ziehst hoffentlich nicht in Erwägung, sie damit zu erpressen, damit sie den Schmuck deiner Mutter herausrückt, oder?«

Die Vorstellung war gar nicht so abwegig, da ich genau das mit der Rechnung des Engels vorgehabt hatte. Aber die Dinge hatten sich geändert. »Um Svenjas willen habe ich mich gedanklich längst von dem Schmuck verabschiedet. Aber diese Marie hat eine sechzehnjährige Schwester. Sie ist jetzt in dem Alter, in dem Marie war, als …«

»Vergiss es, Sophie! Solange nicht sicher ist, woran du da rührst, musst du dich heraushalten!«

23

Kurz darauf wurde Judith zu einer Geburt gerufen. Also erklärte ich mich bereit, schon in dieser Nacht bei Ariane zu schlafen. Alles ging gut, bis sie irgendwann zwischen drei und vier Uhr aus einem Alptraum erwachte. Sie wimmerte und ließ sich nicht beruhigen. Die Angst aus dem Traum schien den ganzen Raum zu füllen. Ich schaltete das Licht ein, legte mich zu ihr und hielt sie fest. Ariane war sprachlos vor Angst und Verzweiflung. In einem steten Strom liefen Tränen über ihr Gesicht. Ich streichelte sie und redete leise auf sie ein. Obwohl sich ihr Zittern nach einer Weile legte, dauerte es lange, bis sie sich so weit beruhigt hatte, dass sie wieder einschlief. Ich wartete noch ein paar Minuten und ging schließlich wieder hinüber ins Wohnzimmer, um mich dort aufs Sofa zu legen.

Ich hatte das Gefühl, gerade erst wieder eingeschlafen zu sein, als Judith mich mit dem Duft frischer Brötchen weckte. Es war halb acht, und ich fühlte mich so gerädert, als hätte ich die ganze Nacht nicht geschlafen. Judith hingegen war aufgekratzt, wie immer, wenn sie gerade ein Kind in die Welt geholt hatte. Ich setzte mich auf und nahm dankbar den Becher mit Kaffee entgegen.

»Schläft Ariane noch?«, fragte ich.

»Tief und fest. Ich habe ihre Tür geschlossen, damit wir sie nicht wecken.«

»Ist alles gut gegangen bei dir?«

Sie nickte. »Und bei dir?«

»Ariane ist mitten in der Nacht aufgewacht und konnte vor lauter Angst nicht mehr schlafen. Sie hat nur noch gezittert.«

Judith zog die Beine an und setzte sich in den Schneidersitz. »Ich glaube, diese Angst kann einem niemand nehmen. Wir können nur bei ihr sein, damit sie nicht allein damit ist.«

»Von einem bestimmten Punkt an wird sie allein sein.« Der Gedanke machte mich zutiefst traurig. Durchs Fenster beobachtete ich die aufkommende Morgendämmerung. »Wohin geht man, wenn man stirbt, Judith? Hast du dich das schon einmal gefragt?«

»Auf die andere Seite der Zeit. So hat es vor ein paar Wochen der Pastor bei der Trauerfeier für meine Lieblingskollegin ausgedrückt. Mich hat diese Vorstellung irgendwie friedlich gestimmt. Ich denke immer noch darüber nach, und ich versuche, mir diesen Ort vorzustellen. Ich versuche, mir Ariane dort vorzustellen.«

»Ist es nicht seltsam, Judith? Irgendwann, wenn Ariane nicht mehr da ist, wird trotzdem noch eine Frau herumlaufen, die Svenjas Mutter ist. Aber für Svenja wird ihre Mutter tot sein.«

»Eines Tages wird Svenja alt genug sein. Wenn ihre leibliche Mutter dann damit einverstanden ist, wer weiß …«

Ich war längst wieder zu Hause, als ich immer noch über Svenjas leibliche Mutter nachdachte. Die Vorstellung, Svenja könnte entstanden sein, als ihre Mutter von einem Familienangehörigen vergewaltigt wurde, hatte sich wie ein Stachel in mein Fleisch gebohrt. Was, wenn es wirklich so gewesen war? Dann war nicht auszuschließen, dass sich ihre jüngere Schwester jetzt in einer ähnlichen Situation befand.

Diese Möglichkeit beunruhigte mich. Ich war hin- und hergerissen zwischen dem Wunsch, mich zu vergewissern, und der Überzeugung, dass ich kein Recht hatte, mich in das Privatleben dieser Menschen einzumischen. In den vergangenen acht Jahren konnte sich vieles geändert haben. Wenn es sich nicht gerade um Hubert Reinhardt handelte, konnte der Mann längst tot oder fortgezogen sein. Möglicherweise übertrieb ich es auch mit meiner Phantasie, und alles war ganz anders. In jedem Fall würde ich bei Marie Reinhardt alte Wunden aufreißen. Durfte ich das?

Ich hatte noch Judiths Worte im Ohr: *Solange nicht sicher ist, woran du da rührst, musst du dich heraushalten!* Eine geschlagene Stunde dachte ich über diesen Satz nach. Dabei stellte ich mir ein sechzehnjähriges Mädchen vor, dem in seiner Not niemand half – aus Sorge, an etwas zu rühren, das nicht sicher war. Ich stellte mir das Mädchen vor, wie es diesen Menschen später vorwarf, es im Stich gelassen zu haben. Ich versetzte mich in seine Situation, hörte die Menschen von Zweifeln und Vorsicht reden und verurteilte sie anstelle des Mädchens für ihr Nichtstun.

Noch immer hatte ich Zweifel, das Richtige zu tun. Dennoch setzte ich mich ins Auto und fuhr zu Marie Reinhardt. Die Chance, sie an einem Sonntagnachmittag zu Hause anzutreffen, war zwar gering, aber ich wollte es wenigstens versuchen. Minutenlang blieb ich vor ihrem Haus stehen, bis ich mich endlich dazu durchrang zu klingeln. Wieder öffnete mir die Mitbewohnerin.

»Marie ist in der Küche«, sagte sie, während sie eine Steppjacke überzog und sich an mir vorbeidrängelte.

Ich ging den Flur entlang und steckte den Kopf zur Küchentür hinein. »Hallo, Frau Reinhardt, darf ich Sie einen Moment stören?«

Offensichtlich hatte sie gelesen, bevor ich kam. Das Buch lag aufgeschlagen vor ihr. Daneben stand ein Teller mit einem halb gegessenen Stück Käsekuchen. »Frau Harloff, was …?« Sie sah mich verunsichert an.

»Darf ich?« Ohne ihre Antwort abzuwarten, setzte ich mich zu ihr.

Sie schlug das Buch zu, legte aber vorher noch ein Lesezeichen hinein. Meine Anspannung schien sich auf sie zu übertragen.

Auf der Herfahrt hatte ich mir viele Gedanken über den richtigen Einstieg für dieses Gespräch gemacht, aber alles, was ich mir zurechtgelegt hatte, verflüchtigte sich unter dem sorgenvollen Blick der jungen Frau. Mein Gefühl sagte mir, dass es besser war, nicht gleich mit der Tür ins Haus zu fallen. »Ich wollte Ihnen noch einmal versichern, dass Sie mich jederzeit anrufen können, wenn Sie etwas über Svenja erfahren möchten. Und wenn Sie sie sehen wollen, werde ich das irgendwie möglich machen.«

Ihre Miene entspannte sich ein wenig, und sie nickte.

Am liebsten wäre ich in diesem Moment aufgestanden und gegangen, aber ich wusste, damit würde ich dieses Gespräch nur verschieben. Bis ich meinen Verdacht nicht ausgeräumt hatte, würde er an mir nagen. »Frau Reinhardt«, begann ich, »durch Svenja werden wir in Zukunft immer wieder in Kontakt miteinander kommen. Deshalb möchte ich, dass wir ehrlich zueinander sind.«

Sie runzelte die Brauen und rückte ein wenig vom Tisch ab.

»Es gibt eine Frage, die mir keine Ruhe lässt. Kann es sein, dass Ihr Kind damals durch Gewaltanwendung entstanden ist?«

Nicht nur ihr Blick, sondern auch ihr Körper erstarrte in diesem Augenblick. Es war, als wäre ein Bild eingefroren worden. Erst als sie die Lippen aufeinanderpresste, kam wieder Bewegung in ihr Gesicht. Fast unmerklich schüttelte sie den Kopf.

»Mir ist bewusst, dass es sich hier um ein sehr sensibles Thema handelt und ich kein Recht habe, Sie darauf anzusprechen. Ich tue es dennoch – und zwar aus einem ganz bestimmten Grund. Es geht …«

»Bitte gehen Sie.« Marie Reinhardt stand auf und lehnte sich mit dem Rücken gegen den Kühlschrank.

Mit jeder Sekunde, in der ich das Gefühl hatte, meinen Verdacht bestätigt zu finden, wuchs meine innere Unruhe. »Wenn es damals so gewesen sein sollte, dann könnte der Mann, der Ihnen das angetan hat, es wieder tun.«

»Machen Sie sich keine Sorgen um mich, Frau Harloff. Und bitte, gehen Sie jetzt. Ich habe eine Verabredung.«

»Ich mache mir Sorgen um Ihre Schwester. Anna heißt sie, nicht wahr? Sie ist jetzt sechzehn. Genau in dem Alter, in dem Sie waren, als Sie ein Baby bekamen. Ist Ihr Vater auch der Vater Ihres Kindes? Haben Sie deshalb alles getan, damit Ihr Kind nicht in seiner Nähe aufwächst?«

»Hirngespinste …« Sie räusperte sich. »Das sind Hirngespinste. Ich weiß nicht, wie Sie auf so etwas kommen. Vielleicht hatte meine Tante recht, als sie meinte, Sie seien psychisch schwer angeschlagen. In dem Fall …«

»Sie leben hier, Frau Reinhardt, in sicherer Entfernung von Ihrem Elternhaus. Aber Ihre Schwester wird vermutlich noch eine Weile dort …«

»Anna geht aufs Internat«, unterbrach sie mich. »Sie ist …«

»… in Sicherheit? Wollten Sie das sagen?«

»Frau Harloff, lassen Sie bitte meine Familie in Ruhe. Hier geht es nur um Svenja und mich, um niemanden sonst.« Ihr war anzusehen, wie sehr unser Gespräch sie erschreckte.

»Streng genommen handelt es sich auch um Svenjas Familie. Das Kind hat Großeltern, die es vielleicht eines Tages kennenlernen möchte. Was für Menschen sind Ihre Eltern?«

Sie sah zu Boden und schüttelte den Kopf.

»Sie sind vierundzwanzig Jahre alt, Frau Reinhardt, und haben eine Heidenangst, Ihre Eltern könnten etwas von Ihrem Kind erfahren. Wie muss ich mir die beiden vorstellen?«

»Gar nicht.« Ihre Stimme war nicht mehr als ein Krächzen. »Gehen Sie bitte, und kommen Sie nicht noch einmal hierher. Ich werde nie wieder in irgendeiner Weise Kontakt zu Ihnen oder Svenja aufnehmen. Versprechen Sie mir dafür bitte, keinesfalls jemals meinen Vater zu kontaktieren. Er darf von Svenja nichts erfahren. Wenn Sie möchten, dass das Kind Ihrer Freundin behütet und unversehrt aufwächst, dann respektieren Sie meine Bitte.«

»Also wären nicht Sie eine Gefahr für Ihr Kind gewesen, sondern Ihr Vater. Meinten Sie das, als Sie das Baby damals mit den Worten fortgaben, in Ihrer Nähe sei es nicht sicher?«

Jeder Muskel ihres Körpers schien unter Anspannung zu stehen, während sie sich psychisch am Rande ihrer Kräfte entlanghangelte. Sie tat mir unendlich leid.

Mir war bewusst, dass ich eine Grenze überschritten

hatte. Dass ich die Abwehr dieser jungen Frau missachtete und damit etwas tat, was ihr vermutlich vom eigenen Vater mehrfach angetan worden war. Aber dieser Vater lief frei herum, er konnte es jederzeit wieder tun. »Haben Sie darüber nachgedacht, Ihren Vater anzuzeigen?«, fragte ich. »Sie können es immer noch tun. Bei Vergewaltigung beträgt die Verjährungsfrist zwanzig Jahre.«

Nach wie vor hielt sie ihren Kopf gesenkt. Sie zeigte keine Reaktion.

»Wie lange haben Sie in Ihrem Elternhaus ausharren müssen?«

Sie hob den Kopf und sah mich an. »Nach Svenjas Geburt hat meine Tante mich zu sich genommen. Bei ihr habe ich gelebt, bis ich meine Ausbildung begonnen habe.«

»Und wann kam Ihre Schwester ins Internat?«

»Auch nach Svenjas Geburt. Meine Tante hat diese Bedingung gestellt.«

»War es noch rechtzeitig genug für Ihre Schwester?«

Marie Reinhardt biss auf ihrer Unterlippe herum und bearbeitete gleichzeitig ihre Unterarme. »Für Svenja war es rechtzeitig genug.«

»Deshalb haben Sie sie weggegeben«, sagte ich erschüttert.

Marie Reinhardts Augen glänzten unnatürlich. Mit leiser Stimme begann sie zu erzählen. Ich musste genau hinhören, um sie zu verstehen. »Svenja kam in unserem Badezimmer zur Welt. Es ging alles ganz schnell. Ich glaube, ich habe den Entschluss nicht erst in dem Moment gefällt, als sie da war, sondern schon weit vorher. Sie sollte nicht …« Sie schluckte und reckte dabei das Kinn ein wenig vor. »Ich packte sie in eine Decke, legte sie in meine Sporttasche und fuhr mit der S-Bahn nach Wiesbaden. Ich wollte die Tasche mit Svenja keinesfalls irgendwo abstellen. Es sollte sich sofort jemand um sie kümmern. In ein Krankenhaus traute ich mich jedoch nicht, da kam mir die Idee mit der Hebammenpraxis. Am Hauptbahnhof bin ich in eine Telefonzelle gegangen und habe mir dort die entsprechenden Adressen herausgesucht. Bei den ersten beiden öffnete niemand. Erst bei der dritten hatte ich Glück.«

»Das war die Praxis von Judith Aster.«

Sie nickte.

»Judith Aster hat ihre Praxis in der Wohnung, deshalb haben Sie um die Uhrzeit dort überhaupt jemanden angetroffen.«

»Sie kennen diese Hebamme?«

»Sie ist eine Freundin von Svenjas Mutter und mir.«

»Oh.« Sie schien diese Information erst einmal verarbeiten zu müssen. »Dann ist Svenja damals gleich von ihrer neuen Familie aufgenommen worden?«

Ich kam mir schäbig dabei vor, ihr den entscheidenden Teil der Wahrheit vorzuenthalten. Aber sie durfte weder wissen, dass Judith ihre Hebammenbefugnisse grenzenlos ausgedehnt hatte, noch, dass Svenja nie offiziell adoptiert worden war. Deshalb sagte ich: »Ja. Sie ist gar nicht erst in eine Pflegefamilie gekommen.«

»Das ist gut.«

»Wie ist es Ihnen gelungen, Ihre Schwangerschaft vor Ihren Eltern zu verheimlichen?«

»Sie wussten davon.« Marie Reinhardt atmete aus, als wolle sie sich von einer Last befreien. »An dem Abend, als Svenja zur Welt kam, war mein Vater bei einem Geschäftsessen. Als er zurückkam, hatte ich das Baby längst fortgebracht. Er konnte nichts mehr tun.«

»Und Ihre Mutter?«

Sie sah mich an, als sei ich schwer von Begriff. »Was erwarten Sie von meiner Mutter? Sie hat so lange Bilder von der heilen Familie gemalt, bis sie selbst daran geglaubt hat. Sie lebt in ihrer eigenen Welt.«

»Sie wusste, was ihr Mann tat?«

»Spätestens seitdem ich Svenja gerettet habe. Aber sie hätte schon vorher davon wissen können.«

»Was haben Ihre Eltern getan, als sie feststellten, dass Sie das Baby weggebracht hatten?«

»Meine Mutter ist irgendwo tief in sich drin auf Nimmerwiedersehen verschwunden. Sie kommt mir seitdem nur noch wie eine Hülle vor. Obwohl ich in seltenen Momenten den Eindruck habe, dass sie erleichtert ist, Svenja in Sicherheit zu wissen. Und mein Vater? Er hat getobt und mir noch lange danach die Hölle heißgemacht. Aber ich habe damit gedroht, zur Polizei zu gehen.«

»Was für eine Erklärung haben Sie den Menschen um sich herum gegeben?«

»Wir haben allen gesagt, das Baby sei gleich nach der Geburt gestorben.«

»Und keiner hat das nachgeprüft? Sie haben schließlich ein Kind ausgetragen. Ihr Gynäkologe muss davon gewusst haben, Ihre Krankenkasse ...« Entgeistert sah ich, dass sie den Kopf schüttelte. »Das heißt, man kann ein Baby einfach so verschwinden lassen, ohne dass sich jemand darum schert, ohne dass es auffällt?«

»Ich habe sehr lange große Angst gehabt, dass irgendetwas schiefgeht. Dass sie Svenja zu uns zurückverfolgen. Aber nichts geschah, bis ...«

»Bis Sie den Engel in Händen hielten, den Sie Ihrem Baby damals in die Decke gewickelt haben. Und damit wären wir bei Ihrer Tante.«

Marie Reinhardt löste sich vom Kühlschrank und kam zurück zum Tisch. Sie setzte sich so vorsichtig, als täte ihr jeder einzelne Knochen im Leib weh. »Meine Mutter hat sie an dem Abend angerufen und um Hilfe gebeten. Tante Leonore sollte mich zur Vernunft bringen und dazu bewegen, zu sagen, was ich mit dem Baby gemacht habe.« Sie dachte nach und schien nach einem Weg zu suchen, mir ihr Handeln verständlich zu machen. »Ich habe ihr erklärt, wovor ich das Baby gerettet habe.«

Im Geiste sah ich Hubert Reinhardt vor mir, und ich spürte einen ungeheuren Abscheu diesem Mann gegenüber. »Hat Ihre Tante Ihren Vater angezeigt?«

»Nein.«

»Um Himmels willen, warum nicht? Sie war eine erwachsene Frau, sie hätte Verantwortung für Sie und Ihre Schwester übernehmen müssen.«

»Das hat sie getan, sie hat uns geholfen.«

Ich fragte mich, was mit den Kindern war, für die Hubert Reinhardt nach wie vor eine potenzielle Gefahr darstellte. Hatte Leonore Larssen auch an diese Kinder gedacht? »Hat es bei der Entscheidung, ihn nicht anzuzeigen, eine Rolle gespielt, dass er ihr Geschäftspartner ist?«

»Nein, da schätzen Sie meine Tante völlig falsch ein.«

»Missbrauch gehört bestraft, Frau Reinhardt.«

Sie richtete sich ein wenig auf, als wolle sie ihre Entgegnung selbstbewusster hervorbringen. »Er gehört unterbunden, und dafür haben wir gesorgt. Ich, indem ich Svenja zu Ihrer Freundin gebracht habe, meine Tante, indem sie Anna und mich dort herausgeholt hat.«

Ich dachte über ihre Worte nach. »Aber er kann es immer wieder tun, mit anderen Kindern. Als Sie Ihre Tochter retteten, haben Sie großen Mut bewiesen. Warum fehlt Ihnen der Mut zu einer Anzeige? Ihr Vater hat ein schweres Verbrechen begangen, eines, das Ihr Leben und das Ihrer Schwester immer überschatten wird. Soll er ungeschoren davonkommen?«

»Es geht nicht darum, ob mein Vater ungeschoren davonkommt. Würden Anna und ich ihn anzeigen, käme möglicherweise auch Svenjas Geschichte ans Licht. Die Folgen davon wären gar nicht abzusehen. Und außerdem, Frau Harloff ...« Sie schwieg sekundenlang. »... unsere Tante hat uns dabei geholfen, gute Therapeuten zu finden. Anna und ich versuchen, ein normales Leben zu führen. Wir wollen nicht in diese Justizmühle geraten und irgendwelchen Gutachtern und Richtern im Detail erzählen, was wir erlebt haben. Niemand kann uns garantieren, dass unser Vater tatsächlich verurteilt würde. Und ich weiß auch nicht, ob ich damit leben könnte, wenn es so wäre. Er ist schließlich unser Vater.«

»Sie schonen ihn.«

»Meine Mutter wäre ohne ihn hilflos.«

»Sie hat eine sehr tatkräftige Schwester.«

»Meine Mutter kann sich ein Leben ohne meinen Vater nicht vorstellen. Die beiden leben in ihrer eigenen Hölle, ich denke, das ist Strafe genug. Anna und ich sind entkommen. Und Svenja hat die Hölle nie kennengelernt.«

Ich lehnte mich zurück. Im Geiste sah ich Marie als Sechzehnjährige in einer Nacht-und-Nebel-Aktion ihr Baby mit der S-Bahn nach Wiesbaden bringen. »Wie haben Sie es geschafft, sich direkt nach der Geburt in die Bahn zu setzen und in die nächste Stadt zu fahren? Ich habe nie ein Kind geboren, aber ich stelle mir eine Geburt ziemlich strapaziös vor.«

»Ich hatte nur den einen Gedanken: Das Baby kann hier nicht bleiben.«

Vor meinem inneren Auge sah ich Svenja. Ich dachte über die Umstände nach, die das Baby zu Arianes Tochter hatten werden lassen. Und darüber, dass Marie Reinhardt auf der einen und Ariane und Judith auf der anderen Seite so lange befürchtet hatten, alles würde noch herauskommen. Wie viel Angst hatte sich um dieses Baby gerankt!

»Svenja darf nie erfahren, woher sie kommt. Es war dumm und kurzsichtig von mir, zu wünschen, ich könne sie hin und wieder sehen. Vergessen Sie das! Ich bleibe dabei: Von jetzt an werde ich nie wieder den Kontakt zu ihr suchen. Svenja ist in Sicherheit, und so soll es bleiben. Versprechen Sie mir das?« Es war mehr ein Flehen als eine Frage.

»Keine Sorge, Frau Reinhardt. Ich habe eingesehen, dass es besonders in der derzeitigen Situation für Svenja das Beste ist, in ihrem gewohnten Umfeld zu bleiben. Ich werde ihr also ganz bestimmt nicht sagen, dass ihre leibliche Mutter nicht die ist, die sie dafür hält.«

Sie forschte in meinem Gesicht, ob sie mir glauben konnte. Als sie sich dessen sicher zu sein schien, sagte sie: »Und jetzt vergessen Sie die Familie Reinhardt, Frau Harloff!«

24

Nach meinem Besuch bei Marie Reinhardt fühlte ich mich wie gefangen in einem Labyrinth. Ich hatte das Bedürfnis, etwas zu tun, hatte aber gleichzeitig Marie Reinhardts Stimme im Ohr, die mich anflehte, für Svenjas Sicherheit zu sorgen. Ich zerbrach mir den Kopf, ob es möglich war, Hubert Reinhardt anzuzeigen, ohne Svenjas Existenz zu verraten. Ich fragte mich, was schwerer wog: der Versuch, zu verhindern, dass Svenjas Großvater/Vater sich noch einmal an einem Kind verging, oder die Gewähr, dass er nie erfuhr, was aus seiner Enkelin/Tochter geworden war. Nicht zu vergessen Marie und Anna Reinhardt, seine Opfer. Ihre Furcht vor den Folgen einer Anzeige hatte den Vater bisher straflos davonkommen lassen. Er konnte mit seinen »Gewohnheiten« fortfahren, wann immer ein Kind seiner Nähe schutzlos ausgeliefert war. Vielleicht sogar in diesem Moment. Dennoch hatte ich kein Recht, mich über den Willen der beiden Reinhardt-Töchter hinwegzusetzen. Es war ein Dilemma, dem nicht zu entkommen war.

Ich hätte so gerne mit jemandem darüber geredet. Mit Peer war es jedoch nicht möglich. Er durfte genauso wenig wie Ariane davon erfahren. Und Judith würde ich einem Konflikt aussetzen, der noch schwieriger zu lösen sein würde als meiner. Immerhin war sie selbst involviert. Hubert Reinhardt anzuzeigen würde für sie das Risiko bergen, dass ihre Rolle beim Verschwinden des Babys herauskam. Dem wollte ich sie gar nicht erst aussetzen.

Als ich an diesem Abend bei Ariane eintraf, war ich immer noch tief in Gedanken. Sie spürte es und fragte mich danach. Aber ich tat meine Stimmung als Lappalie ab.

»Ist es wegen Peer?«, fragte sie kurz vor dem Einschlafen und forschte in meinem Gesicht nach einer Reaktion. »Kannst du nicht versuchen, deine ehernen Grundsätze etwas aufzuweichen und sie deinen Bedürfnissen anzupassen?«

»Diese Grundsätze entsprechen meinen Bedürfnissen, Ariane.«

»Quatsch! Wenn es nach deinen Bedürfnissen ginge, wäre dein Mann längst wieder bei dir. Du bist verletzt.«

»Ich kann das nicht vergessen.«

»Aber du könntest damit leben. Es wäre nur nicht mehr ganz so perfekt, wie du es dir mal vorgestellt hast. Vielleicht wäre es aber lebensnäher.«

Ihr Sinneswandel überraschte mich immer wieder. Als Lucas sie betrogen hatte, hatte sie ihm den Krieg erklärt.

Ariane fuhr mit dem Finger über meine Stirn und versuchte, eine Falte zu glätten. »Ich weiß, was du denkst. Aber da gibt es einen großen Unterschied. Lucas hat sich von mir getrennt wegen dieser Frau, und er wollte nie zu mir zurück. Wie wär's, wenn du die Tür nur einen winzigen Spalt öffnest und mal schaust, was dann passiert?« Sie griff nach meiner Hand und drückte sie. »Ich würde das gerne noch erleben. Versprichst du mir, es wenigstens zu versuchen?«

Ich atmete tief ein und ließ die Luft langsam entweichen. »Ich verspreche dir, dass ich darüber nachdenken werde. Und jetzt schlaf!«

Wie die vorangegangene, so verlief auch diese Nacht unruhig. Ariane schlief nie lange an einem Stück. Wenn sie im Dunkeln wach lag, wurde sie von ihren Ängsten eingeholt. Also schaltete ich eine kleine Nachttischlampe ein, legte mich neben sie und redete mit ihr, sobald sie aufwachte. Sie erzählte mir von dem Ort, an den sie in nicht allzu ferner Zukunft gehen würde und den Judith auch ihr als die andere Seite der Zeit beschrieben hatte.

»Wenn diese andere Seite wie die andere Seite eines Flusses wäre«, sagte sie, »würde nur das Wasser mich von Svenja trennen. Ich könnte mir vorstellen, sie von der anderen Seite aus zu sehen. Aber ich werde tot sein, Sophie.« Sie sah mich aus verweinten, verzweifelten Augen an. »Ich möchte nicht ganz von dieser Welt verschwinden. Ich habe so unglaubliche Angst davor.«

Während ich sie im Arm hielt, wollte ich ihr sagen, dass sie nicht von der Welt verschwinden würde, solange jemand da war, der sie vermisste. Aber ich fand, das war kein Trost, nicht für sie und nicht für mich. Sie würde irgendwann nicht mehr am Leben sein, sie würde nicht die Chance haben, achtzig zu werden, ihr Kind aufwachsen und sein eigenes Leben führen zu sehen. Das war Grund genug zu hadern – mit dem Schicksal, das sie getroffen hatte, und mit dieser Krankheit, die ihr so viel Lebenszeit raubte.

Am Morgen war Ariane immer noch sehr erschöpft. Als die Mitarbeiterin des Pflegedienstes kam, fuhr ich schweren Herzens nach Hause. Die Zeit, die ihr blieb, schien knapper zu werden, und wann immer ich mich von ihr verabschiedete, hatte ich Sorge, sie nicht mehr lebend wiederzusehen.

Zu aufgekratzt, um Schlaf nachzuholen, und zu müde, um irgendetwas Sinnvolles zu tun, setzte ich mich mit einem Becher Kaffee auf die Fensterbank in der Küche und sah dem Treiben auf der Straße zu. Es dauerte jedoch keine fünf Minuten, bis meine Gedanken wieder ausschließlich um Hubert Reinhardt und die Umstände der Geburt seiner Enkelin/Tochter kreisten. Ich wusste, dass er ein Täter war. Und Schweigen bedeutete, ihn gewähren zu lassen.

Ich rief in der Vermögensverwaltung Reinhardt & Larssen an und fragte, ob Frau Doktor Larssen im Haus sei. Das sei sie, erfuhr ich, allerdings habe sie den ganzen Tag über Termine.

»Die hat sie immer«, murmelte ich vor mich hin, nachdem ich das Gespräch beendet hatte.

Eine halbe Stunde später saß ich im Auto und fuhr ins Frankfurter Westend. Die Parkplatzsuche gestaltete sich wie immer schwierig, aber ich gab nicht auf. Schließlich stand ich in der Empfangshalle der Vermögensverwaltung und hörte mir von der Sekretärin an, wie aussichtslos es sei, einen Termin bei ihrer Chefin zu bekommen. Ich drückte ihr einen geschlossenen Umschlag in die Hand und bat sie, ihn Frau Doktor Larssen unverzüglich auszuhändigen.

Es dauerte nicht einmal zehn Minuten, bis Marie Reinhardts Tante die Halle betrat, ihren Besucher verabschiedete und mich aufforderte, ihr in ihr Büro zu folgen. Sie wirkte sichtlich ungehalten, als sie die Tür hinter uns beiden schloss und sich mir zuwandte.

»Ich dachte, wir hätten die Angelegenheit ein für alle Mal geklärt, Frau Harloff.« Sie zog meinen Brief aus der Tasche ihrer Kostümjacke und hielt ihn mir vorwurfsvoll hin. »Sie schreiben, es ginge um eine schwere Straftat, die Ihnen zu Ohren gekommen sei. Dass Sie meinen Rat suchen, bevor Sie sich an die zuständigen Behörden wenden. Was soll das?«

»Können wir uns bitte einen Moment setzen?«

»Ich habe nicht vor, mich noch einmal auf eine dieser hanebüchenen Unterhaltungen mit Ihnen einzulassen. Also, was soll das?« Ihr Ton war scharf.

»Ich hatte gestern Nachmittag ein Gespräch mit Ihrer Nichte. Dabei ging es um das Baby, das sie vor acht Jahren zur Welt gebracht und gleich darauf vor dem eigenen Vater in Sicherheit gebracht hat. Es handelt sich übrigens um das Baby, in dessen Decke der kleine Schutzengel gewickelt war. Ich nehme an, dieser Engel war vor vierundzwanzig Jahren ein Geschenk von Ihnen an Ihre Nichte.« Keinen Augenblick lang ließ ich Leonore Larssen aus den Augen. Ich wollte mir keine ihrer Reaktionen entgehen lassen. Sie musste sehr geübt darin sein, sich nichts anmerken zu lassen, denn was ich ihr gerade gesagt hatte, konnte sie nicht kalt lassen.

Mit einer knappen Handbewegung wies sie mir einen Sessel zu und setzte sich mir gegenüber. Abwartend sah sie mich an.

»Dieses Gespräch mit Marie hat mich in ein schweres Dilemma gestürzt, Frau Doktor Larssen. Ich weiß, was Ihren beiden Nichten von Ihrem Schwager angetan wurde. Dieser Mann hat sich an seinen Töchtern vergangen und ist dafür bislang nicht zur Rechenschaft gezogen worden. Ihre Nichte hat mir klargemacht, dass genau das in ihrem Sinne ist. Sie möchte kein Strafverfahren gegen den eigenen Vater.«

»Und das können Sie nicht akzeptieren.«

»Mit Akzeptanz hat das nichts zu tun. Mir geht es darum, dass er bestraft wird, und darum, was dieser Mann noch alles anrichten kann, wie viele Kinder er noch missbrauchen wird.«

Sie beugte sich vor, faltete die Hände und legte sie um ihr übergeschlagenes Knie. Dabei betrachtete sie mich missbilligend. »Ich weiß nicht, was Sie angestellt haben, um all das aus meiner Nichte herauszupressen, und ich bedaure zutiefst, dass ich Marie vor einer Konfrontation mit Ihnen nicht habe bewahren können. Aber nun zu Ihrem Anliegen: Mein Schwager wird sich an keinem einzigen Kind mehr vergreifen. Ich habe dafür gesorgt, dass keines mehr in seiner Nähe ist. Das sollte Ihnen an Information genügen.« Sie machte Anstalten aufzustehen.

»Ich weiß: Marie ist nach der Geburt ihres Kindes zu Ihnen gezogen, Anna geht seitdem aufs Internat. Aber ich glaube kaum, dass das als Vorsichtsmaßnahme genügt. Ein Mann, der so etwas tut, beschränkt sich ganz bestimmt nicht auf seine eigenen Kinder.«

»Das habe ich auch einmal angenommen, bis ich mich eingehend mit dieser Thematik auseinandergesetzt habe. Und glauben Sie mir, diese Auseinandersetzung bestand nicht darin, dass ich meinen Schwager dazu befragt habe. Ich habe mit mehreren Fachleuten gesprochen. Einer von ihnen hat sich sehr lange mit Maries und Annas Vater beschäftigt. Dabei hat sich herauskristallisiert, dass Hubert nicht pädophil ist. Er ist ...«

»Er hat seine Töchter missbraucht, und Sie behaupten allen Ernstes, er sei nicht pädophil?« Ich hatte Mühe, ruhig sitzen zu bleiben. Wie konnte sie diesen Mann schützen?

»Sie haben ganz recht, Frau Harloff, mein Schwager hat seine Töchter sexuell missbraucht. Der feine – entscheidende – Unterschied ist jedoch, dass er tatsächlich nicht pädophil ist. Bis ich mich mit diesem Thema beschäftigt habe, genauer gesagt beschäftigen musste, war für mich auch jeder, der ein Kind sexuell missbraucht, ein Pädophiler. Aber nur ein Viertel dieser Männer ist im eigentlichen Sinne pädophil, nämlich in der sexuellen Neigung ausschließlich auf Kinder fixiert. Gegen diese Neigung lässt sich nichts tun, das macht diese Männer so gefährlich. Sie haben ein enormes Rückfallrisiko.« Sie ließ mir Zeit, nachzuvollziehen, was sie versuchte, mir zu erklären. »Hubert ist keiner dieser sogenannten Kernpädophilen, er ist nicht auf Kinder fixiert. Er lebt wie die meisten missbrauchenden Väter seine Sexualität vorwiegend mit erwachsenen Frauen. Es gibt verschiedene Gründe, warum Väter wie er sich dennoch an ihren Kindern vergreifen. Meist suchen diese Männer ein Ventil in schwierigen Lebenssituationen. Es klingt furchtbar banal, wenn man die Folgen bedenkt und sieht, wie verheerend und prägend das ist, was sie ihren Kindern antun. Hubert hat es getan, um Gefühle von Ohnmacht in solche von Macht umzuwandeln. Mein Schwager ist ein sehr unsicherer, schwacher Mensch. Aber er tut alles, leider wirklich alles, um eine Fassade der Stärke aufrechtzuerhalten. Verstehen Sie mich bitte richtig, Frau Harloff: Ich will meinen Schwager in keiner Weise rechtfertigen, ich verurteile, was er angerichtet hat, und ich bedaure zutiefst, dass ich meinen Nichten nicht rechtzeitig helfen konnte. Inzwischen – und davon bin ich überzeugt – geht von ihm, wenn überhaupt, eine sehr begrenzte und berechenbare Gefahr aus. In seinem Haushalt leben keine Kinder mehr. Und nur die wären in seinem Fall gefährdet, wie die Forschung über Inzest ergeben hat.«

»Er soll einfach so davonkommen?«, fragte ich. »Ohne jede Strafe?«

»Er ist bestraft worden. Zugegeben – nicht von einem Gericht. Aber für ihn war es eine der schlimmsten Niederlagen, seine Töchter zu verlieren. Marie hat ihm das Baby entzogen, ohne dass er etwas dagegen tun konnte.«

»Und Ihre Schwester hat bei all dem tatenlos zugesehen?«

»Sie hat weggesehen, sie wollte es nicht sehen. Und ich hatte nicht einmal die leiseste Ahnung, was da vor sich ging. Warum meine Nichten so verschlossen und seltsam gehemmt waren, habe ich erst später erfahren. Ich habe mir ihr Verhalten damit erklärt, dass sie überaus streng behütet wurden. Sie durften nicht einmal Klassenfahrten mitmachen.« Sie sah aus dem Fenster und dann wieder zu mir. »Ich habe diesen Mann noch keine einzige Sekunde lang aus seiner Verantwortung entlassen. Was er getan hat, ist entsetzlich, es ist traumatisch für seine Töchter, und die Erinnerungen daran werden die Mädchen vermutlich nie loslassen. Aber …«

»Aber auch Sie haben ihn nicht angezeigt«, warf ich ihr vor.

»Noch einmal, Frau Harloff: Er ist ein Mann, der nach Bestätigung und Anerkennung sucht, der Machtgefühle erleben will, für ihn waren seine Töchter ein Ersatz.« In ihre Miene stand der Abscheu geschrieben, den ich empfand. »Er ist keiner, der sich an einem fremden Kind vergreifen würde.«

»Wenn stimmt, was Sie sagen: Was ist, wenn eines Tages wieder ein Enkelkind auf die Welt kommt?«

Ihr Lächeln hatte etwas Trauriges. »Er würde keinen Moment allein mit diesem Kind verbringen. Dafür würden meine Nichten sorgen, und dafür würde ich sorgen.«

»Die beste Vorsichtsmaßnahme wäre, ihn hinter Gitter zu bringen.«

»Dieses Strafbedürfnis hatte ich auch einmal, Frau Harloff. Und – zugegeben – in schwachen Momenten kommt es wieder hoch. Aber solange es keine Garantie gibt, dass er auch wirklich verurteilt würde, geht dieses Strafbedürfnis am Bedürfnis meiner Nichten vorbei. Mir geht es darum, die beiden zu schützen. Sie sind die einzigen Zeugen für den Missbrauch. Wenn es hart auf hart kommt, steht Aussage gegen Aussage. Je nachdem, wie der Staatsanwalt das bewertet, kommt es möglicherweise gar nicht erst zu einem Ermittlungsverfahren. Aber selbst wenn es so weit käme, ist nicht gesagt, dass mein Schwager tatsächlich verurteilt würde. Also lasse ich es doch gar nicht erst so weit kommen. Die Botschaft für die Mädchen lautet sonst nämlich: Dir glaubt keiner. Und das wäre verheerend.«

»Aber wenn es zu einer Verurteilung käme, hätte es genau den gegenteiligen Effekt, den Mädchen würde bestätigt, dass man ihnen glaubt.«

»Wenn ein Verfahren eröffnet wird, kommt es längst nicht immer zu einer Verurteilung. Soll ich meine Nichten diesem Risiko aussetzen?« Sie schüttelte sehr entschieden den Kopf.

Ich ließ mir durch den Kopf gehen, was sie sagte. »Aber das heißt, dass ein Täter ungeschoren davonkommt.«

»Ungeschoren, was die Justiz betrifft, ja. Ich kann Sie verstehen, ich habe auch lange damit gehadert. Bis ich begriffen habe, dass eine Gefängnisstrafe keine Garantie dafür wäre, dass der Missbrauch aufhört. Irgendwann käme Hubert wieder aus dem Gefängnis heraus. Und was dann? Eine Gefängnisstrafe bedeutet nicht, dass er sich dem stellt, was er getan hat, und begreift, was der Missbrauch für seine Töchter bedeutet. Wenn es darum geht, dass sich etwas ändern soll, dann darf er keine Gelegenheit mehr bekommen, sich an seinen Töchtern zu vergreifen. Er muss Verantwortung für sein Handeln übernehmen, und letztlich muss er professionelle Hilfe in Anspruch nehmen. Strafe hat in diesem Fall keine Priorität.«

»Seine Töchter haben ihre Unschuld und ihr Grundvertrauen in ihre Eltern verloren«, begehrte ich auf. »Ich finde, das schreit nach Strafe.«

Sekundenlang ließ sie ihren Blick auf mir ruhen. »Frau Harloff, der Wille meiner Nichten wurde jahrelang aufs übelste ignoriert. Was gibt Ihnen das Recht, Ihr eigenes Strafbedürfnis über das dieser beiden Mädchen zu stellen und damit ihren Willen aufs neue zu ignorieren? Weder Marie noch Anna möchten ein Strafverfahren durchmachen. Das ist der Stand heute. Ich habe beiden klargemacht, dass sie ausreichend Zeit haben und ihre Meinung noch über einen langen Zeitraum hinweg ändern können. Die Verjährungsfrist beginnt erst ab dem achtzehnten Lebensjahr zu zählen. Für Missbrauch beträgt sie zehn Jahre.«

»Für Missbrauch ohne Vergewaltigung«, präzisierte ich. »Bei Vergewaltigung erhöht sich die Frist auf zwanzig Jahre.«

Sie nickte. »Wann immer sich eine von beiden dazu entschließen sollte, doch den Rechtsweg zu gehen, werde ich sie darin unterstützen. Aber ich werde nichts tun, das dem Willen der beiden zuwiderläuft.«

»Aber was ist, wenn es eines Tages doch wieder ein Opfer gibt? Können Sie mit dieser Ungewissheit leben?«

»Es gibt keine Garantien, Frau Harloff. Und die Frage, ob ich damit leben *kann*, stellt sich mir nicht. Ich *muss* damit leben – um der Mädchen willen. Ich kann Sie nur inständig bitten, dass auch Sie im Sinne der beiden handeln – was in Ihrem Fall bedeutet, nicht zu handeln.«

»Und ebenfalls mit dieser Ungewissheit zu leben.«

»Zum Schutz der Opfer, so ist es.« Sie ließ mich nicht aus den Augen. »Und bevor Sie mir jetzt vorhalten, dass es auch darum geht, potenzielle Opfer zu schützen: Die Erfahrung hat gezeigt, dass Väter, die ihre Kinder missbrauchen und nicht pädophil sind, das geringste Rückfallrisiko haben.«

Ich spürte, dass es ihr gelungen war, meinen Widerstand aufzuweichen. Dennoch gab es eine Frage, auf die ich eine Antwort brauchte. »Was tut ein Mensch, wenn man ihm die Macht, die ihm so viel bedeutet, nimmt?«

»Er stößt an Grenzen. Im günstigsten Fall zwingt ihn das, in den Spiegel zu schauen und etwas zu ändern. Menschen ändern immer erst dann etwas, wenn es so wie bisher nicht weitergeht.«

»Oder sie versuchen, die Grenzen zu überwinden, und werden noch gefährlicher. Ihrer Nichte Marie ist mehr als an allem anderen daran gelegen, dass ihr Vater nie etwas von ihrer Tochter erfahren darf. Ich musste ihr mein Wort darauf geben. Ihre Nichte hat Angst um ihr Kind, Frau Doktor Larssen. Sie ist eine vierundzwanzigjährige Frau, die längst in einem eigenen Haushalt lebt. Und dennoch hat sie Angst. Daraus lässt sich meiner Meinung nach nur schließen, dass sie ihren Vater nach wie vor für gefährlich hält, und zwar über die Grenzen seines Haushalts hinweg.«

Sekundenlang betrachtete sie mich wie eine seltene Spezies. Schließlich sah sie aus dem Fenster. Als sie sich mir wieder zuwandte, erschien ein trauriges Lächeln auf ihrem Gesicht. »Natürlich hält sie ihn noch für gefährlich. Er hat sie und ihre Schwester missbraucht. Sie ist überzeugt, er könne das Gleiche seinem dritten Kind antun.«

»Aber sie ist die Mutter. Sie könnte auf dieses Kind aufpassen, es vor ihm schützen.«

»Nein, Frau Harloff, das wäre Marie nicht möglich. Hubert Reinhardt ist der Vater des Kindes, das meine Nichte damals fortgebracht hat. Aber sie ist nicht die Mutter. Meine Schwester ist die Mutter. Sie war es, die vor acht Jahren ein drittes Kind zur Welt gebracht hat. Marie, die schon Anna nicht vor dem Missbrauch hatte bewahren können, wollte wenigstens ihre jüngste Schwester retten. Mein Schwager war an dem Abend ausgegangen, und Anna schlief bereits, als meine Schwester im Badezimmer eine Sturzgeburt hatte. Marie sagte ihrer Mutter, sie würde sich um das Neugeborene kümmern. Was sie dann auch tat – auf ihre Weise. Sie übergab das Baby einer Hebamme. In den Augen der Eltern hat sie das Kind entführt. Und ich bin mir fast sicher, dass beide versuchen würden, ihr Kind zurückzubekommen. Schließlich haben sie nie die Einwilligung zur Adoption gegeben. Ich weiß nicht, ob sie damit durchkämen und wie ein Gericht letztlich entscheiden würde – aber weder meine Nichten noch ich wollen es darauf ankommen lassen.«

Marie war Svenjas Schwester. Ich saß sprachlos da.

Leonore Larssens Blick wurde deutlich weicher, ebenso ihre Stimme. »Frau Harloff, wie hat es meine jüngste Nichte angetroffen? Was für ein Leben führt sie?«

Ich brauchte einen Moment, um zu antworten. »Sie ist ein unbeschwertes, fröhliches Kind, das mit sehr viel Liebe und Geborgenheit aufwächst.«

Sie wirkte erleichtert, so, als habe sie lange auf diese Nachricht gewartet. »Das habe ich gehofft«, sagte sie leise.

Ich nahm mir Zeit, alles noch einmal Revue passieren zu lassen. »Es muss ein Schock für Sie gewesen sein, als ich mit dem Engel bei Ihnen auftauchte. Ich habe mich gefragt, was eine Frau wie Sie dazu bewegen kann, sich strafbar zu machen, indem sie einen Einbruch und eine Brandstiftung in Auftrag gibt. Jetzt weiß ich es.«

Sie hielt meinem Blick stand, ließ sich jedoch nicht darauf ein, meine letzte Bemerkung zu kommentieren. »Darf ich Sie hin und wieder anrufen und nach dem Ergehen meiner Nichte fragen?«

»Ja.«

»Und wir sind uns einig, dass mein Schwager nicht erfährt, was aus seinem Kind geworden ist?«

Nach einem Moment des Zögerns nickte ich.

Mir war bewusst, dass ich damit gleichzeitig mein Einverständnis gegeben hatte, ihn nicht anzuzeigen. Wenn ich an Svenjas Schwestern dachte, fiel es mir leichter, diesen Mann davonkommen zu lassen. Ich sah ein, dass ihnen damit einiges erspart blieb. Ihr Wille durfte nicht aufs neue missachtet werden. Gleichzeitig betete ich darum, dass diejenigen, die die Gefahr als gering erachteten, die von ihm ausging, sich nicht täuschten.

Ich fuhr hinauf nach Falkenstein, stellte mein Auto in der Nähe des Hotels ab, in dem ich mich im Januar mit Ariane und Judith getroffen hatte, und machte einen langen Spaziergang. Ungefähr an der Stelle, an der Ariane mir von dem Engel erzählt hatte, begrub ich gedanklich meinen Wunsch, Hubert Reinhardt hinter Gittern zu wissen. Leonore Larssen war es gelungen, mich davon zu überzeugen, dass es Wichtigeres gab. Und wenn ich es genau betrachtete, dann war er schon gestraft. Er hatte die Kontrolle über jede seiner drei Töchter verloren. Er hatte innerhalb der Familie seine Fassade eingebüßt, die ihm so wichtig war. Und er hatte Leonore Larssen am Hals. Sie hatte alles getan, um ihn zu durchschauen. Und sie würde vor nichts zurückschrecken, um ihn in seine Schranken zu weisen, wann immer es nötig war. Sie war mutig und entschlossen genug.

Noch vor Tagen hätte ich mir nicht vorstellen können, dass ich einmal jemandem den Einbruch in mein Zuhause und den Diebstahl des Schmuckes meiner Mutter nachsehen würde. Aber ich tat es – zu meiner eigenen Überraschung. Leonore Larssen hatte sich strafbar gemacht, aber ich verstand, warum sie so weit gegangen war.

Im Nachhinein war ich froh, dass Judith und Ariane mich belogen hatten. Ich war froh für Svenja. Mir war bewusst, dass ich damals mit allen Mitteln versucht hätte, zu verhindern, dass eine falsche Geburtsurkunde ausgestellt wurde und Ariane das Baby als ihr eigenes ausgab. Bei der Vorstellung, was ich damit hätte anrichten können, lief mir ein kalter Schauer über den Rücken.

Ich dachte an die Familie, aus der Svenja gerettet worden war, und an die, die ihr Geborgenheit und Sicherheit gab. Ihre Mutter so früh zu verlieren würde sie für ihr Leben prägen. Aber Svenja würde stets voller Liebe an ihre Mutter denken. Eine Erinnerung, die ihren Schwestern nicht vergönnt war.

Bei der nächsten Gelegenheit würde ich Judith davon erzählen. Sie hatte ein Recht darauf, zu wissen, wovor sie Svenja bewahrt hatte. Ariane würde ich diese Geschichte ersparen. Und sicher auch Svenja selbst – zumindest über viele Jahre hinweg. Ihre Schwestern sollten eines Tages entscheiden, wie sie damit umgingen. Ich zog den Engel aus der Hosentasche und betrachtete ihn. In nicht allzu ferner Zukunft würde ich ihn Svenja geben.

In der einsetzenden Dämmerung machte ich mich auf den Heimweg. Ich fühlte mich befreit, so, als hätte ich einen Weg aus dem Labyrinth gefunden. Es war bereits dunkel, als ich den Wagen vor dem Haus parkte. Ich schob gerade den Schlüssel ins Schloss, als ich hinter mir eine Männerstimme hörte.

»Frau Harloff?«

Erschreckt drehte ich mich um. Mir gegenüber stand Götz Maletzki, Leonore Larssens Chauffeur. Er streckte mir einen Briefumschlag entgegen.

»Frau Doktor Larssen lässt Ihnen Grüße ausrichten.«

Zögernd nahm ich den Umschlag.

Er machte auf dem Absatz kehrt, drehte sich aber noch einmal zu mir um. »Ach ja, bevor ich es vergesse: Als ich hier auf Sie wartete, kam jemand mit einem Päckchen für Sie. Ich habe es dort in die Ecke gelegt.« Er zeigte neben die Tür.

Ich bückte mich nach dem Päckchen und stellte fest, dass es unbeschriftet war. Ich wollte ihn fragen, wer es abgegeben hatte, aber er saß bereits im Auto und winkte mir zu. Oben in der Wohnung öffnete ich als Erstes den Brief von Leonore Larssen. Sie schickte mir ihre private Telefonnummer sowie ihre Handy-Nummer, falls ich irgendwann einmal ihre Hilfe »in einer Angelegenheit unseres gemeinsamen Interesses« benötigen würde. Mehr hatte sie nicht geschrieben. Ich wunderte mich, dass sie mir den Brief durch ihren Chauffeur hatte bringen lassen. Die normale Post hätte es auch getan. Erst als ich das Päckchen öffnete, wurde mir bewusst, warum sie diesen Weg gewählt hatte. Sie hatte mir den Schmuck meiner Mutter und meinen Ehering zukommen lassen.

Anstatt mich zu freuen, weinte ich. Es war eine ganze Menge, was diese Tränen herauszuspülen hatten. Sie würden es nicht auf einmal schaffen, aber ich spürte eine

Erleichterung wie seit Tagen nicht mehr. Daneben machte sich eine tiefe Traurigkeit breit. Arianes Abschied war nah. Vielleicht würde sie die nächste Woche noch erleben, vielleicht auch den nächsten Monat. Aber sehr viel weiter würde sie Svenja auf ihrem Weg nicht begleiten können. Ihre Tochter würde mit Lucas und dessen Frau weiter gehen.

Das Klingeln des Telefons riss mich aus meinen Gedanken. Ich meldete mich.

»Hallo, Sophie«, sagte Peer. »Ich habe einen Berg Sushi gekauft. Magst du mit mir essen?«

»Bei dir?«

»Wo immer du möchtest.«

Ich dachte an das, was Ariane gesagt hatte, und entschied mich gegen meine ehernen Grundsätze und für meine Bedürfnisse. Wohin mich das führen würde, wusste ich nicht.

* * *

Danksagung

Ich danke Sylke Batke-Anskinewitsch, Claus Gollmann, Carolin Postel, Isabelle Rosa-Bian und Ulla Steger für ihre überaus hilfreichen Informationen und kompetenten Hilfestellungen. – Mögliche Fehler bei der Umsetzung habe allein ich zu verantworten.

Alice Noll danke ich für ihre konstruktive Kritik, die ich sehr zu schätzen weiß.

Sabine Kornbichler
Gefährliche Täuschung

Kriminalroman

Als die Kinderbuchillustratorin Emma an einem strahlenden Spätsommertag zu einer Radtour aufbricht, ahnt sie nicht, dass ein Alptraum beginnt: Ein Unbekannter lauert ihr auf und entführt sie. Fünf Tage bleibt sie in der Gewalt des Mannes, der sein Gesicht hinter einer Maske verbirgt. Als Emma endlich freikommt, ist das noch nicht das Ende ihres Schreckens. Zwar beginnt die Polizei mit intensiven Ermittlungen, stößt dabei jedoch auf einen Hinweis, der den Verdacht auf Emma lenkt: Hat sie ihre Entführung etwa selbst inszeniert? Emma bleibt kein anderer Weg, als von sich aus Nachforschungen anzustellen ...

Knaur Taschenbuch Verlag

Sabine Kornbichler

Im Angesicht der Schuld

Roman

Für Helen Gaspary bricht eine Welt zusammen, als eines Abends die Polizei vor ihrer Tür steht: Ihr Mann Gregor, ein angesehener Anwalt für Familienrecht, ist vom Balkon seiner Kanzlei in die Tiefe gestürzt. Die Polizei geht von Selbstmord aus, doch Helen kann das nicht glauben. Sie beginnt selbst im Nachlass ihres Mannes nach Spuren zu suchen – und stößt auf ein großes Geheimnis. Immer tiefer dringt sie in ein Dickicht aus schuldhaften Verstrickungen und falsch verstandener Loyalität vor und muss erkennen, dass sie nicht mal ihren besten Freunden trauen kann…

Knaur Taschenbuch Verlag